La leçon du maître

Les nombreux romans de Henry James sont traduits et lus, ainsi que plusieurs de ses nouvelles. Mais, curieusement, celles-ci ont été publiées dans le plus grand désordre, sans tenir compte des indications précieuses de l'auteur lui-même, indications qui fourmillent notamment dans ses *Carnets* et dans *la Création littéraire*.

Ainsi présentait-il dans ce dernier volume les textes ici rassemblés : « Ces ouvrages ont ceci en commun qu'ils traitent tous de la vie littéraire, tirant leur origine, dans chaque cas, d'une aventure remarquée, d'un embarras ressenti, d'une situation extrêmement délicate, de l'artiste amoureux de perfection emporté par son idée. »

On découvrira que cette unité thématique soulignée par James est enrichie par un ordre — dont l'évolution du statut de narrateur témoigne d'un texte à l'autre —, et par une volonté de traiter sans discontinuer de questions littéraires cruciales sans jamais délivrer de leçons esthétiques.

Né en 1843 à New York et issu d'une famille très fortunée d'ascendance irlandaise, Henry James reçut une éducation éclectique et peu conformiste qu'il compléta par de nombreux voyages en Europe, avant de s'établir à Londres où il allait demeurer jusqu'à sa mort en 1916.

Américain de tempérament, Européen d'esprit, il fut toujours tiraillé entre les deux tendances, comme en témoignent nombre de ses romans, nouvelles et pièces de théâtre. On s'accorde pourtant à reconnaître que le sommet de son œuvre tient en trois romans : les Ambassadeurs *(1903),* la Coupe d'or *(1904),* les Ailes de la colombe *(1902).*

Henry James

La leçon du maître

et autres nouvelles

TRADUIT DE L'ANGLAIS
PAR MICHEL GAUTHIER
JOHN LEE ET BENOÎT PEETERS

Éditions de l'Équinoxe

TEXTE INTÉGRAL.

EN COUVERTURE : G. Clausen.
La Visite (détail), collection particulière.
Archives Bridgeman-Giraudon. Droits réservés.

ISBN 2-02-008939-4.

Introduction

Le présent volume, le lecteur ne tardera pas à s'en rendre compte, est sans doute le plus étonnant des recueils de Henry James proposés au public francophone.

Des cinq nouvelles ici rassemblées, il n'en est pourtant que deux — *le Fonds Coxon* et *la Prochaine Fois* — qui soient totalement inédites en français. Les trois autres ont déjà été publiées — avec des bonheurs divers : *Greville Fane* ayant récemment été donnée à lire par le trimestriel *Conséquences* dans la traduction ici livrée ; *la Leçon du maître* étant parue en 1926 dans la *Revue Hebdomadaire,* inaccessible depuis longtemps ; *The Figure in the Carpet,* quant à elle, étant, depuis peu, à nouveau disponible en librairie, sous le titre *l'Image du tapis,* dans la traduction de Marie Canavaggia.

La réunion de ces textes dispersés ou introuvables ne relève pas du hasard. Contrairement à la plupart de ceux qui existent, ce recueil a ses cohérences — que James lui-même mit en évidence lorsqu'il regroupa quatre de ces nouvelles (y ajoutant *la Mort du lion*[1]) dans le volume XV de l'édition new-yorkaise de ses *Œuvres choisies.*

C'est dès leur genèse, en fait, que ces textes se sont trouvés rapprochés. Huit ans seulement séparent le plus ancien, *la Leçon du maître* (1888), du plus tardif, *l'Image dans le tapis* (1896), les trois autres ayant été écrits en l'espace de deux ans. Davantage : *la Mort du lion, le Fonds*

1. Disponible, dans la traduction de Louise Servicen, aux Éditions Aubier-Flammarion.

Coxon et *la Prochaine Fois* ont été conçus pour la même revue, *The Yellow Book,* et, si *l'Image dans le tapis* n'y parut pas, c'est simplement qu'entre-temps cette « petite publication trimestrielle carrée et couleur citron [1] » avait cessé d'exister.

Pour la première fois, une revue donnait à James la possibilité de dépasser le cadre étroit « de 6 à 8 000 mots », en lui offrant, « du point de vue des dimensions, longueur et largeur, [son] idéal, la belle et bienheureuse longue nouvelle ». Mieux encore, Henry Harland et Aubrey Beardsley — le paradoxal illustrateur de la revue [2] — laissaient carte blanche à l'écrivain si souvent censuré :

> Je fus invité, et de façon pressante, à contribuer au premier numéro et l'on me gratifia de la vérité précieuse selon laquelle ma composition pourrait absolument prendre et afficher sans honte sa forme organique propre. On me révéla, étonnamment, que l'air imprégnant l'entreprise étant si précieux, toute contribution envisagée pourrait se conformer, non seulement sans être contestée, mais en étant d'autant plus estimée en raison de ce détail même, à sa vraie nature intelligible. Toute idée que je pourrais souhaiter exprimer pourrait, en d'autres termes, trouver son expression élégante, liberté offerte qui, sur-le-champ, ouvrit l'âge d'or de la « nouvelle » [3].

Par-delà les circonstances historiques de leur publication, ces textes font série en ce que leur cadre fictionnel témoigne d'une remarquable unité que James lui-même pointait en ces termes :

> Ces ouvrages ont ceci en commun qu'ils traitent tous de la vie littéraire, tirant leur origine, dans chaque cas, d'une

1. Henry James, *La Création littéraire,* Denoël-Gonthier, p. 237.
2. Paradoxal en ce que ses illustrations avaient « cette distinction sans précédent, qu'elles devaient répandre alentour, de n'avoir aucun rapport avec le texte, ce qui établissait toute l'affaire sur une base idéale ». (*Ibid.*, p. 238.)
3. *Ibid.*, p. 238 et 239.

aventure remarquée, d'un embarras ressenti, d'une situation extrêmement délicate, de l'artiste amoureux de perfection, emporté par son idée[1].

Transcendant leurs anecdotes génératrices — ces « germes » dont les *Carnets* offrent de multiples exemples —, ces fictions peuvent d'abord se lire comme autant de fragments d'une manière d'*autobiographie conceptuelle* :

> Le matériau nécessaire pour dépeindre les conditions personnelles aussi spécifiquement compliquées que celles de mes malheureux amis dans ce volume aura été tiré, pour l'essentiel, des profondeurs de l'esprit de leur auteur[2].

Envisagée sous cet angle, la radicalisation du projet jamesien que marquent *la Prochaine Fois* et *l'Image dans le tapis* pourrait bien n'être pas sans rapport avec l'échec retentissant de *Guy Domville* qui, éloignant définitivement l'écrivain du théâtre et des tentations commerciales, le fait se tourner vers ce que, dans une note datée du 23 janvier 1895[3], il appelle l'œuvre de sa vie.

Si ces cinq nouvelles sont toutes des « scènes de la vie littéraire », leur unité est pourtant loin de n'être que d'ordre banalement thématique. Certes, l'opposition de la presse et du texte, du succès financier et de la réussite artistique, de la reconnaissance d'un écrivain et de la lecture de son œuvre, ou bien encore la relation qu'entretiennent le mariage et l'écriture, sont des éléments qui reviennent de façon insistante. Mais plutôt que de voir dans ces thèmes les traces d'une très humaine obsession, on gagnera à les resituer dans la logique d'une étonnante combinatoire.

1. *La Création littéraire*, p. 240.
2. *Ibid.*
3. Henry James, *Carnets*, Denoël, 1954, p. 206.

Ainsi, dans *la Leçon du maître,* le maître occupe-t-il, au regard de l'activité littéraire, une position que l'on pourrait dire négative : il détourne l'écrivain Henry St George de la grande œuvre qu'il aurait pu accomplir ; en revanche, dans *l'Image dans le tapis,* son rôle est énigmatiquement, mais fondamentalement, positif : les liens conjugaux semblent être, en quelque sorte, l'indispensable adjuvant de la critique littéraire dès lors qu'elle s'efforce de déchiffrer les travaux de Hugh Vereker, le romancier héros de la nouvelle.

Unies par les thèmes mis en jeu, les nouvelles proposées dans ce volume le sont aussi par certains de leurs tours narratifs. On verra, par exemple, trois d'entre elles — *Greville Fane, la Prochaine Fois* et *l'Image dans le tapis*[1] — débuter de la même façon. C'est la demande d'un article, adressée au narrateur, qui ouvre le récit, ce dernier venant au bout du compte se substituer audit article. Il y a là, inéluctable, comme un devenir fictionnel de la critique malheureuse — James parvenant à faire de ce qui aurait pu n'être qu'un thème l'un des ressorts de ses machinations narratives.

Il convient de le souligner : ce recueil n'a pas seulement son unité ; il a aussi son ordre. La combinatoire qui s'y met en place ne se développe pas de manière indifférenciée ; une dynamique l'oriente, et cela doublement.

L'évolution du statut du narrateur en est le premier axe. *La Leçon du maître* met en scène ou plutôt est mise en scène par un narrateur qui n'est pas l'un de ses personnages ; il le devient dans les nouvelles qui suivent. Marginal dans *Greville Fane,* latéral dans *le Fonds Coxon,* son rôle s'avère central dans *la Prochaine Fois* et tout à fait primordial, enfin, dans *l'Image dans le tapis.*

Le traitement de l'*idée* en est le second axe. Les lecteurs

1. Ou même quatre si l'on compte *la Mort du lion.*

des *Carnets* le savent : c'est à partir d' « idées », ou, si l'on préfère, d'arguments abstraits, que nombre de fictions de James s'élaborent[1]. *La Leçon du maître,* moins radicale sous cet aspect, distille au gré de son histoire, sans autrement les faire porter à conséquence, quelques-unes de ces idées, souvent paradoxales, qui font l'un des charmes de la prose jamesienne : ainsi la célébrité du général Fancourt est-elle due « à quelque chose qu'il avait fait, ou peut-être même n'avait pas fait [...], quelques années auparavant, en Inde ». Dans *Greville Fane,* ces idées constituent un réseau serré qui trame la nouvelle, mais aucune n'impose sa loi aux autres, pas même celle-ci, admirable : le dédain de la forme, chez la romancière héroïne de la nouvelle, se doublant d'une volonté d'enseigner la littérature à son fils comme un véritable métier, fait qu'une fois celui-ci parvenu au terme de son apprentissage, c'est en toute logique elle qui doit écrire ses livres. Le cas du *Fonds Coxon* est plus étrange : si le récit semble cette fois s'organiser autour d'une idée, c'est par sa vacuité que celle-ci peut le mieux se définir : jamais ne se laisse vraiment cerner le sujet d'une nouvelle qui, s'attachant à l'un des plus sublimes causeurs de tous les temps, réussit à n'en jamais rapporter une seule parole. Avec *la Prochaine Fois* et *l'Image dans le tapis,* par contre, l'idée tutélaire du récit, malgré toutes les retorses subtilités de sa mise en fiction, pourra aisément être reconstituée par le lecteur...

On le voit : la dynamique de la série proposée par le présent recueil recoupe cette radicalisation de l'écriture jamesienne évoquée plus haut. *L'Image dans le tapis* la porte à son comble, par une sorte d'affolement thématique dont font les frais la plupart de ses personnages : à la mort discrète d'une figure plutôt secondaire de *la Leçon du maître* répondent les décès en cascade des protagonistes du dernier de ces récits, comme si l'écrivain tenait à marquer que cet

1. Pour plus de détails sur ces idées si particulières, nous nous permettons de renvoyer le lecteur à l'article de Michel Gauthier, « Les idées de Henry James », paru dans le n° 1 de la revue *Conséquences.*

ensemble, déjà uni et orienté, venait ici trouver son terme. Sauf à sortir de son siècle et d'une certaine écriture romanesque, on conçoit mal comment Henry James aurait pu outrepasser cette limite. Il ne le fit d'ailleurs pas, se tournant, en ses dernières années, vers des recherches littéraires d'une tout autre nature.

Il serait cependant inopportun de croire que le seul intérêt de ces nouvelles réside dans leur sujet, ou même dans les byzantines combinaisons de leurs thèmes. Le moindre de leurs mérites n'est sans doute pas celui-ci : traiter sans discontinuer de questions littéraires visiblement cruciales sans jamais délivrer de leçons d'esthétique. Exemplaires de n'être à aucun moment exemplatives, ces fictions évitent tous les pièges du didactisme. A preuve *la Leçon du maître* où ce que pourrait avoir de démonstratif le récit se trouve brutalement mis en cause par un événement d'ordre purement romanesque.

Il ne serait pourtant guère plus indiqué de se dire qu'avec des sujets tout différents l'intérêt de ces nouvelles aurait été le même. Car le plus grand de leurs tours de force est peut-être celui-ci : s'appuyer sur des problèmes littéraires afin de mettre en place tous les éléments d'une machinerie interprétative pour, dans un second temps, mieux en déjouer le principe. Plus larges sont les traces, plus considérable doit être le gibier, se dit le chasseur, qui, à les suivre tête baissée, risque bien de finir par être pris par celui qu'il croyait prendre. Pareille mésaventure discrédita jadis nombre d'analystes du *Tour d'écrou*[1] et naguère quelques exégètes de *l'Image dans le tapis,* ces fictions, authentiques fables de

1. Pour plus de précisions sur ces mésaventures, nous nous permettons de renvoyer le lecteur à l'étude de Shoshana Felman, « Henry James : folie et interprétation », in *la Folie et la Chose littéraire,* Éd. du Seuil.

Les mots en italique sont en français dans le texte original.

l'interprétation, réussissant à faire prolonger par leurs lecteurs, y compris et surtout les plus futés, les errements de leurs personnages. Trop pressés de découvrir le secret de Henry James, ces lecteurs ne peuvent goûter celui de Hugh Vereker.

Du reste, rien n'assure que les pièges désormais mis à jour n'en dissimulent pas d'autres où quelques modernes déjà, et les signataires de cette introduction, à leur tour, se soient laissé prendre.

Michel Gauthier
Benoît Peeters

La leçon du maître

I

On lui avait dit que les dames étaient à l'église, mais cela fut corrigé par ce qu'il vit du haut du perron (dont les nombreuses marches descendaient en deux bras formant un cercle du plus charmant effet), sur le seuil de la porte qui donnait, depuis la longue et lumineuse galerie, sur l'immense pelouse. Trois messieurs, sur le gazon, à quelque distance, étaient assis sous les grands arbres ; le quatrième personnage, lui, n'était pas masculin, avec sa robe pourpre, si éclatante qu'on aurait dit une « tache de couleur » parmi la fraîche et riche verdure. Le domestique avait accompagné Paul Overt jusque-là pour lui indiquer le chemin, et lui avait demandé s'il désirait d'abord aller à sa chambre. Le jeune homme déclina ce privilège-là, n'ayant nul désordre à réparer au terme d'un voyage si court et si facile, et préférant, ainsi qu'à son habitude, prendre possession, sur-le-champ, en une vue d'ensemble, de la scène nouvelle. Il resta là quelques instants, les yeux fixés sur le groupe, et sur l'admirable tableau — le vaste parc d'un vieux manoir à proximité de Londres (ce qui ne gâtait rien), par un magnifique dimanche de juin.

— Mais cette dame, qui est-ce ? demanda-t-il au domestique avant que ce dernier ne l'eût quitté.

— C'est, je crois, Mrs St George, Monsieur.

— Mrs St George, l'épouse du célèbre...

Paul Overt, alors, s'interrompit, doutant que le valet de pied sache.

— Oui, Monsieur, c'est à parier, Monsieur, dit son guide, qui semblait vouloir laisser entendre qu'une personne en villégiature à Summersoft était naturellement, ne fût-ce que par alliance, célèbre.

Son ton, cependant, fit que le pauvre Overt n'eut que très peu conscience, à cet instant, de l'être.

— Et les hommes ? demanda-t-il.

— Eh bien, Monsieur, l'un d'eux est le général Fancourt.

— Ah oui, je vois ; merci.

Le général Fancourt devait sa célébrité, sur laquelle on ne pouvait émettre aucun doute, à quelque chose qu'il avait fait, ou peut-être même n'avait pas fait (le jeune homme ne se rappelait plus), quelques années auparavant, en Inde. Le domestique s'éloigna, laissant ouvertes les portes vitrées de la galerie, et Paul Overt resta en haut du large et double escalier, se disant que l'endroit était doux et promettait une visite agréable, alors qu'il s'accoudait à la balustrade de belle et vieille ferronnerie, qui, tout comme les autres détails, était de la même époque que la maison. Tout cela allait ensemble et parlait à l'unisson — d'une riche voix anglaise du début du dix-huitième siècle. Il aurait pu être l'heure du service religieux par une journée d'été sous le règne de la reine Anne ; le calme était trop parfait pour être moderne, la proximité comptait comme la distance, et il y avait quelque chose de si frais et de si sain dans l'originalité de la grande maison lisse, dont la surface de belles briques, qui avait été préservée du désordre des plantes grimpantes (tout comme une femme au teint rare dédaigne le voile), était plutôt rose que rouge. Lorsque Paul Overt s'aperçut que les gens sous les arbres le remarquaient, il fit demi-tour et repassa les portes ouvertes de la grande galerie qui était la fierté du lieu. Elle traversait la demeure d'un bout à l'autre et semblait — avec ses couleurs éclatantes, ses hautes fenêtres à panneaux, ses chintz décolorés et fleuris, ses portraits et tableaux vite reconnus, la vaisselle bleu et blanc de ses vitrines et les festons et rosettes émoussés du plafond — une avenue gaie et capitonnée donnant sur l'autre siècle.

Le jeune homme était un peu nerveux ; cela tenait au tempérament de qui étudie la belle prose, avec cette dose d'inquiétude propre à l'artiste ; et il y avait une émotion particulière à l'idée que Henry St George pouvait être de la partie. Pour le jeune écrivain il était resté une figure littéraire importante, en dépit de la baisse du niveau de sa production après ses trois premiers grands succès et de l'absence relative de qualité de ses derniers travaux. Paul Overt, à certains moments, avait failli en pleurer ; mais maintenant qu'il était près de lui — il ne l'avait jamais rencontré — il ne pensait plus qu'à la grande source première et à son immense dette personnelle. Après avoir arpenté une ou deux fois la galerie, il ressortit et descendit les marches du perron. Il ne faisait que très modestement preuve d'une certaine hardiesse en société — c'était chez lui une réelle faiblesse —, aussi, ne connaissant pas les quatre personnes qui se trouvaient à quelque distance, se laissa-t-il aller à un mouvement apte à lui inspirer une certaine confiance, un sentiment qui ne semblait pas nécessairement le contraindre à essayer de les rejoindre. Il y avait dans tout cela une belle gaucherie anglaise — il en prit d'ailleurs conscience comme il traversait, par le biais, d'un pas nonchalant et indécis, la pelouse, suivant, en quelque sorte, une ligne indépendante. Heureusement il y avait une non moins belle franchise anglaise dans la façon dont l'un de ces messieurs finit par se lever et sembla se diriger vers lui, avec un air conciliant et rassurant. A cette démonstration Paul Overt répondit immédiatement, quoiqu'il sût n'avoir pas affaire à son hôte. L'homme était grand, droit et d'un certain âge ; il avait un visage rose et souriant, et une moustache blanche. Notre jeune homme le rencontra à mi-chemin et l'entendit dire en riant :

— Hum ! Lady Watermouth nous a dit que vous veniez ; elle m'a demandé de m'occuper de vous.

Paul Overt le remercia (il l'aima sans plus attendre) et fit demi-tour avec lui pour rejoindre les autres.

— Ils sont tous allés à l'église — tous sauf nous, reprit l'étranger tandis qu'ils avançaient ; nous nous sommes simplement assis ici — c'est tellement agréable.

Overt lui accorda que c'était agréable — l'endroit était si ravissant. Il précisa qu'il le voyait pour la première fois — c'était une charmante impression.

— Ah, vous n'êtes jamais venu auparavant ? interrogea son compagnon. C'est un endroit très plaisant — pas grand-chose à faire, vous savez.

Overt se demanda ce qu'il voulait « faire » — il avait lui-même le sentiment d'en faire beaucoup. Avant d'avoir rejoint les autres, il avait deviné que son initiateur était un militaire, ce qui (telle était la tournure d'esprit d'Overt) le rendait encore plus sympathique. Spontanément, il avait sans doute un goût prononcé pour l'activité, pour des exploits incompatibles avec la scène pastorale et pacifique. Mais il était à ce point accommodant qu'il prenait l'heure inglorieuse comme elle venait. Paul Overt la partagea avec lui et avec ses compagnons pendant les vingt minutes qui suivirent ; ces derniers le regardèrent et lui les regarda sans trop savoir qui ils étaient, sans même saisir réellement le sujet de la conversation qui ne s'était pas interrompue. Elle n'avait d'ailleurs pas de sujet bien précis ; elle vagabondait, marquant des pauses fortuites, sans raison et repartant pour de courts vols terrestres, au milieu de noms de personnes et de lieux qui n'avaient pour Paul Overt qu'une très faible puissance évocatrice. Tout cela était de bon ton et se déroulait au ralenti, comme il est naturel et convenable par une chaude matinée de dimanche.

Son attention fut tout d'abord accaparée par la question qu'il se posait à lui-même, de savoir si l'un des deux hommes moins âgés pouvait être Henry St George. Il connaissait beaucoup de ses célèbres contemporains grâce à leurs photographies, mais il se trouvait qu'il n'avait jamais vu un portrait du grand, et malavisé, romancier. Avec l'un des messieurs la question ne se posait pas — il était trop jeune ; et l'autre n'avait guère l'air assez intelligent, avec ses yeux doux et aveugles. Si ces yeux-là étaient ceux de St George, le problème posé par les aspects disparates de son génie était encore plus difficile à résoudre. En outre, le comportement du personnage n'était pas, à l'égard de la dame à la robe rouge, celui qu'il eût été naturel d'avoir à l'endroit d'une épouse, même pour un écrivain accusé par plusieurs critiques de trop sacrifier à la forme. Enfin Paul Overt éprouvait le vague sentiment indéfini que le monsieur aux yeux de myope, s'il avait porté le nom qui avait fait battre plus vite son cœur (il arborait, de plus, de contradictoires et conventionnels favoris, or le jeune admirateur de la célébrité n'avait jamais imaginé le visage de celle-ci dans un cadre si vulgaire), lui eût donné un signe de reconnaissance ou de bienveillance — il aurait déjà entendu parler un peu de lui, saurait quelque chose de *Ginistrella,* aurait été au courant de l'attrait exercé par cette nouvelle fiction sur les gens de goût. Paul Overt craignait d'être trop orgueilleux, mais il lui semblait que ce n'était pas trahir sa modestie que de considérer la signature de *Ginistrella* comme une carte d'identité. Celle de son militaire d'ami devint assez claire : il était « Fancourt », mais également le Général ; et, après quelques instants, il précisa à notre jeune homme qu'il n'était revenu que tout récemment d'un service de vingt ans à l'étranger.

— Et comptez-vous rester en Angleterre ? demanda Overt.

— Oui, j'ai acheté une petite maison à Londres.

— J'espère que vous vous en trouvez satisfait, dit Overt, en regardant Mrs St George.

— Eh bien, une petite maison de Manchester Square, il y a des limites à l'enthousiasme que cela peut inspirer.

— Oh, je voulais dire le fait d'être rentré dans votre pays, d'être à Londres.

— Cela plaît à ma fille — c'est le principal. Elle est passionnée d'art, de musique, de littérature et de tout ce genre de choses. Cela lui a manqué en Inde et elle le trouve à Londres, du moins espère-t-elle le trouver. Mr St George a promis de l'aider — il a été plein d'attentions pour elle. Elle est partie à l'office — elle aime aussi cela — mais ils seront tous de retour dans un quart d'heure. Il faut que vous me laissiez vous la présenter — elle sera si contente de vous connaître. Je suppose qu'elle a lu tout ce que vous avez jamais écrit jusqu'au dernier mot.

— Je serai ravi — je n'en ai pas écrit beaucoup, dit Overt, qui sentait, sans amertume aucune, que le Général du moins restait très vague sur ce sujet.

Mais il se demandait un peu pourquoi, puisqu'il montrait cette disposition bienveillante, il ne venait pas à l'idée du Général de prononcer le mot qui le mettrait en relation avec Mrs St George. Si c'était une affaire de présentations, Miss Fancourt (apparemment elle n'était pas mariée) était absente, et la femme de son illustre *confrère* se trouvait pratiquement entre eux deux. La beauté de cette dame frappa Paul Overt, sa surprenante jeunesse aussi et la grande élégance de son allure qui lui parut être (il eût difficilement su dire pourquoi) une sorte de mystification. Que St George eût une épouse charmante, il n'y avait assurément rien à y redire, mais Overt n'aurait jamais pris la petite femme pleine d'importance, à la robe agressivement parisienne, pour la compagne d'un homme de lettres. Les compagnes d'écrivains, il le savait, étaient loin de proposer un type unique : l'observation lui avait appris qu'elles n'étaient pas immanquablement, pas nécessairement ennuyeuses. Mais jamais auparavant il n'en avait ainsi vu une donnant l'image d'une prospérité aux fondements plus solides que la table d'étude tachée d'encre où s'étalent, en désordre, des épreuves. Mrs St George aurait pu être l'épouse d'un monsieur qui collectionnait les livres plutôt qu'il les écrivait, qui dirigeait de grosses affaires à la City et faisait de meilleurs marchés que ceux que font les poètes avec leurs éditeurs. En cela, elle donnait l'idée d'une réussite plus personnelle, comme si elle avait été le plus pur produit d'une époque où la société, le monde de la conversation, est un grand salon dont la City est l'antichambre. Overt jugea tout d'abord qu'elle avait une trentaine d'années, puis, il s'aperçut, quelque temps après, qu'elle était bien plus près de la cinquantaine. Mais elle escamotait, par quelque tour de passe-passe, ces vingt années de plus ou de moins que l'on n'entr'apercevait que très fugitivement, comme le lapin dans la manche de l'illusionniste. Elle était extraordinairement pâle, et tout en elle était joli, ses yeux, ses oreilles, ses cheveux, sa voix, ses mains, ses pieds (dont son attitude détendue dans son fauteuil en osier mettait en valeur les mérites) et les nombreux rubans et colifichets dont elle était parée. A la voir, on imaginait volontiers qu'elle avait mis ses plus beaux vêtements afin d'aller à l'église, pour ensuite décider qu'ils étaient trop beaux pour cela et rester à la maison. Elle raconta une histoire plutôt longue sur la manière méprisable dont lady Jane avait traité la duchesse, ainsi qu'une anecdote qui avait trait à un achat qu'elle avait fait à Paris (de retour de Cannes) pour lady Egbert, qui n'avait jamais remboursé l'argent. Paul Overt soupçonnait en elle une tendance à présenter les grands comme plus grands que nature, jusqu'au moment où il remarqua sa manière de malmener lady Egbert, une manière si subversive qu'elle le rassura. Il sentit qu'il l'eût mieux comprise s'il avait pu rencontrer son regard ; mais ce fut à peine si elle jeta un coup d'œil sur lui.

— Ah ! les voici qui arrivent — tous les bons ! fit-elle enfin.

Et Paul Overt vit, à quelque distance, le retour des pratiquants — plusieurs personnes, en couple ou par trois, avançant dans un jeu d'ombre et de lumière au bout d'une large trouée verte, entre le tapis de l'herbe et le cintre des branches.

— Si vous voulez insinuer que nous autres sommes mauvais, moi je proteste, dit l'un des messieurs — après s'être ainsi rendu agréable toute la matinée !

— Oh ! s'ils vous ont trouvé agréable ! s'exclama en souriant Mrs St George. Nous sommes bons, soit ! Mais les autres sont meilleurs.

— Ce doivent être des anges, fit observer le Général.

— Votre mari s'est en effet révélé un ange, de la manière dont il est parti sur votre ordre, déclara à Mrs St George le monsieur qui avait parlé le premier.

— Sur mon ordre ?

— Ne l'avez-vous pas obligé à se rendre à l'église ?

— Je ne l'ai, de ma vie, jamais obligé à rien faire, si ce n'est une fois — lorsque je lui ai fait brûler un mauvais livre. C'est tout !

Sur son « c'est tout ! » Paul éclata d'un rire irrépressible ; celui-ci ne dura qu'une seconde mais il attira sur lui les yeux de Mrs St George. Leurs regards se rencontrèrent, trop peu de temps cependant pour lui permettre de la comprendre ; à moins que ce ne fût un pas vers la compréhension que d'avoir aussitôt eu la certitude que le livre brûlé (surtout de la façon dont elle y faisait allusion !) était l'une des plus belles productions de son mari.

— Un mauvais livre ? répéta son interlocuteur.

— Je ne l'aimais pas. Il est allé à l'église parce que votre fille y allait, poursuivit-elle en s'adressant au général Fancourt. Je pense de mon devoir d'attirer votre attention sur son attitude à l'égard de votre fille.

— Eh bien, si elle ne vous dérange pas, elle ne me dérange pas, moi, répondit, en riant, le Général.

— *Il s'attache à ses pas.* Mais cela ne m'étonne pas, elle est si charmante.

— J'espère qu'elle ne lui fera pas brûler de livres, hasarda Paul Overt.

— Si elle lui en faisait écrire quelqucs-uns ce serait plus à propos, dit Mrs St George. Il est d'une indolence cette année !

Notre jeune homme écarquilla les yeux — il était tellement frappé par la phraséologie de la dame. Son « en écrire quelques-uns » lui semblait presque aussi fort que son « c'est tout ». Ne savait-elle pas, elle, l'épouse d'un artiste rare, ce que c'était que produire une seule œuvre d'art parfaite ? Comment pensait-elle donc qu'elles advenaient ? Sa secrète conviction était qu'aussi admirablement qu'il écrivît, Henry

St George, depuis les dix dernières années, et surtout depuis les cinq dernières, n'avait que trop écrit, et pendant un instant il se sentit tenté de la donner à entendre. Mais avant qu'il eût parlé, une diversion fut provoquée par le retour des absents. Ils vinrent à eux d'un pas nonchalant, en ordre dispersé — ils étaient huit ou dix —, et le cercle sous les arbres se reforma quand ils y eurent pris place. Ils l'élargirent notablement, aussi Paul Overt pressentit-il (il ne cessait de pressentir ce genre de choses, comme il s'en fit la réflexion) que l'intérêt qu'il avait déjà eu à observer la compagnie allait, à présent, devenir considérable. Il serra la main de son hôtesse, qui, en peu de mots, lui souhaita la bienvenue, à la manière d'une femme capable de lui faire confiance pour comprendre — sachant que de toute façon une occasion aussi agréable se passait de commentaire. Elle ne lui offrit aucune facilité particulière pour qu'il puisse s'asseoir à côté d'elle, et, lorsqu'ils eurent tous repris place, il se retrouva encore à côté du général Fancourt, avec, comme autre voisin, une dame inconnue.

— Voilà ma fille — en face de vous, lui dit le Général sans perdre de temps.

Overt vit une grande jeune fille, aux magnifiques cheveux roux, dans une robe d'un joli ton gris-vert et d'une texture souple et soyeuse, une tenue qui évitait tout modernisme ; ce qui, étrangement, lui donnait le cachet de la dernière mode, de sorte qu'Overt eut tôt fait de la prendre pour une jeune personne des plus à la page.

— Elle est très belle — très belle, répéta-t-il en la regardant.

Son port de tête avait quelque chose de noble, et elle respirait la fraîcheur et la force.

Son père la contemplait, très satisfait ; puis il dit :

— Elle semble avoir trop chaud — c'est sa promenade. Mais elle ira mieux tout à l'heure. Je la ferai alors venir ici pour vous parler.

— Je serais désolé d'ainsi vous importuner. Si vous

vouliez plutôt m'accompagner là-bas..., murmura le jeune homme.

— Mon cher monsieur, pensez-vous que je me donne du mal ? Je veux dire non pas pour vous, mais pour Marian, ajouta le Général.

— Moi je me donnerais volontiers du mal pour elle, répondit Overt.

Après quoi il poursuivit :

— Voulez-vous avoir la gentillesse de me dire lequel de ces messieurs est Henry St George ?

— C'est le garçon qui parle à ma fille. Sapristi, c'est vrai qu'il lui fait des avances. Et ils s'en vont faire une nouvelle promenade.

— Ah, c'est lui, vraiment ?

Notre ami éprouva une certaine surprise, car le personnage qu'il avait devant lui contredisait une idée préconçue qui était restée vague jusqu'à ce qu'elle fût confrontée avec la réalité. Mais sitôt cette confrontation engagée, l'image mentale, se repliant dans un soupir, se fit suffisamment consistante pour en subir quelque dommage. Overt, qui avait passé une partie considérable de sa brève existence dans des contrées étrangères, pensa à cet instant, ce n'était pas la première fois, qu'alors que dans tous ces pays il avait presque toujours reconnu l'artiste — et l'homme de lettres — au « type » qui lui est propre, au moule de son visage, au caractère de sa tête, à l'expression de sa silhouette, et même aux détails de sa mise, en Angleterre, par contre, cette identification n'allait vraiment pas de soi, grâce à une plus grande conformité, à cette habitude que l'on avait de cacher sa profession plutôt que de l'afficher et grâce à la grande vogue du style « gentleman », qu'aucun système d'idées ne pouvait revendiquer en propre. A plus d'une reprise, de retour dans son propre pays, il s'était dit des gens rencontrés en société : « On les voit ici et là, on parle même avec eux ; mais, pour savoir exactement ce qu'ils font, il faudrait être détective. » A propos de plusieurs individus dont il était incapable d'apprécier le travail (peut-être avait-il tort), il se prenait à ajouter : « Rien d'étonnant à ce qu'ils le cachent — il est si médiocre ! » Il notait que, plus souvent qu'en France et en Allemagne, son artiste ressemblait à un gentleman (c'est-à-dire à un gentleman anglais) alors qu'à quelques exceptions près il constatait que son gentleman n'avait pas l'air d'un artiste. St George ne figurait pas parmi les exceptions, cela, il le comprit clairement avant que le grand homme ne lui eût tourné le dos pour s'en aller avec Miss Fancourt. Il avait certainement meilleure allure, vu de dos, qu'aucun homme de lettres étranger, et il se montrait superbement convenable avec son haut chapeau noir et sa redingote de grande classe. Pourtant, il ne savait pourquoi, cette tenue (il s'en fût moins soucié en semaine) déconcertait Paul Overt, qui, pour un temps, oublia que le maître de la profession n'était nullement mieux habillé que lui-même. Il avait entrevu un visage aux traits réguliers, au teint frais, avec une moustache brune et une paire d'yeux qu'assurément ne visitait jamais nulle belle frénésie, et il se promit de l'étudier à la première occasion. L'idée furtive lui vint que St George ressemblait à un agent de change heureux — un gentleman roulant chaque matin vers l'est, depuis quelque salubre faubourg, dans un élégant cabriolet. Cela allait dans le sens de l'impression déjà produite par son épouse. Le regard de Paul, après un instant, revint sur cette dame, et il vit qu'elle avait suivi des yeux son mari qui s'éloignait en compagnie de Miss Fancourt. Overt se permit de se demander un peu si elle était jalouse lorsqu'une autre femme l'emmenait. Puis il lui sembla comprendre que le regard lancé par Mrs St George sur l'indifférente jeune fille n'avait rien de furieux. Ses yeux restaient uniquement sur son mari, et avec une évidente sérénité. C'était comme cela qu'elle voulait qu'il fût — elle aimait sa tenue conventionnelle. Overt avait hâte d'en savoir plus long sur le livre qu'elle l'avait persuadé de détruire.

II

Comme ils sortaient de table, le général Fancourt prit le bras de Paul Overt en s'exclamant :

— Dites donc, je veux que vous fassiez la connaissance de ma fille.

Comme si l'idée lui était venue à l'instant et comme s'il n'en avait pas déjà parlé. De l'autre main il attira à lui la jeune fille.

— Tu sais tout de lui. Je t'ai vue avec ses livres. Elle lit tout, absolument tout ! ajouta-t-il en s'adressant au jeune homme.

La jeune fille lui sourit, puis ironisa sur l'attitude de son père. Le Général se détourna, et sa fille dit :

— Papa n'est-il pas délicieux ?

— Il l'est, en effet, Miss Fancourt.

— Comme si je vous lisais parce que je lis « tout » !

— Oh, mais je ne pensais pas à cela ! dit Paul Overt. Il m'a plu dès le moment où il m'a parlé. Et puis il m'a promis ce privilège.

— Ce n'est pas pour vous qu'il parle de privilège, c'est pour moi. Si vous vous flattez de le voir s'intéresser à autre chose qu'à moi dans la vie, vous le verrez, vous vous trompez. Il me présente à tout le monde. Il me croit insatiable.

— Vous parlez comme lui, dit Paul Overt en riant.

— Oh, mais parfois je veux..., répondit la jeune fille en rougissant. Je ne lis pas tout — je lis très peu en fait. Mais vous, je vous ai lu.

— Si nous allions dans la galerie, dit Paul Overt.

Elle lui plaisait beaucoup, moins à cause de cette dernière remarque (qui n'était certes pas pour lui déplaire) que parce que, assise en face de lui au déjeuner, elle avait laissé s'imprimer en lui, une demi-heure durant, l'image de son beau visage. Mais il y avait eu également autre chose : un sentiment de générosité, celui d'un enthousiasme qui, différent en cela de beaucoup d'enthousiasmes, n'était pas qu'une pose. Qu'en la circonstance le repas l'eût de nouveau placée au contact de Henry St George ne gâta bien sûr rien à l'affaire. Assis à côté d'elle, celui-ci se trouvait ainsi en face de notre jeune homme, qui put remarquer que St George multipliait les marques d'attention que son épouse avait portées à la connaissance du Général. Davantage, Paul Overt put remarquer que cette dame n'était en rien affectée par ces démonstrations et qu'elle donnait tous les signes d'un esprit sans nuages. D'un côté elle avait comme voisin lord Masham et de l'autre cet homme accompli qu'était Mr Mullimer, le directeur du nouveau et dynamique journal du soir qui faisait alors autorité et sur lequel on comptait pour combler un manque ressenti dans certains milieux de plus en plus conscients de la nécessité, pour le conservatisme, de devenir amusant, et qui se montraient sceptiques lorsque ceux de l'autre bord leur assuraient qu'il était déjà suffisamment amusant comme cela. Au bout d'une heure passée en sa compagnie, Paul Overt la trouva encore plus jolie qu'à sa première apparition, et si ses allusions profanes au travail de son mari n'avaient pas encore tinté à ses oreilles, elle lui aurait plu — dans la mesure où cela pouvait avoir un sens, s'agissant d'une femme à laquelle il n'avait pas encore adressé la parole et à laquelle il ne parlerait probablement jamais, si cela ne tenait qu'à elle. Les jolies femmes, à l'évidence, étaient nécessaires à Henry St George, et pour l'heure c'était Miss Fancourt qui se montrait la plus indispensable. Si Overt s'était promis de mieux observer celui-ci, l'occasion présente était des meilleures ; elle eut des conséquences que le jeune homme tint pour importantes. Il y voyait plus clair dans ses traits, et les apprécia d'autant plus qu'ils ne livraient pas toute leur histoire dans les trois premières minutes. Cette histoire se révélait au fil de la lecture, en feuilleton (il était excusable que les analogies qui venaient à l'esprit d'Overt fussent, pour ainsi dire, professionnelles), et le texte était d'un style plutôt alambiqué — d'une langue difficile à traduire à livre ouvert. Il y avait des nuances de sens et une vague perspective historique qui reculait à mesure que l'on avançait. Deux faits avaient particulièrement retenu l'attention de Paul Overt. Le premier était qu'il préférait le visage de l'illustre romancier au repos plutôt que souriant ; son sourire lui déplaisait (autant que le pouvait quelque chose venant de là), alors que, tranquille, ce visage avait un charme qui augmentait à mesure qu'il le devenait tout à fait. Quand une expression de gaieté le gagnait, se soulevait chez Overt une protestation intérieure semblable à celle d'une personne assise dans la pénombre, et la goûtant, lorsqu'on lui amène la lampe trop tôt. Sa seconde réflexion fut que, malgré le déplaisir qu'en général il avait à voir un homme de cet âge déployer des talents de séducteur à l'endroit d'une jolie jeune fille, il n'était plus frappé, dans le cas présent, par l'énormité de la chose ; ce qui semblait prouver que St George avait la main légère ou l'air plus jeune qu'il ne l'était, ou bien encore que le comportement de Miss Fancourt montrait qu'elle-même n'était consciente d'aucune anomalie.

Overt accompagna celle-ci dans la galerie, et ils y déambulèrent d'un bout à l'autre, regardant les tableaux, les meubles, le spectacle charmant, en harmonie avec la perspective d'un après-midi d'été, lui ressemblant par sa longue clarté, avec de vastes divans et de vieux fauteuils comme autant d'heures de repos. Pareil endroit présentait l'avantage supplémentaire de donner à ceux qui y pénétraient matière à conversation. Miss Fancourt s'assit à côté de Paul Overt sur un canapé fleuri, dont les coussins, fort nombreux, étaient des cubes d'un tissu tendu et de vieille date, aux dimensions diverses, et après un instant, elle dit :

— Je suis si contente d'avoir l'occasion de vous remercier.

— De me remercier ?

— Votre livre m'a tellement plu. Je trouve qu'il est splendide.

Elle resta là, à lui sourire, et lui ne se demanda jamais à

quel livre elle faisait allusion ; car, après tout, il en avait écrit trois ou quatre. Cela semblait un détail vulgaire, et il ne se sentit pas même flatté à l'idée du plaisir que, selon ses dires — car son beau visage illuminé le lui disait —, il lui avait procuré. Le sentiment auquel elle faisait appel, ou du moins le sentiment qu'elle suscitait, était quelque chose de plus vaste, quelque chose qui avait peu à voir avec la simple stimulation de sa propre vanité. C'était une admiration émue de la vie qu'elle incarnait, dont la jeune pureté et la richesse semblaient signifier que la vraie réussite était de ressembler à cela, de vivre, de s'épanouir, de présenter la perfection d'un type subtil, non d'avoir péniblement élaboré des fantaisies à vous donner des migraines, le dos voûté devant une table tachée d'encre. Lorsque ses yeux gris étaient posés sur lui (ils étaient assez écartés l'un de l'autre, et la séparation de ses cheveux à la somptueuse couleur, si épais qu'ils osaient être lisses, dessinait une souple arcade au-dessus d'eux), il avait presque honte de cet exercice de la plume qu'elle était maintenant encline à louer. Il était conscient qu'il eût préféré lui plaire de quelque autre façon. Les lignes de son visage étaient celles d'une femme adulte, mais il y avait quelque chose de l'enfant dans son teint et la douceur de sa bouche. Par-dessus tout, elle était naturelle — cela était maintenant indubitable —, plus naturelle qu'il ne l'avait tout d'abord supposée, peut-être en raison de l'esthétisme de ses vêtements drapés, qui étaient conventionnellement peu conventionnels, suggérant une tortueuse spontanéité. En d'autres circonstances ce genre de choses lui avait fait peur, à juste titre d'ailleurs, car, bien qu'il fût artiste dans l'âme, la réactionnaire nymphe moderne, avec ses atours pris dans les ronces des bois et les cheveux en désordre comme si les satyres eussent joué avec, était de nature à le mettre mal à l'aise. Miss Fancourt était en fait plus candide que son costume, la meilleure preuve en était sa supposition qu'une telle tenue fût appropriée à son tempérament libéral. Ses vêtements étaient ceux d'une pessimiste, mais Overt était persuadé qu'elle avait du goût pour la vie. Il la remercia de son appréciation — conscient, dans le même temps, de ne pas se montrer assez reconnaissant et de risquer de passer à ses yeux pour quelqu'un de peu aimable. Il avait peur qu'elle lui demandât d'expliquer quelque chose qu'il avait écrit, ce à quoi il répugnait toujours (peut-être par excès de timidité), car, à son oreille, l'explication d'une œuvre d'art avait une résonance stupide. Mais elle lui plaisait tant qu'il avait la certitude qu'à long terme il pourrait lui montrer qu'il n'était pas grossièrement évasif. D'ailleurs il était certain qu'elle ne s'offusquait pas pour un rien ; elle n'était pas irascible, on pouvait compter sur elle pour attendre. Aussi quand il lui dit : « Ah ! ne parlez pas, ici, de quoi que ce soit que j'aie pu faire ; il y a un autre homme dans la maison qui fait l'actualité ! » il émit cette brève et sincère protestation avec la sensation qu'elle ne trouverait en ces paroles ni la fausse modestie ni la mauvaise grâce de l'homme qui a réussi et qu'ennuient les louanges.

— Vous parlez de Mr St George — n'est-il pas charmant ?

Paul Overt la regarda un moment ; il y avait dans ses yeux une sorte de lueur matinale.

— Hélas, je ne le connais pas. Je l'admire seulement de loin.

— Oh, mais il faut absolument faire sa connaissance, il a tellement envie de vous parler ! répondit Miss Fancourt, qui avait manifestement l'habitude de dire les choses qui, d'après son rapide calcul, feraient plaisir aux gens.

Overt devina comment elle devait toujours miser sur la bonne entente des uns et des autres.

— Je n'aurais jamais supposé qu'il sût quelque chose de moi, affirma Paul, en souriant.

— Eh bien, si — tout. Et si tel n'était pas le cas, je pourrais le lui dire.

— Lui dire tout ?

— Vous parlez exactement comme les personnages de votre livre ! s'exclama-t-elle.

— Alors ils doivent tous parler de la même façon.

— Effectivement, l'éviter doit être bien difficile.

Mr St George me dit que ça l'est, terriblement. J'ai essayé moi aussi et je partage cet avis. J'ai essayé d'écrire un roman.

— Mr St George ne devrait pas vous décourager, dit Paul Overt.

— Vous le faites bien plus quand vous prenez cette tête-là.

— Et puis, après tout, pourquoi essayer d'être un artiste ? reprit le jeune homme. C'est si médiocre — si médiocre !

— Je ne saisis pas ce que vous voulez dire, dit Miss Fancourt avec gravité.

— Je veux dire comparé à l'existence d'une personne active, qui, elle, vit les œuvres.

— Mais qu'est-ce que l'art sinon une vie, si cette vie est réelle ? demanda la jeune fille.

— J'estime que c'est la seule ; tout le reste est si bancal !

Paul Overt se mit à rire, et elle poursuivit :

— C'est si intéressant de rencontrer tant de gens célèbres.

— Je le crois, mais ce n'est tout de même pas nouveau pour vous.

— Mais je n'ai jamais vu personne... personne, car j'ai toujours vécu en Asie.

— Mais l'Asie ne fourmille-t-elle pas de grands personnages ? N'avez-vous pas administré des provinces en Inde et fait enchaîner à votre voiture des rajahs captifs et des princes tributaires ?

— J'étais avec mon père quand j'ai quitté l'école pour aller là-bas. C'était merveilleux d'être avec lui — nous sommes seuls ensemble au monde, lui et moi —, mais il n'y avait jamais personne de la société que je préfère. Jamais l'on n'entendait parler d'un tableau, jamais d'un livre, sauf des mauvais.

— Jamais entendu parler d'un tableau. Mais toute votre vie n'était-elle pas un tableau ?

Miss Fancourt jeta un coup d'œil sur le coin charmant où ils étaient assis.

— Rien de comparable à ceci. J'adore l'Angleterre ! s'exclama-t-elle.

— Ah, bien sûr, je ne peux nier qu'il y ait encore quelque chose à faire d'elle.

— Elle n'a pas été effleurée, en réalité, dit la jeune fille.

— Est-ce Henry St George qui a dit cela ?

Il y avait, telle était du moins son impression, une légère pointe d'ironie dans sa question ; la jeune fille y répondit toutefois très simplement, sans relever l'insinuation.

— Oui, il dit qu'elle n'a pas été effleurée, effleurée au regard des possibilités qu'elle offre, dit-elle avec passion. Il est tellement intéressant quand il en parle. A l'écouter, l'on a envie de faire quelque chose.

— Moi aussi j'aurais cette envie, dit Paul Overt, ressentant aussitôt très fortement le pouvoir suggestif de ce qu'elle disait et de l'émotion avec laquelle elle le disait, et quel aiguillon pouvait être, dans la bouche de St George, un tel discours.

— Oh, vous ! Comme si vous ne l'aviez pas déjà ! J'aimerais tant vous entendre discuter ensemble, ajouta-t-elle avec ardeur.

— C'est très aimable à vous ; mais il dominerait totalement la discussion. Je suis prosterné devant lui.

Miss Fancourt prit, pour un moment, un air sérieux.

— Croyez-vous donc qu'il soit si parfait ?

— Loin de là. Certains de ses derniers livres me semblent terriblement bizarres...

— Oui, oui. Cela, il le sait.

Paul Overt écarquilla les yeux.

— Qu'ils me semblent terriblement bizarres ?

— Eh bien, oui, ou du moins qu'ils ne sont pas ce qu'ils devraient être. Il m'a dit qu'il ne les tenait pas en haute estime. Il m'a dit des choses si merveilleuses ; il est tellement intéressant.

Cela fit un certain choc à Paul Overt de savoir que le fin génie dont ils parlaient en avait été réduit à faire une confession à ce point explicite, et l'avait faite, dans sa détresse, au premier venu ; car, bien que Miss Fancourt fût charmante, qu'était-elle après tout sinon une très jeune fille rencontrée dans un manoir ? Mais, précisément, cela faisait partie du sentiment qu'il venait lui-même d'exprimer ; il laisserait la place entièrement libre au pauvre et faillible grand homme non parce qu'il ne le lisait pas avec lucidité, mais bien pour l'exacte raison inverse. Sa considération était faite pour moitié de tendresse envers les légèretés dont il était sûr que St George les jugeait, en privé, avec la plus extrême sévérité, et qui dénotaient quelque tragique secret intellectuel. Il devait avoir ses raisons pour sa psychologie *à fleur de peau,* et ces raisons ne pouvaient être que cruelles, jusqu'à le rendre plus cher encore à ceux qui l'aimaient déjà.

— Vous me mettez l'eau à la bouche. J'émets quelques réserves, je fais des distinctions — mais je l'aime, dit Paul, au bout d'un moment. Et le voir ainsi pour la première fois est pour moi un grand événement.

— C'est capital, magnifique ! s'écria la jeune fille. C'est délicieux de vous réunir !

— Que ce soit votre œuvre — voilà qui rend la chose parfaite, répliqua Overt.

— Il est aussi impatient que vous, reprit Miss Fancourt, mais c'est tellement curieux que vous ne vous soyez pas rencontrés.

— Ce n'est pas vraiment aussi curieux qu'il y paraît. J'ai été si souvent à l'étranger — mes absences d'Angleterre se sont tellement répétées toutes ces dernières années.

— Et pourtant vous écrivez aussi bien à son propos que si vous y étiez toujours resté.

— C'est peut-être le fait d'être ailleurs, précisément. En tout cas, je soupçonne les plus belles pages d'avoir été écrites dans de mornes localités à l'étranger.

— Et pourquoi étaient-elles mornes ?

— Parce que c'étaient des stations thermales, où mourait ma pauvre mère.

— Votre pauvre mère ? murmura, avec douceur, la jeune fille.

— Nous allions d'un endroit à l'autre pour aider à son rétablissement. Mais elle ne s'est jamais rétablie. Sur la mortelle Riviera (je la déteste !), dans les Hautes-Alpes, à Alger, et très loin — un voyage horrible — au Colorado.

— Et elle ne va pas mieux ? reprit Miss Fancourt.

— Elle est morte, il y a un an.

— Vraiment ? la mienne aussi, mais il y a des années ! Un jour, il faudra que vous me parliez de votre mère, ajouta-t-elle.

Overt la regarda un instant.

— Qu'elles sont justes, les choses que vous dites ! Si vous les dites à St George, cela ne m'étonne pas qu'il soit votre esclave.

— Je ne sais pas ce que vous voulez dire. Il ne fait ni discours ni déclarations — il n'est pas ridicule.

— Je crains alors que vous considériez que je le suis.

— Non, pas du tout, répliqua la jeune fille un peu sèchement. Il comprend tout.

Overt était sur le point de dire, facétieusement : « Et pas moi — c'est cela ? » Mais ces paroles, avant qu'il les eût prononcées, se transformèrent en quelque chose de légèrement moins frivole :

— Croyez-vous qu'il comprenne sa femme ?

Miss Fancourt ne fit pas de réponse directe, mais, après un moment d'hésitation, elle s'exclama :

— N'est-elle pas charmante ?

— Pas le moins du monde !

— Le voici qui vient. Maintenant il faut que vous fassiez sa connaissance, reprit la jeune fille.

Un petit groupe de visiteurs s'était formé à l'autre bout de la galerie ; Henry St George, venant nonchalamment d'une pièce voisine, s'était, un moment, joint à eux. Restant là mais sans prendre part à la conversation, il prit une vieille miniature sur une table pour la regarder d'un œil distrait. Au bout d'une minute, il parut se rendre compte de la présence de Miss Fancourt et de son compagnon à quelque distance de lui ; sur quoi, reposant la miniature, il s'approcha d'eux avec le même air de procrastination, les mains dans les poches et les yeux tournés vers les tableaux, à droite et à gauche. La galerie était si longue que le déplacement prit un certain temps, d'autant qu'il s'arrêta un moment pour admirer le beau Gainsborough.

— Il dit que Mrs St George est la clé de sa réussite, poursuivit la jeune fille d'une voix légèrement plus basse.

— Ah, il est souvent obscur, dit Paul Overt en riant.

— Obscur ? répéta-t-elle, d'un air interrogatif.

Ses yeux ne quittaient pas son autre ami, et Paul ne manqua pas de remarquer qu'ils semblaient émettre d'intenses rayons de douceur.

— Il va vous parler, dit-elle, comme en retenant son souffle.

Il y avait une espèce de ravissement dans sa voix ; Paul Overt en fut saisi. « Mon Dieu, compte-t-il pour elle à ce point-là ? est-elle amoureuse de lui ? » se demanda-t-il intérieurement.

— Ne vous ai-je pas dit qu'il était impatient, ajouta-t-elle à son compagnon.

— C'est de l'impatience dissimulée, répliqua le jeune homme, comme l'objet de leurs regards s'attardait devant son Gainsborough. Il s'approche de nous petit à petit, timidement. Veut-il dire qu'elle l'a sauvé en brûlant ce livre ?

— Ce livre ? Quel livre ? Quel livre a-t-elle brûlé ?

La jeune fille tourna rapidement son visage vers lui.

— Ne vous a-t-il donc rien dit ?

— Pas un mot.

— Alors il ne vous dit pas tout !

Paul Overt avait deviné qu'elle supposait plus ou moins le contraire. Le grand homme avait repris son chemin à présent et s'était rapproché ; malgré quoi, Overt risqua l'observation profane :

— St George et le dragon : voilà ce que suggère l'anecdote.

Miss Fancourt ne l'entendit pourtant pas : elle souriait à son ami, qui s'apprêtait à les aborder.

— Il est impatient — il l'est vraiment !

— Impatient pour vous — oui.

Mais la jeune fille l'appelait déjà, franchement, joyeusement.

— Je sais que vous voulez connaître Mr Overt. Vous serez de grands amis, et pour moi cela sera toujours merveilleux de me rappeler que j'ai assisté à votre première rencontre et que j'y étais pour quelque chose.

Il y avait dans ces paroles une fraîcheur qui les faisait passer ; néanmoins notre jeune homme plaignit Henry St George, comme il plaignait toujours toute personne invitée publiquement à être sensible et charmante. Il eût été si touché de croire qu'un homme qu'il admirait profondément attachait de l'importance à lui qu'il se refusait à jouer avec une telle présomption, au cas où celle-ci s'avérerait vaine. En un simple regard du maître pardonnable il découvrit (étant doué de cette espèce de divination propre à son talent) que ce personnage était plein d'une bienveillance naturelle, mais n'avait pas lu une ligne de lui. Il y avait à cela un soulagement, une simplification : l'aimant déjà tant pour ce qu'il avait fait, comment eût-il été possible de l'aimer davantage pour avoir été sous l'emprise d'une vague espérance ? Il se leva, essayant de montrer sa compassion, mais il se trouva aussitôt happé par l'heureux savoir-faire personnel de St George — une manière dont la vertu était de conjurer, comme par magie, les situations fausses. Tout cela se passa en un instant. Paul Overt était conscient que, maintenant, il le connaissait, conscient de sa poignée de main, et même de la qualité de sa main ; de son visage, vu de plus près, et partant mieux vu, d'une assurance plutôt fraternisante, et surtout du fait qu'il ne déplaisait pas à St George (du moins pas encore) pour lui avoir été imposé par une jeune fille charmante mais par trop démonstrative, assez attirant en lui-même pour se passer d'un tel compagnonnage. Aucune irritation, en tout cas, ne se trahissait dans la voix avec laquelle il interrogea Miss Fancourt sur quelque projet de promenade — d'une promenade générale de la compagnie autour du parc. Il avait dit quelque chose à Paul au sujet d'une discussion — « Nous avons beaucoup de choses à nous dire ; il y a tant de choses, n'est-ce pas ? » — mais Paul voyait bien que cette idée ne serait pas, dans le cas présent, aussitôt suivie d'effet. Il en fut malgré tout extrêmement heureux, même après que la question de la promenade eut été réglée (au bout d'un moment ils retournèrent tous les trois vers l'autre partie de la galerie, où cette question fut débattue par plusieurs membres du groupe), même lorsque, une fois qu'ils furent tous sortis ensemble, il se retrouva pendant une demi-heure en compagnie de Mrs St George. Son mari avait pris de l'avance avec Miss Fancourt, et le couple était complètement hors de vue. Ce fut la plus délicieuse des promenades pour un après-midi d'été — une herbeuse allée circulaire, de très grande dimension, longeant les limites du parc du côté intérieur. Le parc était entièrement ceint d'un vieux mur crépi mais parfaitement rouge, lequel, à leur gauche durant toute leur marche, constituait un pittoresque accompagnement. Mrs St George lui précisa le surprenant chiffre d'acres ainsi enclos, ainsi que de nombreux autres faits relatifs à la propriété, à la famille, et aux autres propriétés de la famille : elle ne pouvait lui recommander avec trop d'insistance de voir leurs autres maisons. Elle en cita les noms, passant de l'un à l'autre avec la facilité de l'habitude, donnant ainsi l'impression qu'ils formaient une liste presque sans fin. Elle avait accueilli Paul Overt fort aimablement lorsque celui-ci avait entamé l'échange en lui disant sa joie d'avoir fait la connaissance de son mari quelques instants auparavant ; et elle lui donna l'image d'une petite femme si alerte et si obligeante qu'il eut un peu honte de son *mot* à Miss Fancourt à son sujet ; bien que cent autres, se dit-il, en cent occasions différentes, l'eussent assurément fait. Bref, il s'entendait mieux avec Mrs St George qu'il ne s'y attendait ; mais cela n'empêcha pas cette dernière de subitement se rendre compte qu'elle était morte de fatigue et qu'elle devait songer maintenant à regagner la maison par le chemin le plus court. Elle n'avait pas la force d'un chaton, disait-elle — elle était vraiment mal en train ; cela, Overt était trop préoccupé pour s'en apercevoir — préoccupé qu'il était de comprendre en quelle mesure on pouvait la tenir pour responsable de la réussite de son mari. Il en était parvenu à entrevoir une faible lueur de la réponse lorsqu'elle déclara qu'elle devait le quitter, mais cette impression était bien entendu provisoire. Au moment même où il était en train de se proposer à la raccompagner, la situation connut un revirement ; lord Masham était soudainement réapparu, revenant vers eux et les rattrapant, émergeant des buissons — Overt eût à peine pu dire comment il était apparu, et Mrs St George avait manifesté le désir qu'on la laissât seule et que le groupe ne fût pas dispersé. Un instant après, elle s'éloignait avec lord Masham. Paul Overt s'en revint rejoindre lady Watermouth à qui il signala tout de suite que Mrs St George avait été contrainte de mettre un terme à ses efforts pour aller plus loin.

— Elle n'aurait pas dû sortir du tout, fit Madame la baronne d'un ton plutôt maussade.

— Est-elle à ce point malade ?

— Elle va très mal, en effet.

Et son hôtesse d'ajouter avec une sévérité encore plus grande :

— Elle ne devrait même pas venir chez les gens !

Il s'interrogea sur les sous-entendus de cette remarque, et comprit rapidement qu'il ne s'agissait pas d'une réflexion sur la conduite de la dame ou sur ses qualités morales : cela voulait simplement dire que sa force n'était pas à la hauteur de ses désirs.

III

Le fumoir à Summersoft était à l'échelle du reste de l'endroit ; haut, lumineux, commode, il était décoré de vieilles sculptures raffinées et de moulures qui le faisaient ressembler plutôt à un boudoir pour dames assises à broder de ternes tapisseries qu'à un parlement de messieurs fumant de très forts cigares. Les messieurs s'y rassemblèrent en nombre considérable le dimanche soir, se groupant pour la plupart à un bout de la pièce, devant l'une des belles et fraîches cheminées de marbre blanc, dont l'entablement était orné d'un délicat petit « sujet » italien. Le mur d'en face avait, lui aussi, sa cheminée, et grâce à la douceur de cette soirée d'été, il n'y avait de feu ni dans l'une ni dans l'autre ; une table encombrée de bouteilles, de carafes et de grands verres donnait lieu, au coin d'une des cheminées, à un début de regroupement. Paul Overt était un fumeur déloyal ; il tirait des bouffées d'une cigarette pour des raisons avec lesquelles le tabac n'avait rien à voir. Ce fut particulièrement le cas lors de l'occasion dont je parle ; son mobile était la perspective d'une petite discussion franche avec Henry St George. La « considérable » communion que le grand homme lui avait laissé espérer plus tôt dans la journée ne s'était pas encore réalisée, et cela l'attristait beaucoup, car les invités devaient partir chacun de leur côté immédiatement après le petit déjeuner, le lendemain. Il eut, d'ailleurs, la déception de constater qu'apparemment l'auteur du *Lac des ombres* n'était pas disposé à prolonger sa veille. Il n'était pas parmi les messieurs présents dans le fumoir lorsque Overt entra, ni de ceux qui arrivèrent, dans d'éclatants habits, au cours des dix minutes qui suivirent. Le jeune homme attendit un peu, se demandant s'il était seulement allé passer quelque extraordinaire tenue ; cela expliquerait son retard, tout en renforçant ce qu'Overt avait déjà remarqué : la tendance de St George à respecter les attitudes les plus convenues. Mais il ne venait pas — il devait être en train de passer une tenue plus extraordinaire que cela n'était vraisemblable. Paul renonça à lui, se sentant un peu froissé, un peu blessé, que St George ne se fût pas arrangé pour lui adresser vingt mots. Il n'était pas en colère, mais tirait des bouffées de cigarette en soupirant, avec le sentiment d'avoir manqué une précieuse occasion. Il s'éloigna distraitement avec ses regrets et circula lentement dans la pièce, en regardant les vieilles gravures accrochées aux murs. C'est dans cette posture qu'il sentit, quelques instants après, une main se poser sur son épaule et une voix amicale résonner à son oreille.

— Voici qui est parfait. J'espérais vous trouver. Je suis descendu tout exprès.

St George était là, dans la même tenue et avec son visage bienveillant — le plus sérieux — auquel Overt se montra vivement sensible. Il expliqua que c'était seulement pour le Maître — l'idée d'une petite conversation — qu'il était resté à veiller ; et que, ne le trouvant pas, il s'apprêtait à aller se coucher.

— Eh bien, vous savez, je ne fume pas, ma femme me l'interdit, dit St George, en cherchant une place où s'asseoir. C'est très bien pour moi — c'est très bien. Prenons ce canapé-là.

— Voulez-vous dire que fumer vous fait du bien ?

— Non, non — son interdiction. C'est une belle chose que d'avoir une épouse qui vous montre tout ce dont on peut se passer. On pourrait ne jamais s'en rendre compte, tout seul. Elle ne me laisse pas toucher à une cigarette.

Ils prirent possession du canapé, un peu à l'écart du groupe des fumeurs, et St George reprit :

— Vous-même, en avez-vous une ?

— Une cigarette, vous voulez dire ?

— Mon Dieu, non ! une épouse.

— Non, et pourtant je renoncerais à ma cigarette pour en avoir une.

— Vous renonceriez à bien d'autres choses encore, répliqua St George. Néanmoins vous recevriez énormément en retour. Cela présente beaucoup d'avantages d'avoir une épouse, ajouta-t-il, en croisant à la fois les bras et les jambes, qu'il avait étendues.

Il refusa tout tabac et resta assis là sans y revenir. Paul Overt s'arrêta de fumer, touché par sa courtoisie ; et, après tout, ils n'étaient pas dans la fumée, leur canapé était dans un angle isolé. St George reprit en déclarant que c'eût été une erreur, une grosse erreur pour eux, que de se séparer sans avoir un peu bavardé.

— Car je sais tout de vous, dit-il. Je sais que vous êtes très remarquable. Vous avez écrit un livre très fameux.

— Et comment le savez-vous ? demanda Paul.

— Voyons, mon cher ami, c'est dans l'air, c'est dans les journaux, c'est partout.

St George parlait avec la familiarité immédiate d'un *confrère* — un ton qui semblait à son compagnon tout à fait celui du bruissement du laurier.

— Votre nom est sur les lèvres de tous les hommes, mieux encore, de toutes les femmes. D'ailleurs, j'étais à l'instant en train de lire votre livre.

— A l'instant ? Vous ne l'aviez pas lu cet après-midi, fit Overt.

— Comment savez-vous cela ?

— Vous savez comment je le sais, répondit le jeune homme en riant.

— Je suppose que Miss Fancourt vous l'a dit.

— Pas du tout — elle m'a plutôt laissé supposer que vous l'aviez lu.

— Oui, cela lui ressemble bien plus. Ne répand-elle pas une douce chaleur sur la vie ? Mais vous ne l'avez pas crue ? demanda St George.

— Non, pas quand vous êtes venu nous rejoindre là-bas.

— Est-ce que j'ai fait semblant ? Est-ce que j'ai mal fait semblant ?

Mais sans attendre de réponse, St George poursuivit :

— Vous devriez toujours croire une jeune fille comme celle-là — toujours, toujours. Certaines femmes sont faites pour qu'on les prenne avec des réserves, en faisant la part des choses ; mais, elle, vous devez l'accepter exactement telle qu'elle est.

— Je l'aime beaucoup, dit Paul Overt.

Le ton de sa voix avait quelque chose qui sembla susciter chez son compagnon un sentiment momentané de l'absurde ; peut-être était-ce l'air de délibération accompagnant ce jugement. St George éclata de rire et répliqua :

— C'est ce que vous avez de mieux à faire avec elle. C'est une jeune femme très rare ! Il se trouve, néanmoins, je l'avoue, que je ne vous avais pas lu cet après-midi.

— Vous voyez donc combien j'avais raison de ne pas croire Miss Fancourt dans ce cas précis.

— Combien vous aviez raison ? Comment puis-je être d'accord quand cela m'a fait perdre mon crédit.

— Souhaitez-vous passer exactement pour celui dont elle donne l'image ? Vous n'avez certes pas à en avoir peur, dit Paul.

— Oh, mon cher jeune homme, ne parlez pas de passer — pour des gens comme moi ! Je suis en train de passer — c'est aussi simple que cela. Elle a mieux à faire de sa jeune imagination (qui est fine, n'est-ce pas ?) que de donner une quelconque « image » d'un tel animal fatigué, affaibli, usé !

St George parlait avec une soudaine tristesse qui provoqua une protestation de la part de Paul ; mais avant qu'il pût la faire entendre, St George reprit, revenant à l'heureux roman :

— Je n'imaginais pas que vous fussiez si bon — on entend dire tant de choses. Mais vous êtes étonnamment bon.

— Je vais être étonnamment meilleur, dit Overt.

— Je le vois, et c'est bien ce qui me séduit. Je ne vois pas grand-chose d'autre — en cherchant un peu — qui s'apprête à être étonnamment meilleur. A coup sûr, ce sera pire pour la plupart des choses. C'est tellement plus facile d'être pire — Dieu sait si j'en ai fait moi-même l'expérience. Je ne suis pas très enthousiasmé, vous savez, par ce qui est tenté, par ce qui est fait. Mais vous, il faut absolument que vous soyez meilleur — il faut que vous mainteniez le cap. Moi, de toute évidence, je ne l'ai pas fait. C'est très difficile — c'est bien là tout le problème. Mais je vous en sais capable. Ce sera un scandale, sinon.

— Il est très intéressant de vous entendre parler de vous ; mais je ne saisis pas bien ce que vous entendez par vos allusions à un relâchement de votre part, fit observer Paul Overt, avec une hypocrisie pardonnable.

Son compagnon lui plaisait tant que la réalité d'un déclin avait, pour l'instant, cessé de le frapper.

— Ne dites pas cela — ne dites pas cela, répliqua gravement St George, la tête appuyée sur le haut du dossier du canapé et les yeux fixés au plafond. Vous savez parfaitement ce que je veux dire. Il ne m'a pas fallu lire vingt pages de votre livre pour constater qu'il était impossible que vous ne vous en aperceviez pas.

— Vous me rendez très malheureux, murmura Paul.

— J'en suis heureux, car cela pourra vous servir d'avertissement. Cela doit être assez choquant, surtout pour un jeune esprit, tout neuf et débordant de foi — le spectacle d'un homme, promis aux meilleures choses, tombé, à mon âge, dans un tel déshonneur.

St George, dans la même attitude recueillie, parlait doucement mais avec résolution, et sans émotion visible. Son ton suggérait même quelque lucidité impersonnelle frisant la cruauté — envers lui-même — qui incita Paul à poser une main conciliatrice sur son bras. Mais il reprit, tandis que ses yeux paraissaient suivre les belles subtilités du vieux plafond :

— Regardez-moi bien, prenez à cœur ma leçon, car c'est bien une leçon. Qu'au moins cela ait cette utilité, que votre compatissante impression vous donne le frisson, et que cela puisse vous aider, dans le futur, à suivre le droit chemin. Ne devenez pas dans votre vieillesse ce que je suis devenu dans la mienne — l'illustration déprimante, déplorable, du culte des idoles !

— Qu'entendez-vous par votre vieillesse ? demanda Paul Overt.

— Cela m'a rendu vieux. Mais j'aime votre jeunesse.

Overt ne répondit rien — ils restèrent une minute en silence. Ils entendaient les autres discuter de la majorité gouvernementale. Puis, Paul s'enquit :

— Qu'entendez-vous par idoles ?

— Les idoles du marché — l'argent, le luxe, et le « monde » ; placer ses enfants, habiller son épouse — tout ce qui vous pousse vers les raccourcis et la facilité. Ah ! les exécrables choses qu'ils vous font faire !

— Mais, tout de même, l'on a raison de vouloir placer ses enfants.

— On n'a pas le droit d'avoir d'enfant, déclara St George, placide. Je veux dire, évidemment, si l'on veut faire quelque chose de bien.

— Mais ne sont-ils pas une inspiration, un encouragement ?

— Un encouragement à la damnation, artistiquement parlant.

— Vous touchez là des choses très profondes — des choses que j'aimerais débattre avec vous, dit Paul Overt. J'aimerais vous entendre raconter des volumes sur vous-même. C'est pour moi une grande fête !

— Bien entendu ça l'est, cruel jeune homme. Mais pour bien vous montrer que je suis encore capable, tout avili que je suis, d'un acte de foi, je ferai, pour vous, mourir ma vanité sur le bûcher et la réduirai en cendres. Il faut que vous veniez me voir — il faut que vous veniez nous voir. Mrs St George est charmante ; elle aime les grandes célébrités, à leurs débuts comme à leur apogée. Il faut que vous veniez dîner — ma femme vous écrira. Où peut-on vous joindre ?

Et Overt sortit son carnet pour en retirer une carte de visite. Mais, réflexion faite, il la garda, remarquant qu'il ne laisserait pas son ami se donner cette peine et qu'il viendrait le voir dès son retour à Londres et la déposerait à sa porte s'il ne pouvait être reçu.

— Ah, vous ne le pourrez sans doute pas ; mon épouse est toujours sortie, ou bien, quand elle n'est pas absente, ses précédentes sorties l'ont trop fatiguée. Il faut que vous veniez dîner — quoique cela risque de ne pas marcher non plus, car ma femme est pour les grands dîners. Il faut que vous descendiez nous voir à la campagne, c'est la meilleure solution ; nous avons beaucoup de place, et ce n'est pas mal.

— Vous avez une maison à la campagne ? demanda Paul avec envie.

— Oh, pas comme celle-ci ! Mais nous àvons une espèce de pied-à-terre à une heure de la gare d'Euston. C'est l'une des raisons.

— L'une des raisons ?

— Pour lesquelles mes livres sont si mauvais.

— Il faut que vous me disiez quelles sont toutes les autres ! s'exclama Paul en riant.

Son ami ne fit aucune réponse directe ; il se contenta de demander, plutôt abruptement :

— Pourquoi ne vous ai-je jamais vu jusqu'à présent ?

Le ton de la question était singulièrement flatteur pour son nouveau compagnon ; il semblait en effet impliquer qu'il était maintenant conscient d'avoir manqué, pendant des années, quelque chose.

— En partie, je suppose, parce qu'il n'y a pas eu de raison particulière pour que vous me voyiez. Je n'ai pas fréquenté le monde — votre monde. J'ai passé de nombreuses années loin d'Angleterre, en divers lieux à l'étranger.

— Eh bien, je vous prie de ne plus faire cela. Vous devez faire l'Angleterre — et il y a de quoi faire.

— Voulez-vous dire que je dois écrire sur l'Angleterre ? demanda Paul, d'une voix qui avait le ton candide d'un enfant qui écoute.

— Bien sûr que vous le devez ! Et formidablement bien, s'il vous plaît. C'est ce qui atténue un peu mon estime pour votre truc — le fait que cela se passe à l'étranger. Zut pour l'« étranger » ! Restez chez nous et traitez des choses d'ici — traitez les sujets que nous pouvons jauger.

— Je ferai tout ce que vous me direz, dit Paul Overt, profondément attentif. Mais vous m'excuserez si je dis que je ne comprends pas comment il se fait que vous ayez lu mon livre, ajouta-t-il. Je vous ai eu devant moi tout l'après-midi, d'abord pendant cette longue promenade, puis pour le thé sur la pelouse, jusqu'à ce que nous allions nous changer pour le dîner, et toute la soirée au dîner, et maintenant ici.

St George tourna le visage en souriant.

— Je n'ai lu qu'un quart d'heure.

— Un quart d'heure, c'est généreux, mais je ne comprends pas à quel moment vous l'avez trouvé. Au salon, après le dîner, vous ne lisiez pas, vous parliez avec Miss Fancourt.

— Cela revient au même, parce que nous avons parlé de *Ginistrella*. Elle me l'a décrit — elle m'a prêté son exemplaire.

— Vous l'a prêté ?

— Elle voyage avec.

— C'est incroyable, murmura Paul Overt en rougissant.

— C'est glorieux pour vous ; mais ç'a été aussi une chance pour moi. Quand les dames sont montées se coucher, elle m'a gentiment proposé de me faire descendre le livre. Sa femme de chambre me l'a apporté au vestibule et je suis allé à ma chambre avec. Je n'avais pas pensé venir ici, c'est si peu dans mes habitudes. Mais je ne dors pas de bonne heure, il faut toujours que je lise une heure ou deux. Sur-le-champ, je me suis assis à lire votre roman ; sans me déshabiller, sans rien ôter que ma veste. C'est là, je pense, un signe de la force de ma curiosité à son sujet. J'ai lu pendant un quart d'heure, comme je vous l'ai dit, et même en un quart d'heure j'ai eu le temps d'être très impressionné.

— Ah, le début n'est pas très bon — c'est l'ensemble ! dit Overt, qui avait écouté ce récit avec un extrême intérêt. Et vous avez posé le livre pour venir me retrouver ? demanda-t-il.

— C'est ainsi qu'il m'a fait réagir. Je me suis dit : « Je vois que c'est un travail original et il se trouve qu'il est là, la journée est finie et je ne lui ai pas adressé vingt mots. » Il m'est venu à l'idée que vous seriez probablement au fumoir et qu'il ne serait pas trop tard pour réparer ma négligence. Je voulais me montrer courtois avec vous, alors j'ai mis ma veste et je suis descendu. Je reprendrai votre livre quand je remonterai.

Paul Overt s'agita sur son siège — il était extrêmement

touché par le spectacle d'une telle démonstration en sa faveur.

— Vous êtes vraiment le plus aimable des hommes. *Cela s'est passé comme ça?* et moi je suis assis ici, en votre compagnie, depuis tout ce temps, et je ne l'ai pas encore compris et je ne vous ai pas encore remercié !

— Remerciez Miss Fancourt — c'est elle qui m'y a poussé. Elle m'a donné le sentiment que j'avais lu votre roman.

— C'est un ange venu du ciel ! s'exclama Paul Overt.

— Oui, en effet. Je n'ai jamais vu personne comme elle. Son intérêt pour la littérature est émouvant — quelque chose qui n'appartient qu'à elle ; elle prend tout cela tellement au sérieux. Elle sent les arts et elle veut les sentir encore mieux. Pour ceux qui les pratiquent, c'est presque humiliant — sa curiosité, sa sympathie, sa bonne foi. Comment quelque chose peut-il être aussi beau qu'elle le suppose ?

— Elle est d'une rare composition, soupira Paul Overt.

— La plus riche que j'aie jamais vue — une intelligence artistique de tout premier plan. Et sous un tel extérieur ! s'exclama St George.

— On aimerait peindre une jeune fille comme elle, poursuivit Paul.

— Mais voilà — rien ne vaut la vie, dit son compagnon. Lorsque vous êtes à bout, saigné à blanc et usé, et que vous croyez que le sac est vide, il reste des choses qui vous parlent, qui vous touchent et vous donnent le frisson, une idée surgit — du cœur du réel — et vous démontre qu'il y a toujours quelque chose à faire. Mais je ne le ferai pas — elle n'est pas pour moi !

— Comment cela, pas pour vous ?

— Oh, tout cela est fini — elle est pour vous, si tel est votre désir.

— Ah, encore moins ! dit Paul Overt. Elle n'est pas faite pour un minable petit homme de lettres ; elle est faite pour le monde, le monde riche et brillant de la corruption et des récompenses. Et le monde la prendra — il l'emportera.

— Il essaiera — mais c'est peut-être un cas où il pourrait y avoir conflit. Cela vaudrait la peine de lutter, pour un homme qui en serait capable, qui aurait la jeunesse et le talent de son côté.

Ces paroles ne furent pas sans résonance dans l'esprit de Paul Overt — un instant, elles le laissèrent interdit.

— C'est étonnant qu'elle soit restée comme elle est, à se donner ainsi, et avec tant à donner.

— Qu'elle soit restée, vous voulez dire, si ingénue — si naturelle ? Oh, elle s'en moque pas mal — elle donne parce qu'elle est débordante. Elle a ses propres sentiments, ses propres critères ; elle n'a pas sans cesse présente à l'esprit la nécessité d'être fière. Et puis elle n'est pas ici depuis assez longtemps pour être gâtée ; elle a suivi une ou deux modes, mais seulement de celles qui amusent. C'est une provinciale — une provinciale de génie ; ses bévues mêmes sont charmantes et ses erreurs intéressantes. Elle est rentrée d'Asie avec toutes sortes de curiosités aiguisées et d'appétits inassouvis. Elle-même est de premier ordre, et elle se dépense pour des choses de second ordre. Elle est la vie même et elle fait preuve d'un rare intérêt pour les imitations. Elle confond tout, mais il n'y a rien qui la laisse l'esprit vide. Elle voit les choses dans une perspective particulière — comme depuis le sommet de l'Himalaya — et elle grandit tout ce qu'elle touche. Pour tout elle exagère — pour elle-même, je veux dire. Elle exagère à propos de vous et de moi !

Rien dans cette description n'était de nature à calmer l'agitation provoquée chez notre jeune ami par cette esquisse d'un si magnifique sujet. Elle mettait en évidence, lui sembla-t-il, le coup de patte admiré de St George, et il se perdit dans la contemplation de la vision (elle planait là devant lui) d'une forme féminine comme de l'un des ressorts de la perfection d'un roman. Mais au bout d'un moment il s'aperçut que la chose s'était transformée en fumée, et, venant de la fumée — la dernière bouffée d'un gros cigare —, se fit entendre la voix du général Fancourt qui avait quitté les autres pour venir se planter devant les messieurs assis sur le canapé.

— Je suppose que lorsque vous autres, vous vous mettez à discuter, cela dure la moitié de la nuit.

— La moitié de la nuit ? — *jamais de la vie !* Je respecte une hygiène de vie, répliqua St George en se levant.

— Je vois. Vous êtes fragile comme des plantes de serre, dit le Général en riant. C'est comme cela que vous produisez vos fleurs.

— Je produis les miennes entre dix et treize heures chaque matin — mes floraisons sont d'une régularité ! reprit St George.

— Et d'une splendeur! ajouta poliment le Général, pendant que Paul Overt notait combien cela dérangeait peu l'auteur du *Lac des ombres,* comme il se le désignait à lui-même, lorsqu'on s'adressait à lui comme à un conteur célèbre.

Le jeune homme avait dans l'idée que lui ne s'y habituerait jamais — cela le mettrait toujours mal à l'aise (car il soupçonnait que les gens s'y croiraient obligés) et il voulait l'éviter. Manifestement son illustre confrère s'était aguerri et endurci — il s'était donné une façade. Les quelques hommes qui formaient un groupe avaient terminé leurs cigares et pris leurs bougeoirs de chevet ; mais avant qu'ils fussent tous sortis, lord Watermouth invita St George et Paul Overt à prendre quelque chose. Il se trouva que tous deux déclinèrent l'invitation ; sur quoi le général Fancourt intervint :

— Est-ce cela l'hygiène de vie ? Vous n'arrosez donc pas les fleurs ?

— Oh, je risquerais de les noyer ! répondit St George.

Mais, en quittant la pièce aux côtés d'Overt, il ajouta capricieusement, à l'intention de ce dernier, d'une voix plus basse :

— Mon épouse me l'interdit.

— Eh bien, je suis heureux de ne pas être l'un des vôtres ! s'exclama le Général.

Que Summersoft fût proche de Londres eut cette conséquence, glaciale, pour qui avait entretenu un fantasme de sociabilité dans un wagon de chemin de fer, que la majeure partie des invités, après le petit déjeuner, rentra en ville par ses propres moyens de transport, qu'on avait fait venir à cet effet, pendant que les domestiques repartaient en train avec les bagages. Trois ou quatre jeunes hommes, parmi lesquels Paul Overt, eurent recours, eux aussi, au transport en commun ; mais ils attendirent dans le hall de la maison et virent les autres partir. Miss Fancourt monta, avec son père, dans une victoria après qu'elle eut serré la main de Paul Overt et dit, en souriant de la manière la plus franche du monde :

— Il faut absolument que je vous voie davantage. Mrs St George est si gentille : elle a promis de nous inviter tous deux à dîner ensemble.

Cette dame et son mari prirent place dans un coupé de ville impeccablement aménagé (il lui fallait à elle une voiture fermée) et, lorsque notre jeune homme agita son chapeau en réponse à leurs signes de tête et à leurs grands gestes de la main, il se dit que, pris ensemble, ils constituaient une image honorable de la réussite, des récompenses matérielles et du crédit public de la littérature. Si semblables choses n'en donnaient pas la pleine mesure, il ressentit néanmoins une petite fierté pour la littérature.

IV

Avant qu'une semaine se fût écoulée, Paul Overt rencontra Miss Fancourt dans Bond Street, lors du vernissage d'œuvres d'un jeune artiste du « noir-et-blanc » qui avait eu l'amabilité de l'inviter dans cet endroit étouffant. Les dessins étaient admirables, mais la foule réunie dans la seule petite pièce était si dense qu'il se sentait pris jusqu'au cou dans un grand sac de laine. Une frange de gens qui se trouvaient sur le pourtour de la pièce tentaient, en courbant le dos en avant et en présentant, plus bas, une surface de résistance encore plus convexe à la pression de la foule, de préserver un espace entre leurs nez et les cadres vitrés des tableaux ; alors qu'un important noyau central, dans l'obscurité relative déterminée par un large écran horizontal, suspendu sous la lucarne et ne laissant qu'un petit passage pour le jour, restait droit, compact et indécis, perdu dans sa propre contemplation. Contemplatifs, l'étaient particulièrement les yeux tristes de certaines têtes féminines, surmontées de chapeaux aux volutes et plumes étranges, qui, sur de longs cous, s'élevaient au-dessus des autres. L'une des têtes, Paul Overt s'en avisa, était de loin la plus belle de la collection, il allait peu après découvrir que c'était celle de Miss Fancourt. Sa beauté fut rehaussée par le joyeux sourire qu'elle lui adressa par-delà les obstacles environnants, sourire qui l'attira vers elle aussitôt qu'il put se frayer un passage. Il avait deviné à Summersoft que la dernière chose dont était capable sa nature était d'affecter l'indifférence ; néanmoins, aussi circonspect qu'il fût, il eut une nouvelle satisfaction en voyant qu'elle ne faisait pas semblant d'attendre son arrivée avec calme. Elle souriait radieusement comme pour l'inviter à se dépêcher, et aussitôt qu'il fut assez près pour pouvoir l'entendre, elle lui dit de sa voix joyeuse :

— Il est ici — il est ici — il revient dans un instant !

— Ah, votre père ? répliqua Paul, alors qu'elle lui tendait la main.

— Mon Dieu, non, ce n'est pas le rayon de mon pauvre père. C'est de Mr St George qu'il s'agit. Il vient de me quitter pour parler à quelqu'un — il revient. C'est lui qui m'a amenée ici — n'était-ce pas charmant de sa part ?

— Ah, cela lui donne un avantage sur moi — je n'aurais pas pu vous « amener », n'est-ce pas ?

— Si vous aviez eu la gentillesse de me le proposer — pourquoi pas vous aussi bien que lui ? fit la jeune fille d'un air qui, loin d'exprimer quelque facile coquetterie, affirmait simplement une heureuse réalité.

— Mais, c'est un *père de famille.* Ils ont des privilèges, expliqua Paul.

Puis, vivement, il laissa échapper :

— Et avec moi, accepterez-vous d'aller quelque part ?

— Tout ce que vous voudrez ! dit-elle en souriant. Je comprends ce que vous voulez dire, que les jeunes filles ne doivent pas sortir seules...

Elle s'interrompit et reprit :

— Je ne comprends pas, je suis libre. J'ai toujours été ainsi.

Elle poursuivit :

— Je peux aller où je veux avec qui je veux. Je suis si contente de vous rencontrer, ajouta-t-elle, avec une douce netteté qui fit se retourner les gens alentour.

— Permettez-moi au moins de m'acquitter de ces paroles en vous sortant de cette cohue, dit Paul Overt. Les gens n'ont tout de même pas l'air très heureux ici !

— Non, ils sont *mornes,* n'est-ce pas ? Mais moi je suis vraiment très heureuse et j'ai promis à Mr St George de rester ici jusqu'à ce qu'il revienne. Il doit m'emmener. On lui envoie des invitations à des manifestations de ce genre — plus qu'il n'en désire. C'était si gentil à lui de penser à moi.

— On m'envoie à moi aussi des invitations de ce genre — plus que je n'en désire. Et s'il suffit de penser à vous ! reprit Paul.

— Oh, moi je les adore — tout ce qui fait la vie — tout ce qui fait Londres !

— On ne fait pas de vernissages en Asie, je suppose. Mais quel dommage que, dans cette ville prodigue, la liste soit à peu près close pour cette année.

— Eh bien, l'année prochaine me conviendra aussi bien, car j'espère que vous croyez à la permanence de notre amitié. Le voici qui vient ! continua Miss Fancourt, avant que Paul eût eu le temps de répondre.

Il distinguait St George là où la foule se faisait moins

dense, ce qui l'amena à dire avec quelque précipitation :

— J'espère que cela ne signifie pas que je devrai attendre l'année prochaine avant de vous revoir.

— Non, non ; n'avons-nous pas rendez-vous pour dîner le 25 ? répliqua-t-elle, avec une ardeur plus grande encore que la sienne.

— C'est presque l'année prochaine. N'y a-t-il pas moyen de vous voir plus tôt ?

Elle écarquilla les yeux, toute sémillante.

— Voulez-vous dire que vous viendriez ?

— Avec empressement, si vous aviez la bonté de m'inviter !

— Dimanche, alors — dimanche prochain ?

— Qu'ai-je fait pour que vous en doutiez ? demanda le jeune homme, ravi.

Miss Fancourt se tourna aussitôt vers St George, qui les avait maintenant rejoints, et annonça triomphalement :

— Il vient dimanche — dimanche prochain !

— Ah, mon jour — c'est mon jour aussi ! fit le célèbre romancier, en plaisantant Paul Overt.

— Oui, mais pas seulement le vôtre. Vous vous rencontrerez à Manchester Square ; vous discuterez — vous serez merveilleux !

— Nous ne nous rencontrons pas assez souvent, accorda St George, en serrant la main de son disciple. Trop de choses — ah, trop de choses ! Mais il faut que nous nous rattrapions à la campagne en septembre. Vous n'oublierez pas que vous me l'avez promis, n'est-ce pas ?

— Mais il vient le 25 — vous le verrez alors, dit la jeune fille.

— Le 25 ? demanda St George, quelque peu perdu.

— Nous dînons chez vous ; j'espère que vous n'avez pas oublié. Il dîne à l'extérieur, ce jour-là, ajouta-t-elle gaiement à Paul.

— Oh, mon Dieu, oui ; c'est charmant ! Et vous venez aussi ? Ma femme ne m'en a pas parlé, lui dit St George. Trop de choses — trop de choses, répéta-t-il.

— Trop de gens — trop de gens ! s'exclama Paul, en cédant du terrain sous la poussée d'un coude.

— Vous ne devriez pas dire cela. Ils vous lisent tous.

— Moi ? J'aimerais voir ça ! Deux ou trois au maximum, répliqua le jeune homme.

— Avez-vous jamais entendu dire pareille chose ? Il sait à quel point il est fort ! déclara St George à Miss Fancourt, en riant. Ils me lisent, moi, mais cela ne me fait pas les apprécier davantage. Laissez tous ces gens, venez !

Et il se dirigea vers la sortie de l'exposition.

— Il va m'emmener au Park, dit la jeune fille à Paul Overt, avec ravissement, comme ils parcouraient le couloir qui donnait sur la rue.

— Ah, il va là ? demanda Paul, prenant la chose comme un exemple quelque peu imprévu des *mœurs* de St George.

— C'est une belle journée ; il y aura foule. Nous allons regarder les gens, observer leurs différents types, reprit la jeune fille. Nous nous assiérons sous les arbres ; nous nous promènerons le long du Row.

— J'y vais une fois l'an, pour affaires, dit St George, qui avait entendu la question de Paul.

— Parfois avec une cousine de province, ne m'avez-vous pas dit ? Et je suis la cousine de province, reprit-elle en s'adressant par-dessus son épaule à Paul, tandis que son ami l'entraînait vers un cab qu'il avait hélé.

Le jeune homme les regarda y prendre place ; immobile, il rendit le signe amical de la main avec lequel St George, confortablement installé dans le véhicule à côté de Miss Fancourt, prit congé de lui. Il resta même le temps de voir la voiture s'ébranler et se perdre dans la confusion de Bond Street. Il la suivit du regard ; elle lui donnait des idées embarrassantes. « Elle n'est pas pour moi ! » avait dit à Summersoft le grand romancier avec emphase ; mais sa façon de se conduire à son égard ne semblait guère en parfaite harmonie avec une telle conviction. Comment eût-il alors pu se comporter si elle avait été pour lui ? Une vague jalousie monta dans le cœur de Paul Overt, comme il reprenait, seul et à pied, son chemin ; ce sentiment, il l'éprouvait, chose curieuse, à l'endroit de chacun des passagers du cab. Combien il aurait aimé circuler bruyamment dans Londres en compagnie d'une telle jeune fille ! Combien il aurait aimé aller observer des « types » avec St George !

Le dimanche suivant, à quatre heures, il passa à Manchester Square, où son désir secret fut comblé quand il trouva Miss Fancourt seule. Elle se tenait dans une grande pièce claire, accueillante, très meublée, qui était peinte toute de rouge, drapée de ces pittoresques et flamboyantes étoffes à bon marché qui proviennent, dit-on, des pays d'Extrême-Orient, où, selon la légende, ils servent de dessus-de-lit chez les paysans, et que venaient agrémenter des poteries aux couleurs vives, rangées sur des rayons de fortune, et de nombreuses aquarelles de la main (comme l'apprit le visiteur) de la jeune femme, célébrant avec cœur et talent les couchers de soleil, les montagnes, les temples et les palais de l'Inde. Overt resta une heure — plus d'une heure, deux heures — et pendant tout ce temps personne n'entra. Son hôtesse eut la bonté de faire remarquer, avec sa généreuse humanité, qu'il était délicieux qu'ils ne fussent point dérangés ; c'était si rare à Londres, surtout en cette saison, de pouvoir converser de la sorte. Mais, par chance, comme tous les dimanches de beau temps, la moitié des gens quittait la ville, ce qui rendait meilleur le lot de ceux qui ne partaient pas, si toutefois ils étaient en bons termes. C'était là le défaut de Londres (l'un des deux ou trois, la très courte liste de ceux qu'elle reconnaissait à cette foisonnante ville-univers qu'elle adorait) que de donner trop peu de bonnes occasions de converser ; on n'avait jamais le temps de pousser quelque chose bien loin.

— Trop de choses — trop de choses ! dit Paul, reprenant les mots qu'avait prononcés St George quelques jours auparavant.

— Ah, oui, pour lui il y en a trop — sa vie est trop compliquée.

— La connaissez-vous dans son intimité ? Voilà ce que

j'aimerais ; cela pourrait expliquer quelques mystères, reprit Paul Overt.

Comme la jeune fille lui demandait de quels mystères il voulait parler, il dit :

— Oh, des bizarreries de son œuvre, de ses inégalités, de ses légèretés. Pour qui la considère du point de vue artistique, elle recèle une ambiguïté insondable.

— Oh, décrivez-moi cela plus en détail, je vous prie — c'est tellement intéressant. Il n'y a pas de question plus suggestive. Or, j'aime tellement les questions suggestives. Il estime avoir échoué — rendez-vous compte ! ajouta Miss Fancourt.

— Cela dépend de ce qu'il avait rêvé faire. Avec des dons comme les siens, il aurait dû placer très haut son ambition. Mais tant que l'on ne saura pas l'objectif qu'il s'est vraiment fixé... Et vous, le sauriez-vous, par hasard ? demanda brusquement le jeune homme.

— Oh, il ne me parle pas de lui. Je ne peux l'y engager. C'est trop contrariant.

Paul Overt fut sur le point de demander de quoi il pouvait bien alors parler ; mais la discrétion l'arrêta, et il dit à la place :

— Pensez-vous qu'il soit malheureux chez lui ?

Elle semblait s'interroger.

— Chez lui ?

— Je veux dire dans ses rapports avec son épouse. Il a sa petite manière déroutante de faire allusion à elle.

— Pas avec moi, dit Marian Fancourt, ouvrant grand ses yeux clairs. Cela ne serait pas convenable, n'est-ce pas ? demanda-t-elle gravement.

— Pas particulièrement ; eh bien, je suis content qu'il ne vous parle pas d'elle. La louer pourrait vous ennuyer, et il ne saurait agir autrement. Pourtant, il vous connaît mieux que moi.

— Ah, mais vous, il vous respecte ! s'écria la jeune fille, comme avec envie.

Son visiteur écarquilla les yeux un instant, puis se mit à rire.

— Ne vous respecte-t-il donc pas ?

— Si bien sûr, mais pas de la même façon. Il respecte ce que vous avez fait — il me l'a dit l'autre jour.

— Quand vous êtes allés observer les différents types humains ?

— Ah, nous en avons tant trouvé — il jette un tel coup d'œil sur eux ! Il a longuement parlé de votre livre. Il dit qu'il est réellement important.

— Important ! Ah, le grand homme ! murmura Paul, hilare.

— Il s'est montré merveilleusement amusant et d'une drôlerie ineffable, pendant notre promenade. Il voit tout ; il a tant de comparaisons, et elles sont toujours très justes. *C'est d'un trouvé !* comme l'on dit.

— Oui, avec ses dons, il aurait dû faire de ces choses ! remarqua Paul Overt.

— Et vous ne pensez pas qu'il les a faites effectivement ?

Il hésita un instant.

— Une partie d'entre elles — et bien sûr cette partie déjà est immense. Mais il aurait pu être l'un des plus grands. Enfin ne faisons pas de cette heure celle des jugements. Même tels qu'ils sont, ses écrits sont une mine d'or.

A cette phrase Marian Fancourt réagit avec ardeur, et, pendant une demi-heure, le couple discuta des principales productions du maître. Elle les connaissait bien — elle les connaissait même mieux que son visiteur, qui fut frappé par son intelligence critique et par quelque chose de généreux et de hardi dans le mouvement de sa pensée. Elle disait des choses qui l'étonnaient et qui, de toute évidence, lui étaient venues spontanément à l'esprit ; ce n'étaient pas des formules toutes faites — elle les plaçait trop bien. St George avait eu raison en la déclarant de premier ordre, en disant qu'elle ne craignait pas de s'épancher, qu'elle ne ressentait pas sans cesse la nécessité d'être fière. Tout d'un coup quelque chose lui revint à l'esprit et elle dit :

— Je me souviens qu'une fois il m'a vraiment parlé de Mrs St George. Il m'a dit, *à propos* de telle ou telle chose, que la perfection ne l'intéressait pas.

— C'est un grand crime pour l'épouse d'un artiste, dit Paul Overt.

— Oui, la pauvre !

Et la jeune femme poussa un soupir qui ouvrait la porte à bien des considérations, dont certaines devaient être atténuantes. Mais elle ajouta bientôt :

— Ah, la perfection, la perfection — combien on devrait la rechercher ! Si seulement j'en étais capable, moi.

— Chacun l'est, à sa façon, dit Paul Overt.

— A sa façon à lui, certes — mais non à sa façon à elle. Les femmes sont tellement sous le joug, tellement censurées ! Et pourtant, c'est une sorte de déshonneur si l'on ne la recherche pas, quand on veut vraiment faire quelque chose, n'est-ce pas ? poursuivit Miss Fancourt, passant, dans son empressement, d'une idée à une autre, accident qui était fréquent chez elle.

Ainsi, ces deux jeunes personnes étaient assises à discuter de thèmes élevés dans leur hétéroclite salon, pendant leur saison londonienne — à discuter, avec le plus grand sérieux, du thème élevé de la perfection. Encore convient-il de préciser, afin de minimiser cette excentricité, que l'affaire les intéressait ; leur ton n'était pas dépourvu de sincérité ni leur émotion d'authenticité ; elles ne posaient pas l'une pour l'autre ou pour qui que ce fût d'autre.

Le sujet était si vaste qu'ils se virent dans l'obligation de le réduire ; la perfection à laquelle ils avaient décidé, d'un commun accord, de limiter provisoirement leurs spéculations était celle dont une solide œuvre d'art est susceptible. L'imagination de Miss Fancourt s'était, semblait-il, aventurée fort loin dans cette direction, et son visiteur eut le rare plaisir de sentir que leur conversation était un réel échange. Cet épisode aura survécu des années dans sa mémoire et jusque dans son émerveillement ; il avait la qualité que le bonheur distille goutte à goutte, cette qualité qui fait glisser les semaines et les mois à venir. Il garde toujours à l'esprit l'image de cette pièce — cette pièce, d'un rouge vif, sociable, bavarde, avec ses rideaux qui, par un heureux coup d'audace, étaient d'une éclatante couleur bleue. Il se souvient de l'emplacement de certains objets, le livre ouvert sur la table, et le singulier parfum des fleurs disposées quelque part derrière lui, sur la gauche. Ces faits constituaient la frange, si l'on peut dire, d'un sentiment singulier qui avait pris naissance durant ces deux heures et qui avait sans doute pour principal effet de l'amener à se répéter indéfiniment : « Je n'imaginais pas qu'il pût y avoir quelqu'un comme elle ! Je n'imaginais pas qu'il pût y avoir quelqu'un comme elle ! » La liberté de la jeune fille le stupéfiait et le charmait — les questions pratiques semblaient devenir si simples. Elle se comportait tout comme une personne indépendante — une jeune fille sans mère qui avait dépassé la vingtaine, qui avait une position, des responsabilités, et qui ne se sentait pas tenue par les contraintes imposées à une petite demoiselle. Elle allait et venait sans être embarrassée d'aucune duègne ; elle recevait les gens seule et, quoiqu'elle ne fût nullement faite d'acier trempé, la question de sa protection ou de son patronage n'était pas de mise avec elle. Elle donnait une telle impression de pureté alliée au naturel que, en dépit de la situation éminemment moderne dans laquelle elle se trouvait, elle ne présentait aucune sorte de parenté avec la jeune fille « légère ». Moderne, elle l'était, en effet, et elle faisait penser un Paul Overt quelque peu inquiet, lui qui aimait les couleurs du passé, le vernis doré du temps, à la palette désordonnée de l'avenir. Il ne parvenait pas à s'habituer à son intérêt pour les arts qu'il aimait ; cela semblait trop beau pour être vrai — c'était une aventure tellement improbable que de tomber dans un tel puits de sympathie. Il était facile d'errer dans le désert — c'était la règle, c'était la loi de la vie ; mais c'était un accident trop rare que de tomber sur un puits de cristal. Pourtant, si ses aspirations lui semblaient parfois trop extravagantes pour être vraies, elles lui donnaient, par la suite, la frappante impression d'être trop intelligentes pour être fausses. Elles étaient à la fois nobles et frustes, et, caprices pour caprices, il préféra ceux-ci à n'importe quel autre déjà rencontré. Il était assez probable qu'elle y renoncerait — les troquerait pour la politique, ou « l'élégance » ou, tout simplement, une maternité prolifique, comme c'était la coutume pour les jeunes filles griffonneuses et barbouilleuses, éduquées et flattées, à une époque de luxe et dans une société de loisir. Il nota que les aquarelles sur les murs de la pièce où elle était assise avaient pour principale qualité d'être *naïves* et il se dit que la *naïveté* en art est comme un zéro dans un nombre : son importance dépend du chiffre auquel il est accolé. Toujours est-il que pendant ce temps il était tombé amoureux d'elle.

Avant de partir, il dit à Miss Fancourt :

— Je croyais que St George venait vous voir aujourd'hui — mais il n'arrive pas.

Pendant un instant il pensa qu'elle allait répliquer : « *Comment donc ?* N'êtes-vous venu ici que pour le rencontrer ? » Mais l'instant suivant, il se rendit compte à quel point un tel propos eût peu correspondu avec un certain élement de coquetterie qu'il avait jusqu'ici perçu chez elle. Elle se contenta de répondre :

— Oh, oui, mais je ne crois pas qu'il vienne. Il m'a recommandé de ne pas l'attendre.

Puis elle ajouta en riant :

— Il a dit que ce n'était pas loyal à votre égard. Mais je crois pouvoir faire face à deux.

— Moi aussi, répondit Paul Overt, espérant avec cette concession se montrer plaisant.

En réalité, son attrait pour cette situation était si totalement un attrait pour la femme qu'il avait devant lui que la venue d'un autre personnage sur la scène, fût-il aussi estimé que St George, n'eût été, pour l'heure, qu'une vaine sollicitation. Il prit congé en se demandant ce qu'entendait le grand homme en disant que ce n'était pas loyal à son égard ; et, davantage, si c'était réellement cette idée si délicate qui l'avait fait renoncer à sa visite. Comme il prenait son chemin à travers la solitude dominicale de Manchester Square, balançant sa canne, l'âme en proie à bien des émotions, il lui apparut qu'il habitait un monde véritablement magnanime. Miss Fancourt lui avait dit qu'il était possible qu'elle fût absente, ainsi que son père, le dimanche suivant, mais qu'elle espérait qu'il lui rendrait visite au cas où ils ne partiraient pas. Elle promit de le prévenir s'ils restaient chez eux, et il saurait alors quoi faire. Après s'être engagé dans une des rues qui partent de la place, il s'arrêta, sans intentions bien définies, cherchant sans trop y croire après un fiacre. Au bout d'un moment, il vit, venant de l'autre côté, un cab traverser la place et se diriger vers lui. Il était sur le point d'en héler le cocher lorsqu'il aperçut un client à l'intérieur ; il attendit, voyant l'homme se préparer à s'arrêter devant l'une des maisons pour y déposer son passager. La maison était apparemment celle qu'il venait lui-même de quitter ; c'est du moins ce qu'il déduisit quand il vit que la personne qui descendait du cab était Henry St George. Paul Overt tourna rapidement les talons comme s'il avait été pris en flagrant délit d'espionnage. Il renonça à son fiacre — il préférait marcher, il n'irait nulle part ailleurs. Il était heureux que St George n'eût pas tout à fait abandonné son projet de visite — cela eût été trop absurde. Oui, le monde était magnanime, et Overt se sentit l'être, lui aussi, puisque, en regardant sa montre, il nota qu'il n'était que six heures ; ainsi pouvait-il féliciter mentalement son successeur de l'heure qu'il lui restait encore à passer assis dans le salon de Miss Fancourt. Lui-même pouvait consacrer cette heure à une autre visite, mais, le temps d'atteindre Marble Arch, l'idée d'une autre visite était devenue, à ses yeux, déplacée. Il passa sous cet ouvrage architectural et marcha dans Hyde Park jusqu'à ce qu'il fût sur l'herbe. Il ne s'y arrêta pas ; il poursuivit son chemin à travers les pelouses élastiques et arriva du côté de la Serpentine. Il regarda d'un œil amical les distractions des Londoniens, il jeta un regard presque encourageant sur les jeunes femmes qui tiraient sur les avirons de la barque de leur bien-aimé, sur le lac, et les soldats de la Garde chatouillant tendrement de leur bonnet à poil les fleurs artificielles des chapeaux dominicaux de leur compagne. Il prolongea sa méditative promenade ; il gagna Kensington Gardens — il prit place sur un fauteuil à un penny — il regarda les petits bateaux à voile lancés sur le bassin circulaire — il était heureux de n'avoir pris aucun engagement pour le dîner. Aussi put-il se rendre très tard pour souper à son club, où il se trouva dans l'impossibilité de commander un repas et dit au serveur d'apporter ce qu'il pourrait. Il ne remarqua même pas ce qu'on lui servit, et il passa la soirée dans la bibliothèque de l'établissement, à faire semblant de lire un article d'une revue américaine. Il ne réussit pas à en mettre au jour le sujet ; il semblait, d'une manière imprécise, concerner Marian Fancourt.

La semaine était déjà bien avancée quand elle lui écrivit pour lui apprendre qu'elle ne se rendrait pas à la campagne — cela venait d'être décidé. Son père, ajoutait-elle, ne décidait jamais rien — il se déchargeait de tout sur elle. Elle était consciente de sa responsabilité — elle était bien obligée — et puisqu'elle y était forcée, voilà ce qu'elle avait décidé. Elle ne donna aucune raison, ce qui laissa à Paul Overt toute latitude pour faire des conjectures hardies à ce sujet. A Manchester Square, ce second dimanche, il jugea sa fortune moins bonne, car elle eut trois ou quatre autres visiteurs. Mais il y eut trois ou quatre compensations, dont la plus importante était sans doute que, apprenant comment son père avait, en fin de compte, à la dernière heure, quitté seul la ville, la conjecture hardie que je viens d'évoquer se trouva devenir un tant soit peu plus hardie. Et puis sa présence était sa présence, et la pièce originale et rouge était là et en était pleine, quels que fussent les fantômes qui y passaient et s'évanouissaient, en émettant d'incompréhensibles sons. Enfin, il avait toujours la ressource de rester jusqu'à ce que tout le monde fût venu et reparti, et de croire que cela n'était pas pour lui déplaire, bien qu'elle n'en donnât aucun signe particulier. Lorsqu'ils furent seuls ensemble, il lui dit :

— Mais St George est bien venu dimanche dernier. Je l'ai vu en me retournant.

— Oui ; mais c'était la dernière fois.

— La dernière fois ?

— Il a dit qu'il ne reviendrait plus jamais.

Paul Overt écarquilla les yeux.

— Veut-il dire qu'il désire cesser de vous voir ?

— Je ne sais pas ce qu'il veut dire, répondit la jeune fille, en souriant. En tout cas, il ne me verra pas ici.

— Et pourquoi, je vous prie ?

— Je n'en ai pas la moindre idée, dit Marian Fancourt.

Et son visiteur pensa que jamais encore il ne l'avait vue plus belle que lorsqu'elle prononça ces mots peu convaincants.

V

— Oh, dites, je veux que vous restiez, lui dit Henry St George à onze heures, le soir où il dîna avec le chef de file de la profession.

L'assemblée avait été nombreuse et prenait congé ; notre jeune homme, après avoir donné le bonsoir à son hôtesse, avait tendu la main pour saluer le maître de la maison. Outre qu'il tira de ce dernier la protestation que je viens de citer, ce geste amena une autre remarque sur l'insigne occasion qui se présentait à eux d'avoir une conversation, sur la pièce, la sienne, où ils allaient se rendre, sur toutes les choses qu'il avait encore à dire. Paul Overt était ravi qu'on le priât de rester ; néanmoins il fit allusion, non sans malice, à la promesse qu'il avait faite d'aller ailleurs, relativement loin.

— Eh bien, vous manquerez à votre promesse, voilà tout. Vous êtes un farceur ! s'exclama St George d'un ton qui ajouta à l'aisance d'Overt.

— Certainement, j'y manquerai, mais c'était une vraie promesse.

— Voulez-vous dire à Miss Fancourt ? Vous la suivez ? demanda St George.

Il répondit avec une question.

— Oh, elle s'en va ?

— Vil imposteur ! reprit son hôte, ironique. Je me suis conduit très élégamment avec vous en ce qui concerne cette jeune femme : je ne ferai plus aucune concession. Attendez trois minutes — je serai à vous.

Il se consacra à ses invités sur le départ, raccompagna les dames en robes longues jusqu'à la porte. C'était une nuit chaude, les fenêtres étaient ouvertes, le bruit des rapides attelages et les cris des chasseurs résonnaient dans la maison. L'assemblée avait été brillante, une ambiance de fête planait dans l'atmosphère lourde : non pas la seule influence de cet amusement-là, mais aussi l'émanation de cette vaste poussée du plaisir qui, à Londres, les nuits d'été, s'empare de tant des plus heureux quartiers de la ville aux inextricables aspects. Peu à peu, le salon de Mrs St George se vida ; Paul Overt se retrouva seul avec son hôtesse, à qui il expliqua la raison de son attente.

— Ah, oui, quelque discussion intellectuelle, professionnelle, dit-elle avec un sourire ; en cette saison, cela vous manque, n'est-ce pas ? Le pauvre cher Henry. Je suis si contente !

Le jeune homme jeta un coup d'œil par la fenêtre, sur les cabs hélés qui arrivaient en cahotant, sur les coupés qui repartaient sans bruit. Lorsqu'il se retourna, Mrs St George avait disparu ; la voix de son mari monta d'en bas jusqu'à lui — il riait et bavardait dans le hall avec quelque dame qui attendait sa voiture. Pendant quelques minutes, Paul eut la jouissance solitaire des pièces chaudes et désertes où se répandait une douce lumière tamisée et teintée. Les sièges avaient été déplacés et l'odeur des fleurs persistait. Ces pièces étaient grandes, elles étaient jolies, elles contenaient des objets de prix ; tout dans le tableau signalait une « bonne maison ». Au bout de cinq minutes, un domestique entra pour lui annoncer que Mr St George le priait de le rejoindre en bas ; sur quoi, il descendit en suivant son guide par un long couloir vers un appartement retiré, à l'arrière de la bâtisse, conçu tout spécialement, il le supposait, pour un actif homme de lettres.

St George était en bras de chemise au milieu d'une grande et haute pièce — une pièce sans fenêtre, mais avec une large lucarne au sommet, comme dans une salle d'exposition. Elle était meublée à la façon d'une bibliothèque, et les rayons serrés montaient jusqu'au plafond, une surface à la couleur incomparable, produite par des extrados aux pâles dorures, et que venaient ponctuer çà et là de vieux dessins et gravures suspendus. Au fond, à l'opposé de la porte d'entrée, se trouvait un haut pupitre, de grande dimension, où l'on ne pouvait écrire que debout, à l'instar d'un commis dans un bureau de comptabilité ; et s'étendant depuis la porte jusqu'à cette structure, un large tapis uni, de tissu pourpre, aussi droit qu'une allée de jardin et presque aussi long, où, en imagination, Paul vit aussitôt son hôte faire les cent pas durant ses heures de rédaction. Le domestique lui donna une veste, un vieux veston, donnant l'impression d'avoir beaucoup servi, qu'il prit dans un placard abrité dans le mur, et se retira encore avec le vêtement qu'il avait ôté. Paul Overt se réjouit fort de la veste ; c'était une veste faite pour le dialogue, elle était la promesse de confidences — elle devait en avoir tant reçu — et arborait de pathétiques coudes littéraires.

— Ah, nous avons le sens pratique — nous avons le sens pratique ! dit St George en voyant son visiteur parcourir des yeux l'endroit. N'est-ce pas là une bonne grande cage pour tourner et retourner en rond ? Ma femme l'a conçue et elle m'enferme ici chaque matin.

— Une fenêtre ne vous manque-t-elle pas — une ouverture par où regarder dehors ?

— Si, au début, terriblement ; mais son calcul était juste. Cela fait gagner du temps, cela m'a fait gagner bien des mois depuis dix ans. Je me plante ici, sous l'œil du jour — à Londres, évidemment, le plus souvent, cet œil est plutôt trouble — emmuré avec mon métier. Je ne peux m'échapper et la pièce est une belle leçon de concentration. J'ai appris la leçon, je crois ; regardez ce gros paquet d'épreuves et vous l'admettrez.

Il montra du doigt, sur l'une des tables, un énorme rouleau de papiers qu'il n'avait pas défait.

— En publiez-vous un autre... ? demanda Paul Overt, sur un ton dont il ne reconnut les faiblesses que lorsque son compagnon éclata de rire — si jamais il les reconnut.

— Farceur ! Farceur ! Est-ce que je ne sais pas ce que vous en pensez ? demanda St George, debout devant lui, les mains dans les poches, un sourire d'un genre nouveau sur les lèvres.

Ce fut comme s'il allait maintenant se découvrir à son jeune admirateur.

— En ce cas, ma parole, vous en savez plus long que moi ! se hasarda à répondre Paul, révélant ainsi une partie du tourment qu'il avait de ne pouvoir ni franchement l'estimer ni clairement renoncer à lui.

— Mon cher ami, dit son compagnon, ne vous imaginez pas que je parle de mes livres en particulier ; ce n'est pas là un sujet décent — *il ne manquerait plus que ça* —, je ne suis pas si mauvais que vous pouvez le redouter ! Pour moi, oui, un peu, si vous y tenez ; mais ce n'est pas pour cela que je vous ai fait descendre ici. Je veux vous demander quelque chose — j'en ai vraiment très envie —, cette occasion m'est précieuse. Asseyez-vous donc. Nous avons le sens pratique, mais il y un sofa, vous voyez, car elle me ménage tout de même un peu. Comme tous les administrateurs réellement grands, elle sait quand il convient de le faire.

Paul Overt s'enfonça dans l'angle d'un profond canapé de cuir, mais son interlocuteur resta debout et dit :

— Si cela ne vous dérange pas, c'est mon habitude, dans cette pièce. De la porte au pupitre, et du pupitre à la porte. Cela me secoue doucement l'imagination ; et ne voyez-vous pas l'avantage qu'il y a à ne pas avoir de fenêtre par où elle pourrait s'envoler. Continuellement debout pour écrire (je m'arrête à ce bureau-là et note tout ce qui vient, et ainsi de suite), cela était plutôt fatigant au début, mais nous en avons ainsi décidé en vue du long terme. On est bien mieux (si vos jambes ne vous lâchent pas !) et on peut continuer comme cela plus longtemps. Oh, nous avons le sens pratique — nous avons le sens pratique ! répéta St George, allant à la table et ramassant d'un geste mécanique le paquet d'épreuves.

Il arracha le papier d'emballage et feuilleta les épreuves avec une qualité d'attention soudain différente qui n'eut pour effet que de le rendre encore plus intéressant aux yeux de Paul Overt. Il se perdit un moment dans l'examen des feuilles de son nouveau livre, pendant que les yeux de son cadet parcouraient à nouveau la pièce.

« Seigneur, quelles belles choses je ferais si j'avais un cadre aussi charmant que celui-ci pour les y faire ! » pensa Paul. Le monde extérieur, le monde contingent, celui de la laideur, en était si totalement exclu qu'à l'intérieur de ce riche et rassurant quadrilatère, sous un ciel protecteur, les figures imaginées pour servir à l'art pouvaient se donner à leur singulière fête. Paul Overt estimait, plutôt qu'il n'observait à partir de données réelles — ce qu'il avait trop peu eu l'occasion de faire —, que son nouvel ami aurait le don, le don charmant de le surprendre par des éclairs dans leurs rapports, au moment où l'attente est en suspens, ou peut-être même en déclin. Heureuse, une relation avec lui progresserait par sauts, non par étapes régulières.

— Les lisez-vous — vraiment ? demanda-t-il, en posant les épreuves alors que Paul l'interrogeait sur la date de publication de l'ouvrage.

Et lorsque le jeune homme répondit : « Oh oui, toujours », il fut de nouveau poussé au rire par quelque chose qui le frappait dans sa façon de dire cela.

— Vous allez voir votre grand-mère le jour de son anniversaire — et c'est très bien, d'autant qu'elle n'est pas immortelle. Elle a perdu toutes ses facultés et toutes ses sensations ; elle ne voit pas plus qu'elle n'entend ni ne parle ; mais tous les traditionnels sentiments de piété et les bienveillantes habitudes sont respectables. Seulement, vous êtes fort si vous les lisez réellement ! Moi je ne pourrais pas, mon cher ami ! Vous êtes fort, je le sais ; et c'est précisément une des choses que je voulais vous dire. Vous êtes vraiment très fort. J'ai été regarder vos autres choses — elles m'ont énormément intéressé. Quelqu'un aurait dû m'en parler avant — quelqu'un en qui j'eusse confiance. Mais à qui faire confiance ? Vous êtes sur la bonne voie, merveilleusement — c'est un travail extrêmement curieux. Mais comptez-vous maintenir le cap ? — voilà ce que je veux vous demander.

— Si je compte en faire d'autres ? demanda Paul Overt, levant les yeux, depuis son sofa, vers son inquisiteur debout, et se sentant à la fois comme un petit garçon réjoui lorsque le maître d'école est gai et comme quelque pèlerin d'antan qui aurait consulté un oracle.

Les réalisations de St George lui-même s'étaient révélées défaillantes, mais ses conseils seraient infaillibles.

— D'autres — d'autres ? Ah, leur nombre ne comptera pas ; un seul suffirait, s'il constituait un réel pas en avant — une pulsation de la même veine. Voici ce que je veux dire : avez-vous la volonté de rechercher ne serait-ce qu'un peu de perfection ?

— Ah, la perfection ! soupira Overt. J'en ai parlé l'autre dimanche avec Miss Fancourt.

— Ça oui, ils en parleront autant que vous voudrez ! Mais ils feront peu de chose pour vous aider dans votre recherche. Ce n'est certes pas une obligation ; seulement, vous m'en paraissez capable, reprit St George. Vous avez dû tout bien peser. Je ne peux vous croire sans projet : voilà l'impression que vous me donnez, et c'est si rare que c'est vraiment excitant — cela vous rend remarquable. Si vous n'avez pas de projet et n'avez pas l'intention de maintenir le cap, c'est bien sûr votre droit, c'est votre affaire, personne ne peut vous y forcer, et guère plus de deux ou trois personnes se rendront compte que vous avez lâché prise. Les autres, tous les autres, sans exception, toutes les saintes âmes d'Angleterre, penseront que non — penseront que vous maintenez effectivement le cap : je vous en donne ma parole ! Je serai l'un des deux ou trois qui seront moins ignorants. Maintenant la question est de savoir si vous pouvez le faire pour deux ou trois. Êtes-vous de cette trempe-là ?

— Je pourrais le faire pour un seul, si vous étiez celui-là.

— Ne dites pas cela — je ne le mérite pas ; c'est un feu, en moi, qui me consume, s'exclama St George, les yeux soudain graves et brillants. Le « seul » est bien sûr soi-même — sa conscience, son idée, la cohérence de son dessein. Je pense à ce pur esprit comme un homme pense à une femme qu'en quelque heure détestée de sa jeunesse il a aimée et abandonnée. Elle le hante, ses yeux pleins de reproches, elle vit à jamais devant lui. En tant qu'artiste, vous savez, je me suis marié pour l'argent.

Paul écarquilla les yeux et rougit même un peu, confondu par cet aveu ; sur quoi, son hôte, observant l'expression de son visage, eut un rire bref et reprit :

— Vous ne suivez pas ma pensée. Je ne parle pas de ma chère épouse, qui possédait une petite fortune, mais là ne réside pas ma corruption. Je suis tombé amoureux d'elle, comme l'ont fait beaucoup d'autres. Je fais allusion à la muse vénale que j'ai conduite à l'autel de la littérature. Ne faites pas cela, mon garçon. Elle vous mènera une de ces vies !

— N'avez-vous pas été heureux ?

— Heureux ? C'est une sorte d'enfer !

— Il y a des choses que j'aimerais vous demander, dit Paul Overt, hésitant.

— Demandez-moi tout ce que vous voulez. Je me mettrais en quatre pour vous sauver.

— Pour me sauver ? répéta Paul.

— Pour vous faire vous atteler à la tâche — pour vous faire aller jusqu'au bout. Comme je vous l'ai dit l'autre soir à Summersoft, gardez toujours présent à l'esprit mon exemple.

— Mais vos livres ne sont pas si mauvais que ça, dit Paul en riant, avec le sentiment de respirer l'air de l'art.

— Si mauvais que quoi ?

— Votre talent est si grand qu'il laisse son empreinte sur tout ce que vous faites, sur ce qui est moins bon aussi bien que sur ce qu'il y a de meilleur. Une quarantaine de volumes le prouvent — quarante volumes de vie, d'observation, de magnifique habileté.

— Je suis très intelligent, cela je le sais, bien entendu, répliqua St George calmement. Mon Dieu, quelle vaste blague l'ensemble ferait si je ne l'avais pas été ! Je suis un charlatan chanceux, j'ai su faire passer mon système. Mais savez-vous ce que c'est ? C'est du *carton-pierre*.

— Du *carton-pierre* ?

— Du Lincrusta-Walton !

— Ah ! ne dites pas des choses pareilles — vous me navrez ! protesta le jeune homme. Je vous vois dans une belle et heureuse demeure, vivant dans le confort et l'honneur.

— Vous appelez cela l'honneur ? intervint St George sur un ton qui revient souvent à la mémoire de son compagnon. C'est ce que je veux que, vous, vous cherchiez. Je veux dire la chose authentique. Le reste, c'est de la poudre aux yeux.

— De la poudre aux yeux ? s'écria Paul, pendant que ses yeux parcouraient, selon un mouvement très naturel en cet instant, la somptueuse pièce.

— Ah, ils la font si bien de nos jours — elle est merveilleusement trompeuse !

— Est-elle trompeuse, l'apparence de bonheur domestique où je vous trouve — adoré par une épouse dévouée et accomplie, par des enfants dont je n'ai pas encore eu le plaisir de faire la connaissance, mais qui doivent forcément être des jeunes gens charmants si j'en juge par leurs parents.

— Tout cela est excellent, mon cher — à Dieu ne plaise que je le nie ! J'ai gagné énormément d'argent ; ma femme a su s'en occuper, le dépenser sans le dilapider, en mettre une bonne partie de côté, le faire fructifier. J'ai de quoi voir venir ; en fait, j'ai tout sauf l'essentiel.

— L'essentiel ?

— Le sentiment d'avoir fait de son mieux — ce sentiment qui est la vie même de l'artiste et dont l'absence signifie la mort, celui d'avoir tiré de son instrument intellectuel la plus belle musique que la nature y avait cachée, d'en avoir joué exactement comme il fallait en jouer. Ou bien il fait cela ou bien il ne le fait pas — et s'il ne le fait pas, il ne mérite pas que l'on parle de lui. Et, précisément, ceux qui savent vraiment ne parlent pas de lui. Il peut bien entendre un grand caquetage, mais ce qu'il entend avant tout, c'est l'incorruptible silence de la Renommée. Je lui ai fait face, me direz-vous, en mon temps, qui fut bref — mais qu'est-ce que mon temps ? Ne vous imaginez pas un instant que je sois goujat au point de vous faire descendre ici pour m'entendre médire ou me plaindre de mon épouse. C'est une femme aux qualités éminentes, envers qui mes dettes sont immenses ; aussi, si vous le permettez, nous ne dirons rien à son sujet. Mes garçons — mes enfants sont tous des garçons —, ils sont droits et forts, Dieu merci ! Aucun manque n'est venu gêner leur croissance, aucune indigence. Je reçois, périodiquement, des attestations des plus satisfaisantes de Harrow, d'Oxford, de Sandhurst (oh, nous avons choisi ce qu'il y a de mieux pour eux !) qui nous disent combien leurs organismes sont vivants, florissants, pleins d'appétits.

— Cela doit être merveilleux de savoir le fils de sa chair à Sandhurst, remarqua Paul avec enthousiasme.

— Ça l'est — c'est enivrant. Oh, je suis un patriote !

— Alors que vouliez-vous dire — l'autre soir à Summersoft —, en disant que les enfants sont une malédiction ?

— Mon cher ami, quel est le terrain de notre discussion ? demanda St George, en se laissant choir sur le sofa, tout près de son visiteur.

Assis un peu de biais, il se pencha en arrière, contre l'autre accoudoir, les bras croisés derrière la tête.

— La supposition qu'une certaine perfection est possible

et même désirable, n'est-ce pas ? Eh bien, tout ce que je dis, c'est que des enfants sont une entrave à la perfection. Une épouse est une entrave. Le mariage est une entrave.

— Vous pensez donc que l'artiste ne devrait pas se marier ?

— Il le fait à ses risques et périls — il le fait à ses dépens.

— Même lorsque son épouse est solidaire de son travail ?

— Elle ne l'est jamais — elle ne peut l'être ! Les femmes ne savent pas ce que peut être un tel travail.

— Pourtant, il leur arrive de s'y adonner, objecta Paul Overt.

— Oui, très mal. Oh, bien sûr, souvent elles croient comprendre, elles croient être solidaires. C'est alors qu'elles sont les plus dangereuses. Leur idée est que vous en produirez beaucoup et gagnerez beaucoup d'argent. Leur grande noblesse, leur vertu, leur conscience exemplaire de femmes britanniques consistent à vous y contraindre. Ma femme rédige tous mes contrats avec mes éditeurs, et elle le fait depuis vingt ans. Elle s'en acquitte avec un art consommé ; c'est pourquoi je vis dans une certaine aisance. N'est-on pas, après tout, le père de leurs innocents bambins, et oserait-on leur refuser la nourriture dont ils ont naturellement besoin ? Vous me demandiez l'autre soir s'ils ne représentaient pas un immense encouragement. Certes oui — cela ne fait aucun doute !

— Quant à moi, j'ai idée qu'il me faut des encouragements.

— Eh bien alors, *n'en parlons plus !* dit son compagnon en souriant.

— Vous-même êtes un encouragement, je le soutiens, reprit le jeune homme. Vous n'avez pas, sur moi, l'effet qu'apparemment vous souhaiteriez. Votre grande réussite est ce que je vois — le faste d'Ennismore Gardens !

— Réussite ? Appelez-vous cela une réussite, que l'on parle de vous comme vous parleriez de moi si vous étiez assis ici en compagnie d'un autre artiste — vous, un jeune homme intelligent et sincère ? Appelez-vous cela une réussite que de vous faire rougir — et assurément vous rougiriez si quelque critique étranger (je veux dire, bien sûr, quelqu'un qui saurait de quoi il parle, et vous l'aurait démontré, comme les critiques étrangers aiment à le faire) vous disait : « C'est lui, dans ce pays, que l'on considère comme le plus parfait, n'est-ce pas ? » Est-ce une réussite que de mettre un jeune Anglais dans l'obligation de bredouiller comme vous seriez dans l'obligation de le faire, en pareille circonstance, pour la vieille Angleterre ? Non, non ; la réussite, c'est d'avoir fait vibrer les gens pour un autre style. Essayez donc cela !

— Essayer quoi ?

— Essayez de faire du travail vraiment fort.

— Oh, Dieu sait si c'est ce que je désire !

— Soit, mais vous ne pouvez le faire sans sacrifices — ne le croyez pas un seul instant, dit Henry St George. Je n'en ai fait aucun, moi. J'ai tout eu. Autrement dit, j'ai tout raté.

— Vous avez eu la vie pleine, riche et virile pour laquelle l'homme est fait, avec toutes ses responsabilités, ses devoirs, ses fardeaux, ses peines, ses joies — toutes les initiations et les complications domestiques et sociales. Toutes ces choses-là doivent être incroyablement suggestives, incroyablement amusantes.

— Amusantes ?

— Pour un homme fort — oui.

— Elles m'ont fourni des sujets innombrables, si c'est cela que vous voulez dire ; mais elles m'ont, en même temps, enlevé la capacité d'en tirer parti. J'ai touché à mille choses, mais laquelle ai-je transformée en or ? C'est pourtant l'unique affaire de l'artiste — il ne connaît pas d'autre métal. J'ai mené la vie du monde, avec mon épouse et ma progéniture ; la vie informe, dispendieuse, devenue grossière et brutale, la vie philistine et prétentieuse de Londres. Nous possédons tout ce qu'il y a de beau, même une voiture — nous sommes des gens prospères, accueillants, éminents. Mais, mon cher ami, n'essayez pas de jouer les ignorants et d'affecter de ne pas savoir ce que nous n'avons pas. C'est plus énorme que tout le reste. Entre artistes — allons donc !

Vous savez aussi sûrement que vous êtes assis là que vous vous tireriez une balle dans la tête si vous aviez écrit mes livres !

Il sembla à Paul Overt que la grande discussion promise par le maître à Summersoft avait bien eu lieu, et avec une promptitude, une plénitude, sur lesquelles sa jeune imagination n'avait guère compté. Son compagnon lui fit une énorme impression et son cœur palpita de l'émoi provoqué par d'aussi puissantes mises en lumière et d'aussi étranges confidences. Il palpita, en effet, du conflit de ses sentiments — l'ahurissement et la reconnaissance et l'inquiétude, le plaisir et la protestation et l'assentiment, le tout mêlé de tendresse (et d'une espèce de honte à y participer) pour les plaies et les meurtrissures exhibées par une personne si fine, et avec le sentiment du tragique secret qu'il abritait sous les ornements. L'idée qu'il fût, lui, le moteur d'un tel acte d'humilité le fit rougir et le laissa pantelant, dans le moment même où sa conscience était trop mise en éveil par certaines choses pour se dissimuler quoi que ce fût de ce que St George avait réellement voulu dire. Cela avait été sa curieuse fortune que de souffler sur les eaux profondes, de les faire se soulever et déferler en vagues d'étrange éloquence. Il se lança dans une critique passionnée de la dernière déclaration de son hôte ; il s'efforça de lui énumérer les parties de son œuvre qu'il chérissait, les choses magnifiques qu'il y avait trouvées, au-delà du registre de tout autre écrivain du moment. St George écouta quelque temps, avec courtoisie, puis il dit, en posant sa main sur celle de Paul Overt :

— Tout cela est très bien ; et si votre intention est de ne rien faire de mieux, il n'y a aucune raison que vous n'ayez pas autant de bonnes choses que moi — autant d'accessoires humains et matériels, autant de fils et de filles, une femme avec autant de robes, une maison avec autant de domestiques, une écurie avec autant de chevaux, un cœur avec autant de peines.

Lorsqu'il eut ainsi parlé, il se leva et resta debout un moment, près du sofa, à regarder son disciple troublé.

— Êtes-vous en possession de quelque argent ? lui vint-il à l'idée de demander.

— Non, pour ainsi dire.

— Eh bien, alors, il n'y a pas de raison que vous n'obteniez pas d'assez bons revenus — si vous vous y prenez comme il faut. C'est moi qu'il vous faut étudier pour cela — étudiez-moi bien. Vous pourrez, à coup sûr, avoir un attelage.

Paul Overt resta assis là, pendant quelques minutes, sans dire un mot. Il regardait droit devant lui — il ressassait bien des choses. Son ami s'était doucement éloigné, prenant un paquet de lettres sur la table où le rouleau d'épreuves avait été posé.

— Qu'était le livre que Mrs St George vous a fait brûler — celui qu'elle n'aimait pas ? demanda-t-il soudain.

— Le livre qu'elle m'a fait brûler — comment avez-vous appris cela ?

St George quitta ses lettres des yeux.

— Je l'ai entendue en parler à Summersoft.

— Ah oui ; elle en est fière. Je ne sais pas — il était assez bon.

— Quel en était le sujet ?

— Voyons...

Et St George sembla faire un effort pour se souvenir.

— Ah oui, j'en étais le sujet.

Paul Overt laissa échapper un irrépressible gémissement à l'idée de la disparition d'une telle production, et son aîné reprit :

— Oh, mais vous-même devriez l'écrire — vous devriez me faire, moi. Voilà un beau sujet, mon garçon : il y a de la matière !

Paul demeura silencieux, mais, après un instant, il prit la parole.

— N'y a-t-il aucune femme qui comprenne vraiment — qui puisse prendre parti pour le sacrifice ?

— Comment peuvent-elles prendre parti pour lui ? Ce sont elles qu'on sacrifie. Elles sont à la fois l'idole, l'autel et la flamme.

— N'en est-il pas une seule qui voie plus loin ? poursuivit Paul.

St George prit un instant avant de répondre ; puis, après avoir déchiré ses lettres, il se tourna de nouveau, tout ironique, vers son disciple.

— Bien sûr, je vois de qui vous voulez parler. Mais non, pas même Miss Fancourt.

— Je croyais que vous l'admiriez tant.

— Il est impossible de l'admirer plus. Êtes-vous amoureux d'elle ?

— Oui, dit Paul.

— Eh bien, renoncez-y !

Paul écarquilla les yeux.

— Renoncer à mon amour ?

— Mon Dieu, non. A votre idée.

— Mon idée ?

— Celle dont vous avez parlé avec elle — l'idée de perfection.

— Elle serait une aide — elle serait une aide ! s'écria le jeune homme.

— Le temps d'une année, la première, oui. Après cela, elle serait un boulet à traîner.

— Mais, elle a une passion pour la chose achevée, pour le beau travail — pour tout ce que vous et moi chérissons par-dessus tout.

— Le « vous et moi » est charmant, mon cher ! Elle l'a, en effet, mais elle aurait une passion encore plus grande pour ses enfants ; et c'est tout à fait légitime. Elle insisterait pour que tout leur soit rendu facile, profitable, favorable. Ce n'est pas là l'affaire de l'artiste.

— L'artiste — l'artiste ! N'est-il pas tout de même un homme ?

St George hésita.

— Il m'arrive de penser que non. Vous savez aussi bien

que moi ses obligations : la concentration, la persévérance, l'indépendance vers lesquelles il doit tendre dès l'instant où il commence à respecter son travail. Ah, mon jeune ami, ses rapports avec les femmes, et surtout dans le mariage, sont à la merci de ce diable du fait qu'alors que lui ne peut avoir, par la nature des choses, qu'un seul point de vue, elles en ont, elles, une cinquantaine. C'est ce qui les rend tellement supérieures, ajouta plaisamment St George. Imaginez un artiste avec une multiplicité de points de vue, poursuivit-il. Faire ce qu'il doit faire — simplement le faire, et divinement, c'est la seule chose qui doive le préoccuper. « Est-ce fait ou non ? » est sa seule interrogation. Non point « Est-ce fait aussi bien qu'une décente attention à l'endroit de ma chère petite famille me le permet ? » Il n'a rien à faire du relatif, rien à faire d'une chère petite famille.

— Alors vous ne lui permettez pas les passions et les sentiments qui sont ceux des hommes ?

— N'a-t-il donc pas une passion, un sentiment, qui englobe tout le reste ? D'ailleurs, laissons-lui toutes les passions qu'il veut — à condition qu'il garde son indépendance. Il doit avoir les moyens d'être pauvre.

Paul Overt se leva lentement.

— Pourquoi alors m'avez-vous conseillé de lui faire des avances ?

St George lui posa la main sur l'épaule.

— Parce qu'elle ferait une épouse adorable. Et que je ne vous avais pas encore lu.

— Si seulement vous m'aviez laissé tranquille, murmura le jeune homme.

— Je ne savais pas que cela n'était pas assez bon pour vous, continua St George.

— Quelle position fausse, quelle condamnation pour l'artiste, que d'être un simple moine, privé de ses droits, que de ne pouvoir mener sa tâche qu'à la condition de renoncer à son bonheur personnel. Quelle mise en accusation pour l'art ! poursuivit Paul Overt d'une voix tremblante.

— Ah, mais vous ne vous imaginez pas, par hasard, que je

défends l'art ? Mise en accusation, mais certainement ! Bienheureuses les sociétés où il n'a pas fait son apparition ; car dès l'instant où il arrive, elles endurent une douleur qui les consume, elles sont, en leur cœur, irrémédiablement corrompues. Assurément, l'artiste se trouve dans une position fausse ! Mais je croyais que pour nous cela allait de soi. Pardonnez-moi, ajouta St George ; *Ginistrella* me l'a fait croire !

Paul resta debout à regarder le sol — une heure sonna, dans le silence, au clocher d'une église voisine.

— Pensez-vous qu'elle pourrait me prendre un jour en considération ? demanda-t-il enfin.

— Miss Fancourt — comme soupirant ? Et pourquoi ne le penserais-je pas ? C'est pourquoi j'ai essayé de vous appuyer — j'ai eu plusieurs petites occasions d'augmenter vos chances.

— Excusez cette question, mais voulez-vous dire : en vous tenant à l'écart ? dit Paul en rougissant.

— Je suis un vieil imbécile — ma place n'est pas là, répondit gravement St George.

— Pour l'instant, je ne suis rien, je n'ai aucune fortune ; et il doit y en avoir tant d'autres.

— Vous êtes un gentleman et un homme de génie. Je pense que vous pourriez faire quelque chose.

— Mais s'il faut que j'y renonce — au génie ?

— Beaucoup de gens, vous savez, pensent que j'ai gardé le mien.

— Vous avez le génie du supplice ! s'exclama Paul Overt, mais en serrant la main de son compagnon comme pour atténuer ce jugement.

— Mon pauvre enfant, je vous tracasse ! Essayez, essayez tout de même ! Je crois que vous avez de bonnes chances et que vous gagnerez un grand prix.

Paul tint ferme une minute la main de l'autre ; il scruta son visage.

— Non, je suis un artiste — je n'y puis rien !

— Eh bien, montrez-le donc ! éclata St George, laissez-moi voir, avant de mourir, la chose que je désire le plus, la chose après laquelle je languis — une vie où la passion soit vraiment profonde. Si vous pouvez être rare, ne vous dérobez pas ! Songez à ce que cela représente — combien cela compte — combien cela vit !

Ils s'étaient approchés de la porte et St George avait refermé ses deux mains sur celle de son compagnon. Là, ils s'arrêtèrent de nouveau et Paul Overt s'écria :

— Je veux vivre !

— Dans quel sens ?

— Dans le sens le plus fort.

— Eh bien, ne lâchez pas — allez jusqu'au bout.

— Avec votre sympathie — votre aide ?

— Vous pouvez y compter — vous serez pour moi une éminente figure. Soyez assuré de ma plus haute considération, de mon dévouement. Vous me donnerez satisfaction ! — si cela a quelque importance à vos yeux.

Et comme Paul semblait encore indécis, St George ajouta :

— Vous rappelez-vous ce que vous m'aviez dit à Summersoft ?

— Quelque chose d'enthousiaste, sans doute !

— « Je ferai tout ce que vous me direz. » Vous avez dit cela.

— Et vous m'y engagez ?

— Ah, que suis-je, moi ? soupira le maître, en hochant la tête.

— Seigneur, quelles choses il me faudra faire ! dit Paul, comme dans un gémissement, tout en s'en allant.

VI

« Cela se passe trop à l'étranger — zut pour l'étranger ! » Voilà, à quelque chose près, ce qu'avaient été les remarquables paroles de St George au sujet de l'intrigue de *Ginistrella ;* et pourtant, quoiqu'elles eussent produit une impression aiguë sur Paul Overt, comme presque chaque parole du maître, le jeune homme, une semaine après la conversation que j'ai rapportée, quitta l'Angleterre pour une longue période, plein de projets de travail. Ce n'est pas travestir la vérité que de dire de cette rencontre-là qu'elle fut la cause directe de son départ. Si la prestation orale du célèbre écrivain eut le privilège de l'émouvoir profondément, ce fut surtout après avoir été ressassée à loisir, des heures et des jours après, qu'elle sembla livrer son entière signification et dévoiler son extrême importance. Il passa l'été en Suisse et s'étant, en septembre, lancé dans un nouveau travail, il décida de ne point retraverser les Alpes avant d'avoir bien entamé son ouvrage. A cette fin il revint dans un coin tranquille qu'il connaissait bien, au bord du lac Léman, à portée de vue des tours de Chillon : une région et un paysage pour lesquels il avait un attachement qui résultait de vieilles associations, capables de petites résurrections et de rafraîchissements mystérieux. Il s'attarda longtemps en ce lieu, jusqu'à ce que la neige eût recouvert les collines les plus proches, tout près de l'endroit où il arrêtait ses escalades lorsque, les après-midi raccourcissant, sa besogne quotidienne était achevée. L'automne était beau, le lac était bleu, et son livre prenait forme, choisissait sa direction. Tout cela ornait, pour un temps, son existence d'une sorte de broderie, et il se laissait envelopper de ce manteau. Au bout de six semaines, il lui apparut qu'il avait appris par cœur la leçon dc St George, en avait testé et vérifié la doctrine. Néanmoins, il se laissa aller à un geste tout à fait inconsidéré : avant de traverser les Alpes, il écrivit à Marian Fancourt. Il était conscient de la perversité de cet acte, et c'était uniquement comme un luxe, un amusement, la récompense d'un automne ardu, qu'il le justifiait. Elle ne lui avait demandé aucune faveur de cet ordre, lorsqu'il était allé la voir trois jours avant son départ de Londres — trois jours après leur dîner à Ennismore Gardens. Il est vrai qu'elle n'en avait aucune raison, car il n'avait pas précisé qu'il était sur le point de faire un tel voyage. Il ne l'avait pas précisé parce qu'il ne le savait pas ; ce fut cette visite-là qui décida de l'affaire. Il s'était acquitté de cette visite afin de voir à quel point elle lui était chère, et son départ précipité, sans même un adieu, suivit cette enquête, dont la réponse avait été clairement superlative. Lorsqu'il lui écrivit de Clarens, il fit remarquer qu'il lui devait une explication (après plus de trois mois !) pour un pareil oubli.

Elle lui répondit brièvement mais très promptement, et lui annonça une nouvelle saisissante : celle du décès, une semaine plus tôt, de Mrs St George. Cette femme exemplaire avait succombé, à la campagne, à une foudroyante congestion pulmonaire — il se souviendrait qu'elle était depuis longtemps d'une santé délicate. Miss Fancourt ajoutait qu'elle savait son mari anéanti par le choc, elle lui manquerait plus qu'on ne saurait le dire, elle avait été tout pour lui. Aussitôt, Paul Overt écrivit à St George. Il avait souhaité rester en relation avec lui, mais, jusque-là, le bon prétexte avait manqué pour déranger un homme si occupé. Leur longue discussion nocturne lui revint à l'esprit jusque dans le moindre détail, mais cela n'empêchait nullement l'expression de sa cordiale sympathie au chef de file de la profession, car cette discussion n'avait-elle pas précisément mis en lumière l'influence qu'avait exercée sur sa vie cette femme accomplie ? Quelle catastrophe pouvait être plus cruelle que la disparition d'une telle influence ? C'était là le ton exact pris par St George dans sa réponse à son jeune ami, plus d'un mois après. Il ne fit, bien entendu, aucune allusion à leur importante discussion. Il parla de sa femme aussi franchement et généreusement que s'il avait complètement oublié cette circonstance, et les termes de sa lettre laissaient voir un sentiment de deuil profond. « Elle me libérait de tous les soucis — tant matériels que moraux. Elle conduisait notre vie avec le plus grand art, le dévouement le plus rare, et j'étais libre, comme peu d'hommes ont pu l'être, de manier ma plume, de m'enfermer avec mon métier. Voilà un rare service — le plus grand qu'elle eût pu me rendre. Si seulement j'avais pu en être plus justement conscient ! »

Un certain trouble, pour Paul Overt, se dégageait de ces remarques : elles lui donnaient une curieuse impression de contradiction, de rétractation. Il ne s'était certes pas attendu à ce que son correspondant se réjouît de la mort de sa femme, et il était tout à fait logique que la rupture d'un lien de plus de vingt ans l'affligeât. Mais si elle avait constitué une bénédiction aussi indiscutable, l'on pouvait se demander, au nom de la simple cohérence, ce qu'avait bien voulu faire St George en le mettant, lui, dans tous ses états, ce soir-là — en lui administrant, à si forte dose, au moment le plus délicat de sa vie, cette doctrine de la renonciation. Si la mort de Mrs St George était une perte irréparable, alors les conseils inspirés de son mari n'avaient été qu'une mauvaise plaisanterie et la renonciation une erreur. Overt fut sur le point de rentrer à Londres, en toute hâte, afin de montrer que, pour sa part, il était tout à fait prêt à ainsi prendre la chose, et il alla jusqu'à sortir le manuscrit des premiers chapitres de son nouveau livre du tiroir de sa table, pour le glisser dans une pochette de sa valise. Ce faisant, il entr'aperçut certaines pages qu'il n'avait pas regardées depuis des mois, et ce nouveau coup du hasard lui permit de se rendre compte des promesses dont elles étaient pleines — une conclusion rare pour de telles rétrospections, qu'autant que possible il avait l'habitude d'éviter. Elles lui faisaient d'ordinaire sentir que l'élan de la composition pouvait bien n'être qu'une émotion purement subjective et finalement stérile. Cette fois-ci une certaine confiance en soi se dégagea capricieusement des ratures serrées de son premier jet, lui donnant à penser qu'il était préférable, après tout, de poursuivre jusqu'au bout sa présente tentative. S'il parvenait à écrire aussi bien sous l'effet de la renonciation, il serait dommage de modifier la situation avant la fin de l'ouvrage. Il retournerait bien entendu à Londres, mais il n'y retournerait qu'une fois son livre terminé. Voilà le serment qu'il fit secrètement, en remettant son manuscrit dans le tiroir de la table. L'on peut ajouter qu'il mit longtemps à terminer son livre, car le sujet en était aussi difficile que beau, et il était littéralement embarrassé par l'abondance de ses notes. Quelque chose en lui l'avertissait qu'il devait le faire d'une qualité suprême — il lui manquerait, sinon, au regard de sa conduite, une belle excuse. Il avait en sainte horreur cette faiblesse et il trouva en lui-même la fermeté nécessaire pour rester assis à sa table. Enfin il repassa les Alpes et séjourna, l'hiver, le printemps et l'été suivant, en Italie, où, au bout d'un an, son travail était toujours inachevé. « Ne lâchez pas prise — allez jusqu'au bout » : cette injonction à portée générale de St George était également valable dans ce cas précis. Il la respecta avec la dernière rigueur ; le résultat en fut qu'avec le retour de l'été, selon la lente succession des saisons, il sentit qu'il avait donné tout ce qu'il y avait en lui. Cette fois, il mit ses papiers dans sa valise, en y joignant l'adresse de son éditeur, et fit route vers le nord.

Il avait été absent de Londres deux ans — deux ans qui représentaient une longue période et avaient opéré un si grand changement dans sa propre vie (au travers de la production d'un roman bien plus fort, selon lui, que *Ginistrella*) qu'il déboucha sur Piccadilly, le lendemain matin de son arrivée, dans l'attente un peu vague de changements et de la découverte de nouvelles choses survenues en son absence. Mais il y avait peu de transformations à Piccadilly (seulement trois ou quatre grandes maisons rouges là où il y en avait eu des noires et basses), et la lumière de juin finissant filtrait discrètement à travers la grille rouillée de Green Park et scintillait dans le vernis des attelages en mouvement comme il l'avait vu en d'autres juins plus hâtifs. Ce fut un salut qu'il apprécia ; il semblait amical et donnait du piquant, ajoutait à l'ivresse de son livre terminé, à ses retrouvailles avec son pays et la ville énorme, oppressante, amusante, qui suggérait tout, qui contenait tout, et qu'il avait de nouveau sous la main. « Restez chez vous et faites des choses ici — traitez des sujets que nous pouvons jauger », avait dit St George ; et maintenant, il lui apparaissait qu'il ne demanderait pas mieux que de rester à jamais chez lui. Tard dans l'après-midi, il se dirigea vers Manchester Square, à la recherche d'un numéro qu'il n'avait point oublié. Miss Fancourt, toutefois, n'était pas chez elle, aussi dut-il s'en retourner quelque peu abattu. Sur quoi il se trouva face à face avec un monsieur qui s'approchait et qu'il reconnut aussitôt comme le père de Miss Fancourt. Paul salua ce personnage, et le Général rendit le salut avec son habituelle courtoisie — une courtoisie telle, cependant que l'on ne pouvait jamais dire si elle signifiait qu'il vous remettait. Paul Overt ressentit l'impétueux désir de s'adresser à lui ; puis, hésitant, il se rendit compte, tout à la fois, qu'il n'avait rien de particulier à dire et que, le vieux soldat se fût-il souvenu de lui, son souvenir ne saurait qu'être erroné. Il passa donc son chemin sans apprécier l'effet irrésistible que sa propre reconnaissance, évidente, aurait sur le Général, lequel ne perdait jamais une occasion de bavarder. Le visage de notre jeune homme était expressif, et il passait rarement inaperçu. Il n'avait guère fait plus de dix pas qu'il s'entendit appeler par un amical et bredouillant « Hum — je vous demande pardon. » Il se retourna et le Général, lui souriant depuis les marches du perron, dit :

— Vous ne voulez pas entrer ? Je ne vous laisserai pas prendre l'avantage sur moi !

Paul déclina l'invitation, pour aussitôt le regretter, car Miss Fancourt, à cette heure si tardive de l'après-midi, pouvait rentrer à tout moment. Mais son père ne lui offrit pas de seconde chance ; il semblait principalement soucieux de ne pas l'avoir choqué par son manque d'hospitalité. Un nouveau regard sur le visiteur lui en dit plus sur lui, assez en tout cas pour lui faire remarquer :

— Vous êtes rentré, vous êtes rentré ?

Paul fut sur le point de répondre qu'il était rentré la veille au soir, mais il jugea qu'il fallait éviter cette forte mise en lumière de la promptitude de sa visite et, se contentant d'un vague acquiescement, il fit allusion à sa déception de n'avoir point trouvé Miss Fancourt. Il était venu tard dans l'espoir qu'elle serait là.

— Je lui dirai — je lui dirai, dit le vieil homme.

Puis il ajouta rapidement, galamment :

— Vous allez nous donner quelque chose de nouveau ? Cela fait longtemps, n'est-ce pas ?

Maintenant, il se souvenait bien de lui.

— Assez, je suis très lent, dit Paul. Je vous ai rencontré à Summersoft ; c'était il y a longtemps.

— Oh, oui, avec Henry St George. Je me souviens fort bien. Avant que sa pauvre femme... — le général Fancourt s'arrêta un instant, un peu moins souriant — je suppose que vous êtes au courant.

— Du décès de Mrs St George ? Certainement — je l'ai appris à l'époque.

— Oh, non, je veux dire — je veux dire de son prochain mariage à lui.

— Ah ! je ne suis pas au courant de cela.

Mais au moment où Paul allait demander : « Avec qui ? » le Général contraria son intention avec une question.

— Quand êtes-vous rentré ? Je sais, par ma fille, que vous avez été absent. Elle était vraiment désolée, vous deviez lui donner quelque chose de nouveau.

— Je suis rentré hier soir, dit notre jeune homme, à qui était venue une idée qui, dans l'instant, voila quelque peu sa voix.

— Ah, très aimable à vous de venir aussi rapidement. Ne pourriez-vous pas venir pour le dîner ?

— Pour le dîner ? répéta Paul Overt, n'osant pas demander qui St George allait épouser, mais ne pensant qu'à cela.

— Il y aura plusieurs personnes, je crois. St George certainement. Ou plus tard, si vous préférez. Je crois que ma fille attend...

Il sembla remarquer quelque chose dans le visage levé d'Overt (il se tenait quelques marches plus haut) qui le fit s'interrompre, et l'interruption lui donna un sentiment passager d'embarras, auquel il chercha une issue rapide.

— Mais peut-être n'avez-vous pas appris qu'elle doit se marier.

— Se marier ? fit Paul, stupéfait.

— Avec Mr St George — cela vient d'être décidé. Curieux mariage, n'est-ce pas ?

Paul n'émit aucune opinion à ce sujet, il restait stupéfait.

— Mais cela ira sans doute — elle est si terriblement littéraire ! dit le Général.

Paul était devenu très rouge.

— Oh, c'est une surprise — très intéressant, très charmant ! Je regrette pour le dîner — merci infiniment !

— Eh bien, il faut que vous veniez au mariage ! s'écria le Général. Oh, je me rappelle cette journée à Summersoft. C'est un gentil garçon.

— Charmant — charmant ! balbutia Paul, battant en retraite.

Il serra la main du Général et s'enfuit. Son visage était rouge et il avait le sentiment qu'il allait encore en s'empourprant. Toute la soirée, chez lui — il se retira tout de suite dans ses appartements et y resta sans dîner —, sa joue lui brûla, par intermittence, comme si elle avait été giflée. Il ne comprenait pas ce qui lui arrivait, quel tour on lui avait joué, quelle trahison avait été commise. « Aucun, aucune », se dit-il. « Je ne suis pas concerné. Je suis en retrait. Cela ne me regarde pas. » Mais ce murmure effaré était suivi à tout coup d'exclamations déplacées : « Était-ce un plan — était-ce un plan ? » Parfois, il se criait à lui-même, le souffle coupé : « Suis-je une dupe — suis-je une dupe ? » Si tel était le cas, la chose était absurde, abjecte. C'était comme s'il ne l'avait pas encore perdue, jusqu'à maintenant. Il avait renoncé à elle, certes ; mais c'était une autre histoire — c'était là une porte fermée mais non verrouillée. A présent, il lui semblait qu'on lui avait claqué la porte au nez. Comptait-il qu'elle patiente ainsi — allait-elle lui donner son temps comme cela : deux années d'affilée ? Il ne savait pas à quoi il s'était attendu — il savait seulement à quoi il ne s'était pas attendu. Ce n'était pas ceci — ce n'était pas ceci. A la mystification et l'amertume s'ajoutait la colère qui montait et bouillait en lui lorsqu'il songea à la déférence, à la dévotion, à la crédulité avec lesquelles il avait écouté St George. La soirée avançait et la clarté du jour se prolongeait ; mais même quand il fit nuit il resta sans lampe. Il s'était jeté sur le sofa, où il demeura étendu pendant des heures, les yeux ou bien fermés ou bien scrutant l'obscurité, dans l'attitude d'un homme s'apprenant à supporter quelque chose, à supporter qu'on l'ait dupé. Il avait rendu l'affaire trop simple — cette idée déferla sur lui comme une vague chaude. Soudain, en entendant sonner onze heures, il se leva d'un bond, se souvenant de l'invitation du général Fancourt à venir après le dîner. Il irait — au moins il la verrait ; peut-être verrait-il ce que cela signifiait. Il avait l'impression que certaines des données d'un problème difficile lui avaient été fournies et que les autres manquaient : il ne pouvait résoudre son problème avant de les avoir toutes.

Il se changea rapidement et fut ainsi à Manchester Square à onze heures et demie. Il y avait de nombreux attelages devant la porte — une réception était en cours ; circonstance qui, en fin de compte, lui apporta un léger soulagement, car il préférait, à présent, la voir parmi la foule. Des gens le croisaient dans l'escalier, ils partaient, allant « plus loin », du mouvement de troupeau poursuivi qui est celui de la société londonienne, la nuit. Mais divers groupes restaient au salon, et, comme elle ne l'entendit pas annoncer, quelques minutes s'écoulèrent avant qu'il ne la découvrît et lui parlât. Durant ce court intervalle il avait aperçu St George, en conversation avec une dame devant la cheminée ; mais il détournait, pour le moment, les yeux de lui et ne put donc savoir si l'auteur du *Lac des ombres* l'avait remarqué. Toujours est-il qu'il ne vint pas à lui. Miss Fancourt le fit dès qu'elle le vit ; elle courut presque vers lui, souriante, bruissante, radieuse, belle. Il avait oublié le spectacle de sa tête, de son visage ; elle était vêtue de blanc, des motifs dorés paraient sa robe, et ses cheveux formaient un casque d'or. Il lui suffit d'un instant pour comprendre qu'elle était heureuse, heureuse comme agressivement, superbement. Mais elle ne lui parlerait pas de cela, elle ne lui parlerait que de lui-même.

— Je suis si contente, mon père m'a prévenue. Que c'est gentil à vous d'être venu !

Comme il la dévisageait, sa fraîcheur et son courage le frappèrent tant qu'il ne put s'empêcher de penser : « Pourquoi à lui, pourquoi pas à la jeunesse, à la puissance, à l'ambition, à l'avenir ? Pourquoi sa force jeune et riche à l'échec, à l'abdication, à la retraite ? » Intérieurement, en ce cruel instant, il alla jusqu'à blasphémer contre tout ce qui restait de sa foi en le maître faillible.

— Je suis si désolée de vous avoir manqué, reprit-elle. Mon père me l'a dit — que vous êtes aimable d'être venu aussi vite !

— Cela vous surprend-il ? demanda Paul Overt.

— Le premier jour ? Non, venant de vous, rien d'agréable ne me surprend.

Elle fut interrompue par une dame qui lui souhaita bonne nuit, et il lui parut lire que cela ne lui coûtait rien de parler sur ce ton ; c'était son ancienne façon, généreuse et démonstrative, à laquelle s'ajoutait une certaine aisance due au temps ; et si ce style se mettait, d'emblée, à fonctionner, à un tel moment de son histoire, peut-être, en d'autres temps, avait-il eu autant ou tout aussi peu de signification — un geste machinal de charité, à cette différence près qu'elle était maintenant comblée, prête à donner mais ne manquant de rien. Oh, elle était comblée — et comment ne le serait-elle pas ? Comment n'eût-elle pas été surprise de sa visite dès le premier jour — pour tout le bien qu'elle avait jamais tiré de lui ? Comme la dame continuait à retenir son attention, Paul Overt s'éloigna d'elle, son âme compliquée d'artiste en proie à une curieuse irritation et à une sorte de déception désintéressée. Elle était si heureuse que c'en était presque stupide — comme la réfutation de l'intelligence extraordinaire qu'il lui avait autrefois trouvée. Ne savait-elle pas à quel point St George pouvait être médiocre, n'avait-elle pas pris conscience de sa déplorable légèreté ? Si elle ne l'avait pas fait, c'est qu'elle n'était rien, et si elle l'avait fait, pourquoi, alors, pareille insolente sérénité ? Cette question s'évanouit lorsque les yeux de notre jeune homme se fixèrent enfin sur le génie qui l'avait conseillé, lors de cette crise majeure. St George était encore devant la cheminée mais seul maintenant (immobile, attendant, comme s'il comptait rester après tout le monde), et son regard rencontra celui, troublé, du jeune ami tourmenté de n'être pas sûr d'être dans son bon droit (comme son ressentiment eût apprécié qu'il le fût) quand il se considérait comme une victime. A l'excentrique interrogation dont je viens de faire mention l'attitude de St George apporte en quelque mesure une réponse. Cette attitude était, à sa manière, aussi belle que celle de Marian Fancourt, elle dénotait l'être humain heureux ; mais elle disait aussi à Paul Overt que l'auteur du *Lac des ombres* avait désormais cessé définitivement de compter — cessé de compter comme écrivain. Et le sourire qu'il lui adressa, en guise de bienvenue, à travers la salle faisait de lui quelqu'un de *banal,* presque de suffisant. Paul eut l'impression qu'un bref instant il hésita à venir vers lui, comme s'il avait mauvaise conscience ; mais déjà ils étaient l'un en face de l'autre au milieu de la pièce et se serraient la main ; le geste, chez St George, était éloquent, cordial. Là-dessus, ils s'étaient dirigés ensemble là où l'aîné des deux s'était tenu, tandis que St George déclarait :

— J'espère que vous ne repartirez plus jamais. J'ai dîné ici ; le Général m'a prévenu.

Il était beau, il était jeune, il semblait avoir encore d'importantes réserves de vie. Il dirigea les yeux les plus amicaux, les moins contrits, sur Paul Overt ; il l'interrogea sur tout, sa santé, ses projets, ses récentes activités, le nouveau livre.

— Quand va-t-il sortir — bientôt, bientôt, j'espère ? Magnifique, hein ? C'est juste ; vous êtes un réconfort ! Je vous ai complètement relu ces six derniers mois.

Paul attendit pour voir s'il lui dirait ce que le Général lui avait dit l'après-midi et ce que, bien entendu, Miss Fancourt, du moins verbalement, n'avait pas dit. Mais comme cela ne venait pas, il posa enfin la question :

— Est-elle vraie, la grande nouvelle que j'entends — vous allez vous marier ?

— Ah, vous êtes donc au courant ?

— Le Général ne vous l'a-t-il pas dit ? reprit Paul Overt.

— M'a dit quoi ?

— Qu'il m'en a parlé cet après-midi ?

— Mon cher ami, je ne me souviens pas. Nous avons été entourés de gens. Je suis désolé, dans ce cas, de perdre le plaisir de moi-même vous annoncer un fait qui me touche de si près. Car c'est un fait, aussi étrange qu'il puisse paraître. Il vient juste d'en devenir un. N'est-ce pas ridicule ?

St George tint ce discours sans gêne, mais en même temps, autant que Paul pût en juger, sans effronterie latente. L'idée vint à son interlocuteur que, pour parler avec autant d'aisance et de calme, il fallait qu'il eût oublié tout simplement ce qui s'était passé entre eux. Les paroles qu'il prononça ensuite prouvèrent cependant qu'il n'en était rien, et produisirent, en sollicitant la propre mémoire de Paul, un effet qui eût été comique s'il n'avait pas été cruel.

— Vous souvenez-vous de la discussion que nous avons eue chez moi ce soir-là, où le nom de Miss Fancourt fut prononcé ? J'y ai souvent pensé depuis.

— Oui — il n'est guère étonnant que vous ayez parlé comme vous l'avez fait, dit Paul, en le regardant.

— A la lumière de la présente circonstance ? Ah, mais il n'y avait alors aucune lumière. Comment aurais-je pu prévoir cette heure-ci ?

— Ne la jugiez-vous pas probable ?

— Sur mon honneur, non, dit Henry St George. A coup sûr, je vous dois cette assurance. Imaginez combien ma situation a changé.

— Je vois — je vois, murmura Paul.

Son compagnon poursuivit, comme si, maintenant que la question avait été abordée, il était, en personne douée d'imagination et de tact, absolument prêt à donner toute satisfaction — apte qu'il était à comprendre tout ce qu'un autre pouvait ressentir.

— Mais ce n'est pas seulement cela — car honnêtement, à mon âge, je n'ai jamais rêvé — veuf, avec de grands garçons et presque rien d'autre ! Cela s'est terminé autrement qu'on aurait pu le prévoir, et j'ai eu une chance incommensurable. Elle a été si libre, et pourtant elle consent. Mieux que tout autre peut-être — car je me souviens combien elle vous plaisait avant votre départ, et combien vous lui plaisiez — vous avez raison de me féliciter.

« Elle a été si libre ! » Ces paroles firent grande impression sur Paul Overt, et il faillit se tordre de douleur sous leur ironie, dont il importait peu qu'elle fût calculée ou accidentelle. Bien entendu, elle avait été libre, et, dans une large mesure peut-être, de son propre fait à lui ; car l'allusion de St George à l'inclination qu'elle avait pour lui n'était-elle pas aussi à mettre au compte de l'ironie ?

— Je croyais que selon votre théorie vous désapprouviez qu'un écrivain se marie.

— Sans doute — sans doute. Mais vous ne m'appelez pas un écrivain ?

— Vous devriez avoir honte, dit Paul.

— Honte de me remarier ?

— Je ne dirai pas cela — mais honte de vos justifications.

— Vous devez me laisser en juger, mon ami.

— Oui, pourquoi pas ? car vous avez merveilleusement jugé les miennes.

Le ton de ces paroles parut brusquement, pour St George, suggérer l'insoupçonné. Il écarquilla les yeux comme s'il y devinait une amertume.

— Ne considérez-vous pas que j'ai agi loyalement ?

— Vous auriez peut-être pu m'en parler à l'époque.

— Mon cher ami, quand je dis que je ne pouvais percer l'avenir !

— Je veux dire plus tard.

St George hésita.

— Après la mort de mon épouse ?

— Quand cette idée vous est venue.

— Ah, jamais, jamais ! Je voulais vous sauver, rare et précieux comme vous l'êtes.

— Épousez-vous Miss Fancourt pour me sauver ?

— Pas absolument, mais cela ajoute au plaisir. Je vous ferai un nom, dit St George en souriant. J'ai été très frappé, après notre conversation, par la façon décidée dont vous avez quitté le pays, et encore davantage, peut-être, par la force de caractère qui vous a fait rester à l'étranger. Vous êtes très fort — étonnamment fort.

Paul Overt tenta de sonder ses agréables yeux ; chose étrange, il semblait sincère, nullement un monstre de cynisme. Il s'éloigna, et entendit alors St George dire quelque chose au sujet de toutes les preuves qu'il allait leur en donner et qui seraient la joie de sa vieillesse. Il se retourna, le regardant une nouvelle fois.

— Voulez-vous dire que vous avez cessé d'écrire ?

— Mais mon cher ami, bien sûr. C'est trop tard. Ne vous l'ai-je pas dit ?

— Je ne peux pas le croire !

— Bien sûr, vous ne le pouvez pas — avec le talent qui est le vôtre ! Non, non ; pour le reste de ma vie, je me contenterai de vous lire.

— Sait-elle tout cela — Miss Fancourt ?

— Elle le saura — elle le saura.

Entendait-il par là, s'interrogea notre jeune homme, insinuer que l'aide qu'il trouverait dans la fortune, pourtant modeste, de cette jeune dame serait telle qu'elle lui permette de mettre un terme à l'exploitation ingrate d'une veine épuisée. Cependant, debout là, dans la maturité de sa virilité heureuse, il ne donnait guère l'impression d'avoir épuisé aucune de ses veines.

— Avez-vous oublié la morale que mon cas vous propose ainsi que je vous le disais ce soir-là ? reprit St George. Considérez du moins l'avertissement que je constitue à présent.

C'était trop — il était bien un monstre de cynisme. Paul se sépara de lui avec, pour tout salut, un simple signe de la tête, et le sentiment qu'un jour peut-être, dans un lointain avenir, il pourrait revenir vers lui, mais que, maintenant, il ne pouvait fraterniser avec lui. Il était indispensable à son âme meurtrie de croire, pour l'heure, à la réalité du grief — d'autant plus cruel qu'il ne relevait pas de la loi. Ce fut sans doute dans l'attitude de qui embrasse pareille injustice qu'il descendit l'escalier sans avoir pris congé de Miss Fancourt, qui ne s'était pas trouvée en vue au moment où il quittait la pièce. Il fut content de se retrouver dans l'honnête, obscure et simple nuit, de se mouvoir rapidement, de retourner chez lui à pied. Il marcha longtemps, s'égarant et n'y prêtant pas attention. Il pensait à trop d'autres choses. Ses pas rattrapèrent le bon chemin, cependant, et au bout d'une heure, il se retrouva devant sa porte, dans la petite, modeste et déserte rue. Il s'attarda, s'interrogeant encore avant d'entrer, avec rien autour et au-dessus de lui que la nuit sans lune, un ou deux mauvais lampadaires et quelques étoiles pâles et lointaines. Il leva les yeux vers ces derniers et faibles signaux ; il s'était dit que c'eût été une véritable escroquerie si maintenant, dans sa nouvelle situation, au bout d'une année, St George publiait quelque chose de la qualité de ses débuts — quelque chose du genre du *Lac des ombres* et plus beau que son plus beau. Quoiqu'il admirât énormément son talent, Paul formula l'espoir de ne pas voir un tel incident se produire ; il lui semblait en cet instant qu'il aurait du mal à le supporter. Les paroles de St George résonnaient encore dans ses oreilles. « Vous êtes très fort — étonnamment fort. » L'était-il vraiment ? Assurément, il lui faudrait l'être ; ce serait une manière de revanche. L'est-il encore maintenant ? Le lecteur est en droit, à son tour, de le demander, si son intérêt a suivi jusqu'ici le perplexe jeune homme. La meilleure réponse qu'on puisse sans doute donner est qu'il fait de son mieux, mais qu'il est trop tôt pour se prononcer. Lorsqu'à l'automne parut le nouveau livre, Mr et Mrs St George le trouvèrent réellement magnifique. Le premier n'a toujours rien publié, mais Paul Overt ne se sent pas pour autant à l'abri. Je dois dire cependant, pour sa défense, que, si cet événement venait à se produire, il serait vraiment le premier à l'apprécier : ce qui prouve, peut-être, que St George avait au fond raison, et qu'était intellectuelle, et non pas personnelle, la passion à laquelle la Nature l'avait voué.

Greville Fane

En rentrant me changer pour le dîner, je tombai sur un télégramme : « Mrs Stormer mourante : pouvez-vous nous faire une demi-colonne pour demain soir ? Ménagez-la, mais pas trop. » J'étais en retard ; j'étais pressé ; je disposais de très peu de temps pour réfléchir, mais je dépêchai cette réponse à tout hasard : « Ferai ce que je pourrai. » Ce ne fut qu'une fois changé et en route pour dîner, dans le cab, que je me rendis compte de la difficulté des conditions fixées. La difficulté n'était certes pas de parvenir à la ménager, mais plutôt de nuancer une telle indulgence. « Je ne la nuancerai tout simplement pas », me dis-je. Je ne l'admirais pas, mais elle me plaisait, et je la connaissais depuis si longtemps que je me trouvai presque sans cœur de m'attabler, à un moment pareil, à ce festin d'indifférence. Je dus paraître distrait, car le souvenir des premières années de nos relations me revint. Je parlai d'elle à la dame que j'avais accompagnée, mais la dame que j'avais accompagnée n'avait jamais entendu parler de Greville Fane. Je tentai ma chance auprès de mon autre voisin, lequel déclara ses livres « trop exécrables ». Je n'avais jamais trouvé ceux-ci très bons, mais je devrais être plus indulgent que cela avec elle.

Je partis tôt, dans le seul but d'aller en voiture me renseigner à son sujet. Le trajet prit du temps, car elle habitait le quartier nord-ouest, aux environs de Primrose Hill. Ma crainte d'arriver trop tard se vérifia au-delà de ce que je m'étais accordé à penser — j'avais seulement eu peur que la maison fût fermée. Les fenêtres étaient bien éclairées, mon coup de sonnette mesuré fit bien venir aussitôt une domestique à la porte, mais Mrs Stormer était passée en un état où le retentissement d'aucun heurtoir de ce monde n'était plus à craindre. Une dame qui, dans le vestibule, hésitait derrière la domestique s'avança en entendant ma voix. Je reconnus lady Luard, qui, elle, m'avait pris pour le médecin.

— Veuillez excuser une apparition aussi tardive, dis-je, je suis venu dès que j'ai su.

— C'est fini, répondit lady Luard. Chère maman !

Elle resta là, en pleine lumière, les yeux rivés sur moi ; elle était très grande, et raide, et froide, donnant toujours l'impression que, parmi bien d'autres choses, sa toilette, son comportement, jusqu'à son nom, laissaient supposer qu'elle était vraiment admirable. Je n'avais jamais pu suivre ce raisonnement, mais ce n'est qu'un détail. J'exprimai mes sentiments brièvement et franchement, pendant que la petite servante au visage tacheté se plaquait contre le mur de l'étroit couloir et s'efforçait d'avoir l'air détachée sans paraître indifférente. Ce n'était guère le moment pour une visite et j'étais sur le point de me retirer lorsque lady Luard m'arrêta en me demandant d'une voix traînante, désinvolte, singulière :

— C'est peut-être que vous, hum, écrivez quelque chose ?

Un instant, je me sentis dans la position d'un journaliste, que je n'étais pas. J'avouai pourtant cette coupable intention, à quoi elle répliqua :

— Je suis si heureuse — mais je crois que mon frère aimerait vous voir.

Je détestais son frère, mais la circonstance ne permettait guère d'agir en conséquence ; je souffris donc qu'on me conduise, à ma surprise, dans une petite pièce de derrière que je reconnus aussitôt comme la scène de l'imperturbable industrie des dernières années de Mrs Stormer. Il y avait là sa table, complice meurtri et taché d'encre de défaillances littéraires sans nombre — un espace réduit y était ménagé pour les bras (elle écrivait le coude immobile) —, et le désordre de feuilles éparses et griffonnées, déjà devenues des œuvres posthumes. Leolin y était aussi, à fumer devant le feu, l'air insolent, malgré une peine qui eût très bien pu être sincère.

Le rencontrer, le saluer me coûtèrent un effort considérable, car l'attitude que, debout devant moi, il adopta était tout à fait celle de l'assassin de sa mère. Elle reposait là-haut, à jamais silencieuse — aussi morte qu'un livre raté ; et lui, comme l'emblème de sa culpabilité, affectait un maintien rigide et fanfaron. Je me demandai si, avec sa sœur, il avait déjà entrepris de calculer le prix qu'ils pouvaient espérer obtenir pour les misérables papiers qui traînaient sur la table ; je ne dus guère attendre pour l'apprendre, puisque, comme toute réponse aux quelques mots de condoléance que je lui adressai, il dit en haletant : « C'est désolant, oui, désolant, mais elle a laissé trois livres achevés. » Ses paroles eurent un effet des plus bizarres : elles firent de cette pièce où l'on se sentait à l'étroit un comptoir de commerce et rendirent le « livre » étonnamment plausible. Il obtiendrait certainement le meilleur prix pour les trois. Lady Luard m'expliqua que son mari était avec eux avant de devoir descendre à la Chambre. A son frère elle annonça que j'allais rédiger quelque chose ; puis, s'adressant à moi de nouveau, elle fit clairement comprendre qu'elle espérait que je « rendrais justice à maman ». Elle précisa qu'elle estimait que cela n'avait jamais été fait. Elle dit à son frère :

— Ne pensez-vous pas qu'il est certaines choses dont il conviendrait qu'il puisse les comprendre parfaitement ?

Et lui, aussitôt, de s'exclamer :

— Oh, parfaitement, parfaitement !

Elle poursuivit un peu sévèrement :

— Je veux dire, au sujet de la naissance de maman.

— Oui, et de ses parents, ajouta Leolin.

Je déclarai totale ma bonne volonté et j'écoutai pendant cinq minutes, mais ce serait trop de dire que je compris. Même à l'heure actuelle, je ne comprends toujours pas, mais cela n'a pas d'importance. Ma pensée allait à d'autres sujets que ceux qu'ils me présentaient : tandis qu'eux désiraient qu'à propos de leurs aïeuls il n'y eût pas d'erreur, je devenais, moi, de plus en plus lucide sur leur compte à eux. Je m'éclipsai dès que possible, et rentrai à pied à travers le grand Londres vide et crépusculaire — de toutes, l'activité la plus propice à la réflexion. Quand j'arrivai chez moi mon petit article était pratiquement composé — prêt à passer le lendemain, du plat poli de l'imagination à une existence plus concrète. Je crois qu'il attira quelque peu l'attention, fut trouvé « élégant » et attribué à quelqu'un d'autre. Mon article avait dû donner la leçon sans être trop vif, ce qui supposait un certain tact. Toutefois, ce que je dis fut bien moins intéressant que ce que je pensais — surtout pendant la demi-heure que je passai dans mon fauteuil, au coin du feu, à fumer le cigare que j'allume toujours avant d'aller me coucher. Je m'endormis d'ailleurs là, je crois ; néanmoins je continuai de moraliser sur Greville Fane. Étant peu disposé à tout perdre, définitivement, de cet examen rétrospectif, j'écris ce pâle petit souvenir, à la manière d'un document qui n'est pas fait pour « servir ». La chère femme avait écrit une centaine d'histoires, mais aucune n'était aussi singulière que la sienne.

Lorsque je fis sa connaissance elle avait publié une demi-douzaine de fictions et j'avais, je crois, commis un roman moi aussi. Elle était d'une bonne douzaine d'années mon aînée, mais c'était une personne qui avait conscience de la relativité des choses, même de celles la concernant. Il n'y a, en fait, pas si longtemps de cela, mais à Londres, au milieu des grandes vagues du présent, un horizon, même proche, se trouve dissimulé. Je fis sa rencontre lors de quelque dîner et la raccompagnai, plutôt flatté d'offrir le bras à une célébrité. Elle n'en avait pourtant pas l'allure, avec son doux visage de matrone, sans vie, aussi je supposai que sa grandeur se ferait sentir dans sa conversation, et je donnai à celle-ci toutes les occasions de la mettre en évidence ; pourtant je ne fus pas déçu quand je découvris simplement une femme gentille et terne. C'est même cela qui me fit l'aimer — elle me reposait tant de la littérature. Cette littérature qui était ma brûlure, mon tourment; Greville Fane, quant à elle, demeurait, somnolente, en cette contrée de l'intellect, telle une Créole dans un hamac. Ce n'était pas une femme de génie, mais son talent était tellement exceptionnel, son don s'imposait avec tellement d'évidence que je me suis souvent demandé pourquoi elle n'atteignit jamais à cette distinction. Ce fut sans doute parce que, dans son cas particulier, la transaction était restée incomplète; le génie, son débiteur, paie toujours le don; or, elle vivait dans l'inconscience tranquille d'une quelconque obligation. Elle savait inventer des histoires à n'en plus finir mais était incapable d'écrire une page d'anglais. Elle descendit dans sa tombe sans se douter que, bien qu'ayant contribué, sur des tomes entiers, au divertissement de ses contemporains, elle n'avait, pas même l'espace d'une phrase, apporté quelque chose à la langue. Cela n'avait pas empêché que l'on entasse sur sa tête des boisseaux de critique : elle valait, régulièrement, plusieurs colonnes dans les hebdomadaires, où l'on démontrait que, si ses tableaux de la vie étaient affreux, son style, lui, était enchanteur. Elle me demanda de venir la voir; j'y allai. A l'époque elle habitait Montpellier Square, ce qui m'aida à comprendre à quel point son imagination tranchait avec son personnage.

Veuve industrieuse, dévouée à sa besogne quotidienne, à ses rencontres avec le boucher ou le boulanger, à l'édification d'un foyer pour son fils et pour sa fille, elle devenait, dès l'instant où elle prenait la plume, un être de passion. Elle considérait que le roman anglais manquait de cet ingrédient à un degré déplorable, et la tâche qu'elle s'était assignée était de pallier cette carence. La passion chez les mondains constituait le motif général de cette œuvre, son imagination n'étant à son aise que dans les milieux les plus élevés. Elle adorait, en vérité, l'aristocratie; celle-ci représentait, pour elle, l'essence romanesque du monde, ou, ce qui est plus juste, la matière première de la fiction. La beauté et le luxe de cette société dorée, ses intrigues et ses vengeances, ses tentations et ses redditions, ses débauches et ses diamants lui étaient aussi familiers que les pâtés sur sa table d'écriture. Elle n'était pas la productrice tardive de romans à l'ancienne mode, elle possédait une ingéniosité et une modernité toutes personnelles ; elle avait redoré le clinquant défraîchi. Elle débitait des intrigues par centaines et, dans la mesure où sa penne volante pouvait l'y transporter, se rendait perpétuellement à l'étranger. Ses types, ses situations, son ton étaient avant tout cosmopolites. Elle trouvait tout provincial hors la société européenne, et ses distingués personnages s'aimaient de Doncaster à Bucarest. Elle s'était mis dans la tête qu'elle ressemblait à Balzac et ses personnages historiques préférés étaient Lucien de Rubempré et le vidame de Pamiers. Je me dois d'ajouter que, la fois où je lui demandai qui était le second, elle fut incapable de me le dire. Elle était très courageuse, saine, joyeuse et très généreuse, naïve, malicieuse. Elle était intelligente, vulgaire, snob et jamais aussi excessivement britannique que lorsqu'elle était absolument étrangère.

Ce mélange de qualités lui avait valu un rapide succès, et je me rappelle avoir entendu parler avec émerveillement et envie de ce qu'elle touchait à l'époque pour un roman. Cette révélation me serra le cœur : c'était la preuve qu'à pratiquer un style totalement différent je ne ferais jamais fortune. Cela ne m'empêcha pourtant pas, quand, alors que je la connaissais mieux, elle me révéla son vrai tarif et que je constatai que les rumeurs l'avaient quadruplé, d'être peiné ; elle m'était suffisamment chère pour cela. Je compris en outre, peu après, que la diminution de ses gains n'impliquait nullement l'augmentation des miens. Mon échec n'avait jamais été ce que Mrs Stormer eût appelé la banalité du relatif — il était toujours admirablement absolu. Néanmoins, à cette époque-là, elle menait une vie aisée — c'est le mot qui convient, bien qu'elle fût contrainte de produire trois romans par an. Elle se moquait de moi quand je parlais de difficulté — c'était la seule chose qui la mettait en colère. Si j'insinuais qu'une œuvre d'art exigeait un formidable travail de polissage, elle voyait là une attitude prétentieuse, une *pose*. Jamais elle n'admit le « tourment de la forme » ; le plus loin où elle s'aventura dans ce sens, ce fut en introduisant dans un de ses livres (pour la satire elle avait la main lourde) un jeune poète qui ne cessait d'en parler. Je ne parvenais pas à tout à fait comprendre son irritation sur ce sujet car, pour elle, l'enjeu dans l'affaire était nul. Elle s'était aperçue avec perspicacité que la forme, du moins s'agissant de prose, ne vous recommandait jamais au public auquel nous étions condamnés de nous adresser et qu'en conséquence (son humiliation personnelle mise à part) elle ne perdait rien en ne s'en souciant point. Elle n'avait pas la prétention de produire des œuvres d'art, elle donnait plutôt d'agréables thés pour lesquels elle se voulait simple pâtissière, distribuant les tartes et les gâteaux qui feraient entrer les clients dans la boutique. Elle y mettait une bonne dose de sucre et de cochenille, ou de je ne sais quoi, pour donner à ces produits une couleur chaude et séduisante. Elle dominait supérieurement les perspectives et les circonstances, ce qui faisait son invicible force et lui permettait de poursuivre indéfiniment. Seule s'altère la vraie réussite, seules se dissolvent les choses solides. Chez Greville Fane l'ignorance était une ressource plus sûre que la plus éprouvée des recettes. Une fois qu'elle me dit que le jour viendrait où elle aurait épuisé ses réserves, je lui répondis :

— Oh, mais c'est au royaume des fées que vous avez affaire ; et les fées vous adorent, elles ne changent jamais, elles — le royaume des fées est éternel ; il existe depuis le commencement du monde et existera jusqu'à sa fin. Elles vous en ont confié la clé et vous pourrez toujours ouvrir la porte. Moi, c'est différent ; j'essaie à ma façon, maladroitement, d'être en rapport direct avec la vie.

— Zut pour votre rapport direct avec la vie ! répondait-elle, car la formule, à tous coups, la contrariait — ce qui ne l'empêchait pas pour autant de s'en servir quand elle souhaitait se consacrer au style.

Sans plus de préjugés qu'un vieux moulin à saucisses, elle

faisait entendre avec la même exactitude et la même patience n'importe quelle malheureuse bribe de mot tombée, par hasard, dans son oreille. Je la réconfortais en affirmant que les jours sombres, en fin de compte, s'il devait y en avoir, étaient promis à des gens comme moi, dans la mesure où, fidèles, modestement, à l'expérience et à l'observation, nous étions tributaires, non d'une révélation, mais d'un fastidieux petit procédé. Or, l'observation dépendant de l'occasion, où serions-nous donc le jour où l'occasion ne se présenterait plus ?

Un jour elle m'annonça que, puisque la vie de romancier était si charmante et, au moins durant les bonnes années, assurait un revenu si confortable (elle avait de ces optimismes stupéfiants), elle se proposait de préparer son fils à la poursuite de cette carrière. Elle adoptait l'ingénieux point de vue selon lequel il s'agissait d'une profession comme une autre, et qu'il y avait donc tout à gagner en commençant tôt et en faisant son apprentissage. De plus, cette éducation-là reviendrait moins cher que toute autre formation spécialisée, dans la mesure où elle pourrait, elle-même, l'assurer. Elle ne prétendait pas monter une école, mais du moins pouvait-elle être le professeur de son propre enfant. Ce n'était pas qu'elle était si douée, mais bien (elle m'en fit la confidence comme si elle craignait que je me moquasse d'elle) que lui l'était. Je ne m'amusai d'ailleurs pas d'elle à ce propos, car j'estimais le garçon très éveillé — je l'avais vu à diverses reprises. Il avait bien grandi, présentait avantageusement et montrait de l'assurance ; sa sœur et lui me faisaient m'interroger sur feu leur papa dont je savais seulement qu'il avait été pasteur. Je me les expliquais par des suppositions et des imputations peut-être injustes pour le défunt tant ils ressemblaient peu — du moins en surface — à leur mère. Il fut un temps où, dans le salon de celle-ci, il y avait sur un chevalet un agrandissement photographique de son mari, fait au moyen de quelque affreux « procédé » posthume et tendu, sur son cadre fleuri, d'un foulard de soie, témoignage de la candeur du mauvais goût de Greville Fane. Ce portrait lui donnait l'air d'un tragédien raté, mais l'on ne pouvait s'y fier ; il avait très bien pu être un bon comédien. Des deux enfants, la fille était l'aînée ; elle me frappa pendant tout son plus jeune âge par un singulier manque de personnalité. Elle était seulement longiligne, à la manière d'une indéchiffrable lettre. Ce ne fut que lorsque Mrs Stormer rentra d'un séjour prolongé à l'étranger qu'Ethel (ainsi se nommait la jeune fille) commença à produire l'effet qui devait, par la suite, devenir remarquable chez elle, d'une personne habitée par certaine sorte de grande résolution. Elle vous faisait comprendre qu'elle comptait faire quelque chose d'elle-même. Elle avait un long cou, une vue courte, elle était étonnante, et je pensais que je n'avais jamais vu une fraîche jeune fille de dix-sept ans d'un aspect aussi dur, aussi hautain, aussi sec. Elle était froide, maniérée, ambitieuse et elle portait un monocle à long manche qu'elle se mettait devant l'œil chaque fois qu'elle ne voulait rien voir. Elle s'était épanouie, comme l'on dit, considérablement et pourtant j'avais l'impression qu'elle était entourée d'une grille garnie de pointes. Ce qu'elle comptait faire, c'était se marier, et c'était, je pense, la seule chose qu'elle comptait également faire pour autrui. Mais qui serait suffisamment inspiré pour escalader cette barrière hérissée de piquants ? Quelle fleur de tendresse ou d'intimité semblable aventurier pourrait-il concevoir comme récompense ?

Cela, c'était à sir Baldwin Luard de le dire, mais, naturellement, il ne me confia jamais son secret. C'était un jeune homme sans joie et sans humour, qui avait l'air de cacher d'autres secrets encore et d'être déterminé à réussir en politique, ce qui se signalait par le fait que personne ne l'avait jamais entendu s'engager — quelle que fût l'affaire à considérer — au-delà d'un « Oh ! » exclamatif. Son épouse et lui durent essentiellement converser au moyen d'exclamations guindées ; c'était suffisant pour leur permettre de comprendre qu'ils étaient des âmes sœurs. Je me souviens de m'être fâché avec Greville Fane quand elle me présenta ces noces comme une magnifique union ; je me rappelle lui avoir demandé de quel éclat pouvait bien briller le mariage de la fille d'une femme de génie avec une incorrigible médiocrité. « Oh ! mais il est terriblement intelligent », dit-elle, mais en rougissant de ce petit mensonge maternel. Ce qu'elle entendait par là était que, malgré la relative modestie des biens de sir Baldwin (il possédait un sinistre hôtel particulier à South Kensington et, plus sinistre encore, un « manoir » quelque part dans l'Essex, qu'il louait), cette liaison était plus « chic » que celle à laquelle un de ses enfants pouvait prétendre. En dépit des beaux habits de ses romans, elle avait une opinion très humble, très piètre d'elle-même, aussi, de toutes ses productions, « ma fille lady Luard » était-elle sans conteste celle dont elle était la plus fière. Ledit personnage trouvait, de son côté, sa mère fort vulgaire et se montrait affligé et confus des licences qu'à l'occasion sa plume se permettait ; toutefois son attitude, dans ce rapport indirect à la littérature, s'avérait complexe. Tant que cette activité était lucrative, Madame approuvait et pouvait en supporter la bassesse, elle rendait alors justice à quelques-uns de ses avantages pratiques. Je tenais de bonne source (la pauvre Mrs Stormer me l'ayant tout simplement dit) qu'elle souffrait que, de temps à autre, des doigts barbouillés d'encre pressassent un billet de banque dans sa paume. Par contre, elle déplorait le « style excentrique » auquel Greville Fane s'était adonnée, et elle se demandait où un auteur qui avait l'avantage d'avoir une fille si distinguée pouvait aller chercher semblables idées au sujet de la meilleure société. « Elle devrait être plus au courant, avec Leolin et moi », avait-on entendu lady Luard faire observer ; mais il semblait que certaines des superstitions de Greville Fane étaient incurables. Elle ne fréquentait pas le milieu de lady Luard, et le meilleur n'était pas assez bon pour elle — il lui fallait l'améliorer encore.

Je voyais que cette nécessité, toujours plus impérieuse, s'imposait à elle pendant les années qu'elle passa à l'étranger, années au cours desquelles je l'entr'apercevais quand ses changeantes villégiatures croisaient le chemin de mon annuelle randonnée. Elle allait d'Allemagne en Suisse et de Suisse en Italie ; elle préférait les endroits peu chers et installait sa table de travail dans les plus petites capitales. Je lui rendais visite chaque fois que je le pouvais, et prenais toujours des nouvelles de Leolin. Elle me donnait, à son sujet, de magnifiques comptes rendus, et chaque fois que cela était possible, l'enfant était exhibé pour mon édification. S'agissant de sa carrière j'avais d'emblée pris part à la farce — j'affectais de le considérer comme un enfant consacré. Au début, cela avait été aussi un jeu pour Mrs Stormer, mais le garçon avait été assez sagace pour donner un tour sérieux à l'affaire. Puisque sa mère admettait le principe selon lequel le futur romancier ne saurait commencer trop tôt à connaître la vie, Leolin souhaitait éviter tout retard dans l'application dudit principe. Aussi s'empressa-t-il d'acquérir les connaissances requises et se mit-il à fumer à dix ans, pour les motifs littéraires les plus nobles. Sa pauvre mère le contemplait avec une extravagante envie et, telle Desdémone, regretta que le ciel ne lui eût point donné, à elle, un homme pareil. A plus d'une reprise elle m'expliqua que dans sa profession elle avait vérifié que son sexe était un sérieux handicap. Elle adorait l'histoire de la précoce révolte de Madame George Sand contre cette entrave, estimant même que, si elle avait porté le pantalon, elle aurait pu écrire aussi bien que cette dame. Quant à Leolin, lui, du moins avait-il l'aptitude professionnelle du pantalon ; d'ailleurs, au fil des ans, il en reconnut l'importance car il en amassa un assortiment immense. Il grandit magnifiquement habillé ; c'était sa manière d'interpréter le système de sa mère. A chacune de nos rencontres, je constatais qu'elle caressait encore l'illusion d'une mise en œuvre de ce système et du succès de la formation de Leolin. Elle apportait à celui-ci son expérience, elle le faisait bénéficier de ses impressions, elle lui mettait un *gagne-pain* entre les mains. Cela revenait, en d'autres termes, à le gâter avec la meilleure conscience du monde. Il me revient les images les plus bizarres de cette période de la vie de la bonne dame, et de son cours extraordinairement vertueux, sinueux, déroutant. Elle avait l'impression de voir les mœurs étrangères aussi bien que ses jupons le lui permettaient, alors qu'en réalité elle ne voyait rien du tout, et surtout pas, heureusement, à quel point l'on se moquait d'elle. Elle faisait courir sa plume capricieuse à Dresde comme à Florence et produisait en tout lieu et à tout moment les mêmes fictions romantiques et ridicules. Elle traînait avec elle sa boîte d'accessoires et en extirpait promptement les vieux pantins familiers et ternis. Elle croyait en eux alors que les autres ne le pouvaient pas, et comme ils ne ressemblaient à rien de visible en ce monde, il était impossible de prouver par comparaison qu'ils étaient faux. On ne peut comparer les oiseaux aux poissons ; ainsi se contentait-on de supposer que, dans la mesure où les personnages de Greville Fane avaient le fin plumage de la première des deux espèces, les êtres humaines devaient appartenir à la seconde.

Il eût été drôle, si cela n'avait été à ce point exemplaire, de la voir filer les amours des duchesses à côté des crèches innocentes de ses enfants. Ses journées assidues mariaient, à l'envi, l'immoral et le maternel, et elle s'arrêtait de friser les moustaches des officiers de sa Garde pour caresser les têtes de ses poupons. De vieilles filles solennelles, sorties de *pensions* continentales pour venir prendre le thé, hantaient sa demeure, et avec elle des Américains un peu simples qui lui disaient que, dans leur pays à eux, elle était tout simplement adorée. « Je préférerais qu'on se contente de me payer là-bas », avait-elle coutume de répondre, car cet hommage de l'opinion d'outre-Atlantique était la seule chose qui l'exaspérât. Les Américains repartaient en pensant qu'elle était grossière ; elle avait beau être l'auteur de tant de belles histoires d'amour, elle décevait la plupart de ces pèlerins, qui ne s'étaient guère attendus à trouver une timide dame, forte et rougeaude, sous un bonnet ressemblant à une pyramide écroulée. Elle écrivait sur les sentiments et leur impossible maîtrise, mais elle parlait du prix de la *pension* et de la commodité d'une pharmacie anglaise. Elle consacra beaucoup de ses pensées et bien des milliers de francs à l'éducation de sa fille, laquelle passa trois ans dans une école tout à fait supérieure à Dresde où on lui enseigna les sciences, les arts et les langues ; empruntant un autre chemin que Leolin, elle devait être élevée uniquement afin de devenir une *femme du monde.* La jeune fille avait le sens musical et philologique ; elle se spécialisa dans les langues, et en apprit suffisamment pour que les accents ingénus de sa mère lui inspirassent un grand mépris. Le français et l'italien de Greville Fane étaient drôles ; la faculté d'imitation lui avait été refusée, et elle avait un don inégalé, surtout plume en main, pour saisir les moindres occasions de faire de grosses fautes. Elle le savait, mais s'en moquait : la correction était la vertu au monde qu'à l'instar de ses héros et héroïnes elle prisait le moins. Ethel, qui avait relevé de ses pages quelques défaillances remarquables, entreprit à une certaine époque de corriger ses épreuves ; mais un an après que la jeune fille eut quitté l'école, sa mère m'apprit, je m'en souviens, qu'elle n'avait exercé cette fonction que fort peu de temps.

— Elle ne peut pas me lire, précisa Mrs Stormer. J'offense son goût. Elle me dit qu'à Dresde — à l'école — je n'ai jamais été autorisée.

La brave dame paraissait surprise, ayant la conscience la plus tranquille du monde au sujet de ces élucubrations. Elle n'avait jamais eu l'intention de s'en prendre à quoi que ce fût, et considérait qu'elle rampait devant le Rhadamanthe du tribunal littéraire anglais, la célèbre et redoutable Jeune Personne. Je lui assurai en plaisantant qu'elle était terriblement indécente (pas plus qu'aucune autre, cette réalité n'avait de prise sur elle), à seul dessein de l'empêcher de deviner que sa fille l'avait laissée choir, non parce qu'elle était immorale, mais parce qu'elle était vulgaire. Je me figurais ses enfants enfermés ensemble, et se demandant en échangeant un regard consterné : « Pourquoi faut-il qu'elle soit ainsi — et à un point si effrayant — alors qu'elle a l'avantage de notre société ? N'aurions-nous pas dû mieux lui apprendre ? » Puis j'imaginais qu'ils reconnaissaient en rougissant et en haussant les épaules qu'on ne pouvait rien lui apprendre, qu'elle était incorrigible. Elle l'était, en effet, la pauvre dame ; mais il n'est jamais très équitable de lire selon le critère du goût quelque chose qui n'a pas été écrit de ce point de vue. Dans un monde sens dessus dessous, Greville Fane montrait une bonne foi sereine qui, semblable à un bégaiement ou à un *faux pas*, aurait dû être à l'abri du sous-entendu.

Elle ne rendit cependant pas son fils honteux du métier auquel il était destiné ; elle le rendit seulement honteux de la façon qu'elle avait, elle, de l'exercer. Mais il supportait son humiliation bien mieux que ne le faisait sa sœur, car il était tout disposé à considérer comme allant de soi qu'un jour il rétablirait l'équilibre. C'était un jeune homme habile et clairvoyant, plein d'appétits et d'aspirations ; et son tempérament ignorait le scrupule. La théorie de sa mère, selon laquelle il pourrait attraper l'heureux tour de main, le priva de la saine discipline nécessaire à empêcher les jeunes paresseux de devenir des goujats. Il avait, à l'étranger, un répétiteur occasionnel, fréquentait, une semaine ou deux, une école suisse, mais il ne suivait pas d'études continues, et ne pouvait nourrir l'espoir d'aller à l'université ou d'obtenir une licence. On peut imaginer avec quel zèle, au fil des années, il profita de l'agrément qu'il n'y eût pas de manuel aussi important pour lui que l'énorme livre de la vie. C'était un volume coûteux à lire, mais Mrs Stormer était prête à dépenser quelque argent pour couvrir ce qu'elle eût appelé ses *premiers frais*. Ethel la désapprouvait — elle considérait que cette éducation-là allait par trop à l'encontre des conventions pour un gentleman anglais. Ses vœux allaient à Eton et Oxford, ou n'importe quelle école privée (elle s'y fût résignée) qu'une carrière militaire aurait suivie. Mais Leolin ne craignit jamais sa sœur ; tous deux se détestaient visiblement, même si parfois ils étaient d'accord pour s'aider. Ensemble ils parvenaient à leurs fins — maintenir leur mère à son bureau.

Lorsque celle-ci rentra en Angleterre, me confiant qu'elle avait tiré du continent tout ce qu'il pouvait lui donner, Leolin était devenu un jeune homme rougeaud, aux larges épaules, détenteur d'une immense garde-robe et d'une assurance extraordinaire. Elle s'obstinait naïvement à croire qu'elle avait fait pour le mieux, et était fière de tout ce qu'il avait vu et connu. Maintenant il était tout à fait prêt à commencer, et, quelque temps après, elle m'informa qu'il avait effectivement commencé. Il avait écrit quelque chose d'extrêmement ingénieux qui devait paraître dans le *Cheapside*. Je crois bien que cela parut ; je n'eus pas le temps de partir à sa découverte ; je n'en eus pas d'écho. Pour moi, il allait de soi que si cette production était passée entre les mains de sa mère elle était pratiquement devenue un échantillon de son propre génie ; aussi était-il intéressant de prendre en considération l'avenir de Mrs Stormer à la lumière de sa nouvelle obligation, celle d'écrire les romans de son fils en plus des siens. Or ce n'était guère de cette manière qu'elle, de son côté, envisageait la situation : elle adopta la position charmante selon laquelle c'était lui qui l'aiderait à écrire les siens. Elle me disait qu'il lui fournissait des passages de la plus grande valeur pour son propre travail — des choses techniques de tout genre concernant la chasse, la voile, le vin —, domaines où l'on ne pouvait attendre d'elle qu'elle les maîtrisât parfaitement. Pour lui, c'était autant d'entraînement, pour elle, autant d'allègement. Je fus dans l'incapacité d'identifier les pages ainsi produites, car j'avais depuis longtemps cessé de « suivre » Greville Fane ; mais j'étais tout à fait enclin à croire que, par les bons soins de Leolin, la question du vin avait trouvé de meilleures assises, car la chère dame avait l'habitude de préparer des cocktails (elle servait en permanence des dîners divins) pour le moins inédits. En échange de ses conseils en la matière, j'imaginais bien qu'il accepterait volontiers une commission. A vrai dire il me vint à l'esprit, lorsque Mrs Stormer se réinstalla en Angleterre, qu'en utilisant astucieusement ses deux enfants elle pourrait peut-être régénérer son style.

Ethel, quant à elle, était rentrée afin de satisfaire sa jeune ambition, et si elle ne pouvait introduire sa mère dans la bonne société, du moins, elle, elle y entrerait. Silencieuse, raide, presque sévère, cette jeune dame, la tête haute, serra les dents qu'elle avait longues, joua des coudes qu'elle avait maigres et entreprit l'ascension des escaliers qu'elle avait élus. La seule communication qu'elle me fit, la seule confidence démonstrative dont elle m'honora fut lorsqu'elle dit :

— Je ne veux pas connaître les gens que connaît maman ; je désire en connaître d'autres.

Je pris acte de la remarque car je n'étais pas l'un des « autres ». Je ne pus donc suivre les étapes de sa marche en avant. Je ne pus que l'admirer de loin et féliciter sa mère sur le résultat. Un résultat qui fut qu'Ethel se rendit aux réceptions « importantes » et trouva des gens pour l'y accompagner. Elle avait rencontré certains d'entre eux à l'étranger, les autres étaient des gens que les gens rencontrés à l'étranger avaient rencontrés. Ils pourvoyaient dans une égale mesure aux besoins de Miss Ethel, et je me demandais comment elle s'y prenait pour arracher tant de faveurs sans la dépense du moindre sourire. Son sourire était d'ailleurs la chose la plus incertaine du monde, de la limonade diluée, sans sucre ; elle avait à un âge précoce atteint à la sagesse sociale, en reconnaissant que si elle n'était ni assez jolie, ni assez riche, ni assez intelligente, du moins pouvait-elle, au regard de sa jeunesse musclée, être assez impolie. Si donc elle avait pu dire à sa mère ce qui se passait réellement dans les châteaux des grands, lui donner des notes à partir desquelles travailler, l'on eût pu faire courir la penne, à la maison, pour un meilleur résultat, et cela précisément au moment où il lui fallait être plus active que jamais. Mais si elle le lui dit, il semblerait que la pauvre Mrs Stormer ne la crut pas. Ce qui ne constitue pas, à bien des égards, une surprise ; toujours est-il que je n'entendis rien dire au sujet d'une nouvelle manière de Greville Fane. Elle n'eut qu'une manière du début à la fin, comme l'eût dit Leolin.

Elle se retrouva, au bout du compte, très fatiguée, mais, me précisa-t-elle, elle ne pouvait se permettre la moindre pause. Elle continua de parler du travail de Leolin comme du grand espoir de leur avenir (elle n'avait pas d'argent de côté), bien que le jeune homme présentât, à mon sens, un aspect de plus en plus professionnel, pour ainsi dire, mais de moins en moins littéraire. Deux ou trois ans passèrent et l'effronterie avec laquelle il tenait son rôle dans la comédie eut alors quelque chose de monstrueux. Quant à elle, lorsque je me demandais comment elle pouvait jouer son propre rôle, j'étais obligé de constater que sa bonne foi était entière, et que seule son extravagante tendresse pouvait permettre cela. Elle aimait le jeune imposteur d'un amour simple, aveugle, occulte, et, de tous les héros romanesques qui avaient défilé sous ses yeux, il était de loin le plus brillant. En tout cas, il était le plus réel — elle pouvait le toucher, payer pour lui, souffrir pour lui, le vénérer. Il lui faisait penser à ses princes et à ses ducs et, lorsqu'elle désirait graver dans son imagination ses personnages, elle songeait à son fils. Elle m'avait souvent dit qu'elle se laissait emporter par ses propres créations ; à coup sûr, elle se laissait emporter par Leolin. Il incarnait, en puissance du moins, toute la question de la jeunesse et de la passion. Elle soutenait, non sans raison, que le romancier sincère devait être sensible au flux même de la vie ; elle reconnaissait à regret que le temps ne lui était pas donné, à elle, d'y être sensible, aussi était-ce avec joie qu'elle voyait se combler cette lacune dans la façon qu'avait la vie de rouler comme un torrent à travers ce magnifique jeune homme. Elle l'incitait, je suppose, à laisser ainsi rouler ce torrent, car elle y tordait sa petite éponge flasque. Je ne savais pas ce qui se passait entre eux pendant ses heures de cours, mais je croyais comprendre qu'elle lui faisait sentir que l'essentiel était de vivre, c'était de cela, en effet, que l'on tirait son matériau. Lui ne demandait pas mieux ; il rassemblait des matériaux, et la formule servit de prétexte universel. Il suffisait de le regarder, avec ses bagues et ses épingles de cravate, avec ses vestes croisées et son précoce *embonpoint,* ses yeux pareils à de faux bijoux et les multiples signes qu'il donnait d'un tempérament vigoureux et épanoui, pour voir que son idée de la vie était singulièrement vulgaire ; mais il ne se trompait pas au point de décevoir l'attente de sa mère par une réponse qui ne fût point éminemment pratique. Si elle lui avait imposé une profession dès son plus jeune âge, ce fut bien une profession qu'il exerça. De l'un à l'autre, il y avait plus qu'une nuance ; pour lui, il s'agissait simplement de vivre à ses frais ; du moins ne pourrait-elle guère prétendre qu'il ne s'était pas fixé une ligne de conduite. Et si elle insistait pour croire en lui, il se sacrifiait volontiers. Mon sentiment est qu'elle rêvait secrètement de le voir entretenir une liaison avec une comtesse, et il la persuadait sans difficulté que tel était le cas. Je ne sais de quoi sont capables les comtesses, mais j'ai une idée très précise des capacités de Leolin.

Il ne parvint pas à convaincre sa sœur, qui le méprisait — elle désirait faire travailler sa mère à sa façon —, et je me demandais pourquoi le jugement que portait la jeune fille sur lui ne me la rendait pas plus aimable. Sans doute était-ce parce que cela ne l'empêchait pas d'être tacitement d'accord avec lui pour un équitable partage. Il y eut des moments où je ne pus me retenir de regarder au fond de ses ignobles jeunes yeux, le mettant au défi d'avouer son invraisemblable escroquerie et d'y renoncer. Il y eut entre nous plus d'un échange muet de cette sorte ; il y prenait, d'ailleurs, toujours l'avantage. Si je disais : « Allons donc, inutile de continuer de jouer la comédie avec moi ; plaidez coupable et je vous ferai grâce », il prenait son expression la plus ingénue, la plus candide, derrière laquelle je pouvais lire : « Oh, oui, je sais que cela vous exaspère — c'est justement pour cela que je le fais. » Il prenait comme parti de s'enquérir des choses les plus sérieuses, parlait de Balzac et de Flaubert, me demandait si je pensais que Dickens exagérait vraiment et si Thackeray devait réellement être qualifié de pessimiste. Une fois, il vint me voir, sur une suggestion de sa mère, dit-il, pour me demander jusqu'où, selon moi, dans le roman anglais, l'on pouvait vraiment « se risquer ». Il ne se résignait pas aux pudibonderies habituelles — il en souffrait déjà. Il émit l'idée brillante que personne ne savait jusqu'où l'on pouvait aller, car personne n'avait jamais essayé. Est-ce que j'estimais que lui pouvait essayer sans danger — cela nuirait-il à sa mère s'il le faisait ? Il préférait se couvrir de honte à cause de ses atermoiements plutôt que de nuire à sa mère, mais quelqu'un, assurément, devait essayer. N'avais-je pas envie, moi-même, d'essayer ? Ne pourrais-je me laisser persuader de le considérer comme un devoir ? Le point limite, tout de même, devait être fixé — la question l'inquiétait, le hantait. Il me parlait avec condescendance, sans vergogne ; aussi me sentais-je dans la position d'un amateur stupide, d'un novice impuissant ; il me posait des questions sur mes habitudes de travail et me faisait comprendre que j'étais du dernier *vieux jeu,* que je n'avais pas eu l'avantage d'une formation précoce. Je n'avais pas été pris en main à partir du germe, je ne savais rien de la vie — bref, je ne m'y prenais pas selon son système à lui. Il avait parcouru les feuilletons français et y avait glané de nombreux tours de phrase ; il se débrouillait bien mieux, dans la conversation, que sa pauvre mère, qui n'avait jamais le temps de rien lire et ne savait être vive qu'avec sa plume. Si je ne lui faisais pas dégringoler l'escalier à coups de pied, c'était parce que, en bas, il aurait atterri sur elle.

Lorsqu'elle partit s'installer à Primrose Hill, je lui rendis visite et la trouvai fatiguée et amaigrie. Elle avait bien décliné, l'exaltation provoquée l'année précédente par le mariage d'Ethel ; la mousse dans la coupe était retombée, et le breuvage avait un goût amer. Elle avait dû se résoudre à prendre une maison moins coûteuse, et pourtant elle dut travailler plus dur encore pour la payer. Sir Baldwin fut obligé de regarder à la dépense car ses charges étaient épouvantables ; et le rêve qu'elle caressait d'habiter chez sa fille (projet dont elle ne m'avait jamais parlé), elle dut y renoncer.

— J'aurais aidé et j'aurais parfaitement pu vivre dans une

seule pièce, dit-elle ; j'aurais tout payé, — après tout — je suis quelqu'un, pas vrai ? Mais je ne cadre pas, et Ethel me dit qu'il y a des gens ennuyeux qu'elle ne peut éviter de recevoir. Sans doute puis-je les aider d'ici mieux que de là-bas. Vous savez, elle m'a une fois confié ce qu'elle pense du tableau que je dresse de la vie : « Maman, votre tableau de la vie est absurde ! » C'est probable, mais là où je l'ai fâchée contre moi, c'est en laissant chuter mes tarifs ; j'ai dû écrire trois romans pour couvrir toutes les dépenses que j'ai engagées pour son mariage. J'ai fait ça très bien, je veux dire le trousseau et la noce ; c'est pour cela que je suis ici. De toute façon, elle ne veut pas d'une vieille femme misérable dans sa demeure. Je n'y apporterais qu'un parfum de gloire littéraire, or la gloire littéraire n'est que la distinction des gens de rien. D'ailleurs, elle doute de ma gloire — elle sait que je ne suis glorieuse qu'à Peckham et à Hackney. Elle ne tient pas à ce que ses amis demandent si je n'aì jamais connu de gens bien. Elle ne peut pas leur dire que je n'ai jamais fréquenté la bonne société. Une fois, elle a bien tenté de m'instruire, mais je n'ai pu apprendre. Il semblerait aussi que Peckham et Hackney en aient assez de moi, car (ne le dites à personne !) j'ai dû accepter, pour mon dernier, moins que je n'ai jamais touché pour quoi que ce fût.

Je lui demandai à combien elle était descendue, non par curiosité, mais afin de la morigéner, d'une façon plus désintéressée que celle de lady Luard, pour les concessions qu'elle avait faites. Elle répondit :

— J'ai honte de vous le dire.

Puis elle se mit à pleurer.

Je ne l'avais jamais vue fondre en larmes, je n'en fus que plus ému ; elle sanglota, comme une enfant apeurée, sur l'épuisement de sa vogue et le tarissement de sa veine. Son petit bureau semblait, en effet, un lieu un peu aride pour la culture des fleurs, et je me demandai pendant les années qui suivirent (car elle continua de produire et de publier) par quel procédé désespéré et héroïque elle les fit sortir de terre. Je me rappelle lui avoir demandé, à cette occasion, ce qu'était devenu Leolin, et combien de temps encore elle comptait lui permettre de s'amuser à ses frais. Elle répliqua avec vivacité, en séchant ses yeux, qu'il était à Brighton, attelé à sa tâche — il était au milieu d'un roman —, qu'il sentait réellement la vie dans toute sa misère et tout son mystère et qu'il était cruel de parler de telles expériences comme d'un plaisir.

— Il va sous la surface des choses, dit-elle, et se force à observer celles desquelles il préférerait détourner le regard. Est-ce cela que vous appelez s'amuser ? Vous devriez voir son visage quelquefois ! Et il le fait autant pour moi que pour lui. Il me dit tout — il me ramène ses *trouvailles.* Nous sommes artistes ensemble, et pour l'artiste, toutes les choses sont pures. Je vous l'ai souvent entendu dire vous-même.

Le roman que préparait Leolin à Brighton ne fut jamais publié, mais un ami commun à Mrs Stormer et à moi qui séjournait dans cette ville vint, plus tard, me raconter qu'il avait aperçu le jeune apprenti romancier promenant dans un cabriolet une jeune personne à la figure toute rose. Lorsque je suggérai qu'il s'agissait peut-être d'une femme titrée avec laquelle il flirtait consciencieusement, mon informateur répondit : « Elle l'est, effectivement ; mais savez-vous quel est son titre ? » Il le prononça — c'était un titre familier et descriptif — mais je ne le reproduirai pas ici. Je ne sais si Leolin le précisa à sa mère ; elle aurait eu besoin de toute la pureté de l'artiste pour lui pardonner. J'en arrivai à le détester à tel point que, pour n'avoir pas à le croiser, j'allai rarement la voir pendant les toutes dernières années, bien que sachant qu'elle était à peu près au bout du rouleau. Je ne voulais pas l'entendre me dire qu'elle devait pratiquement donner ses livres — je ne voulais pas la voir pleurer. Elle maintint le cap de façon étonnante, et à quelques mois d'intervalle, régulièrement, je vis, à mon club, trois nouveaux volumes, vert, pourpre, bleu, sur l'étagère à livres qui gémissait sous la littérature légère. Une fois, je la rencontrai à la soirée de l'Académie, là où l'on rencontre des gens qu'on croyait morts, et elle livra la nouvelle, comme si elle me le devait en toute candeur, selon laquelle Leolin avait été obligé de reconnaître des difficultés insurmontables quant à la forme, tant il était exigeant ; elle était donc parvenue à un arrangement très simple avec lui (c'était si réconfortant) : elle s'occuperait de la forme si lui rapportait la substance. Telle était désormais sa position — il explorait le monde pour elle, contre un salaire.

— C'est mon « nègre », voyez-vous ? Comme si j'étais un grand avocat : il prépare le dossier et moi je le défends.

Elle ajouta qu'en plus de son salaire il était payé à la pièce : il touchait tant pour un personnage, tant pour un joli nom, tant pour une intrigue, tant pour un rebondissement, et telle somme lui était promise s'il inventait un crime inédit.

— Mais c'est fait, il en a inventé un, fis-je, et il est payé chaque jour de sa vie.

— Lequel ? demanda-t-elle, en regardant fixement le tableau de l'année, *le Bain de Bébé,* près duquel nous nous trouvions.

J'hésitai un instant.

— J'écrirai moi-même une petite nouvelle à ce sujet, et vous verrez.

Mais elle ne vit jamais ; elle n'avait d'ailleurs jamais rien vu, et elle mourut, ayant conservé intacte sa belle cécité. Son fils publia chaque bout de papier griffonné qu'il put extraire de ses tiroirs, et sa sœur se querella à mort avec lui au sujet des droits d'auteur, ce qui démontra qu'elle ne cherchait qu'un prétexte, car ceux-ci durent être bien minces. Je ne sais de quoi vit Leolin, à moins que ce ne soit d'une étrange dame, de bien des années son aînée, qu'il épousa récemment. La dernière fois que je le vis, il me dit avec son sourire exaspérant : « Ne pensez-vous pas qu'on puisse aller encore un peu plus loin — juste un peu ? » En tout état de cause, lui va beaucoup trop loin.

Le fonds Coxon

I

« Ils l'ont pour la vie ! » me dis-je ce soir-là, en revenant vers la gare ; mais plus tard, seul dans le compartiment (de Wimbledon à Waterloo, avant le glorieux District Railway), je rectifiai cette assertion en me disant qu'après tout mes amis ne jouiraient probablement pas d'un monopole de Mr Saltram. Je ne prétendrai pas avoir pris la vaste mesure de sa personne dès cette première occasion, mais je crois avoir réussi à entrevoir ce que le privilège de le connaître pouvait impliquer comme charges pour bon nombre de gens. Le rencontrer avait été une grande expérience, et c'était peut-être cela qui m'avait mis en mesure de prévoir comment tous, tôt ou tard, nous aurions l'honneur d'avoir affaire à lui, dans sa plénitude. Quelle que fût alors mon appréciation du montant de cette totalité, j'avais une vision assez complète de la patience des Mulville. Il séjournait chez eux tout l'hiver : Adélaïde le laissa tomber d'un ton qui excluait l'angoisse du provisoire. Ces excellentes gens auraient pu effectivement se contenter de donner au cercle de l'hospitalité un diamètre de six mois ; mais, s'ils ne disaient pas qu'il restait aussi pour l'été, c'était seulement parce que cela dépassait ce qu'ils osaient espérer. Je me rappelle qu'au dîner, ce soir-là, il portait des chaussons, neufs et presque entièrement pourpres, faits d'une sorte de feutre bizarre ; mais les Mulville en étaient encore au stade où ils supposaient qu'il pût leur être arraché par des gens plus offrants. Plus tard, ils en vinrent, les pauvres, à ne plus craindre qu'on le leur arrache ; mais chez eux la fidélité n'avait nullement besoin de l'aide de la concurrence pour les rendre fiers. Aussi merveilleux qu'on ne manquât pas de déclarer Frank Saltram, lorsque tout était dit, l'on ne devait pas oublier que les Kent Mulville étaient, à leur façon, encore plus extraordinaires ; ils constituaient l'illustration la plus frappante qui se puisse rencontrer couramment de cette vérité bien connue qui dit que les hommes remarquables trouvent de remarquables arrangements.

Ils m'avaient envoyé chercher à Wimbledon pour venir dîner, et s'était glissée dans le mot d'Adélaïde l'insinuation (jugée à partir de ses seuls billets, elle aurait pu sembler stupide) que c'était là une occasion où quelque chose de très important allait se décider ou se faire. Je ne les avais jamais connus autrement que « dans tous leurs états » au sujet de quelqu'un, et je crois que je risquai une plaisanterie à ce propos en acceptant leur invitation. Me trouvant en présence de leur dernière révélation, je n'avais pas tout de suite senti s'atténuer l'irrévérence — et, Dieu merci, je n'ai jamais été entièrement privé de cette alternative en compagnie de Mr Saltram. Je vis toutefois (je m'empresse de le déclarer) que, comparés à ce spécimen-là, leurs autres phénix avaient été des oiseaux au plumage insignifiant, et je m'attribuai ultérieurement le mérite de ne pas m'être trompé — même lors des premiers moments de stupeur — sur l'essence de l'individu. Il avait un don incomparable ; je n'y ai jamais été aveugle — il m'éblouit à présent. Il m'éblouit même peut-être davantage dans le souvenir qu'il ne le fit en réalité, car je n'ignore pas que, pour un sujet aussi magnifique, l'imagination ne recule pas devant une certaine dépense, insérant un bijou çà et là ou donnant un tour de plume supplémentaire. Comme l'art de la description se réjouirait d'une telle figure si seulement l'art de la description disposait de la toile ! La nature, en vérité, avait généreusement arrondi son visage, et si la mémoire, planant autour de lui, retient son souffle par moments, c'est parce que la voix qui revient était vraiment d'or pur.

Bien que le grand homme résidât dans la maison et ne se changeât pas, il fit, à cette occasion, attendre le dîner, et les premières paroles qu'il prononça en pénétrant dans la salle furent l'annonce triomphale, à Mulville, de quelque découverte. Ne saisissant pas l'allusion, et restant sans doute un peu bouche bée à la vue de son visage, je demandai discrètement à Adélaïde ce qu'il avait découvert. Je n'oublierai jamais le regard qu'elle me jeta lorsqu'elle répondit : « Tout ! » Elle le croyait vraiment. Pour l'instant, en tout cas, il avait découvert que la générosité des Mulville était infinie. Auparavant il s'était bien entendu rendu compte, comme moi-même d'ailleurs, que leurs dîners étaient *soignés*. Mais qu'en disant cela je ne néglige pas de déclarer que je falsifierai ma contrefaçon si je donne l'impression de sous-entendre qu'il y avait dans sa nature une once de calcul. Il prenait le tout-venant, mais il ne complotait jamais pour l'obtenir, et jamais homme absorbant à ce point n'a pu aussi peu être un parasite. Il avait un système de l'univers, mais son système n'était pas celui d'un pique-assiette — tout se faisait au jour le jour. Il avait de bons, gros sens faciles, mais ce n'était pas son appétit accommodant qui provoquait la confusion. S'il nous avait aimés pour nos dîners, nous aurions pu payer avec nos dîners, ce qui aurait constitué une importante économie de substances plus fines. Je prends ici mes aises avec le pluriel du possessif, car, si je ne fus jamais capable de faire ce que faisaient les Mulville, ainsi que des propriétaires de maisons encore plus grandes et d'œuvres charitables encore plus simples, je répondis, du début à la fin, à chaque exigence de réflexion ou d'émotion — et peut-être, plus particulièrement, à celles qui réclamaient gratitude et ressentiment. Personne, je crois, ne fit l'hommage de renoncer aussi souvent à lui, et si c'est rendre les honneurs que d'emprunter à la sagesse, j'ai le droit de parler de mes sacrifices. Il livrait des leçons comme la mer livre du poisson — j'ai vécu pendant un certain temps à ce régime. Parfois il me semblait presque que son échec massif, monstrueux — si après tout il s'agissait bien d'un échec — avait été destiné à ma récréation personnelle. Il choyait véritablement ma curiosité ; mais l'histoire de cette expérience m'entraînerait trop loin. Ceci n'est pas la grande toile dont je viens de parler, et je n'aurais pas approché l'individu de cette manière s'il s'était agi d'en dépeindre tous les traits. Les traits de Frank Saltram dont l'art peut se servir, ce sont en fait les anecdotes que l'on peut recueillir. Elles sont légion, et l'histoire qui va suivre n'est qu'une péripétie dont l'intérêt est qu'elle concerne encore plus intimement plusieurs autres personnes. De tels épisodes, rétrospectivement, sont les petits drames qui constituèrent les innombrables facettes du grand drame — lequel reste encore à raconter.

II

Il est en outre remarquable que, bien que les deux histoires soient distinctes — la mienne, en quelque sorte, et cette autre —, elles commencèrent toutes deux d'une certaine manière le soir de ma première rencontre avec Frank Saltram, le soir où je rentrai de Wimbledon si agité d'un sens nouveau de la vie que, dans Londres, à cause du frisson d'émotion que cela avait provoqué, je ne pus que rentrer à pied. Marchant et balançant ma canne, je dépassai, à Buckingham Gate, George Gravener, et l'histoire de George Gravener, on peut dire qu'elle commença lorsque je le persuadai, comme nos chemins se rejoignaient, de venir chez moi pour converser un moment. Je me rappelle en temps utile, soit dit entre parenthèses, que ce fut davantage encore l'histoire d'une autre personne, et aussi que plusieurs années devaient s'écouler avant qu'elle ne se prolongeât jusqu'à un second chapitre. J'avais néanmoins beaucoup à lui dire sur ma visite aux Mulville, qu'il connaissait plus vaguement, et, en tout cas, je me montrai si amusant que, longtemps, il ne lui arriva jamais de me rencontrer sans demander des nouvelles du vieil homme au nom salé. Je n'avais pas dit que Mr Saltram était vieux, et il était visible qu'il était d'âge à survivre à George Gravener. J'avais, à l'époque, un logement dans Ebury Street, et Gravener était hébergé dans la maison vide de son frère à Eaton Square. A Cambridge, cinq ans plus tôt, même au sein de notre irrésistible cercle, sa puissance intellectuelle m'avait paru presque terrible. Une fois, quelqu'un m'avait demandé discrètement, les joues blêmes, ce qu'étaient finalement ces choses qu'un esprit comme le sien dépassait de très loin. « Il se dépasse lui-même ! » me rappelais-je avoir dévotement déclaré. Je pouvais à présent m'amuser de ce souvenir, car, avant même que nous ne fussions rendus à Ebury Street, je fus frappé par le fait que, sauf pour ce qui est de sa taille, George Gravener avait complètement cessé de faire figure de géant. L'univers qu'il avait dévasté était parvenu à fleurir de nouveau — les éminences habituelles étaient visibles. Je me demandai s'il avait perdu son humour, ou bien simplement, pensée atroce, s'il en avait jamais eu — même lorsque je le trouvais proprement aristophanesque. A quoi bon, cependant, faire appel au rire ? pouvais-je me demander avec envie, là où l'on pouvait en toute confiance en appeler aux mesures. Les traits bizarres de Mr Saltram, son nez épais et sa lèvre pendante, étaient encore frais dans ma mémoire : à la lumière de la symétrie froide et belle de mon vieil ami, ils donnaient l'impression que le succès de l'amuseur n'était que le refuge d'une laideur consciente. A l'âge avide de vingt-six ans, Gravener avait déjà l'air aussi vide et parlementaire que s'il avait la cinquantaine et qu'il était populaire. Dans mon petit bout de résidence (il avait l'œil de l'homme du monde pour ses commodités futiles, mais jamais de plaisanterie de camarade), je fis résonner à ses oreilles le nom de Frank Saltram ; un détail que je mentionne afin de signaler que, même à ce moment, j'étais surpris de son impatience à l'égard de mon agitation. Comme il n'avait jamais jusque-là entendu parler du personnage, elle prenait en fait la forme d'une impatience à l'égard des grotesques Mulville, avec lesquels sa relation, tout comme la mienne, remontait à une précoce intimité enfantine avec la jeune Adélaïde, fruit de liens multiples noués par la génération précédente. Lorsqu'elle épousa Kent Mulville, qui était plus vieux que Gravener et moi, et beaucoup plus aimable, je gagnai un ami, mais Gravener en perdit pratiquement un. Nous fûmes affectés de façon différente par la tournure que prenait ce qu'il appelait leur déplorable engagement social — la tournure qu'il appelait (pour reprendre une autre de ses expressions) de désolants épanchements de second ordre. Je pouvais bien considérer en mon *for intérieur* que les braves gens de Wimbledon étaient de beaux idiots, mais, lorsqu'il faisait la moue à leur sujet, je ne pouvais m'empêcher d'adopter le point de vue contraire, car déjà je sentais que, même si d'aventure nous tombions d'accord, ce serait toujours pour des raisons différentes. Je compris qu'il était admirablement britannique lorsque, sans même proférer un sarcasme social à l'adresse de mon relieur, il se détourna des rangs serrés de ma petite bibliothèque française.

— Bien sûr, je n'ai jamais vu le bonhomme, mais il est assez clair que c'est un charlatan.

— « Assez » clair, voilà précisément ce que ça n'est pas, répondis-je, si seulement ça l'était !

Cette exclamation, de ma part, dut marquer le début de ce qui allait être par la suite une longue et douloureuse aspiration au repos final et frivole. Gravener était assez profond pour faire remarquer au bout d'un instant que d'abord il ne pouvait être autre chose qu'un Dissident, et lorsque je répondis que l'élément essentiel de la fascination qu'il exerçait était son extraordinaire ampleur intellectuelle, mon ami rétorqua qu'il n'y avait pire goujat qu'un goujat cultivé, et que je pouvais être sûr de découvrir (puisque j'avais eu la légèreté de ne pas m'en être déjà informé) que ma lumière rayonnante provenait, à la génération précédente, d'un marchand de fromages méthodiste. J'avoue que son insistance me frappa, et je dis, après réflexion :

— C'est possible — je reconnais que c'est possible ; mais pourquoi diable en êtes-vous si sûr ? — posant la question principalement pour qu'il tombe dans le piège de répondre que c'était parce que le pauvre homme ne se changeait pas avant le dîner.

Il prit un instant pour circonvenir mon piège et pour déboucher, narquois, de l'autre côté.

— Parce que les Kent Mulville l'ont découvert. Ils ont l'œil infaillible pour les imposteurs. Toutes leurs oies sont des cygnes. Ils sont nés pour être dupés, ils aiment cela, ils en redemandent, ils ne savent rien distinguer, et ils vous dégoûtent (heureusement peut-être !) avec leur charité chrétienne.

Sa véhémence était sans doute accidentelle, mais elle aurait pu être une étrange prescience. J'oublie quelle protestation je laissai échapper ; ce fut en tout cas quelque chose qui lui fit enchaîner, au bout d'un moment :

— Je ne demande qu'une chose — c'est parfaitement simple. Un homme est-il, dans un cas donné, un véritable gentleman ?

— Un véritable gentleman, mon cher ami — c'est si vite dit !

— Pas si vite quand ce n'en est pas un ! S'ils en ont trouvé un cette fois-ci, ce doit être un grand coquin !

— Je pourrais me sentir blessé, répondis-je, si je ne me disais pas que ce n'est guère à mon propos qu'ils s'extasient.

— N'en soyez pas trop sûr ! Je vous accorderai que c'est un gentleman, ajouta bientôt Gravener, si vous admettez que c'est un vaurien.

— Je ne sais ce que je dois admirer le plus, votre logique ou votre bienveillance.

Cela fit rougir mon ami, mais il ne changea pas de sujet.

— Où l'ont-ils déniché ?

— Je pense qu'ils ont été frappés par quelque chose qu'il avait publié.

— Je peux imaginer cette triste chose !

— Je crois qu'ils ont découvert qu'il avait toutes sortes de soucis et de problèmes.

— Ce qui, bien sûr, ne pouvait être toléré, et ils ont sauté sur le privilège de payer ses dettes !

Je répondis que je ne savais rien de ses dettes, et je rappelai à mon visiteur que, bien que les chers Mulville fussent des anges, ils n'étaient ni idiots ni millionnaires. Leur but principal était de réconcilier Mr Saltram et son épouse.

— Je m'attendais à entendre dire qu'il l'a ignoblement abandonnée, reprit Gravener là-dessus, et je suis trop content que vous ne me déceviez pas.

Je tentai de me rappeler exactement ce que m'avait dit Mrs Mulville.

— Il ne l'a pas quittée — non. C'est elle qui l'a quitté.

— Quitté pour nous le laisser, à nous ? demanda Gravener. Le monstre. Mille mercis ! Je refuse de le prendre.

— Vous aurez encore de ses nouvelles, que vous le vouliez ou non. Je ne peux pas, non, je ne peux vraiment pas me défaire de l'impression qu'il s'agit d'un grand homme.

Je commençais déjà à adopter — à ma honte peut-être, dois-je dire — exactement le ton que mon ami aimait le moins.

— C'est sans doute un détail, répliqua-t-il, mais il se trouve que vous n'avez pas dit sur quoi va reposer sa réputation.

— Mais, sur ce par quoi j'ai commencé à vous ennuyer — son esprit extraordinaire.

— Tel qu'il apparaît dans ses écrits ?

— Éventuellement dans ses écrits, mais certainement dans son discours, qui est de très loin le plus riche que j'aie jamais écouté.

— Et de quoi donc parle-t-il, ce discours ?

— Mon cher ami, ne m'en demandez pas tant ! Il parle de tout ! poursuivis-je en me rappelant la pauvre Adélaïde. De ses idées sur les choses, ajoutai-je alors, plus charitablement. Il faut l'avoir entendu pour comprendre ce que je veux dire — cela ne ressemble à rien qu'on ait jamais entendu.

Je donnais de la couleur, je le reconnais, j'en rajoutais un peu, car un tel tableau anticipait sur le développement ultérieur de Saltram, et, plus encore, sur ma meilleure connaissance de sa personne. Cependant, j'exprimais, peut-être avec un rien de lyrisme, ma véritable idée sur lui lorsque je poursuivis en déclarant que, dans les nuées de la tradition et de la légende, il se pourrait fort bien qu'il passe à la postérité comme le plus grand de tous les beaux parleurs. Avant de me quitter, George Gravener demanda pourquoi l'on faisait tant de bruit au sujet d'un bavard de plus et pourquoi il devait être dorloté et pensionné. Plus grand était le baratineur, plus grande était la calamité. Hors de proportion avec toute autre chose au monde était devenu cet incessant bavardage. Nous étions submergés de discours — notre malheureuse époque en mourait. J'étais sur ce point en sincère désaccord avec lui, allant jusqu'à concéder, et cela très volontiers, que nous étions submergés de bruit. Ce n'étaient toutefois pas les orateurs qui nous tuaient — c'étaient les bredouilleurs. Les beaux discours étaient aussi rares qu'ils étaient rafraîchissants — don des dieux eux-mêmes, seule partie pailletée d'étoiles du manteau en loques de l'humanité. Combien y avait-il d'hommes qui étaient dignes de ce privilège, combien de maîtres de la conversation pouvait-il se vanter de connaître ? On mourait de discours ? — mais non, nous mourions d'en manquer ! Une mauvaise écriture ne valait pas un discours, comme bon nombre de gens semblaient le croire, et même une bonne ne l'égalait pas toujours. Du meilleur discours, en fait, la meilleure écriture avait quelque chose à apprendre. J'ajoutai capricieusement que nous aussi nous serions peut-être dorés par la légende, que nous serions donnés en exemple pour avoir écouté, pour avoir vraiment entendu. Gravener, qui avait jeté un coup d'œil à sa montre et découvert qu'il était minuit, trouva à tout cela une réponse magnifiquement caractéristique de lui.

— Il y a un petit fait dont il faut tenir compte en présence du meilleur discours comme du pire.

Il avait l'air, en disant cela, de signifier tant de choses que je crus qu'il ne pouvait que vouloir dire une fois de plus que ni l'un ni l'autre n'avaient d'importance, si l'on n'était pas un vrai gentleman. Peut-être, en effet, était-ce bien cela qu'il voulait dire ; toutefois, il me priva de la joie d'avoir raison en exprimant la vérité d'une façon légèrement différente.

— La seule chose qui compte vraiment pour évaluer une personne, c'est sa conduite.

Il avait encore sa montre à la main, et je lui reprochai de ne pas se montrer beau joueur, pour avoir vérifié qu'il était maintenant l'heure à laquelle je m'avouais toujours vaincu. Ma plaisanterie l'apaisa si peu qu'il s'empressa d'ajouter qu'à la règle qu'il venait d'énoncer il n'y avait absolument aucune exception.

— Absolument aucune ?

— Absolument aucune.

— Faites-moi confiance alors pour essayer d'être bon à n'importe quel prix ! dis-je en riant, tout en le raccompagnant jusqu'à la porte. Je déclare que je le serai, dussé-je être horrible !

III

Si ce premier soir fut l'un des plus animés, ou du moins des plus vivifiants, de mes moments d'exaltation, il y en eut un autre, quatre ans plus tard, qui fut l'occasion d'un de mes plus grands troubles. La répétition, je le savais bien à cette époque, était le secret du pouvoir d'égarer que possédait Saltram, et, bien entendu, on ne l'avait jamais vu dans sa meilleure forme si l'on ne l'avait pas vu en proie à ses remords. Ils le rongeaient surtout à cette époque de l'année, et ils étaient grandioses, orchestraux. Je savais parfaitement que quelque chose de ce genre était imminent ; néanmoins, dans notre délicate tentative de le lancer comme conférencier, il était impossible de ne pas estimer que deux défaillances, cela faisait beaucoup, comme nous le disions, dans une courte série de cinq. Celle-ci était la seconde, et il était neuf heures passées ; l'assistance, une assemblée sans précédent et vraiment encourageante, adopta heureusement cette attitude affable que l'on était en droit d'attendre d'individus que la promesse (si je ne me trompe) d'une Analyse des Idées Fondamentales avait attirés non loin d'Upper Baker Street. Il y avait à l'époque, dans ce quartier, une petite salle de conférences que l'on pouvait obtenir à des conditions aussi modérées que les fonds laissés à notre disposition par la question irrépressible de l'entretien de cinq petits Saltram (j'y inclus la mère) et d'un grand. Une fois entretenus les Saltram, toutes tailles confondues, nous avions pratiquement consommé l'huile qui eût pu lubrifier la machinerie permettant à cet homme des plus originaux de sembler les entretenir.

C'était moi, l'autre fois, qui avais été contraint de combler le vide, restant un odieux moment debout sous les lampes pour expliquer à une demi-douzaine de bancs clairsemés, où les fronts sérieux étaient vertueusement dépourvus de quoi que ce fût d'aussi cynique qu'un soupçon, que nous étions totalement incapables de mettre la main sur Mr Saltram. Il n'y avait aucune excuse à invoquer, si ce n'était que nos hommes étaient partis en reconnaissance depuis le petit matin et que nous craignions que lors d'une de ses promenades — il en faisait une, pour méditer, chaque fois qu'il devait s'adresser à une telle assemblée — quelque accident ne l'eût empêché ou retardé. Les promenades méditatives étaient une fiction, car jamais, pour autant qu'on pût le savoir, il ne préparait autre chose qu'un magnifique prospectus ; en sorte que ses dépliants et ses programmes, dont je possède une collection quasi complète, constituent les fantômes solennels de générations avortées. Je présentai la situation, me sembla-t-il, de la façon la plus favorable ; mais j'avoue que je m'étais montré aigre, et Kent Mulville fut choqué par mon manque d'optimisme public. Cette fois, donc, je laissai les excuses à sa patience plus aguerrie, me soulageant seulement en répondant à l'appel direct d'une jeune fille à côté de qui je me trouvais assis, dans la salle. Ma place était due au hasard, mais si elle avait été calculée, la raison n'en eût guère échappé à un observateur, car personne d'autre dans la salle n'avait ne fût-ce qu'un début d'apparence. Les « zélateurs » de notre philosophe étaient d'une déplorable mollesse. Cette visiteuse était la seule personne qui eût l'air d'être à l'aise, la seule qui fût venue dans un esprit quelque peu aventureux. Elle semblait porter de l'amusement dans sa jeune et jolie tête, et sa présence me donnait vraiment le sentiment d'une soudaine extension de la sphère d'influence de Saltram. Il progressait mieux que nous l'espérions, et il avait choisi une occasion comme celle-là, parmi toutes les occasions possibles, pour succomber à Dieu sait quelle de ses infirmités. La jeune fille laissait une impression de cheveux auburn et de velours noir, et avait, comme autre voisin, une compagne de type plus obscur, vraisemblablement une dame d'honneur. Elle-même aurait pu être une comtesse étrangère, et avant qu'elle ne m'eût parlé, j'avais occupé notre pénible attente à songer qu'elle rappelait vaguement la première page de quelque roman de Madame Sand. Cela ne la rendait guère plus déchiffrable de s'apercevoir au bout de quelques minutes qu'elle ne pouvait qu'être américaine ; cela engendrait simplement des réflexions déprimantes quant à l'éventuel arrêt de contributions venant de Boston. Elle me demanda si, moi qui semblais plus au courant, je recommanderais d'attendre davantage, et je répondis que, si elle considérait que je parlais sur l'honneur, je le déconseillerais à titre privé. Peut-être ne le considérait-elle pas ; en tout cas, quelque chose se passa entre nous qui nous amena à discuter jusqu'à ce qu'elle se rendît compte que nous étions presque les seules personnes à être restées. Je découvris rapidement qu'elle connaissait Mrs Saltram, ce qui, d'une certaine façon, expliquait le miracle. La confrérie des proches du mari n'était rien à côté de la confrérie, ou consœurie, devrais-je dire, des proches de l'épouse. Comme les Kent Mulville, j'appartenais aux deux communautés, et mieux encore qu'eux, je crois, j'avais sondé l'abîme des torts de Mrs Saltram. Elle m'ennuyait mortellement, et je ne savais que trop à quel point elle avait ennuyé son mari ; mais elle avait ses défenseurs, dont les plus efficaces d'ailleurs étaient la poignée d'adeptes du pauvre Saltram. Ils lui rendaient libéralement justice, alors que ceux qui n'étaient que ses protecteurs et partisans à elle n'avaient que de la haine pour notre philosophe. Je suis tenu de dire que nous étions, pourtant — nous qui avions en quelque sorte un pied dans chaque camp —, ceux qui avaient toujours fait le plus pour elle.

Je trouvai à ma jeune dame un air riche — je ne savais guère pourquoi ; et j'espérais qu'elle avait déjà fait preuve de munificence. Mais je découvris rapidement qu'elle n'était pas une véritable passionnée — elle était simplement curieuse, irresponsable, généreuse. Elle était venue en Angleterre pour voir sa tante, et c'était chez sa tante qu'elle avait rencontré la dame ennuyeuse qui nous préoccupait tous tellement. Je vis qu'elle aiderait à faire passer le temps lorsqu'elle fit observer qu'il était dommage que cette dame ne fût pas plus intéressante par elle-même. La remarque était rafraîchissante, car c'était un article de foi dans l'entourage de Mrs Saltram — du moins parmi ceux qui dédaignaient son affreux mari — que de dire qu'elle était attirante par ses propres mérites. C'était vraiment une personne très commune, comme l'eût été Saltram lui-même s'il n'avait été un prodige. La question de la vulgarité ne se posait pas dans son cas, mais sa femme, quant à elle, la mettait sans cesse à l'ordre du jour. Je m'empresse d'ajouter que les résultats, lorsqu'on obtempérait, ne constituaient en rien une raison justifiant qu'il l'ait laissée mourir de faim.

— Il ne semble pas avoir une grande force de caractère, dit ma jeune demoiselle.

Ce qui me fit rire si fort que mes amis, qui s'en allaient, me regardèrent en se retournant comme si je venais de faire une plaisanterie à propos de leur déconvenue.

Ma plaisanterie coûta probablement à Saltram une souscription ou deux, mais elle m'aida auprès de mon interlocutrice.

— Elle dit qu'il boit comme un trou, reprit-elle aimablement, et pourtant elle reconnaît que son esprit est merveilleusement clair.

C'était amusant de converser avec une jolie fille capable de parler de la clarté d'esprit de Saltram. Je m'attendais à l'entendre me dire ensuite qu'on lui avait assuré qu'il était terriblement intelligent. Je tentai de lui dire — je l'avais presque sur la conscience — quelle était la manière correcte de le considérer ; effort accompagné cette fois-ci peut-être plus que jamais de l'habituelle sensation d'après tout n'en être pas très sûr. Elle était venue ce soir mue par une grande curiosité — elle désirait de cette manière se faire elle-même sa propre idée. Elle avait lu quelques-uns de ses articles et ne les avait pas compris ; mais c'était à la maison, chez sa tante, que sa curiosité avait été éveillée — éveillée principalement par les remarquables histoires de sa femme concernant son manque de vertu.

— Je suppose qu'elles auraient dû me tenir éloignée de lui, laissa tomber ma compagne, et je suppose qu'elles l'auraient fait si je ne m'étais pas mis dans la tête qu'il devait être fascinant. En fait, Mrs Saltram elle-même dit qu'il l'est.

— Alors vous êtes venue voir où réside la fascination. Eh bien, vous avez vu !

Ma jeune demoiselle leva ses fins sourcils.

— Voulez-vous dire dans sa déloyauté ?

— Dans les effets extraordinaires qu'elle produit ; dans cette qualité qu'il possède, et qui nous condamne d'avance à lui pardonner l'humiliation, je peux l'appeler ainsi, à laquelle il nous a soumis.

— L'humiliation ?

— Eh bien, la mienne, par exemple, en tant qu'un de ses garants, face à vous qui venez d'acheter un billet.

— Vous n'avez pas du tout l'air humilié, et l'auriez-vous que je vous le pardonnerais, tellement je suis déçue ; car la qualité mystérieuse dont vous parlez est celle-là même que je suis venue voir.

— Oh, on ne peut pas la « voir » ! m'exclamai-je.

— Dans ce cas, comment faut-il faire pour y accéder ?

— On ne peut pas ! Il ne faut pas croire qu'il est beau, ajoutai-je.

— Mais sa femme dit qu'il est ravissant !

Mon hilarité pouvait bien avoir frappé mon interlocutrice comme excessive, mais j'avoue qu'elle éclata de nouveau. N'avait-elle agi que pour obéir à ce singulier plaidoyer, si caractéristique, venant de Mrs Saltram, de l'irritante étroitesse du point de vue de cette dame ?

— Mrs Saltram, expliquai-je, le sous-estime là où il est le plus fort, de sorte que, en compensation peut-être, elle le loue excessivement là où il est faible. A l'évidence, il n'a rien d'attirant, superficiellement parlant ; il est d'âge moyen, gros, sans trait distinctif mis à part ses grands yeux.

— Oui, ses grands yeux, dit ma jeune demoiselle, attentive.

Manifestement, on lui avait tout dit sur ses grands yeux — les *beaux yeux* qui avaient suffi à nous faire faire tout cela.

— Ils sont tragiques et magnifiques — des phares sur une côte dangereuse. Mais il marche mal et s'habille plus mal encore ; bref, il est tout sauf élégant.

Ma compagne parut réfléchir à ce propos, et au bout d'un moment, elle demanda :

— Le considérez-vous comme un véritable gentleman ?

La question me fit sursauter légèrement, car j'avais l'impression de l'avoir déjà entendue : George Gravener, des années auparavant, au cours de cette première soirée fiévreuse, me l'avait posée sans ambages. Elle m'avait embarrassé alors, mais elle ne m'embarrassait plus maintenant, parce que j'avais vécu avec elle, que je l'avais surmontée et m'en étais libéré.

— Un véritable gentleman ? En aucun cas !

Ma promptitude la surprit quelque peu, mais je sentis vite que ce n'était pas à Gravener que je m'adressais maintenant.

— Dites-vous cela parce qu'il est — comment dit-on en Angleterre ? — d'origine modeste ?

— Pas du tout. Son père était instituteur de campagne, et sa mère veuve de sacristain, mais cela n'a rien à voir. Je le dis simplement parce que je le connais bien.

— Mais n'est-ce pas un terrible handicap ?

— Terrible — tout à fait terrible.

— Je veux dire, n'est-ce pas positivement fatal ?

— Fatal à quoi ? Pas à sa magnifique vitalité.

De nouveau, il y eut un moment de silence.

— Et sa magnifique vitalité est-elle la cause de ses vices ?

— Vos questions sont redoutables, mais je suis content que vous les posiez. Je pensais à son noble intellect. Ses vices, comme vous dites, ont été fort exagérés : en somme, ils se résument principalement à un défaut qui explique tout.

— Un manque de volonté ?

— Un manque de dignité.

— Ne reconnaît-il pas ses obligations ?

— Au contraire, il les reconnaît avec effusion, surtout en public : il sourit, il incline la tête, et leur adresse des signes depuis l'autre côté de la rue. Mais lorsqu'elles l'ignorent, il se détourne, et il les perd rapidement dans la foule. La reconnaissance est purement spirituelle — elle n'est pas le moins du monde sociale. Alors il laisse toutes ses affaires à d'autres pour qu'ils s'en occupent. Il accepte les faveurs, les prêts, les sacrifices, ne ressentant rien de plus dissuasif qu'une honte angoissante. Heureusement, nous sommes une petite bande de fidèles, et nous faisons ce que nous pouvons.

Je me tus au sujet des enfants naturels, engendrés, au nombre de trois, dans la débauche de sa jeunesse. Je me contentai de remarquer qu'il faisait des efforts — souvent énormes.

— Mais les efforts, dis-je, ne mènent jamais très loin : les seules choses qui mènent très loin sont les abandons, les capitulations.

— Et jusqu'où mènent-elles ?

— Vous avez raison d'en parler comme si nous avions une grosse facture à payer, mais, comme je vous l'ai déjà dit, vos questions sont assez effrayantes. Ces simples exercices de génie mènent à une grosse somme de poésie, de philosophie, une quantité considérable de spéculations, de notations. Le génie est là, voyez-vous, s'avançant à la rencontre de la capitulation ; mais il n'y a pas de génie pour soutenir la défense.

— Mais qu'a-t-il fait, au bout du compte, qu'à son âge il puisse montrer ?

— En tant que réalisation reconnue et que réputation établie ? interrompis-je. A « montrer », si vous voulez, il n'y a pas grand-chose, car ses écrits ne sont, pour la plupart, pas aussi fins, certainement pas aussi brillants, que son discours. Les deux tiers de son travail ne sont d'ailleurs que des projets colossaux et des annonces. « Montrer » Frank Saltram est souvent une piètre affaire : nous avons essayé, vous l'aurez observé, de le montrer ce soir ! Cependant, si la conférence avait effectivement eu lieu, il l'aurait faite divinement. Cela aurait été exactement son discours.

— Et qu'aurait été exactement son discours ?

Je fus conscient d'une certaine inefficacité comme, peut-être, d'une pointe d'impatience, en répondant :

— L'exposition d'un intellect superbe.

Cela ne parut pas tout à fait suffire à ma jeune demoiselle, mais, comme je n'étais pas prêt pour une autre question, je m'empressai de poursuivre :

— La vision d'un grand cristal suspendu, se balançant, énorme, translucide, éclatant, un bloc de lumière, réverbérant chaque impression de la vie et chaque possibilité de pensée !

Cela lui donna de quoi méditer jusqu'à ce que nous fussions arrivés à la sombre entrée de la salle, devant laquelle les lanternes d'un coupé de ville à l'arrêt étaient à peu près la seule chose que la traîtrise de Saltram n'eût point éteinte. Je la raccompagnai jusqu'à la portière de sa voiture, d'où elle se pencha un instant, après m'avoir remercié et s'être installée. Son sourire, même dans l'obscurité, était joli.

— J'ai vraiment envie de voir ce cristal !

— Il vous suffit de venir à la prochaine conférence.

— Je pars pour l'étranger dans quelques jours, avec ma tante.

— Attendez jusqu'à la semaine prochaine, suggérai-je. Cela en vaut bien la peine.

Elle devint sérieuse.

— Non, à moins qu'il ne vienne vraiment !

Sur ce, heureusement pour mes bonnes manières, le coupé démarra, l'emportant trop vite pour me permettre de m'exclamer : « Ingratitude ! »

IV

Mrs Saltram fit grand cas de son droit de savoir où son mari avait été le deuxième soir où il manqua son rendez-vous avec son auditoire. Elle s'adressa à moi, mais je ne pouvais la satisfaire, car malgré mon ingéniosité je restais dans l'ignorance. Ce ne fut que bien plus tard que j'appris que cela n'avait pas été le cas pour Kent Mulville, à qui les espoirs les plus optimistes ne faisaient jamais se tourner aussi placidement les pouces que lorsqu'il se trouvait savoir le pire. Il l'avait su lors de la circonstance dont je parle — c'est-à-dire aussitôt après. A l'époque, il fut impénétrable, mais il finit par avouer. Ce qu'il avoua dépasse ce que je m'aventurerai aujourd'hui à avouer. Bien sûr, je n'ignorais pas que Saltram était incapable de respecter les engagements qu'après leur séparation il avait pris vis-à-vis de sa femme, personne profondément maltraitée, justement amère, absolument irréprochable, et insupportable. Elle faisait de fréquentes apparitions à mon domicile pour discuter les écarts de conduite de son mari, car si, comme elle le déclarait, elle s'en était lavé les mains, elle avait soigneusement conservé l'eau de cette ablution et la faisait circuler afin qu'on pût l'inspecter. Elle avait une manière bien à elle d'exciter l'impatience des gens ; son procédé le plus infaillible consistait sans doute à supposer que nous étions gentils avec elle parce qu'elle nous plaisait. En vérité, sa chute personnelle avait représenté une sorte d'ascension sociale, car il y avait eu un moment où, au sein de notre petit cercle consciencieux, sa solitude l'avait presque mise à la mode. Sa voix était grinçante, et ses enfants affreux ; de plus, elle haïssait les braves Mulville, que, pour ma part, j'aimais de plus en plus. C'étaient eux qui, en faisant le plus pour son mari, avaient au bout du compte fait le plus pour elle-même ; et la chaleureuse confiance avec laquelle il s'était reposé sur eux de tout son poids était une pression bien légère comparée à cette inflexible volonté de ne pas se laisser convaincre qui la caractérisait. Je suis obligé de dire qu'il ne critiquait pas ses bienfaiteurs, quoique en pratique il se lassât d'eux ; elle, par contre, avait les plus grandes exigences quant aux formes que prenait l'aumône. Elle présenta le curieux spectacle d'un esprit bouffi d'une dépendance qui lui avait du reste permis de connaître certains de ceux qui l'aidaient, lesquels, sans doute, elle félicitait avec condescendance de ne pas me connaître. Je suppose que je me serais mieux entendu avec elle si elle avait été douée d'un brin d'imagination — s'il avait semblé parfois lui venir à l'esprit d'envisager les comportements de Saltram autrement que comme autant de motifs de chagrin. Ils étaient tous des fleurs de la nature de Saltram, des perles enfilées sur un fil sans fin ; mais elle avait sa petite façon têtue de les contester les unes après les autres, comme si elle ne soupçonnait jamais qu'il eût bien une nature, quelle qu'elle fût, ou que les déficiences pussent être organiques ; l'effet énervant d'un esprit incapable d'une généralisation. L'on aurait sans doute pu exagérer l'idée qu'il y eût une exemption générale pour un tel homme ; mais cela se fût-il produit, c'eût été grâce au sentiment qu'il ne saurait y en avoir pour une telle femme.

Je reconnus sa supériorité lorsque je l'interrogeai au sujet de la tante de la jeune fille déçue : l'on eût dit une phrase tirée d'un recueil d'expressions typiques. Elle triompha par ses déclarations, et triompha plus encore peut-être par ses silences. Mon amie de l'autre soir, Miss Anvoy, n'était arrivée en Angleterre que tout récemment ; lady Coxon, la tante, était déjà installée ici depuis des années, à la suite de son mariage avec feu sir Gregory du même nom. Elle avait une maison à Regent's Park, un fauteuil roulant, et une fougeraie ; et surtout, elle avait de la compassion. Mrs Saltram avait fait sa connaissance grâce à des amis communs. Cette imprécision me fit sentir à quel point j'étais en marge, et combien était grand le cercle indépendant qu'elle commandait. J'aurais aimé en apprendre plus sur la jeune fille déçue, mais j'estimai que c'est en ne la privant pas de son avantage que j'en apprendrais le plus, car peut-être avait-elle de mystérieux moyens de me priver de mon savoir. Pour le moment d'ailleurs, cette expérience était suspendue, lady Coxon étant de fait partie à l'étranger, accompagnée de sa nièce. La nièce, outre qu'elle était d'une immense intelligence, était une héritière, disait Mrs Saltram, fille unique et prunelle des yeux de quelque grand marchand américain, un homme, qui plus est, dont l'indulgence était aussi infinie que les dollars. Elle avait de jolis vêtements et de jolies manières, et elle avait, chose plus jolie encore, le plus important de tout. Le plus important de tout, pour Mrs Saltram, était toujours la compassion, et elle parla comme si, pendant l'absence de ces dames, elle n'avait su où en trouver. De fait, quelques mois plus tard, lorsqu'elles furent revenues, son ton changea sensiblement : elle faisait allusion à elles, quand je l'y amenais, plutôt comme à des personnes qui seraient ses débitrices pour avoir profité de ses faveurs. Ce qui s'était passé, je ne le savais pas, mais je compris qu'il ne s'en fallait que d'un peu plus ou d'un peu moins pour qu'elle parlât d'elles comme de sujets ingrats au visage mondain — des gens pour lesquels elle avait tenté en vain de faire quelque chose. Je reconnais que je compris qu'il me faudrait plus d'une semaine ou deux pour me débarrasser de l'image de Ruth Anvoy, dont le nom même, lorsque je l'eus appris, me parut receler quelque chose de secrètement digne d'être aimé. Il était probable que je ne la reverrais plus ni n'entendrais plus jamais parler d'elle : la veuve du chevalier (il avait été maire de Clockborough) décéderait et l'héritière rentrerait près de son héritage. Je fus surpris de déduire qu'elle n'avait pas rapporté à Mrs Saltram l'histoire de sa tentative pour entendre son mari, et je fondai cette réserve sur la supposition évidente que Mrs Saltram avait usé, par une pression excessive, le ressort de compassion dont elle se vantait. La jeune fille oublierait en tout cas cette petite aventure, serait distraite, prendrait mari ; en outre, elle n'aurait guère l'occasion de renouveler l'expérience.

Nous nous accrochions à l'idée de la série brillante, livrée sans incident, qui, en tant que conférencier, pouvait encore faire connaître au public notre grand esprit ; mais il n'en restait pas moins que, étant donné cette inspiration si inégale, il y avait de la traîtrise, ou du moins de l'illusion, dans la conception même d'une suite. En examinant les diverses possibilités, nous étions inévitablement influencés par la vieille convention du résumé et du programme, en partie, bien entendu, afin de ne pas perdre le bénéfice de sa manière libre et grandiose de préparer ce genre de chose ; mais, en ce qui me concerne, je riais de nos affiches, tout en insistant pour qu'on les fît. De fait, c'était une entreprise amusante que d'être scrupuleux pour Frank Saltram qui, lui aussi, en riait par moments, dans la mesure où un soupir de bien-être assez spontané pour être gai peut se confondre avec un tel son. Il reconnut, avec une candeur toute personnelle, qu'en vérité l'on ne pouvait compter sur lui qu'au salon des Mulville.

— Oui, convint-il d'un ton suggestif, c'est là, je crois, que je suis au meilleur de ma forme ; assez tard, vers onze heures... et si je n'ai pas eu trop de soucis.

Nous savions tous ce que signifiait ce trop de soucis : cela signifiait trop esclave, pour l'heure, d'une superstitieuse sobriété. Le samedi, j'apportais ma valise ; ainsi pouvais-je ne pas me préoccuper des trains de onze heures. J'avais une théorie audacieuse selon laquelle, avec ce temple de la parole et ses autels de chintz matelassé, ses tableaux et ses fleurs, sa cheminée spacieuse et son excellent éclairage, nous pourrions vraiment arriver à un résultat si seulement les Mulville consentaient à instaurer l'entrée payante. Mais c'est sur ce point que les Mulville échouaient sans vergogne ; et comme toute perfection recèle un défaut, c'était là le refuge inexpugnable de leur égotisme. Ils refusèrent de faire de leur salon un marché, de sorte que les paroles dorées de Saltram continuèrent d'être la seule monnaie à y résonner. Jamais pourtant il n'arriva à quiconque de toucher cachet plus considérable que le silence enchanté qui l'entourait lors de ses soirées les plus mémorables. En ces circonstances, même le plus profane sentait une présence ; toute éloquence secondaire était réduite au silence. Adélaïde Mulville, mue par un orgueil d'hôtesse, surveillait la porte d'un œil anxieux, ou bien tisonnait discrètement le feu. Cette pièce, je la nommais la salle de musique, car nous avions anticipé sur Bayreuth. Les véritables portes du royaume de la lumière semblaient s'ouvrir, et l'horizon de la pensée briller avec une beauté comparable à celle d'un lever de soleil en mer.

Lorsque les séances de notre petit comité étaient consacrées à l'étude des possibilités, nous étions toujours conscients du crissement des chaussures de Mrs Saltram. Elle planait, elle intervenait, elle présidait presque, l'état des choses étant généralement, en effet, de nature à lui fournir d'amples justifications pour demander ce qu'il y avait à faire ensuite. L'urgence du renseignement recherché l'amenait, après plusieurs correspondances d'omnibus, et généralement par temps très humide, à frapper si souvent à ma porte. Elle nous trouvait bien mous dans nos rapports avec les journalistes et les éditeurs ; mais elle n'obtenait elle-même que de piètres résultats en faisant irruption dans les arrière-boutiques. Elle exigeait que tous paiements lui fussent versés à elle : ils risquaient sinon de subir de bien étranges aventures. Ces sommes s'écoulaient doucement dans le désert, et habituellement ne constituaient au mieux, hélas, qu'un mince filet d'eau. Les journalistes et les éditeurs furent les derniers à estimer ce penseur remarquable à la valeur qui désormais est à peu près établie. Les premiers étaient déchirés entre le désir de lui « couper les vivres » et la difficulté de trouver le point sensible ; et, lorsqu'on proposait aux seconds un volume sur telle ou telle question prodigieuse, ils suggéraient d'en modifier le titre, ce qui, rapporté à notre ami, amenait sur son visage un air de mélancolie noble et vide qui, parfois, n'était pas sans beauté. Le titre d'un livre non encore écrit n'avait après tout que peu d'importance, mais peut-être quelque chef-d'œuvre de Saltram mourait-il en son sein des secousses qui l'ébranlaient en pareille circonstance. La solution idéale, à défaut d'un droit d'entrée à la porte de Kent Mulville, aurait été quelque système de souscription pour les traités en projet, système tenant compte de leur éventuelle non-parution — c'est-à-dire reposant sur l'indulgence des souscripteurs. La vraie malchance pour l'auteur était que les souscripteurs avaient cette manière de tout prendre au pied de la lettre. Lorsqu'ils trahissaient leur manque de goût en demandant pourquoi la publication n'avait pas suivi, j'étais tenté de demander qui avait jamais été publié de la sorte. C'était la Nature elle-même qui l'avait mis au monde sous une forme volumineuse, et l'argent n'était qu'une caution versée par les emprunteurs de l'ouvrage.

V

Sans doute fus-je souvent désagréable à mes amis pendant ces années-là ; mais il y avait des sacrifices auxquels je ne consentais pas, aussi ne fis-je jamais la quête auprès de George Gravener. Jamais je n'oubliai notre petite discussion à Ebury Street, et je crois que je ne digérai pas de devoir lui faire l'aveu que j'avais si facilement fait à Miss Anvoy. Il ne m'avait rien coûté de le confier à cette charmante jeune fille, mais il m'eût énormément coûté de le confier à l'ami de ma jeunesse : le caractère du « véritable gentleman » n'était pas un attribut de l'homme pour lequel je faisais tant d'efforts. Était-ce parce que j'avais déjà poussé la généralisation au point de constater que ce sont en réalité les femmes qui représentent le sexe le moins difficile ? Je savais, du moins, que Gravener, déjà bien en vue, mais toujours avide et économe, avait tout naturellement plus d'ambition que de générosité. Il destinait chaque souverain superflu à un usage bien précis, étant visible le plus souvent depuis le haut clocher de Clockborough. Son immédiate ambition était d'occuper dans son entier le champ de vision de cette ville où tout se voyait à travers un nuage de fumée, et chacun de ses mouvements, chacune de ses poses étaient calculés en fonction de cet objectif. Le mouvement de la main à la poche devait donc alterner harmonieusement avec la pose de la main sur le cœur. Bref, il s'adressait à Clockborough avec seulement moins de séduction que Frank Saltram ne s'adressait à ses électeurs ; à cette différence près, en notre faveur, toutefois, que nous avions déjà voté, et que notre candidat n'avait d'autre antagoniste que lui-même. Il avait été plus d'une fois à Wimbledon — c'était l'œuvre de Mrs Mulville, non la mienne — et, le temps de servir le bordeaux, avait vu descendre le dieu. Il se donna plus de mal pour l'encenser que je ne m'y étais attendu, mais, en rentrant en ville avec moi, il devança le petit triomphe que mon manque de tact aurait pu me conduire à formuler, en faisant observer qu'un tel homme était — cent fois ! — un homme à exploiter mais en aucun cas un homme par qui se laisser exploiter. Je me souviens que cette remarque bien tournée m'humilia presque autant que si, lors de nuits fiévreusement agitées, je ne me l'étais virtuellement faite moi-même plus d'une fois. Ce qui différait, c'était la force qui s'y attachait chez Gravener, force qui ne saurait s'y attacher chez moi. Il était capable d'exploiter les gens — il en avait les moyens ; et l'ironie qu'il y avait à vouloir faire briller Saltram à Clockborough me frappa lorsqu'il me dit, comme s'il n'avait aucun souvenir de notre première discussion et que l'idée lui venait pour la première fois :

— Je déteste son genre, vous savez, mais je veux bien être pendu si je n'arrive pas à utiliser certaines de ces choses-là. Je peux leur trouver une place : peut-être même pourrait-on trouver une place pour le bonhomme.

J'avais moi-même un peu à craindre, non pas, il va sans dire, pour les « choses » elles-mêmes, mais pour d'autres choses très proches d'elles — bref, pour le reste de mon éloquence.

Plus tard, je pus constater que l'oracle de Wimbledon n'était pas, dans ce cas particulier, aussi approprié qu'il l'eût été si seulement la politique des dieux avait correspondu plus exactement à celle du parti. Il y eut une brève période où, sans me fournir davantage de précisions, Gravener se mit en tête d'annexer Mr Saltram. Pareil projet était insensé, car la découverte d'éventuelles analogies entre son corps de doctrine et celui que la direction centrale imposait à Clockborough — en un mot la mise en bouteilles de l'air issu de ses poumons dans le but, le moment venu, de le déboucher en public au beau milieu des halles au blé — était une expérience que personne n'avait le loisir de tenter. La seule solution eût été de le faire énormément circuler, payé, encagé, les ailes rognées ; de le diriger sur une voie particulière en une occasion particulière. Malheureusement, la voie de Frank Saltram, par essence, n'était pas calculable, et l'on ne pouvait prévoir quels cataclysmes eussent pu s'ensuivre. Le grand journal *l'Empire* était là pour faire ce qu'il y aurait à faire ; mais, malchance guère nouvelle, il y avait des circonstances délicates devant lesquelles *l'Empire* reculait. Se développa, en somme, la crainte instinctive de voir un jeune journaliste intelligent, envoyé faire un reportage sur Mr Saltram, ne jamais revenir de son expédition. Personne, mieux que George Gravener, ne savait que des résultats rapides pouvaient, à certains moments, compter double. S'il trouvait qu'en recourant à notre ami il s'exposait à un irritant manquement à l'orthodoxie, c'était donc parce qu'il s'envolait, comme il disait, dans les nuages, et non parce qu'il rampait au ras du sol. Il eût toujours été assez gentleman s'il avait pu aider à faire élire un véritable gentleman. L'objection principale de Gravener au député actuel était que celui-ci ne l'était point.

Lady Coxon était propriétaire d'une belle et vieille maison, une maison avec un parc, à Clockborough, qu'elle avait louée ; mais après qu'elle fut rentrée de l'étranger, j'appris de Mrs Saltram que le bail était arrivé à terme, et qu'elle était descendue en reprendre possession. Je voyais la livrée d'un rouge passé, les larges et rectilignes bas-côtés, le jardin, entouré d'un haut mur, de cette décente demeure. Comme la rumeur d'une dissolution devenait plus insistante, le prétendant allait poser sa candidature, et je me surpris à espérer que la politique de la veuve du défunt maire ne l'inciterait pas à l'inviter à dîner ; j'allai peut-être même jusqu'à espérer qu'elle l'inciterait à exclure toute forme de soutien. Je tentai de me faire une image claire du page, en train, peut-être, lors de la promenade quotidienne, d'écraser les orteils de quelqu'un en poussant le fauteuil roulant. Je devais apprendre, toutefois, par Mrs Saltram (qui, je le découvris plus tard, correspondait avec l'intendante de lady Coxon) que l'on avait entendu Gravener parler de l'habitation à laquelle je songeais comme de la chose la plus agréable de Clockborough. Venant de lui, j'en étais certain, c'était l'expérience et non l'envie qui parlait. La scène, déjà vivante, avait maintenant ses acteurs, et je le voyais dans ce jardin du temps passé en compagnie de Miss Anvoy, qui, sans aucun doute, et à juste titre, le trouverait bel homme. Ce serait trop de dire que je fus troublé par cette évocation ; mais il me semble me souvenir d'avoir éprouvé un certain soulagement, d'ailleurs assez singulier, en la sentant soudain balayée par une contrariété en fait plus importante ; une contrariété résultant de l'idée qui me vint alors brusquement : j'avais tout simplement honte de Frank Saltram. Il y avait, après tout, des bornes, et ma limite avait fini par être atteinte.

J'avais eu mes dégoûts, si je puis me permettre, aujourd'hui, une telle expression ; mais, cette fois, c'était une révolte suprême. Certaines choses se clarifièrent dans mon esprit, certaines valeurs se détachèrent. Il était acceptable d'avoir un déplorable caractère ; il n'y avait rien d'aussi déplorable que de n'avoir quasiment rien d'autre. J'évitai George Gravener durant cette période, et me dis qu'en de telles circonstances le moyen le plus efficace de le faire était de quitter l'Angleterre. Je voulais oublier Frank Saltram — voilà tout. Je ne voulais rien d'autre, je ne voulais que ça. L'indignation s'était fanée sur la tige, et j'estimais que l'on pouvait avoir pitié de lui autant qu'on le devait simplement en ne pensant plus jamais à lui. Ce n'était pas qu'il m'eût fait quelque chose ; c'était pour quelque chose qu'il avait fait aux Mulville. Adélaïde en pleura pendant une semaine, et son mari, profitant de l'exemple qui lui était si nettement donné des effets néfastes d'un manque de caractère, laissa la lettre sans réponse. Cette lettre — elle était incroyable — adressée à Wimbledon par Saltram, alors en séjour chez les Pudney, à Ramsgate, fut le trait principal de l'incident, qui en avait pourtant bien d'autres, chacun plus douloureux que n'importe lequel de ceux auxquels nous le comparions. Les Pudney s'étaient conduits odieusement, mais cela n'était guère une excuse. Basse ingratitude, grossière indécence — l'on avait le choix des formules ; seulement, plus elles convenaient, moins elles calmaient l'agitation. Ce sont maintenant d'anciennes douleurs, et je ne suis aucunement dans l'obligation, Dieu merci, d'être précis sur cette affaire. Il est des choses qui, s'il m'avait fallu les raconter — eh bien, je n'aurais point raconté mon histoire.

Je partis à l'étranger avant l'élection générale, et, si je ne sais combien, en Europe, je l'oubliai, je sais du moins combien il me manqua. Au loin, dans un pays étranger, l'ignorant, l'abjurant, le désapprenant, je compris ce qu'il avait fait pour moi. Je lui devais, oh, sans erreur possible ! certaines conceptions élevées ; j'avais allumé ma petite chandelle avec sa lampe fumeuse, et voilà qu'elle continuait de scintiller. Mais la lumière qu'elle dégageait était tout juste suffisante pour me montrer combien j'en voulais davantage. Je fus, bien entendu, poursuivi par des lettres de Mrs Saltram que, sans scrupule, je ne lus pas, bien que je fusse dûment conscient que sa gêne devait à présent être plus considérable que jamais. La correction me dicta de simplement les ranger, et c'est ainsi qu'un jour mon œil, pendant que je fouillais un tiroir à la recherche d'un autre papier, fut arrêté par un nom inscrit sur une feuille qui s'était détachée du paquet. L'allusion concernait Miss Anvoy qui, apparemment, était promise en mariage à Mr George Gravener ; et cette nouvelle remontait à deux mois. Une question directe de Mrs Saltram était de la sorte restée sans réponse — elle m'avait demandé, en post-scriptum, quel genre d'homme pouvait bien être ce Mr Gravener. Ce Mr Gravener avait été élu triomphalement au siège de Clockborough, sous l'étiquette du parti qui avait fait un malheur dans tout le pays ; j'aurais donc pu, sans mal, prier Mrs Saltram de se reporter aux journaux de cette période. Mais, lorsque je lui écrivis enfin, lui disant que je devais rentrer et que je me déchargerais de ma dette cumulée en allant la voir, je lui fis remarquer, à propos de sa question, qu'elle devait plutôt l'adresser à Miss Anvoy.

VI

J'avais presque évité l'élection générale, mais, à mon retour, il me fallut faire face avec tact à certaines de ses conséquences. La saison londonienne commençait à reprendre son souffle et à déployer ses ailes. La confiance, sous le nouveau gouvernement, renaissait, pensait-on, et l'un des symptômes, dans le corps social, en était l'appétit retrouvé. Les gens se remettaient à se nourrir ensemble, et il se trouva qu'un samedi soir, chez quelqu'un, je me nourris en compagnie de George Gravener. Lorsque les dames eurent quitté la pièce, je m'approchai de son siège pour le féliciter.

— De mon élection ? demanda-t-il au bout d'un instant.

Sur ce, je feignis, facétieusement, de ne pas être au courant de son élection et de faire allusion à quelque chose de bien plus important, le bruit de ses fiançailles. Toutefois, je crois bien avoir rougi, car sa victoire politique m'était provisoirement sortie de la tête. Ce qui me préoccupait était son prochain mariage avec cette belle jeune fille ; et pourtant, sa question me troubla quelque peu — je n'avais pas voulu donner à cela la priorité absolue. Lui-même aurait d'ailleurs dû le faire avec grâce, et je me souviens de m'être dit que l'homme était tout entier dans cette supposition selon laquelle, en exprimant mon sentiment sur ce qu'il avait gagné, je ne pouvais que songer à son « siège ». Nous dissipâmes le malentendu, et il était tellement plus en forme que les dernières fois où je l'avais vu que son moral pouvait très bien s'abreuver à une double source. Il fut assez bon pour déclarer qu'il espérait que je ferais bientôt la connaissance de Miss Anvoy, qui, accompagnée de sa tante, devait prochainement monter en ville. A la campagne, lady Coxon avait été fort malade, ce qui avait retardé leur arrivée. Je lui dis avoir entendu que ce serait un mariage splendide ; sur quoi il rit — sa bonne fortune l'avait rendu plus gai, plus humain — et répondit :

— Voulez-vous dire pour elle ?

Lorsque, de nouveau, j'eus expliqué ce que je voulais dire, il reprit :

— Oh, c'est une Américaine, mais cela se voit à peine ; sauf, peut-être, ajouta-t-il, à son habitude de disposer de plus d'argent que la plupart des jeunes filles en Angleterre, même les filles d'hommes riches. Cela ne conviendrait pas du tout à un homme comme moi, vous savez, sans la grande libéralité de son père. Il a vraiment été très généreux, et tout me donne entière satisfaction.

Il ajouta que l'aîné de ses frères s'était pris d'une grande affection pour elle et que, lors d'une récente visite à Coldfield, elle avait presque fait la conquête de lady Maddock. Je conclus de quelque chose qu'il laissa échapper un peu plus tard que le généreux gentleman d'outre-Atlantique ne leur avait pas constitué de rente, mais avait offert un magnifique cadeau, et qu'apparemment l'on pouvait compter sur lui, de l'autre côté de l'océan, pour d'autres faveurs. Les grands contentements, comme les grandes aspirations, rendent les gens plus simples, et, que ce fût ou non la franchise de Gravener qui engendrât la mienne, il me semble me rappeler qu'à quelque moment, vu la tournure que prenait notre conversation, il m'obligea presque, comme un acte exigé par la bienséance, à demander si, par hasard, Miss Anvoy pouvait s'attendre à quelque chose du côté de sa tante. Ma question fit apparaître que Mrs Coxon, femme on ne peut plus bizarre, était contrainte, en toute éventualité, d'agir selon les dernières volontés de son mari, volontés plus bizarres encore, puisqu'elles lui imposaient une quantité d'étranges obligations que venaient compliquer d'étranges échappatoires. Il y avait plusieurs mornes personnages, des cousins Coxon, des vieilles filles, dont il lui faudrait plus ou moins s'occuper. Gravener rit, sans me contredire, lorsque je suggérai que la jeune fille pourrait peut-être s'insinuer dans une échappatoire ; puis, tout à coup, comme s'il me soupçonnait d'avoir dirigé ma lanterne sur lui, il s'exclama d'un ton plutôt sec :

— Balivernes que tout cela… l'on est mû par d'autres ressorts !

Quinze jours plus tard, au domicile personnel de lady Coxon, je compris assez bien les ressorts par lesquels on était mû. Gravener y avait parlé de moi comme d'un vieil ami, et je reçus une bienveillante invitation à dîner. La veuve du chevalier était de nouveau souffrante — elle s'était effondrée au dernier moment ; aussi découvris-je Miss Anvoy en train de jouer courageusement le rôle d'hôtesse, sans même l'aide de Gravener, car, pour aggraver la situation, il venait d'envoyer un message disant que la Chambre, l'insatiable Chambre, avec laquelle il croyait avoir conclu un accord moins draconien, refusait positivement de le libérer. Je fus frappé par le courage, la grâce et la gaieté de la jeune fille, laissée sans aide pour faire face aux éventualités de Regent's Park. Je fis ce que je pus pour l'aider à les limiter, ou à les maintenir, une fois remis de mon trouble à la voir un peu déconcertée de reconnaître en l'invité présenté par son promis l'homme avec lequel elle avait eu certain entretien au sujet de Frank Saltram. J'entrevis, à cet instant, pour la première fois, qu'elle était une personne capable d'assumer une responsabilité ; mais je laisse le lecteur juger de mon sentiment de l'aggravation, pour nous deux, de ce fardeau, lorsque j'entendis le domestique annoncer Mrs Saltram. En voyant ce qui se passa immédiatement entre les deux dames, je compris que celle-ci avait été envoyée diligemment chercher afin de combler le vide laissé par l'absence de la maîtresse de maison.

— Bon, m'exclamai-je, on la mettra à côté de moi.

Mes appréhensions furent aussitôt justifiées. Mrs Saltram amenée à dîner, et amenée après qu'on avait fait appel à sa gentillesse, c'était Mrs Saltram dans toute sa splendeur. Je me demandai où Miss Anvoy voulait en venir en faisant des choses pareilles, mais la seule réponse que je trouvai fut que Gravener avait décidément de la chance. Elle n'avait pas eu l'occasion de l'informer de sa visite à Upper Baker Street, mais elle lui en parlerait certainement demain ; ce qui d'ailleurs ne lui ferait pas apprécier davantage qu'elle eût invité en toute simplicité, dans une circonstance comme celle-là, une personne comme Mrs Saltram. Je me dis que jamais je n'avais vu une jeune femme se montrer intelligente avec tant d'ignorance, modeste avec tant de liberté ; je crois m'être fait cette réflexion lorsque, après le dîner, elle me dit franchement, avec une gaieté assez exubérante :

— Oh, vous n'admirez donc pas Mrs Saltram ?

Pourquoi l'admirerais-je ? Voilà une jeune fille bien innocente. Il me fallut réfléchir un instant avant de répliquer que ma critique à l'endroit de la dame en question était celle souvent formulée à l'égard de mondaines rencontrées à table : je connaissais toutes ses histoires. Puis, comme Miss Anvoy restait un moment sans réagir, j'ajoutai :

— Au sujet de son mari.

— Ah oui, mais il y en a des nouvelles.

— Aucune, pour moi. Oh, un peu de nouveauté serait agréable !

— Ne semble-t-il pas que dernièrement il ait été particulièrement odieux ?

— Ses fluctuations n'ont aucune importance, répondis-je, car la nuit tous les chats sont gris. Vous avez vu la couleur de celui-ci le soir où nous l'avons attendu ensemble. Que voulez-vous ? Il n'a aucune dignité.

Miss Anvoy, qui avait fait les présentations avec sa netteté américaine, surveillait d'un regard encourageant quelques-unes des combinaisons qu'elle avait risquées.

— Il est dommage que je ne puisse le voir.

— Vous voulez dire que Gravener vous en empêche ?

— Je ne le lui ai pas demandé. Il me laisse tout faire.

— Mais vous savez qu'il le connaît et qu'il se demande ce que certains d'entre nous lui trouvent.

— Nous n'avons pas eu l'occasion de parler de lui, dit la jeune fille.

— Arrangez-vous pour qu'il vous emmène un jour voir les Mulville.

— Je croyais que Mr Saltram avait abandonné les Mulville.

— Tout à fait. Mais cela n'empêchera pas qu'il se trouve replanté chez eux pour y fleurir comme une rose d'ici un mois ou deux.

Miss Anvoy réfléchit un instant. Puis elle dit, avec son sourire bienveillant :

— J'aimerais les rencontrer.

— Ils gagnent terriblement à être connus. Vous ne devez pas les manquer.

— Je m'y ferai emmener par George, reprit-elle, comme Mrs Saltram s'approchait pour nous interrompre.

La jeune fille lui sourit aussi gentiment qu'elle m'avait souri à moi, et, en lui adressant la question, poursuivit :

— Mais la possibilité d'une conférence — une de ces merveilleuses conférences ? N'en a-t-on pas annoncé une nouvelle série ?

— Une ? Il y en a une trentaine ! m'écriai-je, en me détournant, et sentant les petits yeux de Mrs Saltram dans mon dos.

Quelques jours après, j'appris que le mariage de Gravener était proche — il était fixé pour la Pentecôte ; mais, n'ayant pas reçu de faire-part, j'avais quelques doutes et, effectivement, le bruit d'un report vint bientôt jusqu'à moi. Quelque chose n'allait pas, et cette chose était censée être la présente grave maladie de lady Coxon. J'étais passé la voir après mon dîner à Regent's Park, mais je n'avais vu ni elle ni Miss Anvoy. Aujourd'hui, j'oublie l'ordre exact dans lequel, à cette époque, certains incidents survinrent, et à quel stade en particulier je fus frappé par l'idée — qui me coupa presque le souffle — que cette progression, cette accélération, ressemblait à s'y méprendre à celle d'un drame. Ceci survint sans doute un peu tardivement, et l'ordre exact n'a pas d'importance. Ce qui s'était déjà produit était quelque accident imposant une attente plus patiente. George Gravener, que je rencontrai une autre fois, ne me dit pas autre chose, mais sans trahir une quelconque agitation. Lady Coxon avait besoin de soins constants, et il y avait d'autres bonnes raisons aussi. Lady Coxon avait besoin de soins si constants que, lors d'une seconde tentative à Regent's Park, je ne pus toujours pas obtenir de voir sa nièce. Je jugeai discret, dans ces conditions, de n'en pas faire une troisième ; mais cela fut sans importance, car ce fut par Adélaïde Mulville que j'eus vent, quoique sans bien comprendre au début, du côté inattendu de la comédie. J'allais à Wimbledon tantôt parce que Saltram y était, tantôt parce qu'il n'y était pas. Les Pudney, qui l'avaient emmené à Birmingham, s'étaient déjà débarrassés de lui, et nous entretenions l'idée horrible de son vagabondage, sans toit, déshonoré, dans la région fumeuse du centre de l'Angleterre, presque semblable à l'errance de Lear, blessé, sur la lande battue par l'orage. Sa chambre, à l'étage, venait d'être refaite (j'entendais crépiter le chintz neuf), et la différence n'en rendait ses taches et ses meurtrissures, son merveilleux génie souillé, que plus tragiques. S'il ne marchait pas nu-pieds dans la fange, il était du moins, sans aucun doute, chaussé de façon peu conventionnelle. Voilà de quoi nous parlions, Adélaïde et moi, qui étions amis d'assez longue date pour pouvoir nous dévisager en silence, lorsque nous ne disions rien. Lorsque nous parlions, ce n'était jamais que de la brillante jeune fille que George Gravener allait épouser et qu'il avait amenée l'autre dimanche. Je voyais bien que cette présentation avait été une réussite, car Mrs Mulville y fit allusion dans les seuls termes qu'elle employât pour exprimer sa confiance en une nouvelle relation. « Elle m'aime… elle m'aime. » Son humilité naturelle se réjouissait de ce petit succès. Nous savions tous, quant à nous, combien elle aimait ceux qui l'aimaient, et, en ce qui concerne Ruth Anvoy, elle fut conquise plus facilement que ne le fut lady Maddock.

VII

L'une des conséquences, pour les Mulville, des sacrifices auxquels ils consentirent pour Frank Saltram, fut qu'ils durent renoncer à leur voiture. Adélaïde entra doucement dans Londres dans une chose verdâtre tirée par un seul cheval, un landau du début de l'époque victorienne, loué, tout près de là — il fallait y penser — à un brocanteur fourbu dont la femme était phtisique — un véhicule à faire se retourner les gens, surtout quand son pensionnaire prenait place à côté d'elle, portant un doux chapeau blanc et un châle qui lui appartenait. Telle était sa position, et, j'imagine, son costume, lorsque, par un après-midi de juillet, elle alla rendre sa visite à Miss Anvoy. La roue du destin avait fait un tour complet, et au milieu de silences profonds et exhaustifs, de remords et de pardons pareillement ineffables, Saltram fut réintégré. Était-ce par orgueil ou par pénitence que Mrs Mulville se mit aussitôt à le sortir ? S'il avait eu honte de son ingratitude, elle eût pu avoir honte de son pardon ; mais elle était incorrigiblement capable d'apprécier qu'il soit vu, assis de manière frappante dans le landau, pendant qu'elle était dans des magasins ou avec une connaissance. Toutefois, si on le mit vingt minutes au pilori à Regent's Park (je veux dire devant la porte de lady Coxon, durant la visite de sa compagne), ce ne fut guère pour humilier quiconque davantage qu'au bout de quelque temps elle sortit en personne le chercher, ni même pour montrer à l'un ou à l'autre à quel point elle était ridicule qu'elle le fit entrer pour le présenter à la jeune et intelligente Américaine. Les circonstances de cette présentation, Mrs Mulville me les rapporta en temps voulu, mais auparavant, fort tard dans la saison, sous les auspices de Gravener, je rencontrai Miss Anvoy pour le thé à la Chambre des Communes. Le député de Clockborough avait réuni un groupe de jolies dames, et les Mulville n'étaient pas de la partie. Sur la grande terrasse, comme nous nous éloignions un peu d'un pas nonchalant, l'invitée s'exclama d'emblée :

— Je l'ai vu, vous savez — je l'ai vu !

Et de raconter la visite de Saltram.

— Et comment l'avez-vous trouvé ?

— Oh, si bizarre !

— Il ne vous a pas plu ?

— Je ne puis me prononcer avant de l'avoir revu.

— Vous avez envie de faire cela ?

Elle se tut un instant.

— Énormément.

Nous nous arrêtâmes ; j'eus l'impression qu'elle s'était rendu compte que Gravener nous regardait. Elle se retourna vers le petit groupe des autres, et je dis :

— Détestez-le tant que vous voudrez, je vois que vous êtes mordue.

— Mordue ?

Elle me parut rougir légèrement.

— Oh, cela n'a pas d'importance ! dis-je en riant. On n'en meurt pas.

— J'espère ne mourir de rien avant d'avoir mieux fait connaissance avec Mrs Mulville.

Nous fîmes l'éloge de la pauvre Adélaïde, qu'elle déclara être la femme la plus charmante qu'elle eût rencontrée en Angleterre ; mais, avant de nous séparer, je lui fis remarquer que c'était seulement un acte humanitaire que de l'avertir que, si elle revoyait Frank Saltram (conséquence probable d'une plus grande intimité avec Mrs Mulville), elle se surprendrait peut-être en train de s'aplatir le nez contre la vitre dure et limpide d'une question éternelle — celle de l'importance relative de la vertu. Elle répondit que c'était sûrement là un sujet où tout allait de soi ; ce qui me fit reconnaître que je m'étais peut-être mal exprimé. La chose à laquelle je faisais allusion était celle à laquelle j'avais déjà fait allusion le soir de notre rencontre à Upper Baker Street — l'importance relative (relative à la vertu) des autres dons. Elle me demanda si j'appelais la vertu un don — comme si l'on vous l'offrait dans un paquet le jour de votre anniversaire ; et je déclarai que la question même me prouvait que le problème lui collait déjà aux semelles. On l'aiderait, cependant, comme on l'avait fait jadis pour moi, à surmonter sa tendance à vous agacer.

— De quelle aide parlez-vous ?

— Celle du député de Clockborough.

Elle ouvrit grand les yeux, sourit ; puis s'exclama :

— Mais, mon projet a été de l'aider lui.

En effet, elle l'avait aidé. Lui-même m'avait avoué qu'à Clockborough c'était en fait la séduction qu'elle avait exercée sur l'électorat qui l'avait fait élire. Elle recommencerait sans doute maintes et maintes fois, mais, pas plus tard que le mois suivant, j'appris que cette admirable aptitude avait subi une éclipse provisoire. La nouvelle de la catastrophe me parvint d'abord *via* Mrs Saltram, et fut ensuite confirmée à Wimbledon : la pauvre Miss Anvoy avait des ennuis — de grands désastres en Amérique l'avaient rappelée d'urgence chez elle. Son père, à New York, avait subi des revers — perdu tant d'argent que cela en devenait provocant, car cela trahissait combien il en avait eu. Ce fut Adélaïde qui m'informa qu'elle était partie seule, il y avait de cela moins d'une semaine.

— Seule ? et Gravener l'a laissée faire ?

— Que voulez-vous ?

— Que voulez-vous ? La Chambre des Communes !

Je crains d'avoir maudit la Chambre des Communes tant l'affaire m'intéressait. Bien entendu, il la suivrait dès qu'il aurait la possibilité de la prendre pour femme ; seulement maintenant, il se pourrait qu'elle ne lui apportât qu'une fraction de la dot dont il avait d'abord eu virtuellement la promesse. Mrs Mulville me fit savoir ce qui se disait déjà : elle était charmante, cette jeune Américaine, mais vraiment ces pères américains ! Comment un homme devait-il réagir ? Mr Saltram, d'après Mrs Mulville, était de l'avis qu'un homme ne devait jamais souffrir que son rapport à l'argent devînt un rapport spirituel, mais qu'il devait le garder sainement mécanique. « *Moi pas comprendre !* » fut mon commentaire là-dessus ; sur quoi Adélaïde expliqua, avec sa belle compassion, que d'après elle il voulait simplement dire qu'il fallait en profiter, n'est-ce pas, mais ne pas trop y penser.

— Le prendre, mais ne pas vous en remercier ? m'enquis-je de façon plus impie encore.

Pendant le quart d'heure qui suivit, elle ne daigna pas me regarder, mais cela ne m'empêcha pas de lui demander quel avait été le résultat de sa visite, cet après-midi-là, à Regent's Park, lorsqu'elle présenta notre ami à Miss Anvoy.

— Oh, ç'a été si charmant ! répondit-elle, s'animant de nouveau. Il a dit qu'il reconnaissait en elle une nature dans laquelle il pouvait avoir une confiance absolue.

— Oui, mais je parle de l'effet produit sur elle.

Mrs Mulville se tut un instant.

— C'était tout ce qu'on pouvait souhaiter.

Quelque chose dans son ton me fit rire.

— Voulez-vous dire qu'elle lui a donné quelque chose ?

— Eh bien, puisque vous me le demandez !

— Aussitôt — sur place ?

La pauvre Adélaïde hésita encore.

— C'est, bien sûr, à moi qu'elle l'a donné.

J'ouvris grand les yeux ; j'avais du mal à imaginer la scène.

— Voulez-vous parler d'une somme d'argent ?

— Une très belle somme.

Son regard put enfin rencontrer le mien, au prix d'un visible effort.

— Trente livres.

— Sorties directement de sa poche ?

— Du tiroir où elle s'était attardée à écrire. Elle m'a simplement glissé les billets pliés dans la main. Il ne regardait pas ; c'était pendant qu'il retournait à la voiture. Oh, dit Adélaïde pour me rassurer, je les lui donne au compte-gouttes !

La chère âme, dans son esprit pratique, croyait que mon agitation, car j'avoue que j'étais agité, avait pour cause la gestion de l'argent. Sa révélation me fit méditer un moment avec violence, et je suppose que pendant ce moment je me demandai s'il y avait autre chose au monde que l'altruisme pour rendre les gens aussi indélicats. En guise de résumé, je poussai, sans doute, quelque vague cri, car elle poursuivit comme si elle avait entr'aperçu la surprise intérieure que suscitaient chez moi de telles anecdotes.

— Je vous l'assure, mon cher ami, il était dans un de ses bons jours.

Mais ce n'était pas à cela que je pensais.

— Décidément, ces Américains, vraiment, fis-je. Et son père, en train même d'escroquer, pour ainsi dire, son fiancé !

Mrs Mulville ouvrit grand les yeux.

— Oh, je pense que Mr Anvoy n'a guère fait exprès d'échouer. Il est fort probable qu'ils ne pourront maintenir leur aide, mais, voilà, c'était un bel élan.

— Vous dites que Saltram a été magnifique ?

— Au-delà de tout. Il m'a même surprise, moi.

— Et vous, je sais ce que vous avez entendu.

Au bout d'un instant, j'ajoutai :

— Avait-il, par hasard, entrevu l'argent dans le tiroir de la table ?

Cela fit rougir mon honnête compagne.

— Comment pouvez-vous être si cruel, alors que vous savez combien il calcule peu ?

— Pardonnez-moi, je le sais, en effet. Mais vous me racontez des choses qui jouent sur mes nerfs. Je suis sûr qu'il n'a rien entrevu d'autre que quelque idée splendide.

Mrs Mulville acquiesça gaiement.

— Et peut-être même que son joli visage attentif.

— Peut-être même ! Et de quoi s'agissait-il ?

— Sa conversation ? Elle était *à propos* de ses fiançailles, dont je lui avais parlé : l'idée du mariage, sa philosophie, sa poésie, sa sublimité.

A entendre cela, il me fut impossible de réprimer l'amusement, et quelque brusque éclat de rire qu'une nouvelle fois je laissai échapper me valut une réprimande de ma compagne.

— Cela semble un peu rebattu, mais vous connaissez sa vivacité.

— Pour les explications ? Oui, bien entendu !

— Et vous savez comme il a toujours eu raison sur cette grande question.

— Sur quelle grande question, ma chère dame, n'a-t-il pas eu raison ?

— De quels autres grands hommes peut-on en dire

autant ? Je veux dire qu'il n'a jamais, au grand jamais, dévié ? demanda Mrs Mulville, en exultant.

J'essayai de penser à quelque autre grand homme, mais dus y renoncer.

— Miss Anvoy n'a-t-elle pas exprimé sa satisfaction de façon moins timide que par son charmant cadeau ? en fus-je réduit à demander à la place.

— Oh, oui, elle était débordante avec moi sur le perron pendant qu'il montait dans la voiture.

Ces paroles brossaient, je ne sais pourquoi, un tableau du large dos châlé de Saltram se hissant dans le landau vert.

— Elle a dit qu'elle n'était pas déçue, reprit Adélaïde.

Je méditai un instant.

— Portait-il son châle ?

— Son châle ?

Elle n'avait même pas remarqué.

— Je veux dire le vôtre.

— Il avait l'air très bien, et vous savez qu'il est vraiment propre. Miss Anvoy a employé une expression si remarquable — elle a dit que son esprit est comme un cristal !

Je dressai les oreilles.

— Un cristal ?

— Suspendu dans le monde moral — se balançant là, brillant, et étincelant. Elle est d'une intelligence monstrueuse, vous savez.

Je réfléchis de nouveau.

— Monstrueuse !

VIII

George Gravener ne la suivit pas, car vers la fin de septembre, après la clôture de la session parlementaire, je le rencontrai dans un wagon de chemin de fer. Il remontait d'Écosse, et moi je venais de quitter le domicile d'une relation qui habitait près de Durham. Le flot de voyageurs retournant à Londres n'était pas encore très fort ; en tout cas, je découvris, en pénétrant dans le compartiment, que cela faisait déjà un certain temps qu'il l'occupait tout seul. Nous voyageâmes ensemble et, bien qu'il eût un livre bleu sur les genoux et que les mâchoires ouvertes de son sac me menaçassent de leurs dents blanches de papiers en désordre, inévitablement, et même, à la fin, sociablement, nous nous mîmes à converser. Je vis que tout n'allait pas bien pour lui, mais ne posai aucune question jusqu'à ce que quelque chose qu'il laissa lui-même tomber accusât, comme déjà en une autre circonstance, un manque de curiosité désobligeant. Il dit qu'il était inquiet au sujet de sa bonne vieille amie lady Coxon, qui, sa nièce étant retenue en Amérique pour un certain temps sans doute, gisait gravement malade à Clockborough et se reposait presque entièrement sur lui.

— Ah, Miss Anvoy est en Amérique ?

— Son père s'est mis dans une situation impossible, il a perdu un argent fou.

J'hésitai, après avoir exprimé, comme de juste, mon inquiétude, mais dis enfin :

— J'espère que cela ne constitue pas un obstacle à votre mariage.

— Absolument pas ; du reste, c'est mon métier de faire face aux obstacles. Mais cela peut provoquer des retards ennuyeux ; il y en a déjà eu trop, pour diverses raisons. Lady Coxon a été très mal, puis elle s'est bien remise. Puis c'est Mr Anvoy qui a commencé, tout d'un coup, à chanceler, et maintenant il semble vraiment être dans un sale état. Je crains sérieusement qu'un grand revers ne l'attende. Lady Coxon va de nouveau plus mal, terriblement bouleversée par la nouvelle d'Amérique, et elle m'envoie dire qu'il lui faut absolument Ruth. Comment puis-je lui donner Ruth ? Je n'ai pas Ruth moi-même !

— Vous ne l'avez tout de même pas perdue, fis-je en souriant.

— Elle est tout pour son malheureux père. Elle m'écrit à

chaque courrier... me disant de défroisser l'oreiller de sa tante. J'ai d'autres choses à défroisser ; mais la vieille dame, mis à part ses domestiques, est vraiment seule. Elle refuse de recevoir ses parents Coxon, car elle est fâchée de les voir hériter d'une si grande partie de son argent. D'ailleurs, elle est complètement folle, dit Gravener, avec une grande franchise.

Je ne me souviens pas si ce fut ceci, ou je ne sais quoi d'autre, qui me fit demander si elle n'appréciait pas suffisamment Mrs Saltram pour que l'on puisse rendre cette personne active quelque peu utile.

Il me lança un coup d'œil glacé, me demandant ce qui m'avait mis Mrs Saltram dans la tête, et je répondis que, malheureusement, elle n'en sortait jamais. Je venais de me rappeler les récits merveilleux qu'elle m'avait faits de la générosité dont lady Coxon avait témoigné à son égard. Gravener déclara que c'était faux ; lady Coxon, à qui elle ne plaisait pas trop, ne l'avait pas vue trois fois. Le seul fondement de cette affirmation était que Miss Anvoy, qui avait l'habitude, la pauvre, de jeter l'argent d'une manière qu'elle devait regretter maintenant, avait, pendant une heure, vu chez la misérable (on ne savait jamais ce qu'elle allait voir chez les gens) un intéressant prétexte à cette générosité dont sa nature débordait. Mais, à présent, même Miss Anvoy s'était lassée d'elle. Gravener me donna d'autres détails concernant le krach de New York et le désagrément qu'il lui avait causé, et nous jetâmes également çà et là un coup d'œil en d'autres directions ; mais quand nous fûmes arrivés à Doncaster, le point essentiel qu'il m'avait communiqué était qu'il gardait quelque chose par-devers lui. Nous nous arrêtâmes à cette gare, et, à la porte du compartiment, quelqu'un fit un geste comme pour entrer. Gravener émit un soupir d'impatience, et je me dis que, sans ceci, j'eusse appris le secret. Alors l'intrus, je ne sais pourquoi, nous épargna sa compagnie ; nous reprenions au début, et mon espoir du secret revint. Gravener resta cependant silencieux, et je fis semblant de m'endormir ; en fait, découragé, je m'assoupis vraiment. En rouvrant les yeux, je vis qu'il me regardait d'un air blessé. Il jeta un mégot de cigarette avec quelque vivacité, puis il dit :

— Si vous n'avez pas trop sommeil, je veux vous soumettre un cas.

Je répondis que je ferais de mon mieux pour être attentif, et je sentis que cela allait être intéressant lorsqu'il poursuivit :

— Comme je vous l'ai dit tout à l'heure, lady Coxon, la pauvre, est une démente.

Il y avait beaucoup derrière son ton — il était plein de promesse. Je demandai si le malheur de Madame était un trait de sa maladie ou bien seulement de son caractère, et il répondit qu'il était le produit des deux. Le cas qu'il voulait me soumettre était une affaire sur laquelle il aimerait avoir l'impression — le jugement, pouvait-il dire aussi bien — d'une autre personne.

— Je veux dire de l'homme intelligent moyen, dit-il ; mais, comme vous le voyez, je me contente de ce que je trouve.

Il y aurait le point de vue technique, strictement légal ; puis il y aurait la manière dont la question frapperait l'homme du monde. Il avait rallumé une cigarette pendant qu'il parlait, et je vis qu'il était content de pouvoir la manipuler quand il finit par dire, avec un rire un peu artificiel :

— En fait, c'est un sujet sur lequel Miss Anvoy et moi-même sommes en désaccord.

— Et vous voulez que je me prononce entre vous ? je me prononce d'avance en faveur de Miss Anvoy.

— D'avance — vous avez tout à fait raison. C'est comme cela que je me suis prononcé quand je lui ai demandé de m'épouser. Mais mon histoire ne vous intéressera que dans la mesure où vous avez l'esprit ouvert.

Gravener tira sur sa cigarette pendant une minute, puis reprit :

— Êtes-vous au courant de l'idée de la Dotation pour la Recherche ?

— Pour la Recherche ?

Un instant, je fus désorienté.

— Je vous donne l'expression de lady Coxon. C'est son obsession.

— Elle souhaite doter... ?

— Quelque chercheur consciencieux et désintéressé, dit Gravener. C'était un dessein un peu flou de son défunt mari, et il lui en a laissé hériter ; en mettant de côté dans son testament une somme d'argent dont elle aurait l'usufruit, mais dont, au cas où elle en verrait un jour l'occasion — l'affaire était laissée pour une large part à sa discrétion —, elle honorerait au mieux sa mémoire en déterminant l'exemplaire usage public. Cette somme d'argent, treize mille livres, pas moins, devait se nommer le Fonds Coxon ; et le pauvre sir Gregory se proposait manifestement que le Fonds Coxon couvre son nom de gloire et soit universellement désiré et admiré. Il laissa à son épouse un exposé complet de ses vues, dans la mesure, du moins, où ce terme peut s'appliquer à des vues viciées par une imprécision vraiment enfantine. Un début d'éducation est une chose dangereuse, et un bon citoyen qui se trouve avoir été un imbécile est plus mauvais pour une communauté que des égouts défectueux. C'est quand il est mort qu'il est le pire, car alors on ne peut plus l'arrêter. Pourtant, quoi qu'elles valent, les aspirations du pauvre homme sont maintenant dans le cœur de sa femme, ou plutôt, sont en train de fermenter dans sa tête stupide : il tient à elle de les réaliser. Mais bien sûr elle doit d'abord attraper son lièvre.

— Son chercheur consciencieux et désintéressé ?

— La fleur qui rougit dans l'ombre faute de l'indépendance pécuniaire nécessaire pour que la lumière qui est en elle puisse se répandre sur la race humaine. L'individu, en un mot, qui, ayant le reste des mécanismes, le spirituel, l'intellectuel, est le plus gêné dans sa recherche.

— Sa recherche de quoi ?

— De la Vérité Morale. C'est comme cela que sir Gregory l'appelle.

J'éclatai de rire.

— L'admirable et munificent sir Gregory ! C'est une idée charmante.

— C'est l'avis de Miss Anvoy.

— A-t-elle un candidat pour le Fonds ?

— Pas que je sache, et elle est parfaitement raisonnable sur ce sujet. Mais lady Coxon lui a exposé l'affaire, et naturellement nous avons eu une longue discussion à ce sujet.

— Discussion qui, comme vous l'avez laissé entendre de façon si intéressante, vous a valu un différend.

— Elle estime que l'idée a du bon, dit Gravener.

— Et vous estimez qu'elle n'en a pas ?

— Cela me semble d'une puérilité pleine de conséquences inévitablement grotesques et éventuellement immorales. Pour commencer, quelle idée d'avoir constitué une dotation sans avoir établi un tribunal — une commission de gens compétents, de juges !

— Le seul tribunal étant lady Coxon ?

— Et toute personne qu'elle décide d'y inviter.

— Mais vous, elle vous a invité.

— Je ne suis pas compétent — je déteste la chose. D'ailleurs, elle ne l'a pas fait. La vérité sur toute cette affaire, à mon sens, c'est que l'inspiration venait à l'origine de lady Coxon elle-même, qu'elle a contaminé son mari, et que l'option flatteuse qu'il lui laisse est simplement un hommage à son bel enthousiasme aborigène. Elle est arrivée en Angleterre il y a quarante ans, maigre Bostonienne transcendantale, et même son mariage à Clockborough, mal assorti, heureux, tordu, ne l'a jamais fait descendre sur terre. En fait, elle a l'impression d'être devenue très britannique — comme si cela, comme processus, comme *Werden*, était concevable ; mais c'est précisément ce qui la fait s'accrocher à la notion de « Fonds » — s'y accrocher en tant que lien avec l'idéal.

— Comment peut-elle s'accrocher si elle est agonisante ?

— Voulez-vous dire comment peut-elle agir dans l'affaire ? Voilà précisément la question. Elle ne le peut pas ! Comme elle n'a jamais encore attrapé son lièvre, jamais reconnu son heureux imposteur (comment l'aurait-elle pu, avec la vie qu'elle a menée ?), l'intention de son mari a été tout près d'expirer. Son idée, rendons-lui cette justice, était qu'elle devait effectivement expirer si la personne qui convenait exactement, mélange parfait de génie et de glaciale pénurie, manquait à se présenter. Ah, lady Coxon est très difficile — elle dit qu'il ne doit pas y avoir d'erreur.

Tout cela, je le trouvais tout à fait passionnant — je le buvais avec avidité.

— Si elle meurt sans avoir rien fait, qu'advient-il de l'argent ? demandai-je.

— Il retourne à sa famille à lui, si elle n'en a pas disposé d'autre manière.

— Elle peut donc faire cela — elle peut le détourner ?

— Elle n'a pas les mains liées. La preuve en est qu'il y a trois mois elle a proposé de le transférer à sa nièce.

— Pour l'usage personnel de Miss Anvoy ?

— Pour l'usage personnel de Miss Anvoy — à l'occasion de son futur mariage. Elle s'était découragée — le chercheur consciencieux nécessitait une recherche si consciencieuse. Elle avait peur de se tromper ; tous ceux qui lui étaient venus à l'esprit semblaient soit insuffisamment consciencieux soit insuffisamment pauvres. Dès réception de la première mauvaise nouvelle au sujet des affaires de Mr Anvoy, elle a proposé à Ruth de faire le sacrifice pour elle. Comme la situation à New York empirait, elle a renouvelé sa proposition.

— Que Miss Anvoy a refusée ?

— Sauf par fidéicommis.

— Voulez-vous dire sauf à s'engager légalement à placer l'argent ?

— Sur la tête du sujet méritant, le grand homme frustré, dit Gravener. Elle ne consent qu'à agir dans l'esprit du projet de sir Gregory.

— Et vous lui en voulez, demandai-je avec un sourire excité.

Mon ton n'était pas dur, mais il rougit et une lueur bizarre apparut dans ses yeux.

— Mon cher ami, si j'« en voulais » à la jeune personne à laquelle je suis fiancé, je ne m'empresserais pas de le dire, même à un aussi vieil ami que vous.

Je vis que quelque profond malaise, quelque désir agité que l'on prît son parti, qu'on le lui réfléchisse de façon rassurante, approbatrice, avait été à l'origine de sa dérive jusqu'ici, et je fus sincèrement touché par sa confiance. Cela ne s'accordait pas à ses habitudes ; mais avoir des ennuis à cause d'une femme n'était guère, chez lui, une habitude : en soi, c'était déjà un faux accord. George Gravener était capable de résister assez solidement à toute autre combinaison de forces. Cela m'amusait de songer que la combinaison à laquelle il avait succombé avait un accent américain, une tante transcendantale et un père insolvable ; mais toute mon ancienne loyauté à son égard convergeait vers cette allusion imprévue au fait que je pouvais l'aider. Je voyais que je le pouvais au ton hypocrite avec lequel il poursuivait :

— Je l'ai critiquée, bien sûr, je me suis disputé avec elle, et cela a été fort amusant.

Clairement, cela ne pouvait avoir été assez amusant pour qu'il soit devenu inconvenant que je demande à ce moment si Miss Anvoy ne se voyait attribuer aucune rente du tout. A cela il répliqua qu'elle touchait une bagatelle de sa mère — seulement quatre cents livres par an, et c'était la raison exacte pour laquelle cela lui conviendrait qu'elle ne refusât point, devant cette transformation radicale de ses perspectives, l'entrée en possession de revenus qui, incontestablement, les aideraient à se marier. Quand je demandai s'il n'y avait pas d'autre manière pour une tante aussi riche et aussi affectueuse de faire sentir le poids de sa bienveillance, il répondit que lady Coxon était en effet affectueuse, mais pouvait difficilement être déclarée riche. Elle pouvait laisser expirer, au bénéfice de sa nièce, son projet de Fonds, mais elle ne pouvait rien faire d'autre. Elle avait été habituée à la considérer comme devant être terriblement nantie, et elle avait fait à d'anxieux Coxon des promesses qui maintenant lui liaient les bras. C'était une femme à la conscience excessivement scrupuleuse, et sa conscience à présent l'affligeait, en planant autour de son lit sous les formes irréconciliables de maris contrariés, de nièces sans dot et de philosophes introuvables.

Nous entrions à ce moment-là dans le ronronnement des quais fuyants, la multiplication des lumières.

— Je pense que vous découvrirez, dis-je en riant, que votre situation fâcheuse se résoudra d'elle-même du fait que le philosophe est réellement introuvable.

Il se mit à ramasser ses papiers.

— Qui peut fixer des limites à l'ingéniosité d'une femme extravagante ?

— Oui, après tout, qui, en effet ? fis-je en écho, me rappelant l'extravagance commémorée par l'anecdote de Mrs Mulville sur Miss Anvoy et ses trente livres.

IX

Ce que j'avais le plus remarqué dans cet entretien avec George Gravener, c'est la façon dont le nom de Saltram en resta absent. Il me sembla, sur le moment, que notre silence à son sujet était tout à fait significatif ; mais, par la suite, il parut plus probable qu'il n'y avait eu, de la part de mon compagnon, aucune volonté de dérobade. Plus tard, j'en fus convaincu, et ce pour la meilleure des raisons — pour la simple raison, je m'en rendis plus nettement compte, que, en mal comme en bien, il ne disait rien à l'imagination de Gravener. Gravener n'avait pas peur de lui ; il était trop écœuré par le personnage. Tout comme moi, sans doute, et exactement pour la même raison. J'accueillis le récit de mon ami comme quelque chose d'absolument confidentiel ; mais lorsque avant Noël, par les soins de Mrs Saltram, je fus informé du décès de lady Coxon sans avoir été averti du retour de Miss Anvoy, je me surpris à considérer comme acquis que nous n'entendrions plus parler de ces noces, où je reconnaissais désormais la présence de toujours de quelque incongruité. Je commençai à me demander comment des gens qui étaient si peu faits l'un pour l'autre pouvaient avoir l'un pour l'autre de tels sentiments. Le charme était un charme matériel, quelque affinité sans doute exquise, superficiellement pourtant ; une capitulation face à la jeunesse, la beauté et la passion, face à la force, la grâce et la fortune, les heureux hasards et les contacts faciles. Chacun pouvait adorer la personne de l'autre, mais comment pouvait-il connaître son âme ? Comment pouvaient-ils avoir le même horizon ? De telles questions, je l'avoue, paraissaient mises en sommeil, sinon résolues, quand, un jour de février, en me rendant à Wimbledon, je trouvai notre jeune personne dans la maison. A une passion qui l'avait ramenée de l'autre côté de l'océan hivernal il ne manquait rien de passionnel. Mais aucun élan de cette force n'avait attiré George Gravener en Amérique ; un détail auquel je ne songeai, toutefois, que le temps de m'aviser que cela ne me regardait pas. Ruth Anvoy avait visiblement changé, et je sentis que ce changement ne tenait pas uniquement à son deuil. Mrs Mulville m'expliqua bientôt à quoi il tenait : à la différence entre une jolie fille aux vastes espérances et une jolie fille aux seules quatre cents livres par an. Cette explication ne me satisfit pas totalement, même lorsque j'appris que le pauvre Mr Anvoy, s'effondrant complètement, enseveli sous les décombres de sa fortune, et ne laissant rien pour ainsi dire, était mort quelques semaines auparavant.

— Alors elle est venue épouser George Gravener? demandai-je. N'aurait-il pas été plus élégant à lui de lui en épargner le dérangement ?

— La Chambre ne vient-elle pas de se réunir? dit Adélaïde.

Puis elle ajouta :

— J'ai l'impression que sa venue est un signe, justement, de la fragilité du mariage. Si la chose avait été acquise, une jeune fille qui se respecte telle que Ruth l'aurait attendu là-bas.

Je notai qu'elles s'appelaient par leurs prénoms, mais j'ajoutai ceci :

— Voulez-vous dire qu'elle est revenue pour en faire une certitude ?

— Non, je veux dire que je me figure qu'elle est venue pour quelque raison qui en est totalement indépendante.

Adélaïde ne pouvait, pour l'instant, que se le figurer, et il y avait davantage, nous l'apprîmes, à découvrir. Mrs Mulville, à l'annonce de son arrivée, avait été chercher la jeune fille dans le landau vert réservé au dimanche. Les Coxon étaient entrés en possession de la maison de Regent's Park, et Miss Anvoy occupait un logement lugubre. George Gravener était avec elle lorsque Adélaïde passa, mais il avait consenti avec assez de bienveillance à la petite visite à Wimbledon. La voiture, avec Mrs Saltram à bord mais sans que sa présence ait été signalée, avait été envoyée faire quelque course d'où elle devait revenir prendre les dames. Gravener les laissa ensemble, et au bout d'une heure, le samedi après-midi, le trio partit pour Wimbledon. C'était la seconde fois que la jeune fille apercevait notre grand homme, et j'eus la curiosité de demander à Mrs Mulville si l'impression produite la première fois semblait s'être confirmée. Lorsque après un temps de réflexion elle répondit que, bien entendu, avec le temps et les occasions, il ne pouvait en aller autrement, mais que, jusque-là, elle était déçue, je fus suffisamment frappé par l'emploi de ce mot pour l'interroger davantage.

— Voulez-vous dire que vous êtes déçue parce que vous estimez que Miss Anvoy l'est ?

— Oui ; j'espérais un effet plus fort, hier soir. Nous avions deux ou trois invités, mais c'est à peine s'il a ouvert la bouche.

— Il n'en sera que meilleur ce soir, ajoutai-je au bout d'un instant. Quelle importance particulière attachez-vous à l'idée qu'elle soit impressionnée ?

Adélaïde dirigea ses pâles yeux doux sur moi comme si elle était étonnée de ma légèreté.

— Quelle importance ? Eh bien, qu'elle soit aussi heureuse que nous !

Ce que je dis alors aggrava, je le crains, ma légèreté.

— Oh, voilà un bonheur presque trop grand pour qu'on le souhaite à quelqu'un !

Je voyais qu'elle n'avait pas encore à l'esprit l'idée que moi j'avais, et qu'en tout cas la félicité réelle de la visiteuse se limitait à une promenade dans le parc avec Kent Mulville. Plus tard dans l'après-midi, j'en fis une, à mon tour, et je ne vis rien de Miss Anvoy jusqu'au dîner, où nous fûmes privés de la compagnie de Saltram, qui avait fait dire qu'il était souffrant, et alité. Cela fit que la plupart d'entre nous — car il y avait d'autres amis présents — se communiquèrent en silence quelques-unes des choses ineffables que, ces années-là, nos yeux avaient inévitablement acquis l'art d'exprimer. Si une investigatrice américaine n'avait pas été là, nous les eussions exprimées autrement, et Adélaïde eût fait semblant de ne pas entendre. Je l'avais vue, devant le fait accompli, fermer noblement les yeux, et je savais que, plus d'une fois, pour cacher la chose aux domestiques, y réussissant, par d'habiles feintes, elle avait aidé son mari à le transporter, à bras-le-corps, dans sa chambre. Tout récemment, il avait été si sage et si profond, et si élevé, que j'avais commencé à devenir nerveux — à me demander si par hasard il y avait quelque chose derrière cela, si, par exemple, la conscience que les Pudney exécrés auraient davantage à nous raconter, si tel était leur bon vouloir, le maintenait dans le droit chemin. Il ne se faisait pas trop remarquer, mais malheureusement notre commune sagesse nous disait que les plus grosses vagues se formaient sur les plans d'eau les plus calmes. Notre existence eût certes été joyeuse si toutes les vagues nous avaient aspergés de façon aussi rafraîchissante que les eaux que nous devions encore sentir cette fois-ci, autour de nos oreilles. Kent Mulville était monté dans sa chambre, mais était revenu, le visage aussi avare d'histoires qu'il avait réussi à l'être le soir où j'attendis dans la salle de conférences avec Miss Anvoy. Je me dis que notre ami était sorti, mais me réjouis de ce que la présence d'une personne relativement étrangère nous privât de la sinistre obligation de nous suggérer, les uns aux autres, au regard de sa commission, les possibilités édifiantes auxquelles nous-mêmes ne croyions point. A dix heures, il entra dans le salon, son gilet tout de travers, mais ses yeux émettaient de grands signaux. Ce fut au moment précis de son entrée que je cessai d'être clairement conscient de lui. Je vis que le cristal, comme je l'avais nommé, s'était mis à se balancer, et mon attention était retenue dans l'immédiat par Miss Anvoy.

Même lorsqu'on m'informa par la suite qu'il avait, comme on eût dit aujourd'hui, battu le record, la manière dont cette attention avait été récompensée m'ôta tout sentiment de perte. J'étais, bien entendu, parfaitement conscient qu'il se passait quelque chose de grand : c'était comme si l'on m'avait fait respirer de l'éther avant d'entendre jouer Herr Joachim. La vieille musique était dans l'air ; je sentais le pouls vigoureux de la pensée, la descente et la montée, l'envol, l'équilibre, la plongée ; mais je savais sur un des auditeurs quelque chose que personne d'autre ne savait, et le monologue de Saltram ne pouvait m'atteindre que par ce biais. Encore maintenant, je ne suis d'aucune aide, quand on fait appel à moi comme témoin (car ils sc disputent toujours absurdement là-dessus), pour savoir si, en cette soirée historique, il était ivre ou non ; et ma position est quelque peu ridicule, car je n'ai jamais voulu leur dire ce qui me préoccupait en réalité. Ce que j'en tirai, c'est le seul petit morceau de l'expérience totale qui me soit tout à fait personnel. Les autres étaient partagés, mais celui-ci est incommunicable. Je le ressens, en ce moment, comme cela, je dois le dire, alors même que j'évoque grossièrement la circonstance, ce qui entame un peu ma fierté d'être clair.

Quoi qu'il en soit, je serai peut-être aussi clair que l'affaire l'exige si je fais remarquer que Miss Anvoy était trop absorbée par la propre intensité de son observation pour être sensible à la mienne. Manifestement, ce n'était pas la question de son mariage qui l'avait ramenée. Cette découverte me fit un grand plaisir et je fus persuadé que si cette seule question-là avait été en jeu, elle serait restée à l'écart. Dans ce cas, Gravener eût, sans doute, malgré la Chambre des Communes, trouvé le moyen de la rejoindre. Et je fus mal à l'aise, par la suite, à l'idée que, seule dans le logement que Mrs Mulville m'avait présenté comme lugubre, elle eût un tant soit peu l'air d'attendre son destin ; aussi fus-je bientôt soulagé en apprenant qu'elle était partie faire un séjour à Coldfield. Si elle devait séjourner en Angleterre, le temps que dureraient les fiançailles, ce ne pouvait être que sous l'aile de lady Maddock. Maintenant qu'elle connaissait le malheur et une relative pauvreté, peut-être sa future belle-sœur serait-elle tout à fait conquise. Il y aurait beaucoup à dire, si la place ne me manquait, sur la façon dont son comportement, tel que j'en saisissais des instantanés, entretenait l'image qui avait pris naissance dans mon esprit, pour mon secret amusement, alors que j'écoutais George Gravener dans le wagon de chemin de fer. Je la contemplai à la lumière de cette curieuse possibilité — expérience certes formidable — et j'étais conscient qu'elle colorait, à l'excès peut-être, mon interprétation de ses regards et de ses intonations même. A Wimbledon, par exemple, il m'avait semblé qu'elle avait littéralement peur de Saltram, qu'elle appréhendait une contrainte qu'elle avait déjà commencé à sentir. J'étais monté en ville avec elle le lendemain et j'avais été convaincu que, bien que profondément intéressée, elle était extrêmement sur ses gardes. Elle montrait aussi peu que possible avant d'être prête à tout montrer. Ce que pouvait être cette démonstration finale de la part d'une jeune fille si capable, visiblement, d'étudier les choses à fond, je trouvais fort divertissant de le prévoir. Il eût été palpitant d'être l'objet d'une approche, d'un appel de sa part, en vue d'un conseil ; mais je priai le ciel de ne point me trouver en aussi fâcheuse posture. S'il y avait une réelle difficulté dans la situation dont Gravener m'avait esquissé les éléments, elle devrait se tirer d'affaire toute seule. Ce n'était pas moi qui l'avais lancée et ce n'était pas moi qui pouvais l'aider. Je ne manquais pas de me demander pourquoi, vu que je ne pouvais l'aider, je penserais autant à elle. C'était en partie ma difficile attente qui en était responsable ; j'attendis avec impatience de voir si elle n'avait pas raconté à Mrs Mulville au moins une partie de ce que j'avais appris de Gravener. Mais je vis que Mrs Mulville en était encore réduite à se demander pourquoi elle était revenue si ce n'était en future et conciliante épouse. Qu'elle fût venue pour jouer un autre rôle, c'était la seule chose qui cadrât avec chacune des apparitions. Ayant eu, pour des raisons familiales, à passer quelque temps, ce printemps-là, dans l'ouest de l'Angleterre, j'étais, d'une certaine façon, hors de portée de l'immense grondement océanique (je parle du ronronnement continu de la réflexion de Saltram), et mon malaise eut tendance à me faire garder le silence. Il y avait quelque chose que je désirais si peu avoir à dire que ma prudence triomphait de ma curiosité. Je me demandais seulement si Ruth Anvoy parlait de l'idée du Fonds Coxon avec lady Maddock, et aussi, quelque peu, pourquoi je ne recevais pas de nouvelles de Wimbledon. Je reçus un mot plein de reproches, à je ne sais plus quel sujet, de Mrs Saltram, qui ne faisait toutefois aucune référence à la nièce de lady Coxon, sur laquelle ses yeux étaient bien moins fixés depuis les récents et malencontreux événements.

X

Le silence d'Adélaïde fut par la suite pleinement expliqué ; il était déjà pratiquement expliqué lorsqu'en juin, de retour à Londres, cette admirable femme me fit l'honneur d'une visite matinale. Dès qu'elle fit son apparition, je devinai tout, et dès qu'elle m'eut dit que sa très chère Ruth était chez elle depuis près d'un mois, je m'exclamai :

— Pourquoi au nom de la pudeur virginale reste-t-elle en Angleterre ?

— Parce qu'elle m'aime tant ! s'écria Adélaïde avec gaieté.

Mais elle n'était pas venue me voir seulement pour me dire que Miss Anvoy l'aimait : cela était désormais suffisamment établi, et ce qui était bien plus à l'ordre du jour, c'était que Mr Gravener avait maintenant soulevé une objection à ce propos. Il avait protesté contre sa présence à Wimbledon, où, dans l'innocence de son cœur, il l'avait lui-même, à l'origine, amenée ; il voulait, en somme, qu'elle mît fin à leurs fiançailles de la seule manière convenable, la seule heureuse.

— Et pourquoi donc ne le fait-elle pas ? demandai-je.

Adélaïde hésita.

— Elle dit que vous savez pourquoi.

Puis, voyant que j'hésitais à mon tour, elle ajouta :

— Il pose une condition.

— Le Fonds Coxon ? m'écriai-je.

— Il lui a dit qu'il vous en avait parlé.

— Ah, mais si peu ! voulez-vous dire qu'elle a accepté le fidéicommis ?

— Avec l'esprit le plus magnifique — comme un devoir n'admettant qu'une seule position.

Puis Adélaïde, après un instant, ajouta :

— Elle pense, bien entendu, à Mr Saltram.

Je poussai un petit cri, qui dans sa violence, fit pâlir ma visiteuse.

— Mais c'est affreux !

— Affreux ?

— Eh bien, d'être soi-même en partie responsable d'une telle idée.

— Je suis sûre que vous n'y êtes pas tenu !

Mrs Mulville fit un mouvement brusque de la tête.

— Il n'est pas assez fort ! poursuivis-je.

A quoi elle répliqua par une exclamation presque aussi vive que l'avait été la mienne. Cela me fit, avec une horreur immédiate, authentique, m'exclamer :

— Vous ne l'avez pas influencée, je l'espère !

Mon emphase fit remonter le sang au visage de la pauvre Adélaïde. Elle déclara pendant qu'elle rougissait (car je lui avais encore fait peur) qu'elle n'avait jamais influencé personne et que la jeune fille avait seulement vu, entendu et jugé par elle-même. Lui l'avait influencée, si je voulais, comme il influençait toute personne ayant une âme : ce mot, nous le savions, n'exprimait que faiblement la puissance des choses qu'il disait pour envoûter l'esprit. Qu'y pouvait-elle, Adélaïde, si l'esprit de Miss Anvoy était envoûté ? Dans un gémissement, je demandai de quel droit une jolie fille, fiancée à un parlementaire d'avenir, se permettait de simplement avoir un esprit ; mais la seule explication que mon amie ahurie put me fournir fut qu'elle était si subtile. Naturellement, elle considérait Mr Saltram comme une force redoutable pour le bien. Elle était assez intelligente pour le comprendre et assez généreuse pour admirer.

— Elle est assez pas mal de choses, mais, parmi elles, est-elle riche ? demandai-je. Assez riche, je veux dire, pour sacrifier tant de précieux argent ?

— C'est à elle d'en juger. D'ailleurs, cet argent n'est pas le sien ; elle ne le considère absolument pas comme tel.

— Et Gravener si, et peut-être même comme le sien à lui ; et c'est là tout le problème ?

— Le problème qui l'a fait revenir, oui : il lui fallait, en tout état de cause, voir le notaire de sa pauvre tante. Il ne fait pas de doute que, selon les termes du testament de lady Coxon, l'argent lui revient, mais il fait encore moins de doute, dans son esprit, que la condition première, formelle, absolument requise, posée par son oncle, intéresse son emploi. Elle ne peut considérer le problème que sous un seul angle. L'argent est destiné à la Dotation ou à rien.

— La Dotation est une conception superficiellement sublime, mais fondamentalement ridicule.

— Répétez-vous les propos de Mr Gravener ? demanda Adélaïde.

— C'est possible, bien que je ne le voie plus depuis des mois. C'est simplement de cette façon que, moi aussi, je vois les choses. C'est un conte de bonne femme. Gravener a fait quelque allusion à l'aspect légal, mais une disposition aussi déraisonnablement imprécise ne comporte aucun aspect légal.

— Ruth n'insiste pas là-dessus, dit Mrs Mulville ; et, pour elle, c'est précisément cette faiblesse technique qui constitue la force de l'obligation morale.

— Répétez-vous ses propos ? demandai-je.

Je ne me souviens plus de ce qu'Adélaïde me dit encore, mais elle dit qu'elle était magnifique. Je songeai à George Gravener aux prises avec une magnificence telle que celle-là, et je demandai ce qui avait jamais pu faire croire à deux semblables personnes qu'elles se comprenaient. Mrs Mulville m'assura que la jeune fille l'aimait comme pareille femme était capable d'aimer, et qu'elle souffrait comme pareille femme pouvait souffrir. Néanmoins, elle désirait me voir. Ce qui me fit bondir, en gémissant.

— Oh, je suis désolé ! — quand ?

Quoiqu'elle eût peu d'humour, je crois qu'Adélaïde rit de mon ton. Nous discutâmes du jour ; le premier qui me conviendrait, j'irais là-bas ; mais avant qu'elle ne se retirât, je demandai à ma visiteuse depuis combien de temps elle avait connaissance de ces prodiges.

— Depuis plusieurs semaines, mais j'avais promis de garder le secret.

— Et c'est pour cela que vous n'avez pas écrit ?

— Je pouvais difficilement vous dire qu'elle était chez moi sans vous dire qu'aucune date n'avait même encore été retenue pour son mariage. Et je pouvais difficilement vous en dire autant sans vous dire ce que je savais sur la raison de tout cela. C'est seulement il y a un jour ou deux, reprit

Mrs Mulville, qu'elle m'a priée de vous demander si vous n'accepteriez pas de venir la voir. Puis, enfin, elle a dit que vous étiez au courant de l'idée de la Dotation.

Je réfléchis un peu.

— Pourquoi diable veut-elle me voir ?

— Pour vous entretenir, naturellement, de Mr Saltram.

— Comme lauréat de la bourse ?

Cela ne faisait pas l'ombre d'un doute et je m'exclamai après un instant :

— Je pense que je vais prendre un bateau demain pour l'Australie.

— Eh bien, prenez-le ! dit Mrs Mulville en se levant.

— Jeudi à cinq heures, disions-nous ? poursuivis-je, frivole.

Le rendez-vous fut entériné, et je m'enquis du comportement de l'inconscient candidat pendant tout ce temps.

— Parfait, vraiment, par le plus heureux des hasards : il a été un amour. Et puis, pour ce qui nous le fait vénérer, en très grande forme. Son niveau le plus élevé — une pure lumière céleste. N'est-ce pas que vous ne lui jouerez pas un mauvais tour ? supplia Adélaïde sur le pas de la porte.

— Quel danger pour lui peut égaler le danger auquel il s'expose lui-même ? demandai-je. Faites bien attention, s'il s'est conduit convenablement ces derniers temps. Il va bientôt prendre sa journée de congé et nous administrer une belle démonstration qui fera de la Dotation un scandale.

— Un scandale ? fit douloureusement Mrs Mulville en écho.

— Est-cc que Miss Anvoy est préparée à cela ?

Ma visiteuse, durant un instant, vissa son ombrelle dans mon tapis.

— Il devient chaque jour plus grand.

— Vous aussi ! dis-je en riant, comme elle partait.

La jeune fille, à Wimbledon, le jeudi après-midi, fit plus que justifier mes appréhensions. A présent, je reconnaissais pleinement la raison du trouble qu'elle avait suscité en moi depuis le début — la vague prescience d'un quelque chose de fort pénible que j'aurais à faire pour elle. Je me sentais plus que jamais voué à mon sort quand, debout devant elle dans le grand salon où avec tact, ils nous avaient laissés en tête à tête, j'essayais en souriant d'enfiler ensemble les perles de lucidité que, de sa chaise, elle me lançait l'une après l'autre. Pâle et rayonnante, dans ses tristes habits de deuil, elle donnait l'image de la résolution intelligente, de la passion du devoir ; mais je me demandai si jamais aucune fille avait eu un instinct aussi charmant que celui qui lui permit de rire, comme joyeuse de son problème, dans la salle vieille et bienséante. Cette remarquable jeune femme savait être sérieuse sans être solennelle, et, à des moments où sans doute j'eusse dû maudire son opiniâtreté, je me surpris à observer le jeu naturel de ses sourcils ou les réapparitions d'une blancheur singulièrement intense produite par la séparation de ses lèvres. Ces divagations, je m'empresse de l'ajouter, ne m'empêchèrent pas d'apprendre assez vite pourquoi elle avait désiré me voir. Son intention était aussi transparente que sa beauté : il s'agissait de me faire expliquer ce que j'avais appelé, lors de notre première rencontre, le manque de dignité de Mr Saltram. Non qu'elle ne pût l'imaginer, mais elle désirait l'entendre, là, de ma propre bouche. Ce qu'elle désirait, en fait, bien entendu, c'était savoir s'il y avait pire chez lui que ce qu'elle avait découvert elle-même. Elle n'avait pas ainsi passé un mois sous le même toit que lui sans s'être aperçue qu'il n'était pas un homme taillé dans le bronze. Il était comme une gelée sans moule, il fallait l'endiguer ; et c'était là, précisément, la source de son intérêt pour lui, et le fondement de son projet. Elle me présenta hardiment ce projet : il apparaissait, dans toute son absurde beauté. Elle prenait, tout comme je pouvais le faire, le parti d'en rire : la seule différence était que, pour elle, à rire d'une chose on ne l'interdisait pas nécessairement, on n'en était pas pour autant paralysé. Elle déclara d'ailleurs qu'elle ne pouvait débattre avec moi de la question primordiale — l'obligation morale : cela ne regardait que sa propre conscience. Il y avait des choses qu'elle ne pouvait analyser en détail — des injonctions, des impressions qu'elle avait reçues. Elles appartenaient à l'intimité la plus grande, des relations qu'elle entretenait avec sa tante, elles étaient absolument claires pour elle ; et, s'agissant de délicatesse, de l'interprétation d'une fidélité, d'une promesse, l'on devait toujours, en dernier ressort, décider de soi-même. C'était l'idée de l'application au cas particulier, un cas si splendide enfin, qui la troublait, et elle avoua que des choses très profondes se trouvaient remuées. Elle ne prétendait pas que semblable responsabilité fût une affaire simple ; si elle l'avait été, elle n'aurait point tenté de s'en décharger, même partiellement, sur moi. Les Mulville étaient la compassion même ; mais étaient-ils parfaitement sincères ? Le pouvaient-ils seulement, étant donné leur position — cela eût-il même été souhaitable ? Oui, elle m'avait envoyé chercher pour me demander cela, rien de moins — s'il y avait quelque chose d'épouvantable que l'on taisait. Elle ne fit aucune allusion d'aucune sorte à George Gravener — je considérai son silence comme la réaction du seul bon goût et sa gaieté peut-être comme un aspect de ce souci de discrétion, l'effet d'une détermination qui faisait que les gens n'apprendraient pas d'elle-même que ses rapports avec l'homme qu'elle devait épouser étaient tendus. Toute l'influence, cependant, qu'elle me laissait exercer indiquait assez clairement l'influence qu'elle avait vainement tenté d'exercer elle-même. Oh, elle savait que la question de la personnalité était énorme, et que l'on ne pouvait caresser aucun projet rendant la vie aisée aux méritants sans soutenir le feu roulant de cette redoutable théorie de points d'interrogation qui, tel un collège de jeunes filles en promenade, font tous le même pied de nez dans le dos de l'institutrice Bonne-Conduite. Mais devions-nous maintenir en toute circonstance qu'il n'y avait jamais, jamais, jamais d'exception, jamais, jamais, jamais de cas justifiant un généreux agrément, une clémence intelligente, une trêve de la pédanterie — bref de permettre à un côté de peser plus lourd dans la balance qu'un autre ? Lorsque Miss Anvoy lança cette interrogation, j'eusse été capable de l'embrasser pour avoir ainsi fait ressortir si délicieusement son peu de ressemblance avec Mrs Saltram.

— Pourquoi ne pas avoir le courage de sa clémence, aussi bien que l'enthousiasme de son adhésion ? demanda-t-elle.

— Voir comment vous avez tout merveilleusement démêlé, répondis-je évasivement, me donne une idée extraordinaire du degré de votre enthousiasme.

Elle considéra cette remarque un instant, ses yeux rivés aux miens, et je devinai qu'elle s'imaginait que je pouvais éventuellement sous-entendre par là quelque sujétion personnelle à notre gros philosophe, quelque aberration de la sensibilité, quelque perversion du goût. Du moins étais-je incapable de donner une autre interprétation à la soudaine rougeur qui lui monta au visage. Semblable manifestation, occasionnée par un de mes propos, me rendait confus ; mais, pendant que je cherchais comment la rasséréner, la rougeur disparut dans un sourire d'une exquise bonté.

— Oh, voyez-vous, on oublie si merveilleusement à quel point il déplaît ! dit-elle.

Et si son ton, du bout de sa compassion, suffit à effacer l'étrangeté du personnage, la formule, aujourd'hui, sonne également à mes oreilles comme le plus pur de nos éloges. Mais avec quel prompt réflexe de compassion pareille relégation de l'homme lui-même me fit soupirer à part moi : « Ah, le pauvre Saltram ! » Sitôt entendu cela, elle mesura tout ce dont je n'étais pas convaincu, ce qui lui permit de poursuivre :

— Que peut-on faire quand quelqu'un vous a autant aidé à trouver un intérêt à la vie ?

— Oui, que peut-on faire ?

Si je lui parus un peu évasif, ce fut parce que je songeais à quelqu'un d'autre. Je me laissai aller à un autre murmure presque inaudible : « Le pauvre George Gravener ! » Que devenait son aide à lui dans la découverte de cet intérêt ? Plus tard, je conclus qu'elle était blessée et accablée par l'impression qu'il donnait de convoiter le misérable argent. C'était là la raison cachée de son trouble. La probable sincérité, malgré leur manque de générosité, de ses scrupules sur son usage particulier, dont on discutait, n'effaçait pas la laideur de son exigence qu'ils le fissent servir à l'achat d'une bonne maison, et quant à son trouble à lui, il ne saisissait pas, chose assez excusable, comment Frank Saltram avait bien pu l'aider à trouver un intérêt à la vie. Si un simple spectateur pouvait poser cette dernière question, avec quelle rage au cœur devait le faire l'intéressé ! Il n'était pas, contrairement à elle, j'allais le constater, trop fier pour me révéler la raison de sa déception.

XI

Il me fut impossible, cette fois-ci, de rester pour le dîner : tel, en tout cas, fut le prétexte que j'avançai pour prendre congé. Je désirais, en fait, échapper à ma jeune demoiselle, pour, ainsi, n'avoir pas à faire semblant de lui donner satisfaction. Comment donc pourrais-je la satisfaire ? me demandais-je — comment aurais-je pu lui dire toutes les choses que l'on taisait ? Je ne le savais même pas, et n'avais certainement aucun désir de le savoir. Ma politique personnelle avait depuis toujours été — loin d'en apprendre le plus — d'en apprendre le moins possible sur les faiblesses du pauvre Saltram. Une grande partie de ce que j'avais malgré tout appris, sa femme m'avait forcé à l'entendre. Il y avait même quelque chose d'irritant dans la conscience sans nuance de Miss Anvoy, et je me demandais pourquoi, après tout, elle n'aurait pas pu le laisser tranquille et se contenter de charger George Gravener de l'achat d'une bonne maison. J'étais sûr qu'il eût fait une excellente affaire et obtenu quelque chose d'à la fois excellent et peu cher. Je ris même plus fort qu'elle, je tergiversai, je manquai à mes engagements envers elle ; je lui dis qu'il me fallait réfléchir à son cas. J'affirmai avoir horreur des responsabilités, et la taquinai sur la passion extravagante qu'elle-même en avait. Ce n'était pas vraiment que je craignais le scandale, le discrédit moral jeté sur le Fonds ; ce qui me troublait le plus était un sentiment d'une autre nature. Bien entendu, comme le lauréat du Fonds ne devait jouir que d'un usufruit, comme on espérait que de nouveaux lauréats viendraient qui atteindraient des niveaux toujours plus élevés, ce ne serait pas une petite affaire si la première de ces notabilités ne se montrait pas un exemple frappant de vertu domestique. Le Fonds prendrait un mauvais départ, pour ainsi dire, et le laurier ne serait, du moins sous certains aspects, guère plus vert d'avoir orné le front de son original détenteur. Cette idée, cependant, n'était pas, pour l'heure, comme je l'ai laissé entendre, la source d'inquiétude qu'elle eût dû être sans doute, car je ressentais moins l'irrégularité par laquelle Saltram recevrait l'argent que celle par laquelle cette jeune femme exaltée le céderait. Je voulais qu'elle le gardât pour elle-même, et le lui dis avant de prendre congé. A ces mots, son air devint plus grave qu'il ne l'avait jamais paru, et elle déclara qu'elle espérait qu'une telle préférence ne me rendrait pas déloyal.

Ces propos me rendirent, pour commencer, fort agité — au lieu d'aller directement à la gare, je déambulai un peu sur le terrain communal multicolore qui donne à Wimbledon des horizons. J'avais un souci à chasser, ou plutôt à tenir à distance, car je refusais même de m'avouer que, selon l'expression de Miss Anvoy, elle s'en était déchargée sur moi. Qu'aurait-il pu y avoir de plus clair, en effet, que l'attitude qui consisterait à reconnaître parfaitement combien d'ennuis le Fonds Coxon nous épargnerait à l'avenir et, néanmoins, à préférer envisager la continuation de ces ennuis plutôt que d'assister et, en fait, de contribuer à la renonciation d'un bonheur possible dans la vie de deux autres personnes auxquelles je m'intéressais profondément ? Tout d'un coup, au bout de vingt minutes, fut projetée à travers cette clarté l'image d'un homme massif, d'un certain âge, assis sur un banc, sous un arbre, les yeux tristes et fuyants, les mains grasses et blanches jointes sur le pommeau d'une canne — canne que je reconnus, un épais bâton à pommeau doré que je lui avais offert en des jours palpitants. Je m'arrêtai net quand il se retourna pour me faire face, et alors, pour une raison ou pour une autre, je compris, comme je ne l'avais peut-être jamais fait auparavant, la beauté de son riche et vide regard. Ce regard était chargé d'expérience comme le ciel est chargé de lumière, et je sentis aussitôt comme une grande arche de pont ou un grand dôme de temple nous surplomber et nous unir. Sans doute y étais-je rendu particulièrement sensible par quelque chose dans la façon que j'avais eue de l'abandonner et de l'enfoncer. Face à cette impression, je restai là, frappé, et me sentis y répondre par une sorte de grimace coupable. Cela raviva son attention dans un sourire qui exprimait, pour moi, une patience enjouée et lasse, une douceur noble et meurtrie. J'avais dit à Miss Anvoy qu'il n'avait aucune dignité, mais comment me paraissait-il, tout débraillé et fatigué, attendant que je vienne à lui, sinon indifférent aux petites choses, sinon, en somme, majestueux ? Il y avait de la majesté dans sa pure inconscience de nos petits colloques et de nos petites perplexités quant à sa prise en charge et à sa récompense.

Après quelques minutes passées assis à son côté, je posai mon bras sur sa grande épaule molle (partout où on le touchait, on rencontrait aussi peu de résistance) et dis sur un ton suppliant qui sonna bizarrement à mon oreille :

— Rentrez en ville avec moi, mon vieil ami — revenez passer la soirée.

Je voulais le tenir, je voulais le garder, et à la gare de Waterloo, une heure plus tard, j'envoyai un télégramme possessif aux Mulville. Lorsque à ma proposition qu'il restât la nuit entière il objecta qu'il était sans rien, je lui demandai si ce qui était à moi n'était pas à lui. Je m'étais abstenu de commander le dîner, et il était trop tard pour des préliminaires dans quelque club ; nous en fûmes donc réduits au thé et au poisson frit à mon domicile — réduits eux aussi à leur seul concept. Il s'était produit quelque chose qui me faisait désirer qu'il se sentît en paix avec moi, ce qui était, d'ailleurs, la seule chose qu'en toute circonstance désirait le cher homme. Trop souvent j'avais dû l'importuner avec des considérations hors de propos, mais il m'est agréable maintenant de penser que ce soir-là je ne fis pas même allusion à Mrs Saltram ni aux enfants. Tard dans la nuit, nous poursuivîmes notre discussion en fumant ; les vieilles hontes et les vieilles raideurs nous quittèrent ; je le laissai seulement voir que j'étais conscient de tout ce que je lui devais. Il fut doux comme la contrition, généreux comme la foi ; il n'était jamais aussi fort qu'à l'occasion d'un retour timide, et pardonnait encore mieux qu'il se faisait pardonner. Sans doute s'agissait-il de quelque chose de moindre importance que lors de la fameuse soirée de Wimbledon, la soirée de la problématique sobriété et de l'initiation de Miss Anvoy ; mais, cette fois-ci, j'étais aussi concerné que j'avais pu ne pas l'être alors. Vers une heure trente, il était sublime.

Jamais, sous aucun prétexte, il ne se levait avant que tous ne fussent levés, et ses petits déjeuners, à Wimbledon, avaient toujours constitué le motif principal invoqué par les cuisiniers démissionnaires. J'eus donc toutes mes aises pour la recevoir quand, tôt le lendemain matin et à ma surprise, l'on me prévint que son épouse s'était fait annoncer. J'hésitai, quand elle fut montée, à lui dire que Saltram était dans la maison, mais elle régla elle-même la question, m'imposa le mutisme en sortant une lettre cachetée qu'en me regardant fixement dans les yeux — l'absence de commentaire était fort significative — elle me mit dans la main. Un bref instant, j'entretins le fervent espoir que Mrs Saltram m'offrait, en quelque sorte, sa démission, et désirait en matérialiser l'acte d'une manière radicale. Pour voir cela se réaliser, j'aurais feint n'importe quelle humiliation ; mais lorsque mes yeux en eurent discerné l'en-tête, je m'entendis dire d'un ton neutre où se trahissait le sentiment de quelque chose qui n'était guère du soulagement :

— Oh, les Pudney !

Je connaissais bien leurs enveloppes, bien qu'ils ne connussent pas les miennes. Ils utilisaient toujours celles qui sont vendues préaffranchies dans les bureaux de poste, et cette lettre-ci n'avait pas été postée, ils avaient perdu un penny pour moi. J'avais vu les innombrables missives qu'ils avaient adressées aux Mulville, mais je n'avais pas correspondu directement avec eux.

— Ils me l'ont envoyée, que je la livre. Sans doute vous expliquent-ils qu'ils n'avaient pas votre adresse.

Je retournai la chose sans l'ouvrir.

— Pourquoi diable m'écriraient-ils à moi ?

— Parce qu'ils ont quelque chose à vous dire. Le pire, ajouta sèchement Mrs Saltram.

C'était, je le sentais, un nouveau chapitre de leur lamentable dispute avec son mari, l'épisode où, avec le comportement vindicatif et perfide dont eux-mêmes avaient fait preuve, l'on devait reconnaître qu'il s'était mis dans son tort plus grossièrement qu'à aucun autre moment de son existence. Il avait commencé par insulter les incomparables Mulville en faveur de ces protecteurs plus trompeurs, et puis, au bout de quelques mois, suivant son penchant, il avait creusé un fossé encore plus profond pour sa démence que le gouffre béant qu'il laissait derrière lui. A Wimbledon, le gouffre était maintenant heureusement comblé ; mais les Pudney, de l'autre côté de leur persistant abîme, maintenaient un feu des plus déplaisants. Jamais je ne doutai qu'ils eussent de solides arguments, et, dès le début, j'avais recommandé de ne pas le défendre — arguant qu'ils se calmeraient peut-être si l'on ne les contredisait pas. C'était là surtout ce que je souhaitais, et mon opinion prévalut assez pour arrêter la correspondance juste à temps et épargner à notre petit cercle une peine peut-être trop lourde pour lui. Je savais, ou plutôt je devinais, que leurs allégations n'étaient pour l'instant pas allées plus loin que leur courage, conscients qu'ils étaient, dans leur vertu, du point sensible où Saltram eût pu frapper. Il s'agissait pour eux de savoir si un homme qui avait lui-même tant à cacher oserait frapper ; ces vaisseaux de rancœur avaient ainsi, d'une certaine façon, peur les uns des autres. J'estimai que, le jour où les Pudney cesseraient pour une quelconque raison d'avoir peur, ils nous gratifieraient d'une révélation plus déconcertante que toutes celles qui l'auraient précédée. En me faisant remettre, en mains propres, par Mrs Saltram, cette lettre, on m'indiquait clairement que ce jour-là était arrivé — ils avaient cessé d'avoir peur.

— Je ne veux pas connaître le pire, déclarai-je enfin.

— Il faudra que vous ouvriez la lettre. Une pièce y est jointe.

Je la tâtai — elle était épaisse et mystérieuse.

— Le coup des poupées russes ! m'écriai-je. J'ai moi aussi quelque chose à remettre.

— C'est ce qu'ils me disent — à Miss Anvoy.

J'ouvris grand les yeux ; je ressentis comme un frisson.

— Pourquoi ne la lui envoient-ils pas directement ?

Mrs Saltram hésita.

— Parce qu'elle demeure chez Mr et Mrs Mulville.

— En quoi cela serait-il un obstacle ?

A nouveau, ma visiteuse parut embarrassée, et je me mis à réfléchir sur la perversité grotesque, inconsciente, de son geste. J'étais la seule personne, hormis George Gravener et les Mulville, à être au courant du curieux legs de sir Gregory Coxon à Miss Anvoy. Où pourrait-on trouver plus insigne exemple de la maladresse des affaires humaines qu'en le choix qu'elle fit, toute contente d'elle, de ce moment précis pour contrer ce projet ?

— Ils risquent de voir son courrier. Ils connaissent l'écriture de Mr Pudney.

Je ne comprenais toujours pas ; puis, en un éclair, je saisis.

— Vous voulez dire qu'ils pourraient l'intercepter ? Comment pouvez-vous insinuer quelque chose d'aussi vil ? demandai-je, indigné.

— Ce n'est pas moi ; c'est Mr Pudney ! s'écria Mrs Saltram en rougissant. C'est son idée à lui.

— Eh bien, pourquoi ne pouvait-il pas vous adresser la lettre que vous avez à remettre ?

La gêne de Mrs Saltram s'accrut ; de nouveau elle me lança un regard plein de dureté.

— C'est à vous de trouver ça tout seul.

Je trouvai en effet assez vite.

— C'est une dénonciation ?

— Une vraie dame ne trahit pas son mari ! s'écria cette femme vertueuse.

J'éclatai de rire, et je crains que mon rire ne parût impertinent.

— Surtout avec Miss Anvoy, qui est si vite choquée ? En quoi de telles choses la regardent-elles ? demandai-je, fort perplexe.

— Parce qu'elle est là, exposée à toute sa ruse. Mr et Mrs Pudney ont observé cela ; ils ont l'impression qu'elle pourrait se laisser abuser.

— Merci pour nous autres ! Quelle différence cela peut-il faire, maintenant qu'elle a perdu la capacité de financer quoi que ce soit ?

Mrs Saltram réfléchit encore ; puis, très noblement, elle fit remarquer :

— Il y a d'autres choses au monde que l'argent.

Cela ne lui était pas venu à l'esprit tout le temps que la jeune femme en avait ; mais elle ajouta, en jetant un coup d'œil vers ma lettre, que Mr et Mrs Pudney dévoilaient sans doute leurs raisons.

— C'est par pure gentillesse, poursuivait-elle en se levant.

— Par gentillesse à l'égard de Miss Anvoy ? Vous aviez, à tout prendre, une autre idée de la gentillesse avant ses revers.

Ma compagne sourit avec un peu d'aigreur.

— Peut-être n'êtes-vous pas plus sûr que les Mulville !

Je ne voulais pas qu'elle eût cette opinion, ni qu'elle rapportât aux Pudney qu'ils avaient été malchanceux dans le choix d'un intermédiaire ; et, je m'en souviens fort bien, ce fut là le moment où, avec une émotion considérable, j'en vins à me promettre de recommander à Miss Anvoy de ne jamais ouvrir une lettre qu'elle recevrait dans une de ces enveloppes préaffranchies. Mon émotion et, je crains de devoir l'ajouter, mon embarras s'intensifièrent rapidement ; j'eusse bientôt été aussi heureux de faire peur à Mrs Saltram que de penser pouvoir, par quelque intervention diplomatique, imposer de nouveau aux Pudney une vigilance plus discrète.

— Il vaut mieux que vous adoptiez mon point de vue à moi s'agissant de ma sûreté, répondis-je en tout cas, rapidement.

Quand je vis qu'elle ne savait pas ce que j'entendais par là, j'ajoutai :

— Il se pourrait qu'en m'apportant cette lettre vous ayez fait une chose que vous regretterez profondément.

Le ton de ma voix avait un accent qui, je le voyais, la mettait vraiment mal à l'aise, et vint un moment où, après que j'eus formulé deux ou trois autres remarques dont l'effet calculé fut confondant, elle suivait d'un œil si avide les petits mouvements que j'imprimai à la lettre pour souligner mes propos, que, instinctivement, je glissai la missive de Mr Pudney dans ma poche. A la voir, dans son dépit gêné, on aurait cru qu'elle allait s'en emparer pour la lui renvoyer. J'eus l'impression, après son départ, de lui avoir presque donné ma parole que je ne remettrais pas la pièce jointe. Toujours est-il que le geste passionné avec lequel, une fois seul, je transférai le tout, non ouvert, de ma poche à un tiroir que je fermai à double tour, aurait équivalu, pour l'observateur initié, à quelque promesse de ce genre.

XII

Quand Mrs Saltram me quitta, ma respiration était accélérée, et presque douloureuse — comme si je venais de frôler dangereusement la perte de quelque chose de précieux. Je ne savais pas trop ce que c'était — cela ressemblait, de façon choquante, à mon honneur. L'émotion était sans doute d'autant plus vive que mon pouls était encore sous l'effet de la joie avec laquelle, la nuit précédente, je m'étais rallié au rare analyste, au grand aventurier et pionnier de l'intellect. Ce que j'abandonnai, tel un vêtement encombrant, lorsque Saltram fit son apparition devant moi, dans le courant de l'après-midi, sur la lande, ce fut la disposition à chicaner sur sa valeur. Rien à faire, il fallait choisir, il fallait fixer cette valeur quelque part ; aussi, la fixerais-je vraiment très haut, et l'on n'en parlerait plus. Mrs Mulville vint le chercher en voiture à une heure discrète — le plus tôt qu'elle pût le supposer levé ; et j'appris que Miss Anvoy serait elle aussi venue si elle n'avait attendu une visite de Mr Gravener. J'étais parfaitement conscient que je m'étais engagé à voir cette jeune dame, et aussi que j'avais une lettre à lui remettre ; mais je pris mon temps, j'attendis de jour en jour. Je laissai à Mrs Saltram le soin de traiter avec les Pudney de la façon dont ses appréhensions le lui dicteraient. Je savais enfin ce que je voulais — j'avais cessé de fuir mes responsabilités. Je laissai à cette suprême impression de Saltram le temps de s'estomper, si elle devait le faire ; mais elle ne s'estompa pas, et, pour moi, elle ne s'est toujours pas estompée. Durant le mois où je m'efforçai de me raidir encore, Adélaïde Mulville, que mon absence avait rendue perplexe, m'écrivit pour s'enquérir du motif de cette raideur. A cette époque de l'année, j'étais à l'ordinaire plus souvent avec eux. Elle écrivait aussi qu'elle craignait que la brouille ne fût désormais définitive entre Mr Gravener et sa douce et jeune amie — un état de choses qui ne la satisfaisait que partiellement tout le temps que l'avantage revenant à Mr Saltram ne sortirait pas d'un état purement nébuleux. Elle laissait entendre que sa douce et jeune amie était, si elle était quelque chose, plutôt trop réservée ; elle laissait entendre également qu'il pourrait y avoir désormais une ouverture pour un autre jeune homme intelligent. Il n'y eut jamais la moindre ouverture (soit dit ici entre parenthèses) et, bien entendu, la question ne se pose plus aujourd'hui. Ce sont désormais de vieilles frustrations. Ruth Anvoy ne s'est pas mariée, me dit-on, ni moi non plus. Vers la fin de ce mois-là, j'écrivis à George Gravener pour lui demander si, pour quelque commission spéciale, je pouvais venir le voir, et sa réponse fut de frapper dès le lendemain à ma porte. Je compris qu'il avait aussitôt établi un rapport entre ma demande et l'entretien que nous avions eu dans le wagon de chemin de fer, et sa promptitude prouvait que les cendres de son empressement n'étaient pas encore refroidies. Je lui dis qu'il y avait quelque chose dont je croyais devoir, en toute candeur, l'informer — je reconnaissais l'obligation que m'imposait son amicale confiance.

— Vous voulez dire que Miss Anvoy vous a parlé ? Elle me l'a dit elle-même, déclara-t-il.

— Ce n'est pas pour vous dire cela que je voulais vous voir, répondis-je ; car il me semblait qu'une telle communication ne regardait qu'elle. Mais si elle vous a parlé de notre conversation, elle vous a probablement dit que j'étais décourageant.

— Décourageant ?

— Sur la question d'une mise en pratique immédiate du Fonds Coxon.

— Au sujet de Mr Saltram ? Mon cher ami, je ne sais ce que vous appelez décourageant ! s'exclama Gravener.

— Eh bien, je croyais l'être, et j'ai cru qu'elle le croyait.

— Il me semble qu'elle le croyait, mais pareille chose se mesure à l'effet produit. Or, elle n'est pas découragée.

— Cela, c'est son affaire. La raison pour laquelle je vous ai demandé de me recevoir était qu'il m'a semblé correct de vous dire franchement que, décidément, je ne puis m'engager à produire cet effet. A vrai dire, je ne le veux pas !

— C'est très gentil à vous, que le diable vous emporte ! dit mon visiteur en riant, rouge et visiblement crispé.

Et il ajouta :

— Vous voudriez voir ce bonhomme célébré publiquement, juché sur le piédestal d'une grosse et flatteuse fortune ?

— A tout prendre, en matière de reconnaissance publique, cela me paraît supportable. Quand je vois, à droite et à gauche, les hommages distribués, je me demande pourquoi celui-ci ne suivrait pas son chemin. Voici donc ce que vous êtes en droit d'exiger que je vous dise. Je possède une pièce qui constituerait peut-être une dissuasion efficace, mais je me propose d'inviter Miss Anvoy à n'en pas prendre connaissance.

— Et vous m'invitez à en faire autant ?

— Ah, vous n'en avez pas besoin — vous avez assez de pièces au dossier. Je parle d'une lettre cachetée que l'on m'a demandé de lui remettre.

— Et vous n'en avez pas l'intention ?

— Il n'y a qu'une considération qui me le ferait faire.

Les beaux yeux clairs de Gravener plongèrent une minute dans les miens, mais, visiblement, sans y pêcher un indice de ce mobile — un échec qui me blessa presque.

— Que contient la lettre ?

— Elle est cachetée, je vous l'ai dit, et je ne sais pas ce qu'elle contient.

— Pourquoi l'envoie-t-on par votre intermédiaire ?

— Plutôt que par le vôtre ?

J'hésitai un instant.

— La seule explication qui me vient à l'idée est que l'expéditeur a pu s'imaginer que vos rapports avec Miss Anvoy avaient cessé — il a pu être informé par Mrs Saltram que tel est bien le cas.

— Mes rapports avec Miss Anvoy n'ont pas cessé, bégaya le pauvre Gravener.

Je m'accordai un nouvel instant pour réfléchir.

— L'offre que je me propose de vous faire me donne le droit de vous poser une question particulièrement directe. Êtes-vous toujours fiancé à Miss Anvoy ?

— Non, déclara-t-il lentement. Mais nous restons de parfaits bons amis.

— Si bons amis que vous redeviendriez futurs mari et femme si l'obstacle était ôté de votre chemin ?

— Ôté ? répéta Gravener anxieusement.

— Si je donne à Miss Anvoy la lettre dont je parle, elle abandonnera peut-être son projet.

— Alors, pour l'amour de Dieu, donnez-la !

— Je le ferai si vous êtes prêt à m'assurer qu'il est, à l'heure actuelle, probable que cet abandon provoquerait votre mariage.

— Je l'épouserais le lendemain ! s'écria mon visiteur.

— Oui, mais vous épouserait-elle ? Votre parole d'honneur que vous en êtes convaincu, voilà ce que je vous demande, rien de moins ! Si vous me la donnez, poursuivis-je, je m'engagerai à lui remettre la lettre avant la nuit.

Gravener prit son chapeau ; le tournant mécaniquement, il resta un instant à contempler sa lisse perfection. Puis, avec fureur, honnêteté et courage :

— Remettez-la au diable ! fit-il en éclatant.

Sur ce, il enfonça son chapeau sur sa tête et me quitta.

— La lirez-vous ou non ? dis-je à Ruth Anvoy, à Wimbledon, quand je lui eus fait le récit de la visite de Mrs Saltram.

Elle réfléchit pendant un moment qui fut probablement des plus brefs, mais qui fut assez long pour me rendre nerveux.

— L'avez-vous apportée avec vous ?

— En fait, non. Elle est chez moi, sous clé.

De nouveau un grand silence s'installa, puis elle dit :

— Rentrez chez vous et détruisez-la.

Je rentrai mais ne la détruisis pas avant la mort de Saltram, et alors je la brûlai sans l'avoir lue. Les Pudney firent une seconde et pressante démarche auprès d'elle, mais, malgré leur promptitude, le Fonds Coxon était une bourse déjà attribuée, et un étonnement général : Mr Saltram, que, pour ainsi dire, nous entourions, afin de voir descendre la manne, touchait déjà le magnifique revenu. Il le touchait comme il avait toujours touché tout, dans un grand geste abstrait. Sa magnificence, hélas, comme le monde entier le sait à présent, l'assouvit complètement ; ce fut le début de son déclin. Ce fut aussi, naturellement, un nouveau motif de grief pour sa femme, qui se mit à croire en lui dès qu'il fut diminué, et qui, à l'heure qu'il est, nous accuse de l'avoir acheté, sur le caprice d'une intrigante Américaine, pour qu'il renonce à son rôle glorieux et devienne, comme elle dit, comme tout le monde. Le jour même où il se trouva en mesure de publier, il cessa totalement de produire. Ce qui nous privait, comme on peut aisément l'imaginer, d'une bonne partie de notre occupation, et surtout ce qui privait les Mulville, dont je n'avais jamais mesuré le manque d'indépendance jusqu'à la perte de leur grand pensionnaire. Ils n'ont plus personne pour les faire vivre. La sempiternelle référence d'Adélaïde à leur destitution est contenue dans sa remarque sur les intentions probablement estimables de la chère et lointaine Ruth. Kent et elle cherchent encore un autre soutien, mais personne ne présente de surface réellement utilisable. Ils se plaignent que les gens se suffisent à eux-mêmes. Avec Saltram, le type supérieur de l'enfant adoptif s'était dissous, le style le plus grand, le plus ancien. Ils ont récupéré leur voiture, mais qu'est-ce qu'une voiture vide ? Bref, je crois que, si nous étions plus pauvres auparavant, nous étions aussi plus heureux ; y compris George Gravener lui-même, qui, après la mort de son frère et celle de son neveu, est devenu récemment lord Maddock. Son épouse, dont la fortune rend caduque la question de la propriété, est d'un ennui criminel ; il déteste siéger à la Chambre des Lords, et il n'a pas encore obtenu de poste à haute responsabilité. Mais que sont ces péripéties, que je devrais sans cesse m'excuser d'évoquer, à la lumière de la grande aubaine finale qui attend l'homme patient, vu l'allure à laquelle le Fonds Coxon doit être en train de s'accroître ?

La prochaine fois

I

La démarche de Mrs Highmore, ce matin, était suffisamment bizarre pour mériter une commémoration : elle vint me demander d'écrire un compte rendu de sa grande œuvre à paraître. Or, ses grandes œuvres ont paru si fréquemment sans mon aide que c'est à juste titre que j'ouvris des yeux ronds ; mais ce qui me fit vraiment les écarquiller, ce fut le prétexte de sa requête, et ce qui m'amène à noter l'incident, c'est la série de souvenirs que cette explication met en lumière. Le pauvre Ray Limbert, pendant que nous parlions, semblait assis là, entre nous ; elle me rappela que mes relations avec lui avaient débuté il y a dix-huit ans, lorsqu'elle était entrée, tout comme elle entra ce matin, pour passer commande de ma clémence à l'égard de Limbert. Si elle ne connaissait pas alors le peu de valeur de ma clémence, du moins, aujourd'hui, est-elle éclairée sur ce chapitre, et c'est précisément le détail qui fait la drôlerie de sa visite. Comme je brandis la torche devant les années sombres — je veux dire par là, comme, avec une plume qui trébuche et s'arrête, je chiffre, en la remontant, la colonne cryptographique de ma mémoire — je constate que la période publique de Limbert, ou du moins le peu que j'en perçus, est circonscrite par ces deux occasions. C'était le mot « fin » qu'avec un rien de moralisateur Mrs Highmore semblait tracer aujourd'hui en bas de la page. « L'un des écrivains les plus volumineux de l'époque » — elle a souvent répété cette formule, mais sans jamais, je crois bien, se départir de sa maîtrise professionnelle de l'émotion appropriée, avec un sentiment égal du mystère et de la tristesse des choses qui, aux yeux des gens doués d'imagination, planent généralement sur la fin des aventures humaines. Cette romanesque histoire, en tout cas, est comprise entre les parenthèses qu'ouvre son premier appel et que ferme son dernier ; et lorsque, au travers de ma demi-heure de conversation avec elle, ses nervures mélancoliques eurent de nouveau capté la lumière déclinante, je me promis secrètement, avant que cette lumière ne s'estompe, de retrouver quelque chose de son éclat délicat, de redessiner avec une hâtive patience son embarrassante leçon.

Il fut merveilleux d'observer comment Mrs Highmore l'avait déjà fait pour elle-même : elle n'eût pas hésité à m'annoncer ce qui n'allait pas chez Ralph Limbert, ou bien, pour le moins, à me faire entrevoir le grand avertissement qu'elle avait lu dans sa carrière. Il n'eût pu y avoir de meilleure preuve de la flagrance de cette parabole, au sujet de laquelle, en notre agréable entente, nous étions tout à fait d'accord, que celle donnée par la conversion de la pécheresse endurcie qu'était Mrs Highmore. En vérité, cela ne constituait pas une nouvelle pour moi : elle me fit bien comprendre que cela faisait dix ans qu'elle voulait faire quelque chose d'artistique, quelque chose dont elle était prête à se moquer éperdument, que cela se vendît ou non. Davantage, elle me fit sentir que c'était, en grande partie, en voyant ce que faisait son beau-frère, et comment il le faisait, qu'elle s'était entichée de cette perversité. Puisque lui, la chère âme, ne vendait pas, et puisque plusieurs personnes, dont j'étais, l'estimaient pour cela, l'envie fantasque l'avait prise — et plutôt de bonne heure dans sa prolifique carrière — d'atteindre, ne fût-ce qu'une fois, à la même héroïque distinction. Elle désirait ardemment connaître, comme Limbert, mais une seule fois bien entendu, un échec exquis. Il y avait un quelque chose à échouer, commercialement s'entend, qu'un succès, d'une certaine façon, n'avait pas. Un succès était aussi prosaïque qu'un bon repas : il n'y avait rien à en dire sinon qu'on l'avait savouré. Qui en pareil cas, hormis les gens vulgaires, faisait des gorges chaudes des plats proposés ? Et c'était souvent par de tels gens qu'un succès se voyait confirmé. Il était assuré si l'on ne se souciait que d'argent ; c'est-à-dire dans la mesure où tout autre résultat paraissait mince en comparaison. Un échec pouvait à présent lui donner — oh ! avec l'aide, certes, d'un talent immense, car il y avait échec et échec — une telle réputation ! Elle me fit l'honneur — elle me l'avait souvent fait — de me donner à comprendre que ce qu'elle entendait par réputation était de me voir, moi, lui jeter une fleur. Et s'il fallait, à échec, échec et demi, j'étais, de mon propre aveu, tout désigné pour décerner les lauriers. Elle avait gagné tant d'argent et Mr Highmore s'en était si bien occupé qu'elle pouvait s'offrir le luxe d'une heure de pure gloire. Elle se rappelait parfaitement qu'aussi souvent que je l'avais entendue pousser ce soupir, j'avais été prompt à déclarer qu'un livre qui se vendait pouvait très bien être aussi glorieux qu'un livre sans acheteurs. Évidemment cela, elle le savait, mais elle savait également que c'était l'époque du triomphe de la pacotille et qu'elle ne m'avait jamais entendu parler de quoi que ce fût qui eût marché exactement de la façon dont elle m'avait parfois entendu parler de quelque chose qui n'avait pas marché — avec seulement deux ou trois mots de respect qui, lorsque je les employais, semblaient faire entendre plus qu'ils ne signifient généralement, semblaient feutrer un peu la discussion, comme en raison de la beauté même du secret.

Je puis affirmer, en ce qui concerne ces allusions, que, quelle que fût l'opinion que j'avais de moi comme détenteur des valeurs, je n'avais jamais hésité à rire du comique de la poursuite de la qualité à tout prix qu'avait entreprise Mrs Highmore. Cette poursuite ne l'avait d'ailleurs jamais sauvée, même une journée, du dur sort de la popularité, et bien que je ne lui en eusse jamais donné ma parole, il n'y avait aucune raison qu'il en fût autrement. Le public insistait pour l'avoir, comme le faisait remarquer malicieusement son mari ; non pas qu'en concluant ses contrats, en tenant tête à ses éditeurs, et même, dans ses plus hautes envolées, à ses critiques, il eût jamais entrevu le complot qu'elle tramait contre son propre génie, ou plutôt, devrais-je dire, contre le mien. Ce n'était pas que, lorsqu'elle essayait d'être ce qu'elle appelait subtile (car Limbert n'était-il pas subtil, et ne l'étais-je pas moi-même ?), ses fervents consommateurs, les pauvres, ne soupçonnassent la tricherie ni ne montrassent ce qu'ils en pensaient ; mais ils mordaient tout de même le morceau qu'elle avait espéré tenir trop haut pour eux, n'en faisant qu'une bonne bouchée joyeuse et agitant naïvement leur grande queue collective pour en réclamer encore. Il ne lui était pas donné de déplaire, elle n'avait pas le privilège, même au travers de ses raffinements les plus poussés, d'effrayer. J'ai toujours eu du respect pour le mystère de ces humiliations, mais j'étais pleinement conscient, ce matin, qu'elles constituaient, pour ainsi dire, la raison de sa venue chez moi. Aussi lorsqu'elle déclara, son visage doux et très banal s'empourprant comme s'il se fût agi d'une plaisanterie osée : « Mon sentiment, vous savez, est que c'est vous qui pourriez me fixer, si seulement vous acceptiez de le faire », je compris très bien ce qu'elle voulait dire. Elle voulait dire que, depuis toujours, il avait semblé que c'était la fine lame, ainsi que quelqu'un l'avait hyperboliquement nommée, de mon opinion qui coupait le fil de soie dont dépendaient les chances commerciales de Limbert. Elle voulait dire que mon approbation compromettait, que mes louanges étaient carrément fatales. Je m'étais fait une petite spécialité de ne rien voir chez certaines célébrités et d'en voir trop chez quelque occasionnel inconnu ; de juger selon un point de vue qui, quoi que je puisse en dire (et j'avais une quantité monstrueuse de choses à en dire), restait pervers et obscur. C'était un amour qui tuait que le mien, car ma subtilité, à la différence de celle de Mrs Highmore, ne faisait point frétiller la queue du public. Elle n'avait pas oublié comment, vers la fin, lorsque son cas était désespéré, Limbert s'obstinait à venir me dire, avec une drôle de lueur pathétique et timide dans les yeux :

— Mon cher ami, je crois y être arrivé cette fois, si seulement tu te tais.

Si, à cette époque-là, mon silence pouvait lui donner l'impression d'avoir touché le goût du plus grand nombre, ce dont il était assoiffé, de la même façon, maintenant, m'en départir devait permettre à Mrs Highmore d'imaginer avoir touché celui du plus petit.

La morale de tout cela était que j'avais trop fait peur au public pour notre défunt ami, mais que, comme elle n'était pas assoiffée, c'était exactement ce qu'il fallait à sa plus solide réputation. Et puis, laissa-t-elle entendre avec bonhomie et délicatesse, il y aurait toujours, à défaut d'autres raisons, le prix de mon ingénieux petit article. Je pense qu'elle glissait cette allusion dans l'idée flatteuse — enfant gâtée des libraires qu'elle est — que le prix de mes ingénieux petits articles est élevé. Quel qu'il soit, de toute façon, elle s'était visiblement dit que les inquiétudes du pauvre Limbert au sujet de ses propres gains impliquaient le sacrifice des miens. Par contre, si, à lui rendre service à elle, je trouvais un quelconque inconvénient, celui-ci, en somme, ne serait pas d'ordre pécuniaire. Sa démarche, sa motivation, sa soif fantastique de qualité, et son ingénieuse théorie de mon influence, tout cela me frappa comme une excellente comédie, et lorsque je consentis sous réserve à l'obliger, elle me laissa les épreuves de son nouveau roman. Je ne pus arguer d'aucun contretemps et je les ai donc parcourues ; mais ce qu'elle attend de moi, franchement, m'épouvante. A quoi pense-t-elle, la pauvre, et qu'est-ce qui lui a mis dans la tête que la « qualité » lui est tombée du ciel ? Pourquoi suppose-t-elle qu'elle a été « artistique » ? En aucun cas elle n'a été, j'en émets l'hypothèse, ce que foncièrement elle n'est pas. Que s'imagine-t-elle avoir laissé de côté ? Que se figure-t-elle avoir fait passer ? Elle n'a ni laissé de côté ni fait passer quoi que ce soit. Je vais être obligé de lui adresser un mot gêné. Le livre n'existe pas, et il n'y a absolument rien à en dire.

Comment peut-il provoquer autre chose que l'habituelle ruée des fidèles ?

II

Cette ruée avait déjà commencé lorsque, au début des années soixante-dix, pour le compte de son futur beau-frère, elle vint me voir sous le singulier prétexte des sentiments nullement encouragés que j'avais éprouvés pour sa sœur. La jolie rose Maud m'avait éconduit, mais je semble être passé dans ce petit cercle agité pour un jeune homme magnanime. La jolie rose Maud, si délicieuse alors, avant tous ses malheurs, que la brune Jane voyait avec bonheur comme son parfait complément, Maud Stannace donc, très férue de littérature au demeurant, languissante et persécutée à l'extrême par sa mère, avait cédé, d'une manière qui eût pu m'apparaître désobligeante, à la demande en mariage de Ray Limbert, ce que Mrs Stannace n'était pas femme à digérer. Mrs Stannace n'était guère une femme à admettre quoi que ce fût : elle avait été choquée de la façon dont ses enfants, dans les veines desquels coulait le sang taré de leur père (il avait publié, de son père à lui, quelques *Œuvres posthumes* ou je ne sais quels insipides *Entretiens*), respiraient l'air impur des écrivains. Si elle n'était la fille, ni même la nièce, elle était, sauf erreur de ma part, la cousine issue de germains d'une centaine de comtes ; pointilleuse en matière de liens de famille, elle avait assurément d'autres projets pour sa brillante enfant, surtout après que sa silencieuse (car c'était la première et sage idée qu'elle s'était faite de celle qui devait produire quatre-vingts volumes) fut devenue la seconde femme d'un chirurgien militaire en retraite, déjà père de quatre enfants. Mrs Stannace, manifestement, avait trop rêvé qu'il serait donné à la jolie rose Maud de distraire de la grappe celui des cent dont l'absence ne serait pas remarquée. Ce fut parce qu'elle ne s'intéressait qu'aux cousins que je désappris le chemin de sa maison, qui était, elle me l'avait rappelé une fois, l'une des seules allées de la distinction que je pouvais espérer fouler. Ralph Limbert, qui n'appartenait à personne et qui n'avait jamais rien fait — rien même à Cambridge —, avait pour toute recommandation le mystérieux charme qu'il exerçait sur sa fille cadette, mais si celle-ci avait un brin de sentiment filial, elle ne commettrait pas l'indécence d'abandonner à cause de lui une mère profondément dépendante et vivement indignée.

Tout cela, je l'appris de Jane Highmore, qui, comme si ses livres eussent été des bébés (elle n'en eut pas d'autres), avait attendu d'être mariée pour montrer ce qu'elle savait faire, et promettait à présent d'entourer son époux satisfait (une part du mérite, pour une raison mystérieuse, lui était attribuée) d'une petite famille, par séries de triplés, laquelle, correctement administrée, constituerait son soutien au déclin de la vie. Le jeune couple, dont ni l'un ni l'autre n'avait un sou, était maintenant virtuellement fiancé : il ne restait plus à Ralph qu'à décrocher quelque emploi régulier. Il était impossible d'imaginer des gens plus amoureux, et Mrs Highmore, cette femme honnête, qui d'ailleurs considérait d'un œil professionnel les histoires d'amour, brûlait de les prendre sous son aile. Ce qu'il fallait, c'était trouver un débouché acceptable pour Limbert, et il lui était venu à l'esprit que je pourrais, à cette fin, lui être utile, bien qu'à vrai dire je ne me fusse encore rien trouvé de tel pour moi-même. Mais il était bien connu que j'étais trop difficile, tandis que le pauvre Ralph, avec les manières simples du génie, était prêt à accepter à peu près n'importe quoi, pourvu qu'un salaire, même réduit, y fût attaché. Si seulement il pouvait trouver, par exemple, un poste dans un journal, le reste de ses frais serait couvert assez facilement. Certes, ses deux romans, elle en avait apporté un pour me le laisser, étaient passés inaperçus, et pour elle, soit dit à titre privé, ils ne dégageaient guère un attrait irrésistible ; elle pouvait néanmoins m'assurer qu'il me suffirait de passer une dizaine de minutes avec lui (et notre rencontre devait avoir lieu rapidement) pour ressentir une impression de puissance latente.

Notre rencontre eut lieu peu de temps après que j'eus lu le volume que Mrs Highmore m'avait laissé, dans lequel je reconnus un projet d'une espèce que j'avais alors pratiquement perdu espoir de rencontrer. Je cherchais peut-être sans le savoir, comme affamé, un autel sacrificiel : toujours est-il que, quand je fis la connaissance de Ralph Limbert, je fus saisi d'une des émotions les plus rares de ma vie littéraire, le sentiment d'une activité où, sous l'angle critique, je pouvais me reposer. Le repos fut profond et salutaire, et, à ce jour, il n'a pas encore été interrompu. Cela a été une longue et grande reddition, un luxe de jugements délaissés. Il était incapable, quoi qu'il fît, de me chagriner, car il me plaisait presque autant lorsqu'il était moins bon que lorsqu'il était à son meilleur. Il s'agissait, je le suppose, d'un cas naturel d'entente préétablie, où, je m'empresse de l'ajouter, je me sens en excellente compagnie. Nous sommes un certain nombre à partager le même repos, assis ensemble à l'ombre de l'arbre, près de la fontaine qui babille, l'éclat aveuglant du désert autour de nous, et sans autre vice connu que celui de juger les gens un peu trop en fonction de ce qu'ils pensent d'un certain style. Cependant, si cela avait été le rôle de ces quelques pages que de raconter l'histoire d'un enthousiasme, je n'eusse pas entrepris de les écrire : elles concernent Ralph Limbert en des relations auxquelles j'étais étranger ou auxquelles seule ma sympathie m'associait. A l'époque, je parlais de son œuvre, j'en parle rarement aujourd'hui : la confrérie de la foi est devenue, à l'image des Trappistes, un ordre silencieux. Si, jusqu'au jour de sa mort, après de fatals désenchantements, l'impression qu'il produisait d'abord appelait toujours le mot « ingénu », ceux auxquels son visage était familier peuvent aisément imaginer ce qu'il avait dû être, lorsqu'il avait encore l'éclat de la jeunesse. Je n'ai jamais vu un homme de génie avec un air aussi passif, ni un homme de quelque expérience si peu méfiant. A l'époque où je fis sa connaissance, cette fraîcheur n'était pas entamée. Son pas était déjà mal assuré, mais il était tout à ses grands projets, et à la douce Maud Stannace. Les cheveux noirs, le teint pâle, trompeusement langoureux, il avait les yeux d'un enfant intelligent et sa voix résonnait comme cloche de bronze. Il trouvait à la jeune fille à laquelle il était fiancé ce que moi-même n'avais pas su lui trouver ; avec le temps qui passait, je devins conscient que tous deux, comme il se doit, nous avions trouvé en elle un peu plus qu'il n'y avait à trouver. Notre position à tous trois, bien que bizarre, devint parfaitement supportable dès l'instant où je compris qu'il avait plus de patience avec elle que je n'en aurais eu. J'étais heureux de n'avoir pas à en faire preuve dans une telle proportion ; elle, de son côté, trouvait du plaisir à pouvoir m'adresser des impertinences sans encourir le reproche de passer pour une mauvaise épouse.

Ses romans semblaient n'avoir rapporté à Limbert aucun argent : ils ne lui avaient rapporté, à ce que j'en pus savoir alors, que des hommages qui lui prenaient son temps. A vrai dire, ils lui rapportèrent, venant de divers endroits, quelques autres choses, et de ma part, au bout de trois mois, *la Balise de Blackport*. Je ne me souviens plus aujourd'hui comment je lui fis obtenir la correspondance londonienne de cet important journal du Nord, à moins que ce ne fût par quelqu'un qui, à moi-même, me l'aurait fait obtenir. Je crois me rappeler que je m'en débarrassai en faveur de Limbert après avoir convaincu l'éditeur qu'il était de loin le meilleur de nous deux. Le meilleur était naturellement celui qui s'était engagé à subvenir aux besoins d'une épouse charmante. Nous n'étions bons ni l'un ni l'autre, la suite des événements le prouva, mais sa médiocrité était d'un type plus fin que la mienne. *La Balise de Blackport* avait deux correspondants à Londres — l'un était supposé hanter les milieux politiques, l'autre être un fervent de questions sommairement décrétées littéraires. Ils étaient tous deux censés être vifs, et ce que l'on proposait à chacun, c'était l'honorable possibilité de l'être plus que l'autre. Je me souviens du correspondant politique de cette période et de la façon dont Ray Limbert devait s'efforcer d'être plus vif que Pat Moyle. Il ne m'avait jamais encore semblé aussi candide que lorsqu'il entreprit ce tour de force, qui ne manqua pas d'entraîner une crise avec Mrs Stannace, puisque l'opposition de celle-ci au mariage perdait de ce fait, en toute logique, sa justification. Seuls demeurent les larmes et les rires lorsque je me remémore cette époque admirable où rien n'était plus romantique que notre intense vision du réel. Jamais aucune utopie ne fit susurrer pareille berceuse. C'était tout sauf la bohème — c'était le temple même de la pruderie. Nous nous savions trop critiques, et cela nous rendait sublimement indulgents ; nous pensions faire notre devoir, du moins le voulions-nous, et cela nous laissait libres de rêver. Mais nous rêvions à partir de la table de multiplication : nous avions, avant tout, l'esprit pratique. Oh, les longues parties de cigarettes, les idées soudaines, les allusions complices et les scrupules bannis ! L'essentiel pour Limbert était de sortir son prochain livre, ce que, précisément, son miraculeux engagement par *la Balise* allait lui donner le loisir et la liberté de faire. Ce genre de travail, très humain, élastique, suggestif, constituait une expérience capitale : en cueillant des idées pour son billet bihebdomadaire, c'est la vie même, c'est la littérature qu'il cueillerait. Les publications nouvelles, les tableaux nouveaux, les gens nouveaux, il n'y aurait rien de trop neuf ni personne de trop sacro-saint pour nous. Nous introduisions tout et tous dans le salon de Mrs Stannace dont je redevins un familier.

Mrs Stannace, il est vrai, se jugeait en étrange compagnie ; les nouveaux livres ne la dérangeaient pas particulièrement, quoique certains fussent tout de même plutôt bizarres, mais les gens nouveaux, décidément, lui inspiraient du dégoût. Il était pourtant notoire que la pauvre lady Robeck écrivait secrètement pour un journal, et la chose, ce regard jeté sur les faits et gestes du grand monde, avait certainement un côté que l'on pouvait rendre attrayant. D'ailleurs nous allions rendre tous les côtés attrayants, nous avions tout à dire sur le genre de choses que désirait une feuille comme *la Balise.* Lui donner ce qu'elle désirait, et rien d'autre, était certes une tâche guère passionnante, mais parfaitement respectable, surtout pour un homme entouré d'une jeune épouse séduisante et d'une belliqueuse belle-mère. Je trouvai les premiers billets de Limbert aussi charmants que le genre le permettait, encore que, je ne le nierai pas, tout conscient pourtant que j'étais de la nécessité de certaines concessions, je fusse un rien déconcerté par la manière dont il avait trouvé le ton juste. Il fallait, bien entendu, le trouver, ce ton juste, mais fallait-il qu'il fût trouvé de façon aussi flagrante ? L'homme était encore plus fort, comme le disait Maud Stannace, qu'elle n'avait osé l'espérer. C'était vraiment une bonne chose que d'avoir un peu de la sagesse du serpent. S'il fallait que ce fût du journalisme — eh bien, c'en était. S'il devait être « bavard » — eh bien, il l'était. De temps à autre il réussissait un coup qui — c'était idiot de ma part — me faisait monter le sang au visage. Je détestais qu'il fût si personnel ; mais si cela pouvait faire son bonheur ! Cela ne le ferait pas directement, bien sûr, mais le livre le ferait, matériellement, au sens auquel nos idées pures du bonheur se confinaient ; tout avait pour fin le livre. Le baume quotidien, en attendant, venait de ce que l'on connaissait du livre — et il y avait d'exquises choses à connaître —, du silencieux chèque mensuel reçu de Blackport, et du rose plus foncé des petits préparatifs de Maud, lesquels étaient aussi délicats, à leur minuscule échelle, que si elle avait été un colibri en train de faire son nid. Lorsque, au bout de trois mois, son fiancé se fut à peu près installé dans son emploi de correspondant — dont Mrs Highmore était la seule personne, autant que nous pûmes le constater, à être déçue, peut-être même, d'ailleurs, avec l'esprit tordu qui était le sien, jalouse —, quand donc la situation eut ainsi pris une tournure rassurante, le moment vint de se préparer. C'est à cette époque que je publiai mon premier volume, aujourd'hui plus que de l'encre décolorée, un petit recueil d'impressions littéraires, de petits bouts de critique, contributions à une feuille moins rémunératrice que *la Balise,* mais aussi moins bavarde, de petites ironies et de petites extases, de grandes phrases et de grosses erreurs ; et la semaine même de sa sortie, le pauvre Limbert lui consacra la moitié de l'un de ses billets, heureux de savoir que, cette fois, c'était à lui et à moi, à la fois, qu'il faisait plaisir, sans parler des tables d'hôtes de Blackport. Je me souviens qu'il dit que ce n'était pas de la littérature, les choses, ces choses superficielles qu'il dut écrire sur moi ; mais quelle importance, du moment que, nous le savions, cela ramenait par un chemin détourné à la littérature ? Je vendis la chose, je m'en souviens, dix livres et, avec cette somme, j'achetai, rue Vigo, pour Maud Stannace, une pièce de vieil argent au charme un peu suranné, que je lui portai de ma propre main en guise de cadeau de mariage. Dans le petit salon de sa mère, boudoir fané rempli de photographies, ceint d'assombrissants paravents sur lesquels se détachaient de jaunâtres personnages à la mode aux tapageuses signatures qui vous regardaient de leurs yeux retouchés et à travers leurs lucarnes de peluche, je restai là à attendre, suffisamment longtemps pour sentir dans l'air de la maison les vibrations étouffées d'un désastre. Quand notre jeune femme entra, elle était très pâle et ses yeux avaient été, eux aussi, retouchés.

— Quelque chose d'horrible s'est produit, dis-je immédiatement.

Et n'ayant cru qu'à moitié, depuis le début, au frêle assentiment de sa mère, je risquai, dans un involontaire gémissement, le nom de Mrs Stannace.

— Oui, elle nous a fait une scène épouvantable ; elle insiste pour que nous reportions à nouveau. Nous sommes vraiment malchanceux : le pauvre Ray a été renvoyé.

Ses larmes se mirent à couler de nouveau.

J'avais une telle bonne conscience que j'ouvris de grands yeux.

— Renvoyé d'où ?

— Eh bien, de son journal, évidemment. *La Balise* l'a flanqué à la porte, comme il dit. Ils n'aiment pas ses billets :

ils ne correspondent pas au genre de choses qu'ils demandent.

Ma confusion ne put aller qu'en s'accroissant.

— Mais quel genre de choses demandent-ils donc ?

— Quelque chose qui soit davantage sur le ton de la conversation.

— Davantage ? m'écriai-je, atterré.

— Davantage cancanier, plus personnel. Ils veulent du « journalisme ». Ils veulent des potins émoustillants.

— Mais c'est exactement ce qu'il a fait avec ses billets ! éclatai-je.

La formule était sévère, et je me rattrapai, mais la jeune femme m'offrit le pardon d'un beau sourire blême.

— C'est ce que déclare Ray lui-même. Il dit qu'il est descendu si bas.

— Très bien — il doit descendre encore plus bas. Il faut absolument qu'il garde sa place.

— Il ne le peut pas ! gémit la pauvre Maud, il dit qu'il a essayé tout ce qu'il sait, qu'il a été abject, qu'il s'est mis à quatre pattes, et que si cela ne leur plaît pas...

— Il accepte son renvoi ? fis-je, consterné.

Elle haussa les épaules tragiquement.

— Quel autre parti peut-il prendre ? Il leur a écrit qu'un travail comme celui qu'il a fait est bien le plus mauvais qu'il puisse faire à ce tarif-là.

— Donc, demandai-je, avec une lueur d'espoir, ils sont prêts à lui proposer davantage pour un travail plus mauvais.

— Certainement pas. Ils ne lui ont même pas proposé de continuer à tarif réduit. Il n'est pas assez drôle.

Je réfléchis un instant.

— Mais sûrement que quelque chose comme sa critique de mon livre... !

— C'est votre maudit livre qui a été la dernière goutte ! Il aurait dû le traiter superficiellement.

— Eh bien, s'il ne l'a pas fait... ! commençai-je.

Mais je me dominai.

— *Je vous porte malheur.*

Ce qu'elle ne nia point ; elle se contenta d'ajouter :

— Mais que doit-il faire ?

— Il doit faire mieux que les singes ! Il doit écrire !

— Mais avec quoi allons-nous bien pouvoir payer notre mariage ?

Je réfléchis à nouveau.

— Vous vous marierez grâce au *Ton majeur.*

III

Le Ton majeur était le nouveau roman, et l'essentiel était donc de le terminer ; un objectif que trois mois de *la Balise* avaient, jusqu'à un certain point, rendu possible. La décision du journal fut, de fait, un choc, mais je ne savais pas alors le pire, je ne savais pas qu'outre un choc elle avait été aussi un symptôme. Ce fut là la première indication de la difficulté à laquelle le pauvre Limbert devait finalement succomber. Son état, à la vérité, bénéficiait de ce qu'il ne comprît pas aussitôt tout ce que cela impliquait. La difficulté était la loi de la vie, mais on pouvait remercier le ciel qu'elle fût exceptionnellement présente en ces horribles parages. Il y avait la difficulté qui inspirait, celle que proposait *le Ton majeur,* et qu'il était indigne de sacrifier en faisant des culbutes pour quelques sous. Ces convictions, Ray Limbert trompa sa nouvelle attente en les entretenant suavement ; non point, je pense, que l'échec dans sa tentative pour être bavard ne l'eût laissé quelque peu humilié : si ça n'était déjà pas très glorieux d'avoir souri sous le collier, ça l'était encore moins de l'avoir fait pour rien. Eh bien, il n'essaierait plus de sourire, ou du moins plus sous le collier. Le seul succès qui en valût la chandelle était le succès qu'il devrait à son individualité. La constance était en elle-même une distinction, et qu'était donc le talent sinon l'art d'être totalement ce que l'on était — et cela, qui que l'on fût ? Ou ce que vous faisiez vous appartenait en propre ou ce n'était rien. Je garde un souvenir ému de nos échanges d'alors, de ces admirables aperçus et de bien d'autres encore ; de notre grand bonheur aussi, malgré les atermoiements et les obscurités, malgré cette hantise qui nous revenait de temps à autre, lorsque d'un regard fugitif et angoissé nous comprenions que même les futilités astucieusement conçues passaient loin au-dessus de la tête des gens. Il était facile de chasser les spectres en se disant que tout ce que l'on avait à faire était de ne pas écrire pour les gens ; à coup sûr, ce n'était pas pour les gens qu'écrivait Limbert lorsqu'il façonnait *le Ton majeur*. Le péché de littérature n'était fatal que dans une atmosphère d'un certain type, celle-là même à laquelle nous avions désormais fermé notre fenêtre. Mrs Stannace se leva de ses coussins froissés dès qu'elle eut obtenu un ajournement ; Maud était pâle et, toute victorieuse et hautaine, fière qu'elle n'eût rien obtenu de plus. Maud, de mon point de vue, se comporta bien envers sa mère, vraiment très bien pour une jeune fille à qui l'on avait surtout appris à être une fleur avec tout le monde. Ce qu'elle donnait à Ray Limbert, ses magnifiques et abondants besoins le lui firent, alors et à jamais, payer ; mais le don fut généreux, presque merveilleux — cette affirmation, je l'avance au moment même où je me remémore toutes les femmes intelligentes auxquelles son œuvre, tôt ou tard, devint chère. Ce n'était pas seulement que la femme qu'il allait épouser était amoureuse de lui, mais (là résidait l'étrangeté de l'affaire) qu'elle avait, en quelque sorte, mieux vu que personne ce dont il était capable. L'étrangeté suprême était qu'elle ne voulait pas qu'il fît autre chose. Cette foi illimitée constituait d'ailleurs la marque essentielle de sa dévotion et, comme tout acte de foi, le sien exigeait naturellement des miracles. Elle était une épouse rare pour un poète s'il est vrai qu'elle n'était peut-être pas la meilleure qu'on eût pu choisir pour un homme pauvre.

Des miracles, en tout état de cause, nous allions en avoir, et nous étions dans les dispositions d'esprit rêvées pour les accueillir. Chaque jour, nous étions plus nombreux et nous avions de l'estime même pour les bricoles et les œuvres alimentaires de notre ami. *La Balise* n'avait pas eu de successeur, mais il parvint à trouver quelques coins tranquilles et quelques occasions dispersées. Toujours à tisonner le feu et à regarder par la fenêtre, il n'était certes pas un monstre de facilité, mais il était, grâce peut-être à une certaine logique dont sa folie n'était pas dépourvue, un monstre de certitude. Tous, cependant, ne lui reconnaissaient pas ce trait : bien des éditeurs ne le publièrent qu'une fois. Il se forgeait la petite réputation de l'homme qu'il était bon d'avoir une première fois ; il faisait naître d'obscures appréhensions quant à ce qu'aurait pu donner une seconde. Il était parfait tant qu'il s'agissait de produire une impression, mais personne ne semblait en mesure d'apprécier exactement à quoi servait cette impression une fois qu'elle était produite. La raison en était toute simple : ils n'avaient pas encore vu *le Ton majeur,* cette rose au cœur en flammes dont nous observions en privé la gestation, pétale après pétale, flamme après flamme. Rien, hormis cela, n'avait d'importance car le livre avait déjà arraché une offre splendide dont on parla beaucoup au salon de Mrs Highmore ; mes souvenirs deviennent là nettement plus consistants. Ses roses à elle fleurissaient toute l'année et sa sociabilité se développait proportionnellement à ses plates-bandes primées. Nous avions l'impression de « rencontrer tout le monde » chez elle — ainsi pensions-nous bien sûr lorsque nous nous rencontrions. Entre notre hôtesse et Ray Limbert fleurissait une relation des plus heureuses, le seul nuage pour l'assombrir venait de ce que son mari regardait Limbert avec méfiance. Lorsqu'on vantait son intelligence, ledit personnage voulait savoir ce qu'il avait à « montrer », et il allait de soi qu'il ne montrait rien de comparable à ce que montrait Jane Highmore. Mr Highmore prenait position en fonction du travail accompli, et, remontant les pans de son habit, il se chauffait le postérieur en toute bonne conscience devant des rayons de bibliothèque bien rangés où des générations de triplés étaient disposés par ordre chronologique. L'harmonie entre ces deux compagnons reposait sur le fait que, comme je l'ai déjà laissé entendre, chacun aurait tellement aimé être l'autre. Limbert ne pouvait s'empêcher d'éprouver ce sentiment à l'égard d'une femme qui, outre qu'elle était la meilleure personne du monde et l'alliée de sa sœur, eût, si elle y avait condescendu, si bien réussi à *la Balise*. Mrs Highmore, de son côté, répétait volontiers :

— Le savez-vous, il fera exactement ce que je veux faire ? Je ne le ferai jamais moi-même, mais il le fera à ma place. Oui, il fera ma chose, et je le détesterai pour cela — le misérable.

Elle s'amusait à le détester, car le misérable était personnellement à son goût.

Elle persuada son prore *éditeur* de s'engager à accepter *le Ton majeur* et à payer une avance considérable, selon la formule consacrée, sur la présomption qu'il retiendrait l'attention. Cela constituait une bonne nouvelle pour une fin de soirée chez Mrs Highmore alors que nous n'étions plus que quatre ou cinq, presque à court de cigarettes ; mais une meilleure nouvelle se préparait, et je n'ai jamais oublié comment, puisque je fus celui qui eut la chance de l'apporter, je la gardai, lors d'une de ces soirées, pour faire de l'effet, jusqu'à ce qu'il ne restât plus que les gens qu'il fallait. Les gens de cette sorte devenaient, à présent, de plus en plus nombreux, mais il s'agissait là d'une révélation adressée seulement à un résidu de choix — un résidu comprenant, bien entendu, Limbert lui-même, à qui je marchandai une cigarette avant d'annoncer qu'à la suite d'un entretien que j'avais eu avec lui cet après-midi-là même, et d'une argumentation subtile que j'avais utilisée, cette perle qu'était l'éditeur de Mrs Highmore avait donné son accord pour publier le nouveau livre en feuilleton. Il allait le faire paraître dans sa revue, et il allait payer très cher ce privilège. Je provoquai un superbe hoquet de surprise, vite suivi d'une expression de soulagement plus articulée, mais la voix du pauvre Limbert, résolument, lui manqua (il savait qu'il devait partir avec moi) et ce fut quelqu'un d'autre qui me demanda en quoi avait consisté mon argumentation subtile. Je ne me rappelle plus quelle description pleine de fioritures j'en donnai alors : aujourd'hui, je n'ai aucune raison de ne pas avouer qu'elle avait consisté en la simple défense des délices du livre. J'avais dit :

— Allons, mon cher ami, soyez original : courez le risque, rien que pour cela !

Mon cher ami parut saisir l'occasion, et je poursuivis mon avantage, ne lui permettant honnêtement aucune illusion quant à la qualité de l'ouvrage. Il tenta bien, sur le mode interrogatif, et pour s'y raccrocher, d'émettre deux ou trois réserves ; je les balayai, le laissant face à face avec la redoutable vérité. Ce livre était tout simplement un pur joyau, et il n'était pas homme à se dérober, n'est-ce pas ? Le danger qu'il courait semblait avoir agi sur lui comme l'anaconda sur le lapin ; fasciné et paralysé, le long gosier rose l'avait englouti. Lorsqu'une semaine auparavant, à ma demande, Limbert avait mis à ma disposition, pour la journée, le manuscrit complet, copie calligraphiée par Maud Stannace, j'avais rougi d'indignation d'avoir à dire de l'auteur de pages pareilles qu'il n'avait pas les moyens matériels de se marier. J'étais entré en scène, tout feu tout flamme, pour réparer ce scandale, et ce fut donc très directement ma faute si, trois mois plus tard, lorsque *le Ton majeur* commença de paraître, Mrs Stannace se trouva le dos au mur. Elle avait posé comme condition un revenu fixe ; un revenu fixe était enfin acquis.

Elle dut s'y résoudre, et après une longue prostration parmi les photographies, elle s'y résolut au point d'en accepter une partie des avantages sous la forme d'un projet de ménage commun, dont les charges seraient partagées proportionnellement entre les différentes parties. Jane Highmore ne manqua pas d'insister pour qu'on ne la laissât point toute seule, mais Mrs Stannace fixa elle-même les parts, qui, du moins du côté de Limbert, et ce malgré bien d'autres fluctuations, ne furent jamais modifiées. Ses revenus avaient été « fixés » une bonne fois pour toutes : s'étant douloureusement abaissée jusqu'à comprendre l'affaire, Mrs Stannace ne devait plus jamais y revenir ni poser aucune question à ce sujet. Bref, la publication du *Ton majeur* s'étala sur une très longue période, et avant que la moitié en fût parue, Limbert et Maud s'étaient mariés et le foyer commun avait été fondé. Ces premiers mois restent probablement comme les plus heureux dans les annales familiales, avec leurs cloches nuptiales, leurs lauriers en bouton, le cours assuré et tranquille du livre, et la note familière et amicale, à proximité des gros canons de Mrs Highmore. Ils donnèrent à Ralph le temps d'ébaucher un nouveau tableau et de m'annoncer quelque temps après l'heureuse perspective de sa prochaine paternité. Nous avions parfois de petites disputes sur la question de savoir si *le Ton majeur* faisait impression, mais notre litige ne pouvait qu'être futile tant que le désaccord persisterait sur ce qu'était une impression. Plusieurs personnes écrivirent à l'auteur, plusieurs autres demandèrent à lui être présentées : n'était-ce pas cela faire impression ? L'un des plus vifs hebdomadaires s'en prit aux mortels mensuels en disant que tout cela était « grossièrement dépourvu de valeur artistique » — n'était-ce pas cela ? Ailleurs, on décréta que c'était une « étude de caractère d'une merveilleuse subtilité » — n'était-ce pas aussi cela ? L'effet sans doute le plus fort fut celui produit sur l'éditeur, lorsque le livre fut enfin servi froid en volumes couleur citron, tel un petit plat aux trois crèmes : il ne rentra jamais dans ses frais, et, que je sache, à ce jour, il ne l'est toujours pas. *Le Ton majeur* fut davantage un grand accomplissement qu'un grand succès. Il convertit ses lecteurs en amis, ses amis en amoureux ; il posa l'auteur, comme on dit — ne le posa même que trop définitivement ; mais en fin de compte, ses chiffres de vente le rejetèrent dans l'obscurité. C'était en somme une chose exquise, mais qui ne se prêtait guère à la publication et encore moins au financement d'un mariage. Je connus tout de l'affaire, car mon intervention m'avait considérablement exposé. Mrs Highmore déclara que le second volume lui avait donné des idées, lesquelles idées sont probablement à trouver dans certains de ces ouvrages, dont elles ont peut-être même contribué à améliorer le tirage. Ce n'était pas encore exactement ce qu'elle voulait faire, mais cela y menait. Elle le perçut particulièrement, me dit-elle, à la lumière d'une étude critique que je plaçai dans une petite revue, et que l'éditeur cita abondamment dans ses publicités ; d'où cette absurde histoire selon laquelle Limbert lui-même l'aurait écrite. Je me souviens que, lorsque je demandai à quelqu'un comment l'on avait pu proférer pareille sottise, mon interlocuteur répondit : « Oh ! mais, parce que, vous savez, c'est exactement comme cela qu'il aurait écrit ! » Je fus un peu démoralisé, sans doute à l'idée que semblable similitude entre nos styles pût préfigurer quelque similitude entre nos sorts.

Ce fut pendant les quatre ou cinq années suivantes que nos yeux s'ouvrirent sur ce que pourrait être le destin, celui de Limbert en tout cas, à moins que l'on ne pût y faire quelque chose. Ce qu'il fallait, c'était, bien entendu, écrire le livre, ce livre qui ferait la différence, qui justifierait vraiment le fardeau qu'il avait supporté et serait la pleine expression de sa puissance. Pour les ouvrages qui suivirent *le Ton majeur,* il dut inévitablement accepter des conditions qui étaient loin d'être brillantes, surtout à une époque où les charges qui pesaient sur lui atteignaient le seuil critique. Avec trois bébés qui se succédèrent, une épouse de santé fragile, et une complication plus grave encore que celles-ci, il devenait d'une importance primordiale que l'homme fît de son mieux. Or tout ce que fit Limbert, il le fit de son mieux. Telle du moins fut toujours mon opinion, opinion que je ne manquais pas de proclamer partout, bien que mes propos — grands dieux non ! — ne fussent nullement en mesure de produire le changement désiré. D'ailleurs tout le monde en disait autant et il restait toujours parmi les soucis multiples l'assurance réconfortante que sa position était tout à fait sûre : les deux livres qui suivirent *le Ton majeur* firent plus que toute autre chose pour l'assurer, et Jane Highmore s'écriait sans cesse : « Tu es un écrivain à part, mon cher Ray, absolument à part ! » Le cher Ray me disait qu'il sentait la véracité de cela lors de discussions qu'il tentait timidement d'engager avec son éditeur. Sa belle-sœur, par-dessus le marché, lui donnait d'excellents tuyaux ; elle était une mine de fins conseils, d'ésotérique érudition. Ces choses n'étaient sans doute pas les moins précieuses pour lui, d'autant qu'elles portaient uniquement sur la question de savoir comment, moyennant un peu de jugeote, « se faire » une réputation, pour reprendre le mot de Mrs Highmore. A l'exception des rares occasions où elle témoignait de son désir de faire, comme le faisait Limbert, quelque chose, quelque jour, pour elle toute seule, je ne l'entendis jamais parler d'une motivation littéraire qui fût distincte de la motivation pécuniaire. Elle lui redressait son chapeau, elle aiguillonnait sa prudence, lui rappelait que c'était tel que l'on paraissait se prendre soi-même que le monde, dans sa bêtise, était prêt à vous prendre. C'était une erreur fatale que d'être trop franc, même avec les gens honnêtes — de ne pas avoir l'apparence et la conversation d'un homme prospère, de ne pas au moins prétendre faire un joli chiffre de ventes. A l'écouter l'on eût pris la profession littéraire pour une merveilleuse partie de bluff. D'où qu'elle vînt, une idée se terminait d'une façon ou d'une autre par des paragraphes inspirés dans les journaux. « Je vous l'assure, je donne à croire que vous vous répandez comme une traînée de poudre — cela, au moins, je peux le faire pour vous ! » déclarait-elle souvent, empêchée qu'elle était, il est vrai, de faire grand-chose d'autre, à cause du veto catégorique opposé par Mr Highmore à sa proposition d'accueillir chez eux Mrs Stannace.

Je ne pouvais m'empêcher de considérer la présence de ladite dame dans la vie de Limbert comme une complication majeure : quoi qu'il tentât, il semblait lui être donné de réussir, pour autant qu'il le pût, dans le seul pourtour de l'espace où tournoyaient ses jupons. Il est possible que je me trompe en pensant qu'elle vivait presque entièrement à ses dépens, car bien qu'il fût incapable de suivre adéquatement les conseils de Mrs Highmore, il y eut des aveux exaspérés qu'il ne fit jamais, de petits rideaux domestiques qu'il tira en en faisant cliqueter les anneaux. Il est possible que j'exagère rétrospectivement ses apparentes inquiétudes, car c'étaient là, après tout, les années où son talent gardait encore toute sa fraîcheur, l'époque surtout où il posait les jalons de son œuvre. Ce n'était pas de Mrs Stannace ni même, le temps passant, de Mrs Limbert que nous parlions principalement lorsque j'obtenais, à des intervalles de plus en plus espacés, une heure de plus en plus enfumée dans le petit antre gris d'où nous débouchions sur la pelouse, comme nous disions. La pelouse, c'était le jardin, et le bureau de Limbert, derrière la salle à manger, était pourvu de portes pliantes qui n'arrêtaient guère le vacarme du goûter des enfants. Nous nous en échappions parfois en nous réfugiant au plus profond du massif d'arbustes — à un buisson et demi de profondeur —, là où se trouvait un banc qui nous offrait une vue pendant que nous discutions de la coiffure, en forme de tiare, de Mrs Stannace dodelinant à une fenêtre de l'étage. Qu'il fût dans la maison ou dehors, une région terrible surplombait la vie de Limbert ; elle figurait en permanence dans sa conversation, avec un art non prémédité, sous le nom d'En Haut. C'était En haut que l'orage se préparait, que Mrs Stannace tenait sa comptabilité et entretenait son apparat, que Mrs Limbert avait ses enfants et ses migraines, que les sonnettes retentissaient pour les bonnes, bref qu'avait lieu tout ce qui était impérieux — tout ce que, d'une façon ou d'une autre, il lui fallait aborder, la plume à la main, dans la petite pièce de plain-pied avec le jardin. Je ne pense pas qu'il aimait monter En Haut, mais je n'avais besoin d'aucune soudaine confidence spéciale pour sentir qu'un service quasi incessant y passait. C'était l'habitude des dames de la famille Stannace que de se faire servir en tout, et je n'ai jamais mis les pieds dans une maison où trois bonnes et une gouvernante donnaient à ce point l'impression d'être tout un cortège. « Oh, elles sont si diablement, si héréditairement raffinées ! » Cela, je me souviens comment il le laissa tomber en quelque moment difficile. Certes, c'était bien parce que

Maud était si universellement raffinée que nous avions été tous deux amoureux d'elle. Ce n'était d'ailleurs pas un air à chanter sur un ton plaintif : aucun inconvénient domestique ne pouvait durablement perturber le grand bonheur qui fut le sien, ces années-là — ce bonheur qui nous tenait compagnie lorsque nous parlions et qui rendait toutes nos discussions amusantes, ce sentiment qu'il frôlait la réussite, s'en rapprochait de plus en plus, la touchait enfin, sachant qu'il la toucherait à nouveau pour cette fois la tenir et la brandir. Bien sûr lorsque nous parlions de réussite nous n'entendions pas la même chose qu'une Mrs Highmore. Pour sa définition, il me citait un fragment d'une quelconque page que j'avais commise, quelque dicton perdu selon lequel l'homme de son art y était parvenu lorsque, d'un beau sujet, l'expression était parfaite. Eh bien, celle de Limbert n'était-elle pas, en vérité, parfaite ?

Ce fut pourtant en pleine perfection que le renversement se produisit, le renversement je ne dirais pas de sa fortune — car quelle était sa fortune ? — mais de sa confiance, de son entrain, davantage, de son système. La circonstance où en apparut brutalement le premier symptôme m'est tout à fait présente à l'esprit au moment où j'écris. Je les avais rencontrés tous les deux au dîner ; ils étaient des dîneurs qui avaient atteint le pénultième stade — le stade qui constitue, en théorie, une sélection rigoureuse et qui est, en pratique, une pâle soumission. La saison touchait à sa fin et des esprits plus forts que les leurs étaient abattus ; il faisait lourd cette nuit-là et l'ambiance du banquet était telle que, pour toute conversation, l'on se contentait de refuser des plats, et pour toute consommation, de humer une fleur. Cela me frappa d'autant plus que Mrs Limbert battait pavillon, le sien. Aussi éclatante qu'une page de la prose de son mari, elle avait une de ces lueurs de fraîcheur qui sont le miracle de son sexe et une de ces robes coûteuses qui sont le miracle du nôtre. Elle avait également un élégant coupé dans lequel elle s'était proposé d'accueillir une vieille dame, lui épargnant l'éventualité d'un fantasque cheval de fiacre ; aussi bien, lorsqu'elle fut partie avec sa charge, proposai-je de raccompagner à pied son mari, que j'avais rejoint sur le pas de la porte. Nous n'avions fait que quelques pas ensemble qu'il m'informait déjà qu'il avait une nouvelle pour moi : il avait accepté — oui, lui ! — un poste rédactionnel. Cela s'était fait le jour même, en l'espace d'une heure, sans le temps ni de solliciter quiconque ni de réfléchir. Mr Bousefield, propriétaire d'un « mensuel de première qualité », à l'occasion, comme l'on disait, d'un brusque changement de cap, était lourdement tombé sur lui sans crier gare. Tout allait bien — il y avait un salaire et une idée, les deux, toutes proportions gardées, plutôt élevés. Nous nous dirigeâmes lentement à travers les rues désertes, et dans les explications et les révélations que je tirai de lui, lorsque nous nous attardions sous un lampadaire, je découvris avec appréhension que j'essayais péniblement de savourer un avant-goût de l'amère fin. Il m'en dit plus qu'il ne m'en avait jamais encore dit. Il ne parvenait pas à équilibrer ses comptes — c'était là le problème ; ses frais étaient une marée qui montait trop vite. C'était pour lui une nécessité absolue que de gagner enfin de l'argent, et il devait à présent travailler dans ce seul but. Le poids des besoins de l'année écoulée avait atteint celui d'un rouleau compresseur qui l'avait renversé, écrasé. Mais il tenait son projet ; cette fois-ci il savait ce qu'il faisait ; lorsqu'une bonne occasion se présenterait, et qu'il aurait le loisir d'en discuter, il m'exposerait toute la sainte stratégie. Son poste rédactionnel l'aiderait, et, pour le reste, il devait se débrouiller ; sinon, ils se verraient dans l'obligation de prendre des mesures radicales — changer complètement de vie, renoncer à Londres, aller s'installer à la campagne, prendre une maison à trente livres par an, envoyer les enfants à l'école communale. Je vis qu'il était excité, et il admit qu'il l'était : il sortait d'une transe. Il s'était trompé de tactique ; il avait accumulé les erreurs. C'était la vision de son remède qui le passionnait maintenant ; d'une simplicité ineffable, grotesque, il ne lui était venu à l'idée que depuis un jour ou deux. Non, il ne me dirait pas ce que c'était ; il me laisserait la nuit pour deviner, et, si je ne devinais pas, ce serait que mon ânerie était l'égale de la sienne. Un célibataire pouvait toutefois se permettre d'être un âne : il y avait de la place dans sa vie pour ses oreilles. Ray, lui, avait un fardeau qui exigeait un soutien : ce soutien devait donc à présent trouver son principe. Quant au journal il était tout simplement providentiel, car loin d'être une seconde *Balise de Blackport*, il en était exactement le contraire. Le propriétaire, le grand Mr Bousefield, s'était adressé à lui précisément parce que son nom, qui figurait sur la couverture, symbolisait le refus du bavardage. Le tout devait se proposer — oh, à une échelle certes insignifiante ! — comme une protestation contre le bavardage. Bousefield voulait qu'il fût lui-même, c'était pour lui, tel qu'il était, que Bousefield l'avait choisi. N'était-ce pas beau et courageux de la part de Bousefield ? Il voulait de la littérature, il voyait arriver la grande réaction, il savait d'où le vent allait venir. « Où trouveras-tu de la littérature ? » lui demandai-je tristement ; il répondit en riant que ce qu'il lui fallait trouver, ce n'était point de la littérature mais seulement ce que Bousefield prendrait comme telle.

Cette seule expression sans plus de façons suffit à me fixer sur la nature de son fameux remède. Ce qui l'attendait à l'avenir, ce n'était point l'accomplissement de son travail, mais celui de ce que quelqu'un d'autre prendrait pour son travail. Je m'expliquai avec lui à ce sujet, dès la première occasion, et de toutes les vives discussions dans lesquelles nous avions dû nous laisser entraîner, celle-ci me reste à l'esprit comme la plus vive. Non, je m'empresse de l'ajouter, parce que je contestai ses conclusions : ce fut là un effet de la force même avec laquelle, lorsque j'eus sondé ses pauvres prémisses, je les acceptai de tout mon cœur. Il était très bien de dire avec Jane Highmore qu'il était un écrivain à part ; l'éminence de cette position l'avait conduit au bord de la faillite. Plusieurs personnes admiraient ses livres — rien n'était moins incontestable ; pourtant l'idée d'en faire l'acquisition, que ce fût par le biais d'une souscription ou d'un achat, semblait les ennuyer mortellement : ils préféraient les mendier ou les emprunter, ou même les voler, ou bien encore ils déléguaient l'un des leurs pour apprendre les volumes par cœur et les réciter, tels les bardes d'antan, aux foules attentives. Quelque théorie ingénieuse était en tout cas nécessaire pour expliquer les inexorables limites de ses tirages. Il n'y avait pas là de quoi faire vivre cinq personnes ; en conséquence, soit les objets mis en vente, soit les organismes à nourrir devaient changer de nature. Le changement des premiers était sans doute plus facile à d'abord envisager. Dès lors, Limbert l'envisagea avec une ingéniosité extraordinaire, et cette ingéniosité, plus grande que je n'avais jamais encore eu l'occasion d'en admirer chez lui, rendit l'étape suivante de sa carrière pleine d'attrait et d'une captivante incertitude.

— J'étais en train de me cogner le crâne contre un mur, avait-il dit en ces moments de confidence ; et toi-même, imbécile aussi sublime, si tu me permets ce terme, mon cher ami, n'as cessé de sonner la charge. Assis là, nous parlions à n'en plus finir de la « réussite », que le ciel nous vienne en aide, tels des moines psalmodiant dans un cloître, caressant la douce illusion selon laquelle elle se trouverait quelque part dans l'œuvre elle-même, dans l'expression, comme tu le disais, de son sujet ou dans l'intensification, comme le dit quelqu'un d'autre, de son ton. L'on s'est en somme comporté comme si la seule chose à faire était de se soumettre à la loi de son talent, pensant que si certaines conséquences ne s'ensuivaient pas, c'était seulement parce que l'on n'était pas encore assez logique. J'ai tout à fait mérité mes déboires — ne serait-ce que pour avoir employé cet ignoble vocable ; un vocable bon pour un vulgaire diffuseur, bon pour un vulgaire colporteur. Et puis le succès, qu'est-ce au juste ? Quand un livre est bien, il l'est, un point c'est tout. S'il ne l'est pas, honte à lui ! Quand il se vend, il se vend — il rapporte de l'argent comme des pommes de terre ou de la bière. S'il y a déshonneur d'un côté, et embarras de l'autre, il est certainement confortable, mais certainement pas glorieux d'avoir échappé à l'un comme à l'autre. Les gens qui ont le sens de la délicatesse ne se vantent ni de leur probité ni de leur chance. Le succès, je m'en moque — je veux vendre. C'est une question de vie ou de mort. Il faut que j'étudie la manière d'y parvenir. J'ai trop étudié l'autre manière — je connais à présent l'autre manière comme ma poche. Il faut que je tire parti du marché, c'est une science comme une autre. Il faut que je pratique une ruse diabolique. Ce sera très amusant, je le prévois ; je mènerai une vie pleine d'allant et conduirai un ronflant commerce. Je n'ai pas été limpide — il faut que je le sois. Je n'ai pas donné dans le populaire — il faut que je m'y mette. C'est un art — ou peut-être n'est-ce pas un art du tout. C'est autre chose ; reste à découvrir ce que c'est exactement. Est-ce quelque chose d'extrêmement bizarre ? — tu rougis — quelque chose d'à peine décent ? Voilà un stimulant supplémentaire pour la curiosité. Formidable motivation que la curiosité ! Il va y avoir du sport. Ils y arrivent tous ; toute la question est de savoir comment. Bien sûr, j'ai tout à désapprendre ; mais qu'est-ce que la vie, comme dirait Jane Highmore, sinon une leçon. De Jane, il faut que j'apprenne tout ce que je pourrai, tout ce qu'elle pourra me donner. Elle peine à donner des explications ; elle est tout intuition ; sa méthode reste obscure ; c'est l'esprit qui fond sur elle et l'empoigne. Mais c'est plein de respect qu'il faut que je l'étudie dans ses œuvres. Oui, tu m'as déjà défié, mais maintenant je me suis ceint les reins : j'affirme que j'en lirai un — vraiment : j'irai jusqu'au bout, dussé-je en périr !

Je n'affirmerai pas qu'il fit toutes ces remarques d'affilée. Mais il n'y en a pas une seule qu'il ne prononçât à un moment ou un autre, car les occasions qui s'y prêtaient devenaient assez fréquentes, maintenant qu'il consacrait sa vie entière à sa nouvelle obligation. Qu'il eût ou non, comme l'on dit, toute ma sympathie intellectuelle, la question n'était pas là : la force brutale du besoin ne laissait aucune place au jugement ; elle réduisait l'émotion au recours à une lunette d'approche. Je le regardais comme j'eusse regardé une longue course ou une longue poursuite, prenant irrésistiblement parti pour lui, mais fort préoccupé par le calcul de ses chances. J'avoue honnêtement avoir souvent eu la mort dans l'âme pendant qu'il parcourait, si vite, cette étendue sans fin. Je le vis à l'ouvrage dans la plaine tachetée de soleil. Je le vis redoubler ses efforts, s'essouffler, reprendre du terrain, en reperdre ; et pendant tout ce temps-là j'entretenais une secrète conviction. Je désirais certes qu'il nourrît ses nombreuses bouches, mais au fond de tout cela subsistait chez moi le sentiment que, s'il y parvenait de cette façon-là, je l'estimerais moins. Or, de cela, j'avais une absolue terreur. En attendant, je le soutenais, je l'aidais dans la mesure de mes possibilités ; et ce d'autant mieux que je l'avais d'emblée sévèrement mis en garde, que j'avais accueilli en souriant, avec une compassion qu'il eut la gentillesse de ne pas trouver exaspérante, l'assurance complaisante dont il faisait preuve en présumant qu'un homme pouvait échapper à lui-même. Ray Limbert, quoi qu'il en fût, ne s'échapperait assurément jamais ; mais pour lui on pouvait jouer, très sérieusement, à faire semblant. Entreprise pour laquelle, au départ, Mr Bousefield fut visiblement une bénédiction. Limbert était admirable quand il soutenait que c'était enfin là ma chance à moi — l'occasion si miraculeusement accordée de faire paraître mes articles dans un cadre d'un certain luxe. Il ne se souciait nullement du nombre de fois qu'il me publierait, car n'était-il pas vrai que c'était justement dans ma direction que Mr Bousefield assurait que le vent allait tourner ? C'était le moins qu'il pût faire pour moi. Il m'était permis d'écrire sur tout ce quc jc voulais — sur tout sauf sur la seconde manière de Mr Limbert. Il ne désirait pas que l'on attirât l'attention de façon très frappante sur sa seconde manière ; celle-ci devait opérer insidieusement ; il fallait laisser les gens croire qu'il l'avait découverte longtemps auparavant. « Ralph Limbert ? Mais avons-nous jamais vécu sans lui ? » — voilà ce qu'il voulait les entendre dire. D'ailleurs l'on détestait les manières — et il ne faut pas réveiller le chat qui dort. Son arrangement avec Mr Bousefield — il n'avait pas eu besoin de discuter ; ce fut l'excellent homme lui-même qui discuta

— prévoyait la publication en feuilleton dans la revue d'un de ses beaux récits. Quant à la beauté de son récit, Limbert allait toutefois être moins admirablement direct qu'à propos de la beauté de tout le reste. C'était une autre raison pour n'avoir pas à écrire sur sa nouvelle stratégie : il ne fallait pas prévenir Mr Bousefield de façon trop définitive qu'un tel périodique était exposé à la prostitution. Le temps qu'il s'en rendît compte, le public — *le gros public* — aurait mordu, et peut-être alors serait-il apaisé et plus indulgent. Tout le reste, en somme, serait littérature et moi-même en particulier ; seul, Ralph Limbert ne le serait pas — il préférerait plutôt arrêter tout. Il serait vulgaire, il serait rudimentaire, il serait exécrable ; il serait avec soin ce qu'il n'avait pas été auparavant.

Je constatai, comme de juste, qu'il eut plus de difficulté à rendre « tout le reste » littéraire qu'il ne l'avait initialement prévu ; cela fut, il est vrai, contrebalancé par la facilité avec laquelle il parvint à ne pas aller au-delà du but fixé. Il avait pris très à cœur la vieille leçon de *la Balise ;* il se souvenait qu'après tout il était là bien plus pour modérer ses collaborateurs que pour les encourager. Je trouvais parfois qu'il les modérait un rien excessivement, mais il me rassurait en disant que je n'avais aucune raison d'être inquiet : il s'était assigné une limite — cette limite était inexorable. Il réserverait la vulgarité pure à son feuilleton, dont la rédaction lui faisait suer sang et eau ; pour le reste, il se distinguerait par la première des distinctions, une attachante, une engageante médiocrité. Bousefield, il l'accordait volontiers, était fier, était difficile ; rien n'était vraiment assez bon pour lui sinon le moyennement bon ; mais lui-même était prêt à accepter des commentaires défavorables, résolu qu'il était à maintenir son noble cap. Limbert ne disposait-il pas d'ailleurs, au cas où à la direction on le taxerait de laxisme, d'une grande force : celle de pouvoir montrer mes contributions ? Je devais donc me laisser aller, je devais m'abandonner à mes penchants personnels, je devais être une ressource en cas d'accidents. La vision qu'avait Limbert de ces accidents tournait essentiellement autour d'un brutal réveil de Mr Bousefield quant à la qualité du matériel que son rédacteur repassait au département de fiction. Il serait alors obligé d'avouer en toute humilité que ce n'était pas là ce que le brave homme désirait, aussi ma présence serait-elle d'autant plus celle du spécimen salutaire. Je brouillerais la piste avec quelque chose de tapageusement impossible, de magnifiquement impopulaire — je devais être sûr d'avoir quelque chose en cours. J'avais toujours quantité de travaux en cours — le pauvre Limbert n'avait pas besoin de s'inquiéter : la revue était chaque mois assurée, grâce à moi, d'une riposte à toute éventuelle accusation de baisse de qualité au regard de la norme établie par Mr Bousefield. Celui-ci avait confié à Limbert, après une délibération certes longue, qu'il était prêt à se montrer parfaitement humain ; mais il avait ajouté qu'il ne tolérerait pas que l'on abusât de cet aveu. La chose au monde que je crois pour ma part avoir ressentie le moins, ce fut assurément un abus, bien que (je n'y avais jamais fait allusion devant mon rédacteur d'ami) j'eusse, de mon côté, le projet d'élargir mon audience. Sans doute mon projet m'inspirait-il plus confiance que celui de Limbert ; quoi qu'il en fût, le juste milieu où, en la circonstance, il voyait son salut en tant que rédacteur, était quelque chose dont je serais tout à fait sûr si j'avais à en produire moi-même les preuves. Ce que je fis mois après mois, avec une monstrueuse légèreté, implorant seulement le ciel pour que mon rédacteur ne me dît pas à présent, comme il me l'avait si souvent dit, que mon résultat était fort bon. Je savais ce que cela signifierait — cela signifierait, pour parler vite, un désastre. En fait, il m'affirma chaleureusement que c'était exactement là ce que son jeu réclamait : sa nouvelle stratégie avait rendu plus que présomptueuses — sauf lorsqu'en privé nous en riions — les locutions qui convenaient à une entreprise réellement audacieuse. Si j'essayais de le laisser dans l'ignorance, tout comme il y laissait Mr Bousefield, rien, certes, ne donnait à voir que je n'y arrivais pas décemment, chaque cas proposait donc pour l'autre une analogie prometteuse. Jamais il ne remarqua ma baisse ; il n'était donc pas exclu que Mr Bousefield ne remarquât jamais la sienne. Mais personne ne remarquerait-il rien ? — c'était là une question qui donnait à l'avance une saveur supplémentaire à la possession d'un sens critique. Tant de choses en dépendaient que je fus essentiellement soulagé de n'en pas connaître trop tôt la réponse. En fait mon attente dura une année, durée du contrat d'essai que Limbert avait finement conclu avec Mr Bousefield ; année pendant laquelle, par la même astuce affilée, il était entendu dans l'accord conclu entre eux que Mr Bousefield s'abstiendrait d'intervenir. Cela avait été la requête adressée à chacun de nous par Limbert : le laisser tout à fait seul durant cette période. Sa terreur de mes rayons directs était une force étrange, terrible, qui fonctionnait à tous coups : il l'expliquait par le fait que je le connaissais trop bien, exprimais trop complètement son intention, le sauvais trop peu de lui-même. Or moins il était sauvé et moins il se vendait : j'interprétais à la lettre, et cela était tout simplement fatal.

Je retins donc mon souffle. Davantage : je me fis aveugle, et fermai mes traîtresses oreilles. Il persuada plusieurs d'entre nous d'agir ainsi (de telles dévotions nous étions capables) de sorte que, sans même, chaque mois, jeter un coup d'œil sur la chose, n'ayant d'autre repère pour me guider que son silence honteux et inquiet, je ne participai que de loin au léger bourdonnement qui entourait son acte de sacrifice. Le bruit courut en ville que le public serait surpris ; on donna à entendre, et à lire, qu'il faisait une tentative désespérée. On disait de son nouvel ouvrage qu'il « visait un public élargi ». Cette nouvelle suscita dans certains milieux une grande réprobation, et nulle part davantage, je crois, que chez certaines personnes qui n'avaient jamais lu un mot de lui, ou n'avaient, à coup sûr, jamais dépensé un sou pour lui, et qui s'attardaient pendant des heures sur les autres attractions du journal annonçant sa déchéance. Tant de sévérité me réconforta un peu, elle semblait signifier qu'il pouvait être vraiment en train de réussir quelque chose. D'un autre côté j'en conçus une réelle inquiétude ; quelqu'un m'envoya, pour une raison connue de lui seul, un journal américain (qui contenait, pour être franc, d'autres sources d'affliction) où l'on citait un passage de la dernière livraison de notre ami. Le passage — rien au monde n'aurait pu m'empêcher de le lire — était tout simplement superbe. Ah, il serait effectivement obligé d'aller s'installer à la campagne, s'il ne savait faire pis que cela ! Cela me serra le cœur de voir le peu de progrès qu'il avait fait depuis l'époque de sa compétition avec Pat Moyle. Il n'y avait rien dans le passage cité par le journal américain que Pat eût pu signer. Pendant les dernières semaines, comme le moment s'approchait de lire l'œuvre dans son ensemble, la tension devint à peine supportable, et je n'oublierai jamais le soir de juillet où je devais y mettre fin. En rentrant pour le dîner, je trouvai les deux volumes sur ma table, et je restai assis à les lire la moitié de la nuit, ahuri, me frottant les yeux, émerveillé par l'énorme plaisanterie. Était-ce vraiment une énorme plaisanterie, sa seconde manière ? — était-ce donc cela la nouvelle stratégie, la tentative désespérée, le plan visant à une acceptation plus massive, le remède contre l'échec matériel ? Avait-il ridiculisé tous ses adeptes, ou bien était-ce lui-même qu'il avait ridiculisé, davantage encore, et de la façon la plus préjudiciable ? Limpide ? Mais où diable cela était-il limpide ? Populaire ? — par quel miracle ce livre pouvait-il être populaire ? La chose était charmante de tout le charme de Limbert, et puissante de toute sa puissance : c'était, sans scrupule, sans compromis, sans honte, sans merci, un chef-d'œuvre. Et c'était, à l'évidence, tout comme les anciennes lettres à *la Balise,* le pire dont il était capable ; mais la perversité de l'effort, quoique héroïque, avait été contrecarrée par la pureté du don. Quelle illusion avait accompagné son labeur, quelle boussole indécise et trompeuse l'avait-elle guidé ? Son honneur était inviolable, ses calculs étaient tous erronés. Je fus transporté par l'impression globale que cela me fit et par la foule de choses que cela entraînait dans sa suite. C'était une débâcle trop gigantesque — c'était un triomphe trop effroyable ; j'exultai, au bord des larmes — je me lamentai avec une étrange délectation. Et comme ma courte nuit touchait à sa fin, que, me débattant avec mes émotions, incapable de rester en place, je me penchais à ma fenêtre pour entrevoir l'aube estivale, je m'aperçus au bout d'un moment que je la contemplais avec des yeux que la compassion et l'admiration avaient remplis de larmes. Le ciel, à l'est, au-dessus des toits londoniens, était d'un cramoisi merveilleux et tragique : la couleur même de sa magnifique méprise.

IV

Si quelque chose de moindre importance avait dépendu de mon impression, sans doute en aurais-je fait part sitôt avalé mon petit déjeuner ; mais le cas était si gênant que je passai la première moitié de la journée à le reconsidérer, me replongeant dans le livre, en tournant les pages presque fiévreusement pour tenter d'en extraire, à l'avantage de mon ami, quelque symptôme rassurant, quelque motif de félicitation. Cet imprudent défi eut des conséquences simplement épouvantables ; les maudits volumes, impénétrables et irréprochables, avec leurs secrets plus farouches et leur seconde ligne de défense, ressemblaient à une belle femme plus dénudée ou à une grande symphonie qu'on vient d'écouter à nouveau. Il y avait quelque chose de tout à fait sinistre dans leur façon de me faire front. Je ne pouvais cependant rester muet — c'eût été là donner une fausse nuance à ma déception ; aussi, plus tard dans l'après-midi, prenant mon courage à deux mains, je m'approchai avec une inutile tortuosité de la porte du pauvre Limbert. Une élégante victoria attendait devant ; depuis le bout de la rue je vis qu'une dame, sortant apparemment de la maison, y prenait place. Je reconnus Jane Highmore et aussitôt m'arrêtai jusqu'à ce qu'elle m'eût rejoint en descendant la rue. Quand elle arriva à ma hauteur et qu'elle me vit, à l'instant, en proie à une grande agitation, elle fit stopper sa voiture. Ce fut un soulagement — cela retardait d'autant la vue du pâle et beau visage de notre ami me faisant face pour entendre le juste verdict. Je conclus de l'empressement avec lequel Mrs Highmore, toute rouge, me demanda si j'avais entendu la nouvelle qu'une manière de verdict avait déjà été rendue.

— Quelle nouvelle ? Au sujet du livre ?

— Au sujet de cette affreuse revue. Ils sont horriblement vexés. Il a perdu son poste — il a eu une épouvantable altercation avec Mr Bousefield.

Je restai planté là sans réagir, mais conscient néanmoins de la manière dont l'histoire se répétait. Il me revint en mémoire, à des années de là, l'annonce par Maud de son renvoi de *la Balise,* et faiblement, confusément, la même explication était dans l'air. Cette fois-ci, cependant, je m'étais tenu sur mes gardes ; j'avais été méfiant.

— Il a donné un ton trop désinvolte à la revue ? demandai-je après un instant, le temps de retrouver mon souffle.

L'ahurissement de Mrs Highmore dépassait le mien.

— Trop « désinvolte » ? Trop sibyllin plutôt. Mr Bousefield dit qu'il l'a tuée.

Puis, remarquant ma stupéfaction, elle poursuivit :

— N'êtes-vous donc pas au courant de ce qui s'est passé ? N'est-ce pas parce que, le pauvre chéri, à cause de ses ennuis, a fait appel à vous, que vous êtes venu ? N'êtes-vous au courant de rien ? Vous devriez pourtant être un peu mieux informé avant de les voir. Montez donc ici avec moi — je vous emmènerai faire un tour et je vous parlerai.

Nous étions près du Park, Regent's Park, et lorsque avec un extrême empressement je me fus placé à côté d'elle et que la voiture se fut engagée dans l'entrée du Park, elle reprit :

— C'était ce que je craignais, vous savez. Cela empestait la culture. Il a joué un ton trop haut.

Je me sentis sombrer dans la débâcle générale.

— De quoi parlez-vous ?

— Eh bien, de cette affreuse revue. Ils sont tous à la rue. Il va falloir que je prenne Maman.

Je me ressaisis.

— Mais que voulait donc Bousefield ? Il a dit qu'il voulait de la puissance intellectuelle.

— Oui, mais Ray a fait du zèle.

— Mais, Bousefield disait que c'était une chose pour laquelle il ne saurait trop en faire.

— Eh bien, Ray y est parvenu : il a compris Mr Bousefield trop littéralement. Il semble que l'affaire ait très mal marché, mais que le propriétaire n'ait rien pu dire, parce qu'il s'était engagé à accorder au rédacteur une totale indépendance. Il dit qu'il est resté, planté là, fébrile, à regarder couler son vaisseau. Il y a un jour ou deux, le délai d'un an a pris fin, et il a donc pu enfin se libérer. Maud dit qu'il s'est en effet libéré assez terriblement ; il est venu à la maison régler son compte à Ray. Ray lui a rendu la monnaie de sa pièce : il lui a rappelé l'idée qu'il avait de la direction où le vent allait tourner.

— Bousefield a-t-il abandonné cette idée-là ? Le vent ne va-t-il pas tourner ? lui soufflai-je, consterné.

Mrs Highmore hésita.

— Il semble que le vent ne soit pas pressé. Ray, en tout cas, a tourné bien trop tôt avant lui. Il aurait dû temporiser un peu, dit Mr Bousefield ; mais, savez-vous, je commence à croire, dit ma compagne, que Ray ne sait pas temporiser.

Encore sous le coup des émotions des dernières vingt-quatre heures, je n'étais guère en mesure de la contredire.

— Il a publié trop d'abstractions pures.

— D'abstractions pures ? m'écriai-je. Mais, cela m'a paru si souvent — la plupart du temps, à vrai dire — n'être que de pures sornettes !

— Oh, mais vous, vous jouez encore un ton au-dessus de lui ! Mr Bousefield dit que bien sûr il désirait des choses qui fussent suggestives et intelligentes, qu'il puisse montrer avec fierté. Mais il prétend que Ray n'a pas tenu compte de la faiblesse humaine. Il présentait tout en des doses trop fortes.

En entendant ses paroles je fis une grimace qui, je le crains, n'échappa pas à ma voisine ; ce fut comme un aiguillon qui me fit réfléchir. Et je dis :

— N'est-ce pas de cette façon, par hasard, qu'il me présentait, moi ?

Mrs Highmore resta si longtemps silencieuse que j'eus, je ne sais comment, la sensation d'une nouvelle angoisse ; et, au bout d'une minute, me retournant sur mon siège, je posai la main sur son bras, regardai fixement son visage, et continuai d'une manière pressante :

— Serait-ce à mes *Remarques de circonstance* que Mr Bousefield se réfère selon vous ?

Son regard rencontra enfin le mien.

— Supporterez-vous de l'entendre ?

— Je pense pouvoir supporter n'importe quoi à présent.

— Oui, c'était bien cela que je voulais vous faire entrevoir. C'est en grande partie à cause de vous qu'ils se sont disputés. Mr Bousefield veut qu'il vous laisse tomber.

A nouveau je lui saisis le bras.

— Et Limbert s'y refuse ?

— Il semble se cramponner à vous. Or Mr Bousefield dit qu'aucune revue ne peut se payer le luxe de vous publier.

J'eus un rire qui troubla jusqu'au cocher.

— Comment, ma chère dame, peut-il avoir quelque idée de mon prix ?

— Il ne s'agit pas de votre prix — il dit que vous êtes cher à n'importe quel prix ; vous avez une si grande part dans le naufrage du navire. Vos « Remarques » sont dites « de circonstance », mais rien ne pourrait être aussi implacablement régulier ; vous y êtes mois après mois et vous n'êtes jamais ailleurs. Et vous ne répondez à aucun désir du public.

— Je lui donne l'ironie la plus délicieuse.

— C'est ce que Ray semble avoir déclaré. Mr Bousefield dit que ce n'est nullement là un désir du public. Personne n'arrive à comprendre de quoi vous parlez, d'ailleurs personne n'en a la moindre envie. Remarquez que je ne fais que le citer.

— Citez, citez — à condition que Limbert tienne bon. Je crois que je dois vous quitter maintenant, veuillez m'excuser, il faut que j'y retourne en vitesse pour lui dire ce que je ressens.

— Je vous conduirai jusqu'à sa porte. Ce n'est pas tout, dit Mrs Highmore.

Et, après que la voiture eut fait demi-tour, elle me livra, chemin faisant, le reste.

— En fait, Mr Bousefield est arrivé avec un ultimatum, qui, en l'occurrence, avait l'aspect de quelque chose signé Minnie Meadows.

— Minnie Meadows ?

J'étais stupéfait.

— La nouvelle humoriste dont tout le monde parle. C'est le premier d'une série d'amusants dessins pour lesquels le pauvre Ray devait trouver une place.

— C'est donc cela l'idée qu'a Mr Bousefield de la littérature ?

— Non, mais il dit que c'est celle du public, et qu'il faut tenir compte, tout de même un peu, du public. *Aux grands maux les grands remèdes*. Ils avaient énormément de terrain à regagner, et personne ne le regagnerait aussi bien que Minnie. Elle était la meilleure concession qu'ils pussent faire à la faiblesse humaine ; elle donnerait à entendre ce ton qui montrerait qu'il ne s'agirait pas uniquement de… eh bien, de vous. Or, de l'avis de Ray, Minnie dépasse les limites ; il ne s'abaissera pas jusqu'au niveau de Minnie ; il se refuse à être en contact avec Minnie, et même à simplement la regarder. Quand Mr Bousefield — plutôt impérieusement, je crois — a fait de Minnie la condition « sine qua non » de son maintien à ce poste, Limbert lui a répondu quelque chose d'assez violent, il lui a dit d'aller quelque part — je ne peux prononcer le nom —, et d'emmener Minnie avec lui. Ce qui, bien entendu, a mis le feu aux poudres. Ils ont eu ensemble une scène tout à fait considérable.

— Comme il en a eu une avec l'homme de *la Balise*, répondis-je, songeur : le pauvre, il semble né pour des scènes considérables ! C'est donc à cause de Minnie qu'ils ont réellement rompu ?

Mrs Highmore exhala son désespoir en un son que je pris pour un assentiment, et lorsque la voiture nous eut emmenés un peu plus loin je sortis, assez inconsidérément et à sa très visible surprise, de ma rêverie.

— Il ne peut en aller ainsi. Il doit s'abaisser jusqu'au niveau Minnie !

— C'est trop tard — et encore, ce que je vous ai dit n'est pas tout, Mr Bousefield pose une autre condition.

— Laquelle, je vous prie ?

— Ne pouvez-vous deviner ?

Je m'interrogeai.

— Plus de fiction de Ray ?

— Pas une ligne. Car voilà autre chose qu'aucune revue ne saurait supporter. Maintenant que son roman est paru, Mr Bousefield est très nettement déçu.

Je bondis littéralement de mon siège.

— Alors il est possible que cela aille !

Mrs Highmore sembla déroutée.

— Comment donc, puisqu'il le trouve trop pesant ?

— Pesant ? Ralph Limbert ? Mais il est fin comme une aiguille.

— Cela revient au même — il ne transpercera pas le cuir. Mr Bousefield avait tablé sur quelque chose qui le ferait, sur quelque chose qui rencontrerait une audience plus large. Ray dit qu'il veut des piquets de fer.

Je retombai sur mon siège ; la lueur d'allégresse s'était transformée en une plus discrète pulsation de réconfort ; et après un moment de silence je demandai à ma voisine si elle-même avait lu l'ouvrage que notre ami venait de publier.

— Non, répondit-elle. Dès le début, je lui ai donné ma parole, à sa demande instante, que je ne le lirais pas.

— Même une fois publié en livre ?

— Il m'a priée de ne pas le regarder du tout. Il a précisé

qu'il s'essayait à une bien basse expérience. Bien sûr, j'ai compris ce qu'il voulait dire et je l'ai supplié de m'y laisser jeter un coup d'œil, seulement par curiosité ; mais il est resté inébranlable, il a déclaré qu'il ne pouvait supporter l'idée qu'une femme comme moi puisse le voir toucher le fond.

— C'est seulement, Dieu merci, le fond de la détresse qu'il touche, répliquai-je. Son expérience est celle d'un échec, rien de plus.

— Bousefield a donc raison. Ses ventes ne progresseront pas ?

— Elles ne décolleront pas, comme disent les journalistes. Le livre est d'une beauté extraordinaire.

— Le pauvre — après avoir essayé si fort ! soupira Jane Highmore avec une réelle tendresse ; mais qu'est-ce qu'ils vont devenir alors ?

Je restai silencieux un instant.

— Il faut que j'en parle à Cecil, fit-elle enfin.

Cecil, c'est-à-dire Mr Highmore, entretenait à l'époque, je le savais, des opinions tranchées sur les difficultés qu'avaient, le plus souvent, les circonstances à s'accommoder des particularités de Mrs Stannace. Il trouvait extrêmement heureux le fait qu'en un parent important elle eût affaire à forte partie. Et cette forte partie, c'était Ray Limbert — écrivain médiocre mais homme pratique.

— Vous savez, les pauvres chéris croient encore, poursuivit ma compagne, que le livre sera à l'origine de leur fortune. Si vous avez vu juste, leur illusion sera brutalement dissipée.

— C'est pourquoi je redoute de les avoir en face de moi. Je viens de passer avec ses volumes une nuit inoubliable. L'illusion a pu durer parce que beaucoup d'entre nous jusqu'à ce moment s'étaient engagés à regarder d'un autre côté. Nous n'avons pas su la vérité et n'avons donc rien eu à dire. Et même maintenant que nous savons, nous n'avons pas grand-chose à dire. J'hésite à franchir le pas de sa porte. Comment puis-je arriver plein d'enthousiasme juste après une visite aussi catastrophique que celle de Mr Bousefield ?

Comme, mal à l'aise, je me tournais et me retournais, ma voisine, moins agitée, se blottissait dans son coin.

— Eh bien, je suis contente de ne pas l'avoir lu et de n'avoir rien de désagréable à dire !

Nous étions revenus près de la porte de Limbert, et je fis arrêter le cocher un peu avant.

— Mais il recommencera, avec cette détermination qu'on lui connaît : il reportera ses espoirs sur la prochaine fois. Sur quoi d'autre les reporte-t-il depuis le début ? Pour lui ce n'est jamais le présent qui se voit couronné de succès ; tout est toujours différé au profit de quelqu'un d'autre ; une nouvelle tentative est toujours nécessaire. J'admets que son idée d'une « nouvelle stratégie » l'ait amené, comme jamais auparavant, à décupler ses efforts. Cela ne change rien, ruminai-je, m'attardant peureusement auprès d'elle. La satisfaction de ses besoins, son espoir d'un marché, continueront d'être les exigences de son avenir. Mais la prochaine fois le décevra comme l'ont déçu les précédentes — et puis la prochaine et la prochaine et la prochaine !

Je constatai que je voyais l'ensemble du tableau avec une lucidité quasiment inspirée ; cela glaça manifestement Mrs Highmore.

— Mais alors que deviendra-t-il ? demanda-t-elle d'un ton plaintif.

— Je crois que cela m'est un peu égal de savoir ce qu'il peut devenir, lui répliquai-je, conscient de la dangereuse montée de mon exaltation. J'ai le sentiment qu'il suffit presque de s'occuper de ce que peut devenir notre plaisir à le lire. Bref, je ne sais ce que deviendront ses ventes ; seulement je suis tout à fait rassuré quant au développement de son œuvre. Elle gardera simplement toute sa qualité. Il cherchera à nouveau la vulgarité avec ce qu'il prendra pour une astuce plus infernale encore, et une fois de plus la vulgarité lui échappera fatalement, car son astuce infernale n'aura été que son génie inefficacement déguisé.

Nous restâmes assis, dans la voiture rangée le long du trottoir, à considérer l'avenir de Limbert tel que je le voyais. D'une certaine façon cela me soulageait de connaître le pire, et je prophétisais avec une assurance qui m'apparaît, rétrospectivement, comme assez remarquable.

— *Que voulez-vous,* poursuivis-je, on ne peut faire du son avec de la farine. C'est très cruel, en un sens, mais il y a des gens qui malgré leurs efforts ne parviennent pas à être vulgaires. C'est son cas — cela ne marcherait pas, je vous l'assure, ne serait-ce qu'une fois. Rien ne sert de faire des efforts — c'est un effet de la grâce. Il se trouve qu'il n'est pas accordé à Limbert de déchoir. Il est l'homme de l'altitude — il y respire, il y vit, et c'est par conséquent en altitude que je dois monter, dis-je en quittant ma conductrice, pour lui apporter cette triste nouvelle de là où nous évoluons !

V

Quelques mois suffirent à démontrer à quel point j'avais eu raison au sujet de ses ventes. Elles ne décollaient pas, comme je l'avais annoncé ; elles firent du sur place, et chutèrent vertigineusement comme dans un précipice qu'auraient contemplé des touristes ébahis. En d'autres termes, pour le public, il dépassait la limite, aussi sûrement que Minnic Mcadows pour lui-mêmc. Mais Minnic, cllc, a sauté d'une vive cabriole de l'autre côté de la limite ; alors que la marque tracée par un gourdin plus vigoureux s'est avérée, pour Limbert, une barrière insurmontable. Ces prochaines fois dont j'avais parlé à Jane Highmore, avec le recul je les perçois maintenant sous un aspect simplifié. Mainte et mainte fois il renouvela sa tentative désespérée — mainte et mainte fois il s'y essaya. Sa rupture avec Mr Bousefield, j'en ai peur, eut pour conséquence que, dans les milieux professionnels, on le tînt pour intraitable, et je sais parfaitement, pour parler franc, que le parrainage public de mes prestations, celles que, de temps à autre, il avait été en mesure de me proposer, ne lui valut aucun avantage sordide. Je me réconforte en songeant que le mal que j'ai pu lui faire par l'inopportune mise en œuvre d'une faculté d'analyse, dont aucune conversion ne venait mettre en valeur l'honorable exercice, était au moins égalé par le mal qu'il se fit lui-même. A plus d'une reprise, comme je l'ai déjà laissé entendre, je me tus à sa demande, mais mes fréquents plaidoyers, qui lui disaient que de telles faveurs n'étaient guère politiques, rencontrèrent chez lui, quand en d'autres circonstances l'occasion se présentait de me soutenir, tout sauf de l'indifférence au danger de la fréquentation. En un mot, à chaque fois qu'il le pouvait, il m'amenait sur le devant de la scène ; tantôt dans des périodiques où il jouissait de quelque crédit, tantôt seulement lors de dîners. Il parlait de moi toutes les fois qu'il pouvait me glisser dans son propos, mais il était convenu depuis toujours entre nous que je ne ferais pas de lui la matière d'une discussion.

— Comment pourrais-je t'être utile sinon ? demandait-il.

J'estimais qu'il avait plus peur qu'il ne l'eût dû de l'accusation d'un prêté pour un rendu. Pareille accusation m'était d'ailleurs égale, car je n'ai jamais su distinguer un rendu d'un prêté, mais, comme je l'ai suggéré, je m'enfermai dans un silence total, avant tout en raison d'une certaine fascination à observer son parcours qui constituait un témoignage suffisant et à laquelle, pour conclure brièvement sur ce point, il me réduisit pratiquement.

Tout cela, le merveilleux reste de sa vie, je le vois en raccourci — je le vois se dérouler en sens inverse depuis la fin, la perspective s'élargissant à mesure que j'en suis plus proche, les yeux comme collés dessus. La migration vers la campagne lui promettait au début de grandes choses — moins de dépenses, davantage de loisirs, des conditions éminemment favorables, à chaque occasion, au possible triomphe de la prochaine fois. Mrs Stannace, qui désapprouvait totalement la chose, avançait notamment comme argument que son gendre, passant la plupart de son temps dans un village en bordure d'un pré à canards, serait privé de ce contact avec le monde extérieur, indispensable au peintre de mœurs. Elle avait les raisonnements les plus ostentatoires pour le maintenir en relation, comme elle disait, avec la bonne société ; désirant vivement savoir où, dès lors qu'il cessait de la représenter à partir de son observation, l'on pouvait bien situer le romancier. A Londres, par bonheur, un homme intelligent n'était qu'un homme intelligent ; il y avait des maisons charmantes où une personne de l'indubitable qualité de Ray, fût-elle dépourvue du talent d'en tirer le meilleur parti, était toujours assurée d'un coin tranquille d'où observer convenablement le kaléidoscope social. Mais le kaléidoscope du pré à canards, qu'était-ce donc que cela ? Et quelle économie trompeuse que celle qui fait parcourir le pays en voiture (avec une épouvantable note dans les relais), pour laisser sa carte chez les notables de province. Cette sollicitude envers le contenu des livres de Limbert était la couleur spécieuse avec laquelle, profondément décidée à ne pas subir l'affront de se voir seulement tolérée dans une chaumière, Mrs Stannace recouvrait son peu d'inclination à se placer sous la botte de Cecil Highmore. Elle savait que c'était lui qui régnait aussi bien En Haut qu'en bas, et elle se raccrochait à la fable des intérêts communs qu'ils avaient dans le nord de Londres. Les Highmore avaient une meilleure adresse — ils habitaient à présent à Stanhope Gardens ; mais Cecil était terriblement astucieux — il ne voulait pas entendre parler d'intérêts communs, ni traiter avec sa belle-mère, sauf en tant que visiteuse. Elle n'aimait pas les situations fausses ; mais elle aimait encore moins l'idée de sacrifier tout ce à quoi elle était habituée. Son univers était, quoi qu'il arrive, un univers rempli de cartes de visite laissées dans de charmantes maisons, et il était heureux qu'elle ne pût, En Haut, entendre à quel sort, dans son petit antre gris, en me décrivant sa diplomatie, Limbert vouait sans distinction les notables de province et les possibilités qu'offrait Londres. Privée de toute garantie, elle alla à

Stanhope Gardens ainsi qu'une simple servante, limitée jusque dans le volume de ses bagages ; de son côté, au cours de l'année qui suivit ce bouleversement, Limbert, foulant, en ma compagnie, l'herbe du pré aux canards sur lequel je descendais souvent, rejoua avec extravagance le thème selon lequel, étant donné sa nouvelle orientation, il était réellement réconfortant de ne pas avoir de kaléidoscope social. Qu'est-ce que la vie, les mœurs, la haute société ou les voitures de relais pouvaient bien avoir à faire avec le tour à jouer de sang-froid qu'il avait en vue ? C'était un endroit aussi acceptable qu'un autre pour jouer son nouveau jeu. Il avait trouvé un coin plus tranquille que tout autre coin de ce vaste monde, et une vieille maison humide à deux sous l'an ; ce qui, outre que cela lui laissait toute latitude pour éduquer ses enfants, lui permettrait le luxe suprême de pouvoir se présenter ouvertement comme un homme pauvre. C'était là une commodité que *ces dames,* comme il les appelait, ne lui avaient jamais encore complètement accordée.

Au début, cela me chagrina de voir que sa récompense était si maigre, sa conquête si piteuse ; mais la simplification en acte avait un charme que je finis par sentir : c'était une serre pour les trois ou quatre autres belles fausses couches auxquelles son plan était manifestement condamné. J'en limitais le nombre à trois ou quatre, ayant eu la très nette impression, malgré nos perpétuelles bonnes grosses plaisanteries à ce sujet, qu'un ressort s'était réellement brisé en lui, à la suite, profondément déconcertante, de l'épisode de son passage à la tête d'une rédaction. Il ne perdit jamais le sens du grotesque qu'il y avait à manquer d'un rapport approprié à l'effort qui avait été le plus intense de sa vie. Aussi avait-il eu en lui, dès cet instant, comme une charge de plomb qui, lentement, se dirigea vers une partie vitale. Comme il surmontait chaque année ses difficultés avec son faux remède ponctuel, périodiquement je me demandais où il puisait l'énergie pour repartir à l'attaque. Il le faisait avec une rage chaque fois plus blanche ; pour moi il était clair que la tension devait finir par casser la corde. Nous obtenions œuvre sur œuvre d'art, toutes aussi irrépressibles, mais lui, qu'obtenait-il, le pauvre, lui qui voulait quelque chose de si différent ? Il y avait encore, dans cette histoire, d'autres questions plus singulières que celle-là, des phénomènes plus curieux et des mystères plus intrigants, dont souvent, par sympathie sinon par désir de lumière, je discutai dans l'intimité avec Mrs Limbert. Elle avait ses fardeaux, la chère dame : après le départ de Londres et un intervalle de temps considérable elle fut, à nouveau, deux fois mère. Mrs Stannace aussi, en un sens plus restreint, manifesta, par rapport au foyer qu'elle avait abandonné, le même caractère exemplaire qu'à l'accoutumée. Il apparut que, parmi les quelques maigres garanties qu'elle avait reçues à Stanhope Gardens, avait été écartée, plus que n'importe quelle autre, celle qui aurait interdit à son ressentiment de lui refaire substituer Regan à Goneril. Elle descendit sur l'herbe du pré aux canards, tel Lear lui-même, avec moins de chevaliers, ou, du moins, de baronets, et le double ménage fut enfin réconcilié. Il se désunit et se raccommoda à diverses reprises jusqu'à la mort de Ray Limbert. Celui-ci fut poursuivi jusqu'à la fin par la superstition selon laquelle il avait brisé le premier foyer de Mrs Stannace pour des arguments qui s'étaient révélés chimériques et que s'il n'avait pas donné à Maud ce qu'elle aurait été en droit de recevoir, du moins pouvait-il lui rendre sa mère. Je fus toujours persuadé que le sentiment des compensations qu'il leur devait motivait pour moitié l'orgueil tenace avec lequel il tentait d'éveiller les bibliothèques. Je croyais que Mrs Stannace avait encore de l'argent, bien qu'elle prétendît avoir, depuis fort longtemps, alimenté le fonds commun, appelée qu'elle était à tout moment pour combler les déficits. Cette conviction me hantait ; je la soupçonnais de garder un trésor à l'insu de tous, et je me disais qu'elle ne pouvait être infâme au point de ne pas, un jour sur son lit de mort, tout laisser à sa fille moins argentée. Ma compassion envers les Limbert me fit rôder peut-être indiscrètement autour de ce tableau final, rêver à quelque époque heureuse où une telle accession à la richesse réparerait un peu leur présente indigence.

C'était toutefois là un réconfort bien précaire, puisque, pour commencer, je n'avais aucun indice matériel de l'existence d'un tel trésor, et qu'ensuite je tenais pour quelque chose de plus en plus évident que Ray ne lui survivrait pas. Jamais je ne me risquai à le sonder quant à ses espoirs ou à ses craintes à ce sujet, car après la crise marquée par son départ de Londres j'avais de nouveaux scrupules à souffrir qu'on lui rappelât ses déficiences. En vérité le pauvre homme était humilié, et il y avait des sujets que cela nous empêcha d'aborder ensemble.

A mesure qu'il s'efforçait, toujours plus férocement, de gagner les faveurs du marché, le vieux calcul plaintif, fertile en plaisanteries, fut éliminé de notre conversation. Nous plaisantions encore d'abondance sur la méthode, mais notre prise en compte des résultats devint limitée et superficielle. Il parlait plus que jamais, avec de monstrueux artifices et des sous-entendus empruntés, des pièges qu'il ne cessait de tendre, mais nous étions tous d'accord pour seulement lui concéder que l'animal se laissait prendre. Cette complaisance me fut vraiment révélée le jour où, après la visite de Mr Bousefield, Mrs Highmore me déposa devant sa porte. Mr Bousefield, en cet instant critique, m'avait été resservi à nouveau, mais une fois que nous nous en fûmes débarrassés nous en arrivâmes au livre, et je dus avouer que je l'avais déjà dévoré. C'est à partir de ce moment-là — le moment où, devant son interrogation anxieuse, le terrible sentiment que j'avais à l'égard du livre se dévoila en un éclair — que la vision de son regard affolé ne devait plus me quitter. Dès lors je ne pouvais dissimuler — il connaissait mon secret ; pourtant, par la suite, à chaque prochaine fois, je l'avoue, je dissimulai. Nous le fîmes tous religieusement, dans la mesure où cela était possible ; nous jetions d'ingénieuses ambiguïtés sur les passages forts, sur les beautés qui plus que toutes le trahissaient, et nous nous trouvions dans l'insolite position d'admirateurs réunis pour tromper un artiste trop confiant.

Cependant, si nous réprimions nos bravos, et camouflions notre joie, notre affectueuse hypocrisie eut peu d'effet, car le doigt de Limbert tâtait un pouls qui racontait une histoire plus claire. C'était une satisfaction que de s'être assuré une plus grande liberté avec sa femme, laquelle enfin, ce fut tout à son honneur, entra dans la conspiration, elle dont le sens de la responsabilité était flatté par la fréquence de notre commun appel à elle dans l'espoir de quelque réponse à l'énigme merveilleuse. Nous avions tous tourné et retourné le problème jusqu'à en être lassés ; nous avions débattu la question de savoir pourquoi les accents de sa musique, qu'il tentait, toutes cordes tendues, d'atténuer pour l'oreille vulgaire, continuaient, avec insistance, de s'adresser aux anges. Étant, en quelque sorte, nous-mêmes les anges, notre désaccord avec l'événement n'était à chaque fois que minime ; mais son caractère inconséquent, au regard des forces mises en jeu, rendait cet événement singulièrement déconcertant. Il faisait songer à un interminable calcul qui n'aboutirait pas ; personne n'avait le temps de brasser tant de chiffres. Limbert, pour faire son gâteau, collectait des os desséchés et des cosses mortes ; comment donc allait-on formuler la loi qui ferait de ce plat un festin ? Quelle était la traîtrise intellectuelle qui défiait jusqu'à sa propre vigilance ? Il y avait comme une obscure intrusion du goût, comme une obsession de l'exquis. Tout ce que l'on pouvait dire était que le génie dérangeait fatalement, ou que le malheureux était dépourvu de tout *flair*. Lorsqu'il partait chercher de l'ail, il ramenait de l'héliotrope.

Je m'empresse d'ajouter que si Mrs Limbert n'était guère directement éclairante, elle était néanmoins riche en anecdotes et en exemple, ayant trouvé un refuge contre la mystification exactement là où nous autres l'avions trouvé, dans une étreinte plus dévouée et le sentiment d'une gloire plus pure. Ses déceptions et, au bout du compte, ses privations avaient été nombreuses, sa discipline sévère ; mais elle avait fini par accepter le long labeur de la vie et elle était maintenant volontaire pour avoir sa part de besogne. Elle était, au premier chef, l'une des nôtres — elle avait toujours compris. Touchant et admirable à la fin, lorsque en raison de l'évidente altération de la santé de Limbert ses ennuis devinrent des plus graves, fut le spectacle de cette particulière fierté qu'elle n'eût point échangée contre l'aisance. Elle m'avait dit une fois — une fois seulement, pendant l'une des heures noires de la période londonienne où cela n'allait pas du tout — que l'on était bien forcé de voir en lui un grand homme, parce que, sans cela, l'on aurait plutôt eu honte de lui. Elle l'avait nettement senti au commencement — et sur un point très sensible — : tout le monde, ou presque, le croisait dans la rue sans le regarder ; je crois pourtant que pendant ces dernières années elle aurait sans doute eu honte de lui s'il s'était soudain mis à avoir de gros tirages. Il est même certain que sa suffisance ne dépendait en aucune manière d'un pareil bouleversement. Elle eût aimé immensément avoir l'argent, mais elle eût ainsi manqué quelque chose qu'elle avait appris à considérer comme assez rare. Il y a une autre remarque qu'elle fit, et dont je garde le souvenir, une remarque où elle disait que bien entendu elle eût préféré qu'il fût Shakespeare ou Scott, mais qu'à défaut de cela elle était très contente qu'il ne le fût pas — oui, c'est elle qui nomma les deux messieurs, moi, je me garderai bien de le faire. Elle riait parfois sans doute pour esquiver un choix. Elle contribua passionnément à la conquête de la seconde manière, fouillant pour lui plus loin qu'il ne pouvait décemment aller, glanant dans le chaume le plus pauvre, rassemblant des lambeaux pour construire le nid, active en particulier dans l'étude du grand secret, de la dévastation des bibliothèques de prêt, comme nous le disions toujours. Si Limbert avait une faiblesse, celle-ci touchait à la lecture. Ce ne fut heureusement qu'après la parution du *Cœur caché* qu'il s'effondra pour de bon. Il avait souffert de rhumatisme articulaire au printemps, lorsque le livre n'était qu'à moitié terminé ; cette épreuve, si elle avait interrompu son travail, avait en outre affaibli ses capacités de résistance et sérieusement amoindri sa vitalité. Il se remit de son rhumatisme et put reprendre le livre, mais l'organe de vie, de façon très inquiétante, fut déclaré très faible et on lui prescrivit, un peu sévèrement, de ne plus s'exposer à aucun souci. L'idée aurait pu légitimement me venir que ses soucis seraient désormais surmontables, car, lorsqu'il commença de se mieux porter, il me dit sa conviction presque contagieuse de n'avoir jamais tenté un coup aussi subtil qu'avec l'idée du *Cœur caché*. C'est une drôlerie lugubre que de songer que cette superbe petite composition, de ses romans le plus court mais peut-être le plus beau, fut conçue depuis le début comme un « roman d'aventures », sur le modèle classique. C'est la manière courante de composer un roman d'aventures qu'il tenta, avec une grande intrépidité, d'imiter. Je me demande combien de lecteurs comprirent jamais auquel de leurs rayons *le Cœur caché* était destiné si exclusivement. Les conseils médicaux d'un spécialiste, au début de l'été, avaient jeté une brutale clarté sur le désagrément qui pourrait s'ensuivre s'il venait à négliger de passer l'hiver en Égypte. Or il n'était pas homme à négliger quoi que ce fût ; mais l'Égypte nous paraissait alors, à tous, aussi inaccessible qu'une seconde édition. Il termina *le Cœur caché* plein de l'énergie que donnent l'appréhension et le désir, car si le livre venait à faire ce que des « livres de cette catégorie », comme le disait l'éditeur, faisaient parfois, il se pourrait bien qu'il ait des fonds où puiser des ressources. Sitôt lue la chose, profonde et délicate, je sus, comme je l'avais su à chaque fois précédemment, quelle serait l'exacte étendue de sa réussite. Le pauvre Limbert, dans cette longue affaire, me faisait toujours figure d'un père jamais découragé auquel ne naissaient que des filles. L'on priait dévotement, l'on consultait des almanachs et des bonnes femmes afin d'avoir un beau garçon, un fils, un héritier, mais c'était là un sortilège implacable, irrévocable, et *le Cœur caché* s'avéra n'être, pour ainsi dire, qu'une enfant femelle de plus. L'hiver arriva et l'Égypte était maintenant hors de question. Jane Highmore voulut, à ma connaissance, lui prêter de l'argent, et il y eut des fervents plus passionnés encore qui firent de leur mieux pour le convaincre d'accepter leur soutien. Il y eut, parmi ses amis, un « mouvement » si marquant qu'une somme fort considérable eût pu être mise à sa disposition ; mais son obstination fut invincible : elle avait ses racines, je pense, dans le sentiment que, de son côté, il avait des sacrifices déjà fournis. Il avait sacrifié son honneur et sa fierté, et il les avait sacrifiés précisément pour des problèmes d'argent. A l'évidence, il serait obligé, au cas où il pourrait poursuivre, de continuer de les sacrifier, mais tout devait être fait de la manière à laquelle, comme il le croyait, il devait d'être à présent si dur. Il avait passé des années à briguer les faveurs, et puisqu'il lui fallait vivre de faveurs, ce ne pouvait qu'être au rabais.

Il passa mieux le début de la saison que nous ne le craignions, et c'est plein d'allégresse que je descendis passer Noël sur l'herbe du pré aux canards. La veille de Noël, tard dans la soirée, après que nos tranquilles festivités domestiques se furent éteintes et que nous nous fûmes assis ensemble au coin du feu, il m'apprit qu'il avait été visité, durant ses heures d'insomnie de la nuit précédente, par la plus belle idée qu'il eût jamais senti descendre dans les ténèbres — l'idée de quelque chose de vraiment fort.

— C'est simplement la vision d'une situation qui, je t'en donne ma parole, contient tout, dit-il, et je me demande comment je n'y ai pas pensé plus tôt.

Contrairement à son habitude, il ne donna pas plus de précisions, et ce ne fut que plus tard que je sus, par Mrs Limbert, qu'il avait commencé *Dérogation* et qu'il était tout à son sujet. C'était cependant un sujet qu'il ne devait pas vivre assez longtemps pour traiter. L'ouvrage avança pendant quelques mois, dans un heureux mystère ; même sa femme n'eut pas droit à la moindre révélation. Il ne l'avait pas invitée à se joindre à lui pour la préparation de son dossier — elle n'était pas descendue sur le terrain avec lui, comme lors de ses précédentes campagnes. Nous savions seulement qu'il s'y était remis et qu'encore moins que jamais il n'avait été question de l'effet que cela devait produire sur le marché. Je le vis en février, et lui trouvai l'esprit plutôt tranquille. L'important était qu'il était entièrement captivé et que les augures fussent à son goût. J'eus l'étrange impression, excitante même, qu'il n'avait pas pris les mêmes qu'à l'ordinaire, bien plus, il semblait planer dans une grande indifférence, dans une insouciante conscience artistique. La voix du marché était soudain devenue faible et lointaine ; il était revenu, à la fin, comme le font si souvent les gens, à l'une des humeurs, des sincérités de ses débuts. Était-il réellement en train de faire, avec un vague sentiment d'urgence, quelque chose à lui seul destiné ? Nous nous interrogions et nous attendions. Nous avions le sentiment qu'il était un peu dérouté. Il se trouvait en fait, j'en fus par la suite convaincu, qu'il avait totalement oublié si d'ordinaire il vendait ou non. Il s'était simplement réveillé un beau matin au pays de l'azur, et y était resté avec la conscience tranquille et une excellente idée. Il y resta jusqu'à ce que la mort frappât à sa porte, car la plume ne lui tomba de la main qu'au moment où, son cœur s'arrêtant soudain de battre, ses yeux, comme il s'enfonçait dans son fauteuil, se fermèrent à jamais. *Dérogation* est un magnifique fragment ; il eût évidemment pu être l'un de ses suprêmes succès. Je n'irai pas jusqu'à dire qu'il aurait réveillé les bibliothèques.

L'image dans le tapis

I

J'avais fait quelques petites choses et gagné quelques sous — j'avais peut-être même eu le temps de commencer à me dire que j'étais plus fin que ne le supposaient ceux qui me protégeaient avec condescendance ; mais, lorsque je mesure le chemin parcouru (habitude d'impatient, car il n'est pas encore bien long), je considère comme mon véritable point de départ cette soirée où George Corvick, hors d'haleine et soucieux, vint me demander un service. Il avait fait plus de choses que moi, et gagné plus de sous, encore qu'à mon avis il ait parfois laissé passer l'occasion de faire preuve d'intelligence. Je ne pus toutefois que lui déclarer, ce soir-là, qu'il ne laissait jamais passer celle de faire preuve de gentillesse. Il y avait presque de l'extase à l'entendre me proposer d'écrire pour *le Milieu* — l'organe qui publiait nos élucubrations, ainsi nommé en raison de la place, dans la semaine, de son jour de parution — un article dont il avait accepté la responsabilité et dont il posa, noué d'une solide ficelle, le sujet sur ma table. Je me précipitai sur ma chance — plus exactement sur le premier volume de celle-ci — et ne prêtai qu'une oreille distraite aux explications de mon ami sur son recours. Quelle explication pourrait être plus juste que mon évidente aptitude pour cette tâche ? J'avais écrit sur Hugh Vereker, mais jamais rien dans *le Milieu,* où je m'occupais surtout des dames et des poètes mineurs. Voici qu'en primeur m'arrivait son nouveau roman, et, qu'il dût faire beaucoup ou fort peu pour sa réputation, je compris aussitôt ce qu'il ferait pour la mienne. Du reste, si je lisais toujours les ouvrages de Vereker dès que je pouvais me les procurer, j'avais une raison particulière de vouloir lire celui-ci dès maintenant : j'avais accepté une invitation à Bridges pour le dimanche suivant et, dans le billet de lady Jane, il était précisé que Mr Vereker serait là. J'étais suffisamment jeune pour être ému à l'idée de rencontrer un homme aussi célèbre et assez innocent pour croire que la circonstance exigerait l'étalage d'une grande connaissance de sa dernière parution.

Corvick, qui avait promis d'en faire un compte rendu, n'avait même pas eu le temps de le lire ; il s'était complètement effondré à la suite de nouvelles réclamant — ainsi qu'à la hâte il en jugea — qu'il attrapât le soir même le bateau pour Paris. Il avait reçu un télégramme de Gwendolen Erme, en réponse à la lettre où il lui offrait de voler à son secours. J'avais déjà entendu parler de Gwendolen Erme ; je ne l'avais jamais vue, mais j'avais quelques idées à son propos, qui se résumaient à ceci : Corvick l'épouserait si elle venait à perdre sa mère. Cette dame semblait maintenant sur le point d'exaucer les vœux de mon ami ; après quelque épouvantable erreur concernant je ne sais quel climat ou je ne sais quelles eaux étrangères, elle avait eu un soudain malaise sur le chemin du retour. Sa fille, inquiète et isolée, désireuse de rentrer au plus vite en Angleterre, mais hésitant devant le risque, avait accepté l'assistance de notre ami, et c'était ma secrète conviction qu'en le voyant Mrs Erme se remettrait. La conviction de Corvick pouvait difficilement passer pour secrète ; sous quelque angle qu'on l'envisage, elle différait de la mienne. Il m'avait montré une photographie de Gwendolen en me faisant remarquer qu'elle n'était pas jolie mais terriblement intéressante ; elle avait publié, à l'âge de dix-neuf ans, un roman en trois volumes, *Au tréfonds,* à propos duquel, dans *le Milieu,* il avait été vraiment magnifique. Il appréciait mon actuel enthousiasme et s'engagea à ce que ledit périodique ne fût pas en reste ;

puis, au dernier moment, la main sur la poignée de la porte, il me dit :

— Il va de soi que tu seras parfait.

Voyant que je restais un peu songeur, il ajouta :

— Je veux dire que tu ne feras pas l'idiot.

— L'idiot — à propos de Vereker ! Et pourquoi ? Ne l'ai-je pas toujours trouvé terriblement intelligent ?

— Eh bien, qu'est-ce sinon une idiotie ? Qu'est-ce que ça veut dire « terriblement intelligent » ? Bon Dieu, essaie d'être à sa hauteur, qu'il n'ait pas à souffrir de notre arrangement. Parle de lui, si tu le peux, comme j'en aurais parlé moi-même.

Un instant, je m'étonnai.

— Tu veux dire comme de quelqu'un qui est de loin le meilleur de tous — ou quelque chose de ce genre ?

Pour un peu Corvick aurait gémi.

— Oh, tu sais, je ne les mets pas dos à dos de cette manière ; cela, c'est l'enfance de l'art ! Mais il me donne un plaisir si rare, le sentiment de — il resta un instant rêveur — je ne sais exactement de quoi...

Je m'étonnai à nouveau.

— Le sentiment de quoi, s'il te plaît ?

— Mon cher ami, c'est justement ce que je veux que tu dises.

Avant même que Corvick eût claqué la porte, j'avais commencé, livre en main, à me préparer à le dire. Je veillai la moitié de la nuit en compagnie de Vereker ; Corvick n'aurait pu faire davantage. Vereker était terriblement intelligent — je n'en démordais pas — mais il était loin d'être le meilleur de tous. Je ne fis pas allusion à tous les autres, pourtant, et je me flattai d'avoir à cette occasion dépassé l'enfance de l'art. « C'est très bien », déclarèrent-ils vivement à la rédaction ; et quand le numéro parut, j'eus l'impression de disposer là d'une bonne base pour rencontrer le grand homme. Cela me donna confiance en moi un jour ou deux, puis cette confiance retomba. Je m'étais imaginé qu'il le lirait avec plaisir, mais, si Corvick ne se montrait pas satisfait, comment Vereker lui-même pourrait-il l'être ? Je me dis en effet que l'enthousiasme de l'admirateur était parfois trop lourd, fût-ce pour l'appétit du scribe. Corvick, en tout cas, m'écrivit de Paris avec quelque mauvaise humeur. Mrs Erme se remettait et je n'avais pas du tout dit de quoi Vereker lui donnait le sentiment.

II

Mon séjour à Bridges eut pour effet de me conduire vers plus de profondeur. Hugh Vereker, tel que je le vis là, était d'un abord si dénué d'angles que je rougis de la pauvreté d'imagination qu'impliquaient mes petites précautions. S'il était en verve, ce n'était pas parce qu'il avait lu mon compte rendu ; en fait, le dimanche matin, j'acquis la certitude qu'il ne l'avait pas lu, bien que *le Milieu* fût paru depuis trois jours et fleurît, je m'en étais assuré, dans l'austère jardin à périodiques qui donnait à l'une des tables de chrysocale l'aspect d'un kiosque de gare. Vereker me fit si grande impression que je souhaitais qu'il le lût, et dans ce but je rectifiai d'une main furtive ce qu'avait de désolant la place trop discrète de la feuille. Je crains même d'avoir guetté le résultat de mes manœuvres, mais, jusqu'au déjeuner, ce fut en vain que je guettai.

Lorsque ensuite, au cours de notre promenade collective, je me trouvai pendant une demi-heure, non sans quelque autre manœuvre peut-être, à marcher aux côtés du grand homme, son amabilité ajouta encore au désir de ne pas le voir rester dans l'ignorance de la justice particulière que je lui avais rendue. Ce n'était pas qu'il semblât assoiffé de justice, au contraire, je n'avais pas encore perçu dans sa conversation la moindre note d'aigreur — un trait auquel ma jeune expérience m'avait déjà rendu attentif. Depuis peu, il avait bénéficié de davantage de reconnaissance et il était agréable, ainsi que nous le disions dans *le Milieu,* de voir que cela l'incitait à sortir de sa réserve. Bien sûr, il n'était pas populaire, mais je considérais comme l'une des sources de sa bonne humeur le fait que son succès fût précisément indépendant du grand public. Il n'en était pas moins devenu, en quelque sorte, à la mode ; en tout cas les critiques étaient passés à la vitesse supérieure pour le rattraper. Nous avions découvert enfin combien il était remarquable et il avait dû s'accommoder au mieux de la perte de son mystère. J'étais fortement tenté, comme je marchais auprès de lui, de l'informer de la part qui me revenait dans ce dévoilement ; et il y eut un moment où je l'aurais sans doute fait si l'une des dames de notre groupe, s'emparant de la place laissée libre de l'autre côté, ne s'était justement adressée à lui dans un esprit plutôt intéressé. C'était très décourageant. J'avais presque l'impression que cette liberté avait été prise à mes dépens.

J'avais eu sur le bout de la langue une phrase ou deux concernant le mot juste et le juste moment, mais plus tard je fus content de n'avoir pas parlé car, lorsque à notre retour nous nous rassemblâmes pour le thé, j'aperçus lady Jane, qui n'était pas sortie avec nous, brandissant *le Milieu* à bout de bras. Elle l'avait pris pour se délasser ; elle était enthousiasmée de ce qu'elle avait trouvé et je vis — la maladresse d'un homme devenant souvent de la grâce chez une femme — que lady Jane allait pratiquement faire pour moi ce que je n'avais pas été capable de faire moi-même. « Quelques douces petites vérités qui devaient être dites », l'entendis-je déclarer en jetant le magazine dans les mains d'un couple éberlué assis près de la cheminée. Elle le leur arracha bientôt en voyant réapparaître Hugh Vereker, lequel, après notre promenade, était monté pour se changer.

— Je sais qu'habituellement vous ne regardez pas ce genre de chose, mais c'est l'occasion pour le faire. Vous ne l'avez pas vu ? Dans ce cas, vous devez le lire. Cet homme a tout à fait été à la hauteur ; il a vraiment perçu ce que moi j'ai toujours senti chez vous.

Lady Jane fit passer dans son regard une lueur destinée de

toute évidence à donner idée de ce qu'elle sentait depuis toujours, ajoutant qu'elle-même n'aurait pu le formuler. Cet homme, dans le magazine, le formulait, lui, de manière saisissante.

— Voyez plutôt là, et là, aux endroits que j'ai pointés, comme il fait ressortir les choses.

Elle était allée jusqu'à souligner pour lui les passages les plus lumineux de ma prose, et, si j'étais un peu amusé, Vereker l'était sans doute tout autant. Il montra à quel point il l'était lorsque, devant nous tous, lady Jane voulut nous lire un passage à haute voix. J'appréciai de toute manière la façon dont il mit en échec son projet en arrachant affectueusement le magazine de ses griffes. Il l'emporterait avec lui pour y jeter un coup d'œil quand il monterait se changer. C'est ce qu'il fit une demi-heure plus tard — il l'avait à la main lorsque je le vis se rendre à sa chambre. Ce fut le moment où, pensant lui faire plaisir, je signalai à lady Jane que j'étais l'auteur de l'article. Je lui fis effectivement plaisir, me dis-je, mais peut-être pas autant que je m'y étais attendu. Si c'était « seulement moi » l'auteur, la chose ne semblait plus aussi remarquable. Mon intervention n'avait-elle pas plutôt pour effet de diminuer le lustre de l'article que d'ajouter au mien ? Madame était sujette aux plus extraordinaires sautes d'humeur. Cela importait peu. Le seul effet qui me préoccupait était celui qu'il aurait sur Vereker, assis, là-haut, près de la cheminée, dans sa chambre.

Pendant le dîner, je guettai les signes de cette impression, je tentai de me persuader qu'il passait dans ses yeux une lumière plus heureuse, mais, à mon grand désappointement, lady Jane ne me donna pas l'occasion d'acquérir une certitude. J'avais espéré qu'elle l'interpellerait triomphalement depuis l'autre bout de la table pour lui demander en public si elle n'avait pas eu raison. L'assemblée était nombreuse — il y avait aussi des gens de l'extérieur, mais je n'avais jamais vu de table assez longue pour priver lady Jane d'un triomphe. J'étais en train de me dire que cette interminable planche allait m'en priver, moi, lorsque ma voisine, la chère femme — c'était Miss Poyle, la sœur du pasteur, une femme robuste, et sans nuance — eut l'heureuse inspiration et l'inhabituel courage de s'adresser à Vereker, qui était en face d'elle, mais pas directement, de sorte que, lorsqu'il lui répondit, ils étaient tous les deux penchés en avant. Elle lui demanda, en toute naïveté, ce qu'il pensait du « panégyrique » de lady Jane, qu'elle-même avait lu — sans pourtant faire le rapport avec son voisin de droite. Je tendis l'oreille et c'est avec stupéfaction que je l'entendis répondre gaiement, la bouche pleine de pain :

— Oh, c'est très bien ! Les fadaises habituelles...

J'avais croisé le regard de Vereker pendant qu'il parlait, mais la surprise de Miss Poyle constituait un voile providentiel pour la mienne.

— Vous voulez dire qu'il ne vous rend pas justice ? demanda cette excellente femme.

Vereker se mit à rire et je fus heureux de pouvoir en faire autant.

— C'est un article charmant, nous lança-t-il.

Miss Poyle projeta son menton jusqu'au milieu de la nappe :

— Oh, vous êtes si profond ! fit-elle.

— Aussi profond que l'océan ! Tout ce que j'affirme, c'est que l'auteur ne voit pas...

Mais un plat venait juste d'arriver à sa hauteur et nous dûmes attendre pendant qu'il se servait.

— Ne voit pas quoi ? reprit ma voisine.

— Ne voit rien du tout.

— Mon Dieu, comme il doit être bête !

— Pas du tout !

Vereker se remit à rire.

— Personne ne voit.

L'une de ses voisines l'interpella et Miss Poyle se laissa retomber près de moi.

— Personne ne voit rien, annonça-t-elle allégrement.

A quoi je répondis que je l'avais souvent pensé, mais que j'avais en quelque manière pris cette idée pour une preuve de ma formidable clairvoyance personnelle. Je ne lui dis pas que l'article était de moi et je remarquai que lady Jane, occupée en bout de table, n'avait pas entendu les propos de Vereker.

Lui, j'essayai de l'éviter après le dîner, car j'avoue qu'il m'était apparu comme terriblement vaniteux et que cette découverte me peinait. « Les fadaises habituelles »... Ma pénétrante petite étude ! Se pourrait-il qu'une ou deux réserves de la part d'un admirateur l'aient à ce point froissé ? Je l'avais cru serein et il semblait l'être assez, mais cette surface dissimulait le hochet de sa vanité. J'étais vraiment troublé, ma seule consolation étant que, si personne ne voyait rien, George Corvick était aussi en dehors du coup que moi. Cette consolation ne fut pourtant pas suffisante, après que les dames se furent dispersées, pour me conduire au fumoir dans le respect des usages — je veux dire en veston chiné et en fredonnant un petit air. Non sans quelque amertume, je décidai d'aller me coucher, mais, dans le couloir, je rencontrai Mr Vereker qui, une fois de plus, était monté se changer, et qui sortait de sa chambre. Lui fredonnait un petit air et portait un veston chiné. Dès qu'il me vit, sa gaieté rebondit.

— Mon cher jeune homme, s'exclama-t-il, je suis si content de mettre la main sur vous ! Je crains de vous avoir involontairement blessé par mes réponses à Miss Poyle, pendant le dîner. Voici à peine une demi-heure, j'ai appris par lady Jane que c'était vous qui aviez écrit ce petit article dans *le Milieu*.

Je protestai, assurant que je n'avais rien de cassé, mais il m'accompagna jusqu'à ma porte, la main sur mon épaule, cherchant avec douceur une fracture. Apprenant que j'étais monté pour me coucher, il me demanda de le laisser franchir le seuil de ma chambre et m'expliquer en quelques mots le sens de son appréciation sur mes gloses. Il était évident qu'il avait vraiment peur de m'avoir blessé, et le sentiment de sa sollicitude changea soudain pour moi la situation du tout au tout. Mon pauvre compte-rendu s'évanouit dans les airs, et ce que j'avais dit de meilleur devint plat au regard de l'éclat de sa présence à mes côtés. Je le vois encore, là, debout devant la cheminée, à la lueur du feu, avec son veston chiné, son clair et fin visage tout illuminé du désir d'être tendre envers ma jeunesse. Je ne sais pas ce qu'il avait d'abord projeté de me dire, mais je pense que la vue de mon soulagement le toucha, l'anima, et fit monter à ses lèvres des mots profondément enfouis. C'est ainsi que ces mots me firent bientôt connaître quelque chose dont j'appris plus tard qu'il ne l'avait jamais révélé à personne. J'ai toujours rendu justice à la généreuse impulsion qui le fit parler ; ce n'était que simple remords d'avoir inconsciemment infligé un camouflet à un homme de lettres d'une position inférieure à la sienne, à un homme de lettres, de surcroît, qui venait juste de faire son éloge. Pour réparer son tort, il me parla exactement comme à un égal et sur le terrain qui à tous les deux nous tenait le plus à cœur. L'heure, l'endroit, l'imprévu approfondirent encore l'impression : il n'aurait rien pu faire de plus subtilement réussi.

III

— Je ne sais pas vraiment comment vous expliquer ça, dit-il, mais c'est justement la pointe de sagacité que contenait votre article, c'est précisément votre exceptionnelle finesse, qui produisirent la sensation — très ancienne, je vous prie de le croire — sous l'influence momentanée de laquelle j'ai adressé à cette bonne dame les propos qui vous ont si naturellement offensé. Je ne lis pas les articles de journaux, à moins qu'on ne me les mette sous le nez, comme celui-ci — ce sont toujours vos meilleurs amis qui s'en chargent ! —, mais je les lisais de temps à autre voici dix ans. Je crois bien qu'en général ils étaient encore plus stupides à cette époque ; en tout cas, il me semblait toujours qu'ils passaient à côté de ma petite astuce avec une perfection aussi remarquable lorsqu'ils me gratifiaient de claques d'encouragement dans le dos que lorsqu'ils m'envoyaient des coups de pied dans les tibias. Depuis, chaque fois qu'il m'est arrivé de jeter un coup d'œil sur leurs textes, ils continuaient à canonner — continuaient à manquer la cible, à la manquer avec délectation. Vous-même l'avez manquée, mon cher, avec une inimitable assurance ; le fait que vous soyez terriblement intelligent et que votre article soit terriblement aimable ne change rien à l'affaire. C'est d'abord avec vous, jeunes gens pleins d'avenir, conclut Vereker en riant, que je sens à quel point j'ai échoué !

Je l'avais écouté avec un intérêt intense, qui s'était intensifié à mesure qu'il parlait.

— Échoué, vous ! Grands dieux, que doit donc être votre « petite astuce » ?

— Dois-je vraiment vous l'expliquer après tant d'années et de travaux ?

Il y avait dans ce reproche amical, jovialement exagéré, quelque chose qui me fit, moi le jeune chercheur assoiffé de vérité, rougir jusqu'au blanc des yeux. Je suis aujourd'hui dans la même obscurité, mais je me suis peu à peu résigné au sentiment de mes limites ; à ce moment-là, par contre, le ton de jubilation de Vereker me fit apparaître à moi-même, et probablement à lui, comme le dernier des ânes. J'étais sur le point de m'exclamer : « Ah, ne me dites rien : pour mon honneur, pour celui de ma profession, pas un mot ! » lorsqu'il reprit d'une façon qui montrait qu'il avait lu dans mes pensées et qu'il avait sa propre idée des chances que nous avions d'un jour nous racheter.

— Par ma petite astuce, j'entends — comment dire ? — cette chose particulière pour laquelle j'écris mes livres. N'y a-t-il pas pour chaque écrivain une chose particulière de cet ordre, la chose qui le pousse vraiment à travailler, la chose qui fait qu'il n'aurait pas écrit du tout s'il n'y avait eu la volonté de la mener à terme, la passion même de sa passion, l'aspect de son activité dans lequel, pour lui, la flamme de l'art brûle le plus intensément ? Eh bien, c'est ça !

Je restai un moment à réfléchir. J'étais fasciné — à bon compte, me direz-vous ; mais je n'étais pas disposé pour autant à déjà rendre les armes.

— Votre description est certainement belle, elle ne donne pourtant pas une image très précise de ce que vous évoquez.

— Je vous assure qu'elle vous semblerait très précise si la lumière commençait à se faire dans votre esprit.

Je vis que le charme de notre sujet faisait déborder mon compagnon d'une émotion aussi vive que la mienne.

— En tout cas, reprit-il, je puis parler pour moi-même : il y a dans mon œuvre une idée sans laquelle je ne me serais pas soucié le moins du monde de ce métier. C'est la plus fine et la plus dense des intentions qu'elle contient, et son application a été, je crois, un chef-d'œuvre de patience et d'ingéniosité. Je devrais laisser à quelqu'un d'autre le soin de le dire, mais le fait que personne ne le dise est précisément ce qui nous occupe. Il s'étend d'un livre à l'autre, mon petit tour de passe-passe, et tout le reste, en comparaison, ne fait que jouer à la surface. L'agencement, la forme, la texture de mes livres en donneront peut-être, quelque jour, aux initiés, une complète illustration. Ainsi, c'est de toute évidence la chose que le critique devrait chercher. Elle m'apparaît même, ajouta mon visiteur en souriant, comme la chose que le critique devrait trouver.

Cela semblait en effet une sorte de devoir.

— Vous la qualifiez de petit tour de passe-passe ?

— Uniquement par coquetterie. En réalité, il s'agit d'un projet exquis.

— Et vous maintenez que vous avez réalisé le projet ?

— La manière dont je l'ai réalisé est, dans ma vie, la seule chose qui me permette de penser un peu de bien de moi.

Je restai un moment silencieux.

— Et vous ne pensez pas que vous devriez, ne serait-ce qu'un peu, faciliter la tâche au critique ?

— Lui faciliter la tâche ? Qu'ai-je fait d'autre à chaque trait de plume ? Je lui ai hurlé mon dessein en plein dans sa grande face vide !

Sur ce, riant de nouveau, Vereker posa sa main sur mon épaule pour me montrer qu'il ne faisait pas allusion à certain aspect de ma personne.

— Mais vous parlez des initiés. Il doit bien, par conséquent, exister une initiation ?

— Au nom du ciel, la critique n'est-elle pas censée en être une ?

Je crains d'avoir également rougi en entendant ces mots, mais je dissimulai mon trouble en répétant que la présentation de ce fil d'argent devait manquer de l'un ou l'autre de ces détails qui permettaient à un homme ordinaire de s'y retrouver.

— C'est seulement parce que vous n'en avez jamais eu la moindre intuition, répondit-il. Si vous aviez deviné quoi que ce fût, l'élément en question serait bientôt devenu tout ce que vous auriez vu. Pour moi, c'est une chose tout aussi palpable que le marbre de cette cheminée. En outre, le critique n'a rien d'un homme ordinaire : s'il en était un, qu'irait-il faire dans le jardin de son voisin ? Vous-même, vous êtes tout sauf un homme ordinaire, et votre véritable *raison d'être* à vous tous consiste à vous montrer de petits démons de subtilité. Si ma grande affaire est un secret, ce n'est qu'un secret malgré lui — des circonstances stupéfiantes l'ont rendue telle. Non seulement je n'ai jamais pris la moindre précaution pour qu'il en soit ainsi, mais je n'ai jamais imaginé que semblable accident puisse se produire. Si cela avait été le cas, je n'aurais jamais eu le courage de m'y lancer. Mais tout s'est passé de telle sorte que je n'en ai pris conscience que peu à peu et que, dans l'intervalle, j'avais réalisé mon œuvre.

— Et maintenant, vous en êtes vraiment satisfait ? risquai-je.

— De mon œuvre ?

— De votre secret. C'est la même chose.

— Vous devinez ça, répondit Vereker. C'est bien la preuve que vous êtes aussi intelligent que je dis.

Encouragé par cette appréciation, je fis remarquer que,

visiblement, il serait déçu de devoir s'en séparer. Il reconnut que ce secret était maintenant le plus grand amusement de sa vie.

— Je vis presque pour voir s'il sera, quelque jour, découvert.

Il me lança un facétieux regard de défi ; quelque chose semblait miroiter dans le fond de ses yeux.

— Mais je n'ai pas à m'inquiéter — il ne le sera pas !

— Vous m'enflammez comme je ne l'ai jamais été, lui rétorquai-je. Vous m'obligez à le découvrir ou à mourir.

Je demandai alors :

— S'agit-il d'une sorte de message ésotérique ?

Cette question lui fit perdre sa contenance ; il me tendit la main comme pour me souhaiter une bonne nuit.

— Ah, mon cher, cela ne peut se décrire dans le verbiage journalistique.

Je savais, bien entendu, qu'il se montrerait terriblement réticent, mais notre conversation m'avait fait sentir à quel point ses nerfs étaient à fleur de peau. J'étais insatisfait — je retins fermement sa main.

— Dans ce cas, dis-je, je ne ferai pas usage de la formule dans l'article où j'annoncerai finalement ma découverte, même s'il se peut que j'aie du mal à m'en passer. Mais, d'ici là, juste pour accélérer ce difficile accouchement, ne pouvez-vous me donner un quelconque indice ?

Je me sentais beaucoup plus à mon aise.

— L'ensemble de mes efforts lucides vous livre cet indice — chacune de mes pages, de mes lignes, de mes lettres. La chose est aussi concrète que l'oiseau dans la cage, l'appât sur l'hameçon, le bout de fromage dans la souricière. Elle est enfermée dans chaque volume comme votre pied dans sa chaussure. C'est ce qui régit chaque ligne, choisit chaque mot, met un point sur tous les *i,* distribue toutes les virgules.

Je me grattai la tête.

— Est-ce quelque chose dans le style ou quelque chose dans la pensée ? Un élément de la forme ou un élément du fond ?

Avec indulgence, Vereker me serra de nouveau la main ; je sentis que mes questions étaient frustes et mes oppositions consternantes.

— Bonne nuit, mon petit, ne vous tracassez pas à ce sujet ! Après tout, il y a derrière tout cela un auteur que vous aimez bien.

— Et un peu d'intelligence pourrait tout gâcher ? demandai-je pour le retenir encore.

Il hésita.

— Eh bien, vous avez un cœur dans votre corps. Est-ce un élément de la forme ou un élément du fond ? La chose dont j'affirme que personne ne l'a décelée dans mon œuvre, c'est l'organe même de la vie.

— Je vois, c'est une certaine idée de la vie, une sorte de philosophie. A moins — ajoutai-je, dans l'enthousiasme d'une idée peut-être encore plus heureuse — que ce ne soit une sorte de jeu stylistique, une recherche de langage. Peut-être une prédilection pour la lettre *p* ! lançai-je hardiment, sans me soucier du sacrilège. Papa, patates, pruneaux — ce genre de choses ?

Il se montra d'une indulgence parfaite : il dit seulement que je n'avais pas trouvé la bonne lettre. Mais cela ne l'amusait plus, je voyais bien qu'il en avait assez. Pourtant, il y avait encore quelque chose que je voulais absolument savoir.

— Seriez-vous en mesure, plume en main, de l'énoncer vous-même, en un langage clair — par un mot, une phrase ou une explication ?

— Oh, soupira-t-il presque passionnément, si seulement j'étais, plume en main, l'un de vous autres !

— Ce serait une grande chance pour vous, bien sûr. Mais pourquoi faut-il que vous nous méprisiez, nous autres, de ne pas faire ce que vous-même ne pouvez faire ?

— Ce que je ne peux pas faire ?

Il ouvrit grand ses yeux :

— Ne l'ai-je pas fait en vingt volumes ? Je le fais à ma façon, continua-t-il, vous ne le faites pas à la vôtre.

— La nôtre est si diaboliquement difficile, fis-je observer faiblement.

— Tout comme la mienne. Nous choisissons chacun la nôtre. Il n'y a pas de contrainte... Vous ne descendez pas fumer ?

— Non. Je veux réfléchir à tout cela.

— Alors, vous me direz demain matin que vous m'avez percé à jour ?

— Je verrai ce que je peux faire. Laissons œuvrer le sommeil. Mais un dernier mot, ajoutai-je...

Nous avions quitté la chambre. Je fis de nouveau quelques pas à ses côtés dans le couloir.

— Cet extraordinaire « dessein d'ensemble » comme vous l'appelez — puisque c'est la description la plus suggestive que je puisse vous amener à en faire — serait en somme une sorte de trésor caché ?

Son visage s'éclaira.

— Oui, appelez-le comme ça, bien que ce ne soit peut-être pas à moi de le faire.

— Absurde ! fis-je en riant. Vous savez que vous en êtes immensément fier.

— Eh bien, je n'avais pas l'intention de vous le dire, mais c'est effectivement le plus grand bonheur de ma vie !

— Vous voulez dire que c'est une beauté si rare, si parfaite ?

Il hésita un moment.

— La plus jolie chose du monde !

Nous nous étions arrêtés, et, sur ces mots, il me laissa ; mais, parvenu au bout du couloir, alors que je le suivais des yeux avec un peu d'envie, il se retourna et vit mon visage perplexe. Ce qui, avec sérieux — je dirais presque anxiété —, le fit hocher la tête et agiter la main.

— Renoncez-y, renoncez-y !

Ce n'était pas un défi ; c'était comme le conseil d'un père. Si j'avais eu l'un de ses livres sous la main, j'aurais répété mon récent acte de foi : j'aurais passé la moitié de la nuit avec lui. A trois heures du matin, ne dormant pas et me souvenant soudain à quel point lady Jane le portait en haute estime, je descendis furtivement à la bibliothèque, une bougie à la main. Il n'y avait pas, autant que je puisse en juger, une seule ligne de ses écrits dans la maison.

IV

De retour en ville, je les rassemblai tous fiévreusement; je les classai par ordre et les exposai un à un à la lumière. Cela fut cause d'un mois de folie, un mois pendant lequel bien des choses se produisirent. L'une d'elles — la dernière, mais autant la mentionner dès maintenant — fut que je suivis le conseil de Vereker : je renonçai à ma tentative ridicule. Je ne pouvais vraiment rien tirer de cette affaire; elle se traduisait par une perte sèche. Après tout, jusque-là, comme lui-même l'avait fait remarquer, j'aimais bien cet écrivain; ce qui se passait aujourd'hui, c'était, tout simplement, que cette nouvelle donnée et mon inutile préoccupation nuisaient à mon engouement. Je n'échouais pas seulement à découvrir son intention d'ensemble; j'étais en train de manquer les intentions secondaires que j'avais auparavant découvertes. Ses livres n'étaient même plus ces charmants objets qu'ils avaient été pour moi; l'irritation de la recherche me rendait incapable d'y prendre goût. Au lieu de devenir source d'un plaisir plus grand, ils me devenaient une moindre ressource; en effet, dès qu'il fut clair que j'étais incapable de saisir les allusions de l'auteur, je me fis bien sûr un point d'honneur de ne pas utiliser professionnellement la connaissance que j'en avais. Je ne la possédais pas cette connaissance — personne ne la possédait. C'était humiliant, mais je l'acceptais — maintenant ces livres ne faisaient plus que m'agacer. A la fin, ils m'ennuyèrent même et je m'expliquai ma déconfiture — de façon perverse, je l'avoue —

par l'idée que Vereker s'était moqué de moi. Le trésor caché était une mauvaise plaisanterie, l'intention d'ensemble une *pose* monstrueuse.

Le fait marquant de cette période fut pourtant que je racontai toute l'histoire à George Corvick et que ces informations eurent un immense effet sur lui. Il était finalement rentré mais, malheureusement, Mrs Erme en avait fait autant, et il n'était pour le moment, je pouvais le voir, nullement question de son mariage. Il fut bouleversé par l'anecdote que j'avais rapportée de Bridges ; elle cadrait si bien avec ce sentiment, qu'il avait eu depuis toujours, selon lequel il y avait davantage dans l'œuvre de Vereker que ce qui s'offrait à la vue. Quand je lui fis remarquer qu'une page imprimée semblait avoir été expressément conçue pour s'offrir à la vue, il m'accusa aussitôt d'être dépité par mon échec. Nos rapports avaient toujours cette agréable liberté. La chose que Vereker m'avait indiquée était exactement celle dont lui, Corvick, avait souhaité que je parle dans mon article. Lorsque finalement je suggérai qu'avec l'aide que je venais de lui apporter il serait sans doute en mesure d'en parler lui-même, il admit en toute franchise qu'avant de pouvoir le faire il avait encore beaucoup à apprendre. Ce qu'il aurait dit, s'il avait fait le compte rendu de ce nouveau livre, c'est qu'il y avait de toute évidence, dans l'art le plus profond de l'écrivain, quelque chose qui réclamait d'être compris. Cela, je ne l'avais même pas insinué : rien d'étonnant que l'écrivain n'eût pas été flatté ! Je demandai à Corvick ce qu'il espérait pouvoir tirer de sa supersubtilité ; visiblement exaspéré, il répondit : « Ce n'est pas pour le vulgaire, vraiment pas pour le vulgaire ! » Il avait attrapé le bout de quelque chose, il tirerait dessus solidement, tirerait dessus jusqu'à ce qu'il l'ait. Il me cuisina longtemps à propos de l'étrange confidence de Vereker et, me déclarant le plus chanceux des mortels, mentionna une demi-douzaine de questions qu'il aurait voulu que j'eusse la jugeote de poser. Encore que, d'un autre côté, il ne souhaitât pas qu'on lui en dise trop ; cela gâcherait le plaisir de voir ce qui arriverait. La disparition de mon propre plaisir n'était pas totale au moment de notre rencontre, mais je la voyais venir et Corvick voyait que je la voyais. De mon côté, je voyais également que l'une des premières choses qu'allait faire mon interlocuteur serait de courir raconter toute l'histoire à Gwendolen.

Le lendemain même de cette conversation, j'eus la surprise de recevoir un billet de Hugh Vereker à qui notre rencontre à Bridges venait d'être remise en mémoire, précisait-il, par la découverte, dans un magazine, d'un article auquel ma signature se trouvait attachée. « Je l'ai lu avec grand plaisir, m'écrivait-il, et me suis rappelé, sous son influence, notre conversation animée, au coin du feu, dans votre chambre. Réfléchissant à tout ceci, je commence à mesurer l'imprudence dont j'ai fait preuve en vous imposant des connaissances que vous risquez bien de trouver lourdes à porter. Maintenant que la crise est finie, je ne parviens plus à comprendre comment j'ai pu dépasser à ce point mes limites habituelles. Jamais auparavant, je n'avais relaté, d'une manière ou d'une autre, l'histoire de mon petit secret et jamais je ne reparlerai de cette affaire. Je me suis montré, en raison des circonstances, tellement plus explicite avec vous qu'il n'entrait dans mon jeu de l'être qu'il me semble que ce jeu — je veux dire le plaisir de s'y livrer — en souffre considérablement. Bref, vous pouvez le comprendre, j'ai gâché en partie mon amusement. Je ne veux vraiment pas donner à qui que ce soit ce que vous autres, jeunes gens astucieux, appelez, je crois, un tuyau. Bien sûr, c'est un souci égoïste et je vous en fais part pour ce qu'il peut signifier à vos yeux. Si vous voulez bien vous prêter à mes caprices, ne répétez pas ce que je vous ai révélé. Tenez-moi pour fou, c'est votre droit, mais ne dites à personne pourquoi. »

La conséquence de ce message fut que le lendemain, aussitôt que je l'osai, je me rendis droit à la porte de Mr Vereker. Il habitait, ces années-là, une des bonnes vieilles maisons de Kensington Square. Il me reçut immédiatement et, dès mon entrée, je vis que je n'avais pas perdu mon pouvoir de l'amuser. Il se mit à rire en voyant ma tête, qui trahissait, sans doute, mon embarras. Je m'étais montré indiscret ; mes remords étaient grands.

— Je l'ai dit à quelqu'un, soupirai-je, et je suis sûr qu'à l'heure qu'il est cette personne l'aura déjà dit à quelqu'un d'autre ! C'est une femme, par-dessus le marché.

— La personne à qui vous l'avez dit ?

— Non, l'autre personne. Je suis presque sûr qu'il le lui aura dit.

— Oh, pour tout le bien que cela lui fera, ou que cela me fera à moi ! Une femme ne trouvera jamais.

— Non, mais elle va en parler à tout le monde ; elle va faire justement ce que vous ne voulez pas.

Vereker resta un moment pensif, mais il n'était pas aussi troublé que je l'avais craint : il sentait que, si le mal était fait, il n'avait à s'en prendre qu'à lui.

— Cela n'a pas d'importance. Ne vous tracassez pas !

— Je ferai mon possible, je vous le promets, pour que le contenu de cette conversation n'aille pas plus loin.

— Très bien, faites ce que vous pouvez !

— En attendant, poursuivis-je, maintenant que George Corvick est en possession du tuyau, il pourrait bien aboutir à quelque chose.

— Ce serait un grand jour, alors.

Je lui parlai de l'intelligence de Corvick, de son admiration pour son œuvre, de l'intensité de son intérêt pour l'anecdote que je lui avais racontée ; sans trop faire état de nos divergences d'appréciation, je mentionnai que mon ami était d'ores et déjà persuadé de voir beaucoup plus loin dans cette affaire que la plupart des gens. Il était aussi enthousiasmé que je l'avais été à Bridges. De plus, il était amoureux de la jeune femme : peut-être, à eux deux, réussiraient-ils à éclaircir quelque peu la chose.

Vereker sembla frappé par cette idée.

— Vous voulez dire qu'ils vont se marier ?

— Je crois bien qu'ils en arriveront là.

— Cela pourrait les aider, admit-il, mais nous devons leur laisser du temps !

Je parlai de ma nouvelle tentative personnelle et reconnus mes difficultés ; sur quoi il répéta son conseil précédent : « Renoncez-y ! renoncez-y ! » De toute évidence, il ne me jugeait pas intellectuellement équipé pour l'aventure. Je restai une demi-heure et il fut très aimable, mais je ne pus m'empêcher de voir en lui un homme d'humeur instable. Dans l'une de ces humeurs, il s'était montré libre avec moi ; dans une autre, il l'avait regretté ; maintenant, dans une troisième, il était devenu indifférent. La légèreté de ce comportement m'invitait à croire que, pour ce qui était du tuyau, il ne devait pas contenir grand-chose. Je m'arrangeai toutefois pour le faire répondre à quelques questions supplémentaires, ce qu'il ne fit qu'avec une visible impatience. Pour lui, sans aucun doute, cette chose devant laquelle nous demeurions aveugles existait de manière flagrante. Ce devait être, lançai-je, dans le projet d'ensemble, quelque chose comme une image complexe dans un tapis persan. Il approuva fortement cette comparaison, et il en employa lui-même une autre : « C'est, dit-il, le fil qui relie mes perles ! » Le motif de son billet avait été qu'il ne souhaitait vraiment pas lever le petit doigt pour nous aider ; notre stupidité était trop parfaite en son genre pour que l'on y touchât. Il s'était habitué à compter sur elle, et, si le charme devait se rompre, il devait se rompre sous l'effet de sa propre force. L'image que je garde de cette dernière rencontre — car je ne devais plus jamais lui parler — est celle d'un homme protégeant un secret qui l'amusait. Je me demandai, après l'avoir quitté, où lui-même avait ramassé son tuyau.

V

Lorsque je parlai à George Corvick de l'avertissement qui m'avait été adressé, il me fit sentir qu'une mise en doute de sa délicatesse équivaudrait presque à une insulte. Il avait instantanément mis Gwendolen au courant, mais la réaction passionnée de Gwendolen était en soi un gage de discrétion. Le problème allait maintenant les absorber et ils goûteraient trop leur amusement pour avoir envie de le partager avec la foule. Ils paraissaient avoir saisi d'instinct cette notion d'amusement particulière à Vereker. Leur orgueil d'intellectuels n'allait toutefois pas jusqu'à les rendre indifférents aux lumières supplémentaires que je pouvais jeter sur l'affaire qu'ils avaient prise en main. Ils étaient vraiment de « tempérament artistique » et je fus à nouveau frappé par l'aptitude de mon confrère à s'emballer pour une question d'art. Qu'il l'appelât littérature ou qu'il l'appelât vie, pour lui ce n'était qu'une seule chose. Dans ce qu'il me disait, je commençais à comprendre qu'il parlait également au nom de Gwendolen, à qui, dès que la santé de Mrs Erme se fut suffisamment améliorée pour le permettre, il se fit un devoir de me présenter. Je me souviens de cette visite que nous fîmes ensemble, un dimanche du mois d'août, dans une maison nichée au cœur de Chelsea, et de ma jalousie renouvelée à l'égard d'un Corvick ayant à ses côtés une amie pouvant mettre ses lumières en commun avec les siennes. Il pouvait lui dire, à elle, des choses que je ne pouvais jamais lui dire à lui. Elle n'avait, il est vrai, aucun sens de l'humour, et, avec sa jolie façon de pencher sa tête, était l'une de ces personnes que l'on a, comme on dit, envie de secouer, mais qui ont appris le hongrois toutes seules. Peut-être conversait-elle en hongrois avec Corvick, elle disposait de si peu d'anglais pour l'ami de celui-ci. Corvick m'expliqua plus tard que je l'avais refroidie par mon apparente mauvaise volonté à lui expliquer en détail ce que Vereker m'avait dit. Je reconnus qu'il me semblait avoir suffisamment pensé à ces révélations : n'étais-je pas même arrivé à la conclusion qu'elles étaient creuses, qu'elles ne résisteraient pas à l'examen ? L'importance qu'ils y attachaient tous deux était irritante ; elle contribuait à envenimer mon désaccord.

Ces affirmations peuvent paraître peu aimables ; la vérité est sans doute que je me sentais humilié en voyant d'autres personnes tirer une joie quotidienne d'une expérience qui ne m'avait causé que des déceptions. Je restais dehors dans le froid, pendant qu'eux, passant la soirée près du feu, sous la lampe, continuaient une chasse pour laquelle j'avais moi-même sonné du cor. Ils faisaient ce que j'avais fait, mais de manière plus pondérée et plus sociable : ils reprenaient leur auteur depuis le début. Inutile de se presser, disait Corvick ; ils avaient l'avenir devant eux et leur fascination ne pouvait que croître ; ils allaient le lire page à page, comme on lit un classique ; ils l'aspireraient par longues bouffées et s'en laisseraient pénétrer. Je ne crois pas qu'ils se seraient laissé à ce point prendre au jeu s'ils n'avaient été amoureux : le pauvre secret de Vereker leur donnait l'occasion constante de rapprocher leurs jeunes têtes. Toujours est-il que c'était le genre de problème pour lequel Corvick avait une aptitude particulière et pouvait faire montre de cette patience remarquablement aiguë dont il aurait, s'il avait vécu, donné des exemples plus frappants et, il faut l'espérer, plus fructueux. Lui au moins était, pour reprendre les mots de Vereker, un petit démon de subtilité. Nous avions commencé par nous disputer, mais je compris bientôt que, sans que je lève le petit doigt, son engouement connaîtrait de sombres heures. Il s'élancerait sur de fausses pistes comme je l'avais fait, il applaudirait de nouvelles lueurs et les verrait s'éteindre au vent de la page tournée. Il ressemblait tout à fait, lui dis-je, à ces maniaques qui embrassent n'importe quelle théorie délirante sur le sens occulte de l'œuvre de Shakespeare. A quoi il répondit que, si Shakespeare lui-même nous avait dit que son œuvre avait un sens occulte, il aurait immédiatement accepté cette idée ; le cas que j'évoquais était tout différent : nous ne disposions de rien que de la parole d'un clown. Je répondis que j'étais stupéfié de le voir attacher une telle importance à la parole de Mr Vereker. Sur quoi il me demanda si je considérais la parole de Mr Vereker comme mensongère. Je n'étais peut-être pas prêt, dans ma malheureuse réponse, à m'aventurer aussi loin, mais j'affirmai une nouvelle fois que, jusqu'à preuve du contraire, je considérais que ces propos faisaient la part trop belle à l'imagination. Je ne lui dis pas, je l'avoue, tout ce que je pensais, mais à l'époque je n'en étais pas totalement conscient. Au tréfonds, comme l'aurait dit Miss Erme, j'étais inquiet et en attente de quelque chose. Au cœur de mon malaise intérieur — puisque ma curiosité continuait de vivre de ses cendres —, il y avait le sentiment aigu que Corvick finirait sans doute par découvrir quelque chose. Il mettait en avant, pour justifier sa foi, le fait que depuis bien longtemps, en étudiant le génie de Vereker, il avait, par bouffées, été sensible à des signes de quelque chose qu'il ne connaissait pas, aux accents faibles et erratiques d'une musique cachée. C'était cela qui était si rare et qui avait tant de charme : toutes ces impressions cadraient parfaitement avec ce que je lui avais raconté.

Si je revins plus d'une fois à la petite maison de Chelsea, je dois dire que ce fut autant pour avoir des nouvelles de Vereker que des nouvelles de la mère de Miss Erme. Les heures que Corvick passait là, je les imaginais comme celles d'un joueur d'échecs, penché silencieusement, les sourcils froncés, tout le long d'un hiver éclairé par la lampe, sur son jeu et les coups à réaliser. A mesure que mon imagination le remplissait, ce tableau se précisait. De l'autre côté de la table, il y avait une forme encore plus fantomatique, la pâle figure d'un adversaire manifestant son assurance par un air de bonne humeur que tempérait un peu de lassitude — un adversaire qui se renversait dans son fauteuil, les mains dans les poches et un sourire sur son clair et fin visage. Juste à côté de Corvick, derrière lui, se tenait une jeune fille qui tout d'abord m'était apparue comme pâle et ravagée, mais aussi, à la mieux regarder, comme assez belle, et qui restait appuyée sur son épaule, suspendue à ses coups. Il se saisirait d'une pièce et la tiendrait un moment au-dessus d'une case, puis la reposerait à sa place d'origine avec un long soupir désappointé. La jeune femme changerait alors de position, légèrement mais avec gêne, et fixerait un regard très intense, très long et très étrange, sur cet obscur partenaire. Je leur avais demandé, au tout début de leur recherche, s'ils ne pensaient pas qu'avoir des contacts plus étroits avec lui pourrait contribuer à leur succès. Le caractère particulier des circonstances, estimerait-on, m'avait sûrement donné le droit de les présenter. Corvick avait aussitôt répliqué qu'il n'avait aucun désir d'approcher l'autel avant d'avoir préparé le sacrifice. Il était tout à fait d'accord avec notre ami : pour le sport autant que pour l'honneur, il ne pouvait abattre l'animal qu'avec son propre fusil. Lorsque je lui demandai si Miss Erme tirait aussi bien que lui, il me répondit, après une hésitation :

— Non, je suis au regret de devoir dire qu'elle veut lui tendre une piège. Elle donnerait n'importe quoi pour le voir ; elle dit qu'elle a besoin d'un tuyau supplémentaire. C'est devenu tout à fait morbide, chez elle. Mais elle doit jouer dans les règles ; elle ne le verra pas ! ajouta-t-il avec emphase.

J'eus le soupçon qu'ils s'étaient même un peu disputés à ce sujet, soupçon que ne corrigea pas la façon qu'il eut plus d'une fois de s'exclamer : « Elle est incroyablement littéraire, tu sais, c'est tout à fait fantastique ! » Je me souviens de l'avoir entendu dire qu'elle sentait en italiques et pensait en capitales.

— Oh, quand je l'aurai débusqué, ajouta-t-il, alors, oui, j'irai frapper à sa porte ! Ça, tu peux en être sûr. Et je l'entendrai me dire de sa propre bouche : « Vous avez tapé dans le mille, mon garçon. Cette fois-ci, vous y êtes ! » Et, moi le vainqueur, il me couronnera avec les lauriers de la critique.

En attendant, il évitait vraiment les occasions que la vie londonienne aurait pu lui donner de rencontrer le célèbre romancier ; un danger qui disparut toutefois lorsque Vereker quitta l'Angleterre pour une durée indéterminée, ainsi que l'annoncèrent les journaux — il se rendait dans le Midi pour des motifs liés à la santé de sa femme qui vivait retirée loin du monde depuis longtemps. Un an — plus d'un an même — s'était écoulé depuis l'incident de Bridges, mais je ne l'avais plus jamais rencontré. Je crois qu'au fond j'avais un peu honte ; cela m'aurait fort déplu d'ainsi lui rappeler que, bien que j'eusse irrémédiablement manqué son astuce, j'étais en train de me tailler rapidement une réputation de grande finesse. Ce scrupule me causait bien des ennuis ; il me tenait éloigné de la maison de lady Jane et me fit même refuser, alors qu'en dépit de mes mauvaises manières elle était assez bonne pour me faire signe une seconde fois, une invitation dans sa magnifique propriété. Un soir, je l'aperçus à un concert avec Vereker ; j'étais sûr qu'ils m'avaient vu, mais je m'échappai avant qu'ils ne me rattrapent. Je sentis, cependant que je pataugeais sous la pluie, qu'il m'aurait été impossible de faire autre chose, et pourtant je me souviens de m'être dit que c'était dur, et même cruel, d'en être arrivé là. Je n'avais pas seulement perdu ses livres, j'avais également perdu l'homme : l'œuvre et son auteur étaient pour moi l'une et l'autre altérés. Je savais aussi laquelle de ces deux pertes je regrettais le plus. J'avais apprécié l'homme encore plus que je n'avais apprécié les livres.

VI

Six mois après que Vereker eut quitté l'Angleterre, George Corvick, qui vivait de sa plume, accepta un travail qui lui imposait une absence assez longue et un voyage assez difficile, et dont je fus surpris de le voir se charger. Son beau-frère était devenu directeur d'un grand quotidien provincial, et le grand quotidien provincial, dans une belle envolée imaginative, avait conçu l'idée de dépêcher un « envoyé spécial » en Inde. Les envoyés spéciaux devenaient à la mode dans la « presse métropolitaine » et le journal en question sentait qu'il était passé trop longtemps pour un simple cousin de la campagne. Corvick n'avait nullement la main, je le savais, pour brosser de grands reportages, mais c'était le problème de son beau-frère ; et le fait qu'une tâche particulière ne lui convînt pas pouvait au contraire très bien être pour Corvick une raison de l'accepter. Il était disposé à dépasser la presse métropolitaine sur son propre terrain ; il prit de solennelles précautions contre la bégueulerie, il outragea exquisement le bon goût. Personne n'en sut jamais rien — ce bon goût n'était que le sien. Outre la couverture de ses frais, il devait être convenablement payé ; de plus il me fut possible de l'aider à trouver, pour l'habituel gros livre, un arrangement plausible avec l'habituel gros éditeur. Je supposais naturellement que ce visible désir de gagner un peu d'argent n'était pas sans rapport avec la perspective d'un mariage avec Gwendolen Erme. Je savais que l'opposition de Mrs Erme était largement fondée sur le peu de ressources de Corvick et son manque d'aptitude aux activités lucratives ; pourtant, lorsque je lui dis, la dernière fois que je le vis, quelque chose qui touchait à sa séparation d'avec la jeune fille, il s'exclama, avec une emphase qui me fit sursauter :

— Oh ! je ne suis pas du tout fiancé avec elle, tu sais.

— Pas ouvertement, répondis-je, parce que sa mère ne t'apprécie pas. Mais j'ai toujours considéré comme entendu qu'il y avait entre vous un arrangement secret.

— Eh bien, il y en avait un. Mais il n'y en a plus maintenant.

Ce fut là tout ce qu'il dit, mis à part quelque chose sur l'extraordinaire façon dont Mrs Erme s'était remise sur pied — remarque d'où ressortait son souhait de me voir déduire que les arrangements secrets étaient de peu d'utilité quand le médecin ne les partageait pas. Ce que je pris la liberté de déduire, en réalité, c'est que la jeune fille avait dû, en quelque manière, se brouiller avec lui. Eh bien, si par exemple il s'était mis à être jaloux, ce ne pouvait guère être de la jalousie à mon égard, car dans ce cas (en plus de l'absurdité de l'hypothèse) il ne serait pas parti en nous laissant ensemble. Depuis quelque temps déjà, avant son départ, nous en étions arrivés à ne plus faire la moindre allusion au trésor caché ; de son silence — dont le mien n'était qu'une conséquence — j'avais tiré une conclusion tranchante : son courage était retombé, son ardeur avait connu le même sort que la mienne — cette déduction, au moins, il me la laissa savourer. Il ne pouvait faire davantage ; il ne pouvait supporter l'idée du triomphe avec lequel j'aurais accueilli un aveu explicite. Il n'avait pourtant nul motif d'avoir peur, le pauvre ami ; à cette époque j'avais perdu tout désir de triomphe. En fait, je considérais que je me montrais magnanime en ne lui reprochant pas sa défaite, car le voir abandonner la partie me faisait plus que jamais sentir à quel point, au bout du compte, je dépendais de lui. Si Corvick avait échoué, je ne saurais jamais rien ; personne ne serait du moindre secours si lui ne l'était pas. Il n'était absolument pas vrai que j'avais cessé de vouloir comprendre ; non seulement ma curiosité avait petit à petit recommencé à me faire souffrir, mais elle était même devenue le tourment quotidien de ma conscience. Il y a sans doute des gens pour qui les tourments de ce genre ne semblent guère plus normaux que les contorsions d'un malade, mais après tout je ne vois pas pourquoi, dans le cas présent, je devrais seulement faire mention d'eux. En tout cas, pour les quelques personnes, anormales ou pas, qui sont concernées par cette histoire, la littérature était un jeu d'adresse, et adresse signifiait courage, et courage signifiait honneur, et honneur signifiait passion, signifiait vie. L'enjeu, à cette table, était d'une nature particulière et notre roulette était l'esprit en mouvement, mais nous restions assis autour du tapis vert avec une attention aussi soutenue que les sévères joueurs de Monte-Carlo. Gwendolen Erme, de ce point de vue, avec son visage blanc et ses yeux fixes, était le type même de la femme que chacun aura rencontrée dans les temples du hasard. Je me rendis compte en l'absence de Corvick qu'elle donnait de l'éclat à l'analogie. Extravagante, j'en conviens, était sa façon de vivre pour l'art de la plume. Sa passion, visiblement, la dévorait ; en sa présence, j'avais presque l'impression d'être un tiède. Je relus *Au tréfonds :* c'était un désert où elle s'était perdue, mais où elle avait aussi creusé dans le sable un trou merveilleux, duquel Corvick, chose plus remarquable encore, l'avait fait sortir.

Au début du mois de mars, je reçus d'elle un télégramme qui me fit sur-le-champ me rendre à Chelsea, où la première chose qu'elle me dit fut :

— Il a trouvé, il a trouvé !

Elle était si profondément émue, je le vis, qu'elle ne pouvait faire allusion qu'à la grande chose.

— L'idée de Vereker ?

— Son intention d'ensemble. George m'a envoyé un câble depuis Bombay.

Elle avait devant elle le message déplié ; il était emphatique, mais bref : « Eureka. Immense. » C'était tout ; il avait économisé le prix de la signature. Je partageais l'émotion de la jeune femme, mais j'étais déçu.

— Il ne dit pas ce que c'est.

— Comment le pourrait-il, dans un télégramme ? Il l'écrira.

— Mais comment peut-il savoir ?

— Savoir que c'est réellement ça ? Oh ! je suis sûre que lorsqu'on trouve, on ne peut pas ne pas le savoir. *Vera incessu patuit dea !*

— C'est vous, Miss Erme, qui êtes adorable de m'apprendre une telle nouvelle, allai-je jusqu'à dire dans mon enthousiasme. Mais quelle drôle d'idée de découvrir notre déesse dans le temple de Vishnou ! Comme il est étrange que George ait pu approfondir cette question au milieu de tant de sollicitations nouvelles et puissantes.

— Il ne l'a pas approfondie, je le sais ; c'est la chose elle-même, consciencieusement délaissée pendant six mois, qui a tout simplement bondi sur lui comme une tigresse hors de la jungle. Il n'avait pas pris un livre avec lui — volontairement ; en fait, il n'en aurait pas eu besoin —, comme moi, il connaît chaque page par cœur. Les textes ont travaillé en lui ; et un jour, quelque part, dès qu'il ne pensait à rien, ils ont formé, parmi les magnifiques et complexes arrangements possibles, la seule combinaison exacte. L'image dans le tapis est apparue. George savait que cela se passerait de cette manière et c'est la véritable raison — vous ne l'aviez pas du tout compris, mais je crois que maintenant je peux vous le dire — pour laquelle il est parti et pour laquelle je l'ai laissé s'en aller. Nous savions que le changement, la différence d'atmosphère intellectuelle et de décor, provoquerait le déclic nécessaire, donnerait le coup de baguette magique. Nous avions calculé parfaitement, de manière admirable. Tous les éléments étaient dans sa tête, et, grâce à la *secousse* d'une expérience nouvelle et intense, ils se sont illuminés.

Elle-même semblait positivement illuminée — son visage étincelait littéralement. Je balbutiai quelque chose à propos du travail cérébral inconscient et elle reprit :

— Il va rentrer tout de suite. Ceci va le faire revenir.

— Pour voir Vereker, vous voulez dire ?

— Pour voir Vereker et pour me voir, moi. Pensez à tout ce qu'il devra me raconter.

J'hésitai.

— Au sujet de l'Inde ?

— Et puis quoi encore? Non bien sûr, au sujet de Vereker, au sujet de l'image dans le tapis.

— Mais, comme vous le disiez, il va certainement vous expliquer ça dans une lettre.

Elle réfléchit comme quelqu'un d'inspiré, et je me souvins de la façon dont Corvick m'avait dit, longtemps auparavant, que son visage était intéressant.

— Peut-être que ça ne tiendra pas dans une lettre, dit-elle, si c'est « immense ».

— Peut-être bien, si c'est une immense blague. S'il a trouvé quelque chose qui ne peut tenir dans une lettre, c'est qu'il n'a pas trouvé ce qu'il fallait. L'avis de Vereker était que, précisément, l' « image » tiendrait dans une lettre.

— De toute façon, j'ai envoyé un câble à George, il y a une heure ; deux mots, dit Gwendolen.

— Est-il indiscret de ma part de vous demander lesquels ?

Elle se fit un peu attendre, mais finalement me les livra : « Chéri, écrivez. »

— Très bien, m'exclamai-je. Pour plus de sûreté, je lui enverrai les mêmes.

VII

Mes deux mots ne furent pourtant pas exactement les mêmes ; je mis quelque chose à la place de « chéri » et mon qualificatif, par la suite, sembla le plus adéquat, puisque, lorsque finalement nous reçûmes des nouvelles de Corvick, ce fut uniquement pour être mis au supplice. Il triomphait de manière grandiose, il décrivait sa découverte comme prodigieuse, mais son extase ne faisait que l'obscurcir. Il ne donnerait aucune information avant d'avoir soumis sa théorie à l'autorité suprême. Il avait abandonné sa commande, abandonné le gros livre, il avait tout abandonné, en fait, sauf l'urgent besoin de courir à Rapallo, sur la côte génoise, où Vereker séjournait. Je lui écrivis une lettre qui devait l'attendre à Aden ; je le suppliais de soulager mon impatience. Qu'il avait trouvé ma lettre, je l'appris par un télégramme qui, m'arrivant après des jours et des jours d'attente, alors que je n'avais pas encore reçu de réponse à ma laconique dépêche pour Bombay, était de toute évidence censé répondre aux deux messages à la fois. Ces quelques mots étaient rédigés dans un français familier, le français du jour, dont Corvick se servait souvent pour montrer qu'il n'était pas poseur et qui, sur certaines personnes, produisait exactement l'effet contraire. « Patience ! *Tellement envie de voir ta tête* quand il te tombera dessus. » Voilà tout ce que j'avais pour attendre sans broncher. On ne peut certainement pas dire de moi que j'attendis sans broncher, car je crois me souvenir qu'à cette époque j'étais à courir sans cesse entre la petite maison de Chelsea et la mienne, mais je continuais d'espérer qu'elle avait plus de lumières que moi. Nous dépensâmes à cette époque des sommes énormes pour des gens comme nous en télégrammes. Je comptais recevoir des nouvelles de Rapallo aussitôt après la rencontre de l'explorateur et de l'exploré. Un laps de temps interminable sembla s'écouler, mais, un soir, j'entendis un cab s'approcher de ma porte, dans un fracas visiblement engendré par une promesse de générosité. Mon cœur battait à tout rompre et je bondis à la fenêtre — mouvement qui me permit d'apercevoir une jeune femme, debout sur le marchepied du véhicule et regardant avec ardeur vers ma maison. En me voyant, elle brandit un papier d'un geste qui me fit descendre à toute allure, d'un geste semblable à ceux par lesquels, dans les mélodrames, les mouchoirs et les sursis sont brandis au pied de l'échafaud.

« Viens de voir Vereker — aucune fausse note. M'a pressé sur son cœur. Me garde un mois. » Voilà ce que je lus sur le papier pendant que le cocher laissait tomber un large sourire depuis son siège. Dans mon excitation, je le payai généreusement, et dans la sienne elle me laissa faire ; puis, comme il s'en allait, nous commençâmes à marcher et à parler. Dieu sait si nous avions déjà parlé auparavant, mais cette promenade-ci était vraiment étonnante. Nous imaginions toute la scène de Rapallo, où il avait dû écrire, en mentionnant mon nom, pour demander la permission de venir ; plus exactement, c'est moi qui l'imaginai, disposant de plus de données que ma compagne que je sentais suspendue à mes lèvres tandis que nous nous arrêtions devant des vitrines que nous ne regardions pas. Une seule chose nous semblait sûre : si Corvick restait là pour une plus ample discussion, du moins allions-nous recevoir une lettre de lui qui nous aiderait à supporter le goût amer de ce nouveau retard. Nous comprenions qu'il restât là, et pourtant chacun, je crois, voyait que l'autre détestait ce séjour. La lettre sur laquelle nous comptions arriva ; elle était pour Gwendolen que j'allai voir à temps pour lui épargner la peine de venir me la montrer. Elle ne me la lut pas, ce qui était assez naturel, mais elle me rapporta l'essentiel de son contenu. Celui-ci consistait en cette remarquable proposition : il lui expliquerait, quand ils seraient mariés, cela même qu'elle désirait savoir.

— Seulement quand nous serons mariés, pas avant, m'expliquait-elle. Ce qui revient à dire, n'est-ce pas, que je dois l'épouser tout de suite !

Elle me sourit, pendant que je rougissais de dépit, la perspective d'un retard supplémentaire me faisant dans un premier temps oublier d'être surpris. Il semblait plus que probable qu'il m'imposerait à moi aussi quelque exaspérante condition. Soudain, pendant qu'elle me rapportait plusieurs autres éléments de sa lettre, je me souvins de ce qu'il m'avait dit avant de partir. Il trouvait Mr Vereker follement intéressant, m'expliquait-elle, et la possession du secret était pour lui une forme de griserie. Le trésor caché ne contenait qu'or et pierreries. Maintenant qu'il se trouvait là, devant lui, il semblait grandir sans cesse ; c'était, de tous les temps et de toutes les langues, l'une des plus merveilleuses réussites artistiques. Rien, surtout, une fois qu'on était face à face avec lui, ne donnait l'impression d'avoir été aussi parfaitement accompli. Une fois qu'il apparaissait, il apparaissait totalement, se manifestait avec une splendeur qui vous rendait confus ; il n'y avait jamais eu, sinon dans l'insondable vulgarité d'une époque où personne n'avait de goût et où tous les sens étaient paralysés, le plus petit motif pour qu'il restât dissimulé. C'était immense, mais c'était simple — c'était simple, mais c'était immense, et la connaissance finale du secret constituait une expérience tout à fait particulière. George laissait entendre que le charme d'une telle expérience — le désir de la savourer, dans sa fraîcheur, jusqu'à la dernière goutte — était ce qui le retenait là-bas, tout près de la source. Gwendolen, franchement radieuse pendant qu'elle me jetait en pâture ces fragments, montrait une exaltation que lui permettaient des perspectives d'avenir plus sûres que les miennes. Cela me ramena à la question de son mariage, me poussant à lui demander si ce qu'elle avait voulu me laisser entendre, à l'instant, était qu'elle était fiancée.

— Bien sûr que je le suis, répondit-elle. Vous ne le saviez pas ?

Elle paraissait étonnée, mais je l'étais encore plus, puisque Corvick m'avait dit exactement le contraire. Je n'en fis pourtant pas mention ; je lui rappelai simplement que je n'avais jamais été à ce point dans sa confidence, ni même dans celle de Corvick, et qu'en outre je n'ignorais pas l'interdiction de sa mère. Au fond, j'étais troublé par la disparité de leurs affirmations, mais, après un moment, je sentis que c'était de celle de Corvick que je doutais le moins. Ce qui me conduisit tout naturellement à me demander si la jeune fille ne venait pas d'improviser sur-le-champ ces fiançailles — rafistolant un projet ancien ou en bâclant un nouveau — afin de voir comblé son désir. Je me dis qu'elle disposait de ressources dont j'étais privé ; mais elle rendit son cas un peu plus compréhensible en ajoutant sans attendre :

— En réalité, la situation faisait que nous nous sentions tenus de ne rien faire du vivant de maman.

— Et maintenant vous voulez précisément vous dispenser du consentement de votre mère.

— Oh, on peut éviter d'en arriver là !

Je me demandai à quoi on pouvait en arriver, et elle reprit :

— La pauvre, elle doit pouvoir avaler la pilule. En fait, il faudra bien qu'elle l'avale.

Une déclaration dont — compte tenu des personnes concernées — je mesurais pleinement la force.

VIII

Jamais rien de plus contrariant ne m'était arrivé que de comprendre, avant le retour de Corvick en Angleterre, que je ne serais pas là pour l'interroger. Je me trouvai brusquement appelé en Allemagne par l'inquiétante maladie de mon frère cadet, lequel, malgré mes conseils, était parti à Munich étudier, auprès d'un grand maître d'ailleurs, l'art du portrait à l'huile. La proche parente qui lui versait une pension avait menacé de la supprimer s'il devait, sous des prétextes spécieux, se décider pour les vérités supérieures de Paris — Paris représentant, d'une certaine façon, pour une tante de Cheltenham, l'école du vice, l'abîme. J'avais à l'époque déploré ce préjugé — et sa profonde nocivité était maintenant visible : d'abord parce qu'il n'avait pas épargné au pauvre garçon, qui était intelligent, délicat et insouciant, une congestion pulmonaire; ensuite à cause du plus grand éloignement de Londres auquel la circonstance me condamnait. Je crains bien que ce qui m'occupa le plus l'esprit durant plusieurs semaines d'angoisse fût le sentiment que, si seulement nous avions été à Paris, j'aurais pu faire un saut pour aller voir Corvick. Pareil projet était en fait, à tous points de vue, hors de question : mon frère, dont le rétablissement nous donnait à l'un et l'autre fort à faire, fut malade trois mois, durant lesquels je ne le quittai pas et au terme desquels il nous fallut faire face à l'interdiction absolue de rentrer en Angleterre. Le choix d'un climat favorable s'imposait et il n'était guère en état de l'assumer tout seul. Je l'emmenai à Merano et y passai l'été avec lui, m'efforçant de lui montrer par mon exemple comment se remettre au travail et couvant une rage d'une autre sorte que je m'efforçais de ne pas lui montrer.

Toute cette affaire s'avéra être la première d'une série de phénomènes si étrangement conjugués que, pris dans leur ensemble (ce fut ainsi qu'il me fallut les prendre), ils illustrent de la façon la plus juste que je connaisse comment, pour le bien de son âme sans doute, le destin contrecarre parfois l'avidité d'un homme. Certes, ces événements eurent une portée plus vaste que la conséquence, maigre en comparaison, qui nous occupe ici — encore que j'aie le sentiment que cette conséquence aussi est une chose dont il faut parler avec un certain respect. C'est, en tout cas, sous cet angle principalement, je l'avoue, que l'horrible fruit de mon exil reste, à cette heure, présent à ma mémoire. Même sur le moment, en réalité, l'esprit avec lequel mon avidité, ainsi que je l'ai appelée, me fit considérer cette période, ne trouva nul réconfort dans la manière, qui ne me plut guère, dont Corvick, avant de revenir de Rapallo, s'adressa à moi. Sa lettre n'eut rien de cette vertu tranquillisante dont je dois aujourd'hui me déclarer certain qu'il avait souhaité y mettre, et le cours des événements ne fut pas en mesure de compenser ce manque. Il avait commencé, sur-le-champ, pour une publication trimestrielle, ce qui serait le dernier mot grandiose sur les écrits de Vereker, et cette étude exhaustive, la seule qui aurait compté, qui aurait même existé, allait faire jaillir la lumière nouvelle et faire entendre — oh, si discrètement ! — la vérité insoupçonnée. Elle allait, en d'autres termes, dessiner l'image dans le tapis en suivant toutes ses circonvolutions, la reproduire dans chacune de ses nuances. Le résultat, disait Corvick, serait le plus grand portrait littéraire jamais peint, et tout ce qu'il me demandait, c'était d'avoir la bonté de ne pas le déranger par des questions avant qu'il soit en mesure de m'exhiber son chef-d'œuvre. Il me faisait l'honneur de me dire que, mis à part son grand modèle, inaccessible dans sa hautaine indifférence, j'étais, moi, le connaisseur pour lequel il travaillait en tout premier lieu. Je devais donc être sage et ne pas chercher à jeter un œil sous le rideau avant que le spectacle ne commence : j'apprécierais d'autant plus la représentation si je me tenais tranquille.

Je fis tout mon possible pour me tenir tranquille, mais je

ne pus m'empêcher de sursauter en voyant dans le *Times*, alors que j'étais à Munich depuis une semaine ou deux et que Corvick, je le savais, n'était pas encore rentré à Londres, l'annonce du décès subit de la pauvre Mrs Erme. J'écrivis aussitôt à Gwendolen pour avoir des détails, et elle me répondit que sa mère avait succombé à la crise cardiaque qui menaçait depuis longtemps. Elle ne me dit pas, mais je pris la liberté de lire entre ses lignes, que du point de vue de son mariage et aussi de son empressement, qui valait largement le mien, c'était une solution plus rapide qu'on aurait pu l'attendre, plus radicale aussi que de patienter jusqu'à ce que la vieille dame avale la pilule. J'admets d'ailleurs en toute franchise qu'à cette époque — car j'avais régulièrement de ses nouvelles — je lisais des choses singulières entre les lignes de Gwendolen et des choses plus extraordinaires encore dans ses silences. Tandis que, plume à la main, je suis en train de revivre cette époque, me reprend le sentiment très étrange d'avoir été pendant de longues semaines, et cela malgré moi, une sorte de spectateur forcé. Toute ma vie s'était réfugiée dans mes yeux, que la suite des événements parut s'être engagée à maintenir ouverts. Il y eut des jours où je songeais à écrire à Hugh Vereker pour m'en remettre simplement à sa charité. Mais je sentais, plus profondément, que je n'étais pas tombé tout à fait aussi bas, et qu'en outre, avec raison, il m'aurait renvoyé à mes chères études. La mort de Mrs Erme ramena Corvick tout droit en Angleterre et, dans le mois, il fut uni, « très discrètement » — aussi discrètement, je suppose, qu'il comptait mettre au jour sa *trouvaille* dans son article —, à la jeune femme qu'il avait aimée et quittée. J'emploie ce dernier terme, soit dit entre parenthèses, parce que j'acquis ultérieurement la certitude qu'à l'époque de son départ pour l'Inde, à l'époque de la grande nouvelle expédiée de Bombay, il n'y avait pas entre eux le moindre engagement. Il n'y en avait aucun au moment où elle m'affirma le contraire. Par contre, il s'était certainement fiancé le jour de son retour. L'heureux couple alla passer sa lune de miel à Torquay et là, dans une heure d'inconscience, le pauvre Corvick se mit en tête d'emmener sa jeune épouse faire une promenade en voiture. C'était une activité qu'il ne maîtrisait pas, je m'en étais rendu compte jadis lors d'un petit voyage que nous avions fait ensemble en dog-cart. C'est pourtant en haut d'un véhicule de ce type qu'il jucha sa compagne pour aller dévaler les collines du Devonshire ; et sur l'une des plus hasardeuses, il fit chuter son cheval — qui, il est vrai, s'était emballé — avec une telle violence que les passagers furent projetés hors du dog-cart, et que lui-même, atrocement, tomba la tête la première. Il fut tué sur le coup ; Gwendolen en sortit indemne.

Je passe rapidement sur cette pure tragédie, sur ce que la perte de mon meilleur ami signifiait pour moi, et j'achève la petite histoire de ma patience et de ma peine en déclarant sans ambages que, dans un post-scriptum à la toute première lettre que je lui adressai après avoir appris l'horrible nouvelle, je demandai à Mrs Corvick si son mari n'avait pas, au moins, terminé son grand article sur Vereker. Sa réponse fut aussi prompte que ma position : l'article, qui venait à peine d'être commencé, n'existait qu'à l'état désolant de bribes. Elle m'expliquait que Corvick venait juste de s'y atteler quand il fut interrompu par la mort de Mrs Erme ; ensuite, à son retour, les complications dans lesquelles ce malheur les plongeait l'avaient éloigné de son travail. Les pages d'ouverture étaient les seules qui existaient ; elles étaient frappantes, elles étaient prometteuses, mais elles ne dévoilaient pas l'idole. Le grand exploit intellectuel aurait dû de toute évidence constituer le point culminant de l'article. Elle ne disait rien de plus, rien qui pût m'éclairer sur l'état de ses propres connaissances — ces connaissances pour l'acquisition desquelles j'avais imaginé qu'elle avait fait des choses prodigieuses. Avait-elle vu l'idole dévoilée : voilà ce que je voulais par-dessus tout savoir. Une cérémonie privée avait-elle eu lieu devant un public captivé, composé d'une seule personne ? Pour quelle autre cérémonie la cérémonie précédente avait-elle été célébrée ? Je ne voulais pas encore la presser de questions et pourtant, lorsque je me souvenais de ce qui s'était dit entre nous à ce propos pendant l'absence de Corvick, ses réticences me surprenaient. Aussi ne fut-ce que bien plus tard que je risquai, depuis Merano, un autre appel, que je le risquai avec une certaine angoisse puisqu'elle continuait de ne rien me dire. « Avez-vous appris, durant ces quelques jours de bonheur perdu, ce que nous désirions tellement apprendre ? » lui écrivis-je. Ce « nous » avait valeur de discrète allusion, et elle me montra qu'elle pouvait saisir une discrète allusion. « J'ai tout appris, répondit-elle, et j'entends tout garder pour moi ! »

IX

Il était impossible de ne pas éprouver pour elle la plus forte des compassions et, à mon retour en Angleterre, je fis preuve de toute la gentillesse dont j'étais capable. Avec la mort de sa mère, ses ressources étaient devenues suffisantes et elle s'était installée dans un quartier plus commode. Mais la perte avait été grande et l'épreuve cruelle ; jamais je n'aurais pu supposer qu'elle en arriverait à considérer la jouissance d'un tuyau technique, d'un élément de pratique littéraire, comme une compensation à son malheur. Chose étrange, pourtant, je ne pus m'empêcher, après l'avoir vue quelques fois, de penser que je venais d'entrevoir une bizarrerie de ce genre. Je m'empresse d'ajouter qu'il y avait eu d'autres choses que je n'avais pu m'empêcher de penser ; et, comme je n'ai jamais eu de certitude à ce propos, je laisse sur la question précédente le bénéfice du doute à la mémoire de Gwendolen. Écrasée de douleur et solitaire, douée de grands talents et maintenant — dans son deuil profond, son élégante maturité et son chagrin silencieux — d'une incontestable beauté, elle offrait l'image d'une personne menant une vie d'une dignité et d'une distinction singulières. J'avais d'abord trouvé moyen de croire que je viendrais bientôt à bout d'une réserve manifestée une semaine après la catastrophe dans sa réponse à une demande dont je n'ignorais pas qu'elle avait pu lui paraître inopportune. Certes, cette réserve fut pour moi une sorte de choc ; certes, elle me troublait de plus en plus à mesure que j'y pensais, malgré mes efforts, quelquefois couronnés de succès, de me l'expliquer par l'hypothèse de sentiments exaltés, de scrupules superstitieux ou d'un raffinement de loyauté. Certes, elle augmentait aussi, considérablement, le prix du secret de Vereker, si précieux que ce mystère m'apparût déjà. Je préfère d'ailleurs avouer, aussi abject que cela puisse paraître, que l'attitude inattendue de Mrs Corvick fut le coup final qui m'enfonça dans la tête ma malheureuse idée, qui la transforma en une obsession dont je sais qu'elle ne me quittera plus.

Tout cela ne fit néanmoins que m'inciter à me montrer plus habile, plus adroit, à laisser passer du temps avant de renouveler ma requête. J'avais, dans l'intervalle, de nombreux sujets de réflexion, et l'un d'eux m'absorbait profondément. Corvick avait tenu sa jeune amie à l'écart de la révélation jusqu'à la levée des dernières barrières à leur intimité ; alors, seulement, il avait vendu la mèche. L'idée de Gwendolen était-elle, obéissant à une allusion de George, de ne la vendre à nouveau qu'en cas de renouvellement de l'expérience d'une relation de cet ordre ? L'image dans le tapis ne pouvait-elle être dessinée ou décrite qu'aux époux ? qu'aux amants suprêmement unis ? Il me revint, de manière troublante, qu'à Kensington Square, lorsque je lui avais dit que Corvick aurait assurément tout dit à la jeune fille qu'il aimait, Vereker avait laissé échapper quelques mots qui donnaient un peu de vraisemblance à cette hypothèse. Celle-ci était peut-être ténue ; elle était suffisante pour que je me demande s'il me faudrait épouser Mrs Corvick afin d'obtenir ce que je désirais. Étais-je prêt à lui offrir ce prix pour être gratifié de son savoir ? Ah, tout cela ne menait qu'à la folie, me disais-je, du moins dans les moments d'égarement. Je voyais, entre-temps, le flambeau qu'elle refusait de me passer se consumer dans la chambre du souvenir et répandre dans ses yeux une lueur qui faisait rayonner sa maison solitaire. Au bout de six mois, je savais à quel point cette chaude présence la consolait. Nous avions parlé maintes et maintes fois de l'homme qui nous avait rapprochés, de son talent, de son caractère, de son charme personnel, de la carrière qu'il aurait faite, de son atroce disparition et même de son projet éclatant, de cette grande étude qui aurait constitué un portrait littéraire suprême, une sorte de Van Dyck ou de Velasquez de la critique. Elle m'avait souvent fait comprendre que, piété ou perversité, elle avait la langue liée, qu'elle ne romprait jamais le silence qu'il n'avait pas été donné à « qui de droit », comme elle disait, de rompre. L'heure finit pourtant par arriver. Un soir, alors que j'étais resté auprès d'elle plus longtemps qu'à l'accoutumée, je posai fermement ma main sur son bras.

— Et maintenant, pour finir, qu'est-ce que c'est ?

Elle s'attendait à ma question ; elle était prête. Elle eut un mouvement de la tête, interminable et silencieux, qui n'avait de miséricordieux que d'être muet. Cette miséricorde ne m'empêcha nullement d'être frappé par le plus vaste, le plus fin, le plus froid des « Jamais ! » que j'aie encore eu l'occasion, dans le cours d'une vie où les refus n'avaient pas manqué, de recevoir en plein visage. Je le reçus et j'eus conscience que la brutalité de ce coup m'avait fait monter les larmes aux yeux. Nous restâmes assis un moment à nous regarder l'un l'autre, puis, lentement, je me levai. Je me demandais si elle m'accepterait un jour ; mais ce ne fut pas cela que je prononçai. Je dis, en lissant mon chapeau :

— Dans ce cas, je sais ce que je dois en penser ; ce n'est rien !

Une pitié lointaine et dédaigneuse à mon égard transparut dans son léger sourire ; puis elle s'exclama, d'une voix que j'entends encore maintenant :

— C'est ma vie !

Lorsque j'arrivai à la porte, elle ajouta :

— Vous l'avez insulté !

— Qui ? Vereker ?

— Non, le Mort !

Je reconnus, une fois dans la rue, la justesse de son accusation. Oui, c'était sa vie, cela aussi je le reconnus ; dans sa vie, il y eut pourtant place, avec le temps, pour un autre centre d'intérêt. Un an et demi après la mort de Corvick, elle publia, en un seul volume, son second roman, *Subjugué,* sur lequel je me précipitai dans l'espoir d'y trouver quelque écho révélateur ou quelque apparition furtive. Tout ce que je trouvai fut un livre bien meilleur que sa production de jeunesse, prouvant, pensai-je, qu'elle s'était tenue en meilleure compagnie. Assez minutieusement tramé, c'était un tapis renfermant sa propre image, mais cette image n'était pas l'image que je cherchais. Ayant envoyé un compte rendu au *Milieu,* j'eus la surprise d'apprendre qu'un article était déjà sous presse. Lorsque le journal parut, j'attribuai sans hésitation cette note — qui me sembla complaisante jusqu'à la vulgarité — à Drayton Deane, qui avait été autrefois un vague ami de Corvick mais n'avait fait la connaissance de sa veuve que depuis quelques semaines. J'avais reçu l'un des premiers exemplaires du livre mais, de toute évidence, Deane l'avait reçu encore plus tôt. Il lui manquait tout de même cette légèreté de main avec laquelle Corvick savait apprêter le gâteau ; lui, c'est au kilo qu'il distribuait les douceurs.

X

Six mois plus tard paraissait *le Droit de passage,* la dernière chance — mais nous l'ignorions — qu'il nous restait de nous racheter. Entièrement écrit durant l'absence de Vereker, le livre avait été annoncé, en une centaine de paragraphes, par les inepties habituelles. J'en portai aussitôt un exemplaire — l'un des tout premiers, cette fois je m'en flattais — chez Mrs Corvick. C'était le seul usage que j'en avais ; j'abandonnais l'inévitable tribut du *Milieu* à quelque esprit plus ingénieux à l'humeur plus avenante.

— Mais je l'ai déjà, dit Gwendolen. Drayton Deane a été assez bon pour me l'apporter hier et je viens juste de le finir.

— Hier ? Comment a-t-il fait pour l'obtenir aussi vite ?

— Il obtient tout très vite. Il va en faire le compte rendu dans *le Milieu.*

— Lui, Drayton Deane, faire un compte rendu sur Vereker ?

Je ne pouvais en croire mes oreilles.

— Pourquoi pas ? Une superbe ignorance en vaut une autre.

Je fus blessé, mais me contentai de dire :

— C'est vous qui devriez écrire ce compte rendu.

— Je n'écris pas de comptes rendus, lança-t-elle. C'est sur moi qu'on en écrit !

La porte s'ouvrit brusquement à cet instant.

— Ah, le voilà votre critique !

Drayton Deane était là avec ses longues jambes et son large front ; il était venu voir ce qu'elle pensait du *Droit de passage,* et apporter des nouvelles qui tombaient singulièrement à propos. Les journaux du soir publiaient une dépêche concernant l'auteur de l'ouvrage qui, à Rome, souffrait depuis plusieurs jours d'un accès de malaria. D'abord, cela n'avait pas semblé grave, mais, à la suite de complications, le mal avait pris une tournure qui pouvait susciter quelque inquiétude. Et effectivement, pendant les dernières heures, de l'inquiétude avait commencé à être perçue.

Je fus frappé, à l'annonce de cette nouvelle, par le complet détachement que les regrets affichés de Mrs Corvick ne parvenaient nullement à dissimuler : il me donnait la mesure de son indépendance consommée. Cette indépendance reposait sur son savoir, un savoir que rien désormais ne pouvait détruire et que rien ne pouvait modifier. L'image dans le tapis pouvait se compliquer d'un ou deux tors, mais le jugement avait d'ores et déjà été rendu. L'écrivain pouvait descendre dans sa tombe : elle était la personne au monde pour qui — comme si elle avait été son héritière favorisée — la suite de son existence était le moins nécessaire. Cela me rappela comment j'avais remarqué, à un moment particulier — après la mort de Corvick —, la retombée de son désir de voir Vereker face à face. Elle avait obtenu ce qu'elle désirait sans cela. J'avais acquis la certitude que, dans le cas contraire, elle n'aurait pas été freinée dans ses efforts d'aller le sonder personnellement par ces considérations supérieures — plus concevables chez un homme que chez une femme — qui, dans mon cas, avaient servi à me dissuader. Ce n'était pas pourtant, je m'empresse de l'ajouter, que mon cas, en dépit de ma comparaison désobligeante, ne fût pas assez ambigu lui aussi. A l'idée que Vereker agonisait peut-être en ce moment, une vague d'angoisse déferla sur moi, un sentiment poignant qui me montrait à quel point, contre toute logique, je comptais encore sur lui. Une certaine délicatesse, c'était ma seule consolation qu'elle m'eût imposé sa loi, avait laissé entre nous les Alpes et les Apennins, mais la perspective de voir s'évanouir toute possibilité de rencontre me fit sentir que, dans mon désespoir, j'aurais pu me décider à me rendre enfin auprès de lui. Bien sûr, je n'en aurais rien fait. Je restai cinq minutes, pendant lesquelles mes compagnons parlèrent du nouveau livre, et, lorsque Drayton Deane sollicita mon opinion sur l'ouvrage, je répondis, en me levant, que je détestais Hugh Vereker, que je ne parvenais même pas à le lire. Je partis avec la certitude morale qu'à peine la porte refermée sur moi Deane ferait remarquer que j'étais terriblement superficiel. Son hôtesse ne le contredirait pas.

Je poursuis, en l'accélérant, le récit de cette très étrange chaîne d'événements. Trois semaines plus tard survint la mort de Vereker et, avant la fin de l'année, la mort de son épouse. Cette pauvre dame, je ne l'avais jamais vue, mais je m'étais fait une théorie futile selon laquelle, si elle lui survivait assez longtemps pour être décemment accessible, je l'approcherais avec une faible lueur d'espoir. Savait-elle et, si elle savait, parlerait-elle ? Il y avait tout à parier que, pour bien des raisons, elle n'aurait rien à dire ; pourtant, quand elle fut hors de toute atteinte, je sentis que le renoncement était bel et bien mon lot. J'étais enfermé à jamais avec mon obsession — mes geôliers s'en étaient allés avec la clé. J'ai du reste une notion du temps aussi vague qu'un prisonnier dans un cachot quant à la période qui s'écoula avant que Mrs Corvick devînt la femme de Drayton Deane. J'avais prévu, à travers mes barreaux, semblable conclusion pour cette affaire, bien qu'il n'y ait eu aucune hâte indécente et que notre amitié eût nettement décliné. Ils étaient l'un et l'autre si « terriblement intellectuels » que leur couple semblait à tous bien assorti, mais je savais mieux que quiconque quelle richesse intellectuelle la mariée apporterait au mariage. Jamais, pour des épousailles dans les milieux littéraires — puisque c'est ainsi que les journaux décrivirent leur alliance —, une mariée n'avait été aussi superbement dotée. Avec un empressement légitime, je commençai à guetter le fruit de leur union — je veux dire ce fruit dont les symptômes prémonitoires seraient particulièrement visibles chez le mari. Tenant pour acquis la splendeur du don nuptial de la dame, je m'attendais à le voir briller d'un éclat proportionné à l'accroissement de ses moyens. Je savais ce qu'avaient été lesdits moyens — son article sur *le Droit de passage* en avait donné une claire image. Comme il se trouvait désormais exactement dans la situation où, plus exactement encore, je ne me trouvais pas, je cherchai mois après mois, dans les périodiques plausibles, le lourd message que le pauvre Corvick n'avait pas été en mesure de délivrer et dont la responsabilité aurait échu à son successeur. La veuve et l'épouse devaient avoir rompu, auprès du foyer ranimé, le silence que seules une épouse et une veuve pouvaient rompre, et Deane devait être aussi enflammé par la révélation que Corvick en son temps et Gwendolen en le sien l'avaient été. Eh bien, sans doute était-il enflammé, mais le feu ne paraissait pas devoir se transformer en un brasier public. Je scrutai en vain les périodiques : Drayton

Deane les remplissait de pages exubérantes, mais il omettait la page que je cherchais le plus fiévreusement. Il écrivait à propos de mille sujets, mais jamais au sujet de Vereker. Sa spécialité était de proclamer des vérités devant lesquelles les autres « se dégonflaient », comme il disait, et qu'ils laissaient échapper, mais il ne proclama jamais l'unique vérité qui, en ces jours, me semblait importer. Je rencontrai le couple dans ces milieux littéraires auxquels faisaient allusion les journaux : j'ai suffisamment indiqué que c'était uniquement dans de tels milieux que nous étions tous destinés à nous mouvoir. Gwendolen leur était plus que jamais vouée par la publication de son troisième roman et j'y étais moi-même définitivement catalogué comme celui qui avait soutenu l'opinion que cet ouvrage était inférieur à celui qui l'avait immédiatement précédé. Était-il moins bon parce que, elle me l'avait dit, sa vie — un fait discernable par son épanouissement grandissant et cette manière de se savoir privilégiée qui, habituellement corrigé par d'aimables aumônes, donnait de la distinction à son allure —, n'avait pas eu, jusqu'ici, d'influence directe sur son œuvre ? Et cela ne faisait — comme toute chose d'ailleurs — qu'augmenter mon désir de le connaître, qu'achever de l'entourer d'un mystère plus fin et plus subtil.

XI

Aussi ne pouvais-je jamais détacher les yeux de son mari : je rôdais autour de lui d'une façon qui aurait pu le mettre mal à l'aise. J'allai même jusqu'à entrer en conversation avec lui. Ne savait-il pas, n'allait-il pas de soi qu'il était dans la confidence ? Cette question bourdonnait dans ma tête. Bien sûr qu'il savait ; sinon, il ne m'aurait pas rendu mon regard de manière aussi bizarre. Sa femme lui avait expliqué ce que je voulais et il était agréablement diverti par le spectacle de mon impuissance. Il ne riait pas ; ce n'était pas un rieur : son système était d'opposer à mon irritation, afin de me contraindre à m'exposer crûment, une absence de conversation aussi vaste que son grand front dégarni. Les choses se passaient toujours de telle sorte que je me détournais avec une conviction affermie de ces étendues désertiques qui semblaient se compléter géographiquement et symboliser à la fois le manque de voix de Drayton Deane et son manque d'allant. Il n'avait tout simplement pas l'art de se servir de ce qu'il connaissait ; il était littéralement incapable de reprendre la tâche où Corvick l'avait laissée. J'allais même plus loin, c'était la seule image de bonheur qui me restait. Je conclus que la tâche ne l'attirait pas. Il n'était pas intéressé, il ne s'en souciait pas. Oui, cela me consolait un peu de le croire trop stupide pour jouir de la chose qui me manquait. Il était aussi stupide après qu'avant, et cela rendait pour moi plus profonde la gloire dorée qui entourait le mystère. Toutefois je devais, bien sûr, me souvenir que sa femme pouvait lui avoir imposé ses conditions et ses interdictions. Et surtout, je devais me souvenir qu'avec la mort de Vereker le principal aiguillon avait disparu. L'écrivain était toujours là pour être honoré par ce qui pouvait être fait ; il n'était plus là pour donner sa sanction. Qui, hélas, à part lui, en avait l'autorité ?

Le couple eut deux enfants, mais la naissance du second coûta la vie à sa mère. Après cet affreux malheur, je crus entrevoir l'ombre d'une chance. Je bondis dessus en pensée, mais j'attendis un certain temps pour respecter les convenances, et une occasion avantageuse se présenta enfin. Sa femme était morte depuis un an lorsque je rencontrai Drayton Deane dans le fumoir d'un petit club dont, l'un et l'autre, nous étions membres, mais où depuis des mois — peut-être parce que j'y entrais rarement — je ne l'avais pas vu. La pièce était vide et le moment propice. Je lui offris délibérément, afin d'en terminer pour toujours avec cette affaire, l'avantage que je pensais qu'il cherchait à prendre depuis longtemps.

— Puisque j'étais en rapport avec votre défunte femme, avant même que vous la connaissiez, commençai-je, vous devez me laisser vous dire quelque chose qui me préoccupe. Je serai heureux d'accepter les conditions que vous jugerez bon de m'imposer si vous consentez à me donner l'information qu'elle tenait de George Corvick — l'information, vous savez, que lui-même, le pauvre, dans un des moments les plus heureux de sa vie, avait reçue de Hugh Vereker en personne.

Il me regarda, tel un obscur buste phrénologique.

— L'information... ?

— Le secret de Vereker, mon cher, le projet d'ensemble de ses livres : le fil qui reliait les perles, le trésor caché, l'image dans le tapis.

Son visage commençait à rougir, et les numéros à se faire jour sur les bosses phrénologiques.

— Il y avait un projet d'ensemble dans les livres de Vereker ?

A mon tour, j'écarquillai les yeux.

— Vous n'allez pas me dire que vous ne le connaissez pas ?

Un moment, je crus qu'il se moquait de moi.

— Mrs Deane le connaissait, poursuivis-je. Elle tenait le secret, comme je viens de le dire, de Corvick lui-même qui, après d'infinies recherches, et pour la plus grande joie de Vereker, avait découvert l'entrée de la caverne. Où est cette entrée ? Il l'a dit après leur mariage, et l'a dit uniquement à la personne qui, quand les mêmes circonstances se sont présentées, a dû vous le dire à vous. Me suis-je trompé en tenant pour acquis qu'elle vous aurait transmis, comme l'un des plus hauts privilèges attachés à la relation que vous aviez avec elle, la connaissance dont elle était, depuis la mort de Corvick, la seule dépositaire ? Tout ce que je sais, c'est que cette connaissance est infiniment précieuse et ce que je voulais vous faire comprendre, c'est que si vous me la transmettez à votre tour vous me ferez une faveur dont je vous serai éternellement reconnaissant.

Il avait fini par devenir très rouge ; sans doute avait-il commencé par se dire que j'avais perdu la tête ; petit à petit, il saisissait mon propos. De mon côté, je manifestais une surprise de plus en plus vive.

— Je ne sais pas de quoi vous parlez, dit-il.

Il ne jouait pas la comédie ; c'était l'absurde vérité.

— Elle ne vous a rien dit ?

— Rien au sujet de Hugh Vereker.

J'étais stupéfait ; la pièce se mettait à tourner autour de moi. Même là, le secret avait été jugé trop précieux !

— Sur l'honneur ?

— Sur mon honneur ! Mais diable, qu'est-ce qui vous arrive ? me demanda-t-il.

— Je suis abasourdi, je suis déçu. J'espérais l'apprendre de vous.

— Et je ne le connais pas ! dit-il en riant jaune. Et même si c'était le cas...

— Si c'était le cas, vous me le confieriez, je vous assure, fût-ce par simple souci d'humanité. Mais je vous crois. Je comprends, oui, je comprends, continuai-je, conscient, après ce complet retournement de situation, de ma grande erreur et de ma fausse interprétation de l'attitude du pauvre homme.

Ce que je comprenais — je ne pouvais cependant pas le lui dire —, c'était que sa femme ne l'avait pas jugé digne d'être éclairé. Cela me parut étrange de la part d'une femme qui l'avait jugé digne d'être son époux. Je finis par m'expliquer la situation en me disant qu'elle n'avait pu l'épouser pour son intelligence. Elle l'avait épousé pour autre chose. Dans une certaine mesure, il était éclairé maintenant, mais il n'en était que plus ébahi et plus déconcerté : il mit un moment à comparer mon histoire avec ses souvenirs ainsi ranimés. Le résultat de cette méditation fut qu'il me dit, avec beaucoup de médiocres précautions :

— C'est la première fois que j'entends parler de cette affaire. Je pense que vous vous trompez en supposant que Mrs Drayton Deane ait pu détenir une connaissance inavouée, et plus encore inavouable, à propos de Hugh Vereker. Si ce savoir portait sur une question littéraire, ma femme aurait certainement voulu qu'il servît.

— Mais il a servi. Elle s'en est servie elle-même : elle m'a dit de sa propre bouche qu'elle en « vivait ».

A peine avais-je parlé que je me repentais de mes propos. Il devint si pâle que j'eus l'impression de l'avoir frappé.

— Ah... Elle en « vivait », murmura-t-il en s'éloignant un peu de moi.

Mes regrets étaient réels. Je posai ma main sur son épaule.

— Je vous prie de me pardonner ; j'ai fait une erreur. Vous ne savez pas ce que je croyais que vous saviez. Vous auriez pu, si j'avais eu raison, me rendre un service, et j'avais mes raisons de croire que vous seriez en mesure de me donner satisfaction.

— Vos raisons ? demanda-t-il. Et quelles étaient donc vos raisons ?

Je le regardai fixement ; j'hésitai ; je réfléchis un instant.

— Venez, asseyez-vous là avec moi et je vais vous expliquer.

Je l'entraînai vers un divan, allumai une autre cigarette et, commençant à lui parler de l'unique fois où Vereker était descendu des nuages, je lui exposai l'extraordinaire chaîne d'événements qui, en dépit de cette première rencontre, m'avait jusqu'à cette heure maintenu dans l'obscurité. Je lui racontai, en un mot, exactement ce que je viens d'écrire ici. Il m'écouta avec une attention de plus en plus profonde et je pris conscience, à ma surprise, par ses exclamations et ses questions, qu'après tout il n'aurait pas été indigne d'avoir été mis dans la confidence par sa femme. Découvrir si brutalement qu'elle n'avait pas eu confiance en lui le troubla, mais je vis ce choc premier peu à peu s'estomper pour ensuite se transformer en des vagues d'étonnement et de curiosité — vagues qui promettaient, je m'en rendais parfaitement compte, de déferler finalement avec la même fureur que mes marées d'équinoxe. Je puis dire aujourd'hui que, comme victimes d'un désir inassouvi, il n'y a pas entre nous la moindre différence. L'état du pauvre est presque ma consolation ; il y a même des moments où j'ai l'impression qu'il est presque ma vengeance.

Table

IMPRIMERIE BUSSIÈRE À SAINT-AMAND (6-92)
DÉPÔT LÉGAL : OCTOBRE 1985. N° 8939-2 (1589)

Collection Points

SÉRIE ROMAN

R1. Le Tambour, *par Günter Grass*
R2. Le Dernier des Justes, *par André Schwarz-Bart*
R3. Le Guépard, *par Giuseppe Tomasi di Lampedusa*
R4. La Côte sauvage, *par Jean-René Huguenin*
R5. Acid Test, *par Tom Wolfe*
R6. Je vivrai l'amour des autres, *par Jean Cayrol*
R7. Les Cahiers de Malte Laurids Brigge *par Rainer Maria Rilke*
R8. Moha le fou, Moha le sage, *par Tahar Ben Jelloun*
R9. L'Horloger du Cherche-Midi, *par Luc Estang*
R10. Le Baron perché, *par Italo Calvino*
R11. Les Bienheureux de La Désolation, *par Hervé Bazin*
R12. Salut Galarneau !, *par Jacques Godbout*
R13. Cela s'appelle l'aurore, *par Emmanuel Roblès*
R14. Les Désarrois de l'élève Törless, *par Robert Musil*
R15. Pluie et Vent sur Télumée Miracle *par Simone Schwarz-Bart*
R16. La Traque, *par Herbert Lieberman*
R17. L'Imprécateur, *par René-Victor Pilhes*
R18. Cent Ans de solitude, *par Gabriel Garcia Marquez*
R19. Moi d'abord, *par Katherine Pancol*
R20. Un Jour, *par Maurice Genevoix*
R21. Un pas d'homme, *par Marie Susini*
R22. La Grimace, *par Heinrich Böll*
R23. L'Age du tendre, *par Marie Chaix*
R24. Une tempête, *par Aimé Césaire*
R25. Moustiques, *par William Faulkner*
R26. La Fantaisie du voyageur, *par François-Régis Bastide*
R27. Le Turbot, *par Günter Grass*
R28. Le Parc, *par Philippe Sollers*
R29. Ti Jean L'horizon, *par Simone Schwarz-Bart*
R30. Affaires étrangères, *par Jean-Marc Roberts*
R31. Nedjma, *par Kateb Yacine*
R32. Le Vertige, *par Evguénia Guinzbourg*
R33. La Motte rouge, *par Maurice Genevoix*
R34. Les Buddenbrook, *par Thomas Mann*
R35. Grand Reportage, *par Michèle Manceaux*
R36. Isaac le mystérieux (Le ver et le solitaire) *par Jerome Charyn*
R37. Le Passage, *par Jean Reverzy*

R38. Chesapeake, *par James A. Michener*
R39. Le Testament d'un poète juif assassiné, *par Elie Wiesel*
R40. Candido, *par Leonardo Sciascia*
R41. Le Voyage à Paimpol, *par Dorothée Letessier*
R42. L'Honneur perdu de Katharina Blum, *par Heinrich Böll*
R43. Le Pays sous l'écorce, *par Jacques Lacarrière*
R44. Le Monde selon Garp, *par John Irving*
R45. Les Trois Jours du cavalier, *par Nicole Ciravégna*
R46. Nécropolis, *par Herbert Lieberman*
R47. Fort Saganne, *par Louis Gardel*
R48. La Ligne 12, *par Raymond Jean*
R49. Les Années de chien, *par Günter Grass*
R50. La Réclusion solitaire, *par Tahar Ben Jelloun*
R51. Senilità, *par Italo Svevo*
R52. Trente Mille Jours, *par Maurice Genevoix*
R53. Cabinet Portrait, *par Jean-Luc Benoziglio*
R54. Saison violente, *par Emmanuel Roblès*
R55. Une comédie française, *par Éric Orsenna*
R56. Le Pain nu, *par Mohamed Choukri*
R57. Sarah et le Lieutenant français, *par John Fowles*
R58. Le Dernier Viking, *par Patrick Grainville*
R59. La Mort de la phalène, *par Virginia Woolf*
R60. L'Homme sans qualités, tome 1, *par Robert Musil*
R61. L'Homme sans qualités, tome 2, *par Robert Musil*
R62. L'Enfant de la mer de Chine, *par Didier Decoin*
R63. Le Professeur et la Sirène, *par Giuseppe Tomasi di Lampedusa*
R64. Le Grand Hiver, *par Ismaïl Kadaré*
R65. Le Cœur du voyage, *par Pierre Moustiers*
R66. Le Tunnel, *par Ernesto Sabato*
R67. Kamouraska, *par Anne Hébert*
R68. Machenka, *par Vladimir Nabokov*
R69. Le Fils du pauvre, *par Mouloud Feraoun*
R70. Cités à la dérive, *par Stratis Tsirkas*
R71. Place des Angoisses, *par Jean Reverzy*
R72. Le Dernier Chasseur, *par Charles Fox*
R73. Pourquoi pas Venise, *par Michèle Manceaux*
R74. Portrait de groupe avec dame, *par Heinrich Böll*
R75. Lunes de fiel, *par Pascal Bruckner*
R76. Le Canard de bois (Les Fils de la Liberté, I) *par Louis Caron*
R77. Jubilee, *par Margaret Walker*
R78. Le Médecin de Cordoue, *par Herbert Le Porrier*
R79. Givre et Sang, *par John Cowper Powys*
R80. La Barbare, *par Katherine Pancol*
R81. Si par une nuit d'hiver un voyageur, *par Italo Calvino*

R82. Gerardo Laïn, *par Michel del Castillo*
R83. Un amour infini, *par Scott Spencer*
R84. Une enquête au pays, *par Driss Chraïbi*
R85. Le Diable sans porte (tome 1 : Ah, mes aïeux !)
par Claude Duneton
R86. La Prière de l'absent, *par Tahar Ben Jelloun*
R87. Venise en hiver, *par Emmanuel Roblès*
R88. La Nuit du Décret, *par Michel del Castillo*
R89. Alejandra, *par Ernesto Sabato*
R90. Plein Soleil, *par Marie Susini*
R91. Les Enfants de fortune, *par Jean-Marc Roberts*
R92. Protection encombrante, *par Heinrich Böll*
R93. Lettre d'excuse, *par Raphaële Billetdoux*
R94. Le Voyage indiscret, *par Katherine Mansfield*
R95. La Noire, *par Jean Cayrol*
R96. L'Obsédé (L'Amateur), *par John Fowles*
R97. Siloé, *par Paul Gadenne*
R98. Portrait de l'artiste en jeune chien, *par Dylan Thomas*
R99. L'Autre, *par Julien Green*
R100. Histoires pragoises, *par Rainer Maria Rilke*
R101. Bélibaste, *par Henri Gougaud*
R102. Le Ciel de la Kolyma (Le Vertige, II)
par Evguénia Guinzbourg
R103. La Mulâtresse Solitude, *par André Schwarz-Bart*
R104. L'Homme du Nil, *par Stratis Tsirkas*
R105. La Rhubarbe, *par René Victor Pilhes*
R106. Gibier de potence, *par Kurt Vonnegut*
R107. Memory Lane
par Patrick Modiano, dessins de Pierre Le-Tan
R108. L'Affreux Pastis de la rue des Merles
par Carlo Emilio Gadda
R109. La Fontaine obscure, *par Raymond Jean*
R110. L'Hôtel New Hampshire, *par John Irving*
R111. Les Immémoriaux, *par Victor Segalen*
R112. Cœur de lièvre, *par John Updike*
R113. Le Temps d'un royaume, *par Rose Vincent*
R114. Poisson-chat, *par Jerome Charyn*
R115. Abraham de Brooklyn, *par Didier Decoin*
R116. Trois Femmes, *suivi de* Noces, *par Robert Musil*
R117. Les Enfants du sabbat, *par Anne Hébert*
R118. La Palmeraie, *par François-Régis Bastide*
R119. Maria Republica, *par Agustin Gomez-Arcos*
R120. La Joie, *par Georges Bernanos*
R121. Incognito, *par Petru Dumitriu*
R122. Les Forteresses noires, *par Patrick Grainville*

R123. L'Ange des ténèbres, *par Ernesto Sabato*
R124. La Fiera, *par Marie Susini*
R125. La Marche de Radetzky, *par Joseph Roth*
R126. Le vent souffle où il veut, *par Paul-André Lesort*
R127. Si j'étais vous..., *par Julien Green*
R128. Le Mendiant de Jérusalem, *par Elie Wiesel*
R129. Mortelle, *par Christopher Frank*
R130. La France m'épuise, *par Jean-Louis Curtis*
R131. Le Chevalier inexistant, *par Italo Calvino*
R132. Le Dialogue des Carmélites, *par Georges Bernanos*
R133. L'Étrusque, *par Mika Waltari*
R134. La Rencontre des hommes, *par Benigno Cacérès*
R135. Le Petit Monde de Don Camillo, *par Giovanni Guareschi*
R136. Le Masque de Dimitrios, *par Eric Ambler*
R137. L'Ami de Vincent, *par Jean-Marc Roberts*
R138. Un homme au singulier, *par Christopher Isherwood*
R139. La Maison du désir, *par France Huser*
R140. Moi et ma cheminée, *par Herman Melville*
R141. Les Fous de Bassan, *par Anne Hébert*
R142. Les Stigmates, *par Luc Estang*
R143. Le Chat et la Souris, *par Günter Grass*
R144. Loïca, *par Dorothée Letessier*
R145. Paradiso, *par José Lezama Lima*
R146. Passage de Milan, *par Michel Butor*
R147. Anonymus, *par Michèle Manceaux*
R148. La Femme du dimanche, *par Carlo Fruttero et Franco Lucentini*
R149. L'Amour monstre, *par Louis Pauwels*
R150. L'Arbre à soleils, *par Henri Gougaud*
R151. Traité du zen et de l'entretien des motocyclettes
par Robert M. Pirsig
R152. L'Enfant du cinquième Nord, *par Pierre Billon*
R153. N'envoyez plus de roses, *par Eric Ambler*
R154. Les Trois Vies de Babe Ozouf, *par Didier Decoin*
R155. Le Vert Paradis, *par André Brincourt*
R156. Varouna, *par Julien Green*
R157. L'Incendie de Los Angeles, *par Nathanaël West*
R158. Les Belles de Tunis, *par Nine Moati*
R159. Vertes Demeures, *par Henry Hudson*
R160. Les Grandes Vacances, *par Francis Ambrière*
R161. Ceux de 14, *par Maurice Genevoix*
R162. Les Villes invisibles, *par Italo Calvino*
R163. L'Agent secret, *par Graham Greene*
R164. La Lézarde, *par Edouard Glissant*
R165. Le Grand Escroc, *par Herman Melville*
R166. Lettre à un ami perdu, *par Patrick Besson*

R167. Evaristo Carriego, *par Jorge Luis Borges*
R168. La Guitare, *par Michel del Castillo*
R169. Épitaphe pour un espion, *par Eric Ambler*
R170. Fin de saison au Palazzo Pedrotti, *par Frédéric Vitoux*
R171. Jeunes Années. Autobiographie 1, *par Julien Green*
R172. Jeunes Années. Autobiographie 2, *par Julien Green*
R173. Les Égarés, *par Frédérick Tristan*
R174. Une affaire de famille, *par Christian Giudicelli*
R175. Le Testament amoureux, *par Rezvani*
R176. C'était cela notre amour, *par Marie Susini*
R177. Souvenirs du triangle d'or, *par Alain Robbe-Grillet*
R178. Les Lauriers du lac de Constance, *par Marie Chaix*
R179. Plan B, *par Chester Himes*
R180. Le Sommeil agité, *par Jean-Marc Roberts*
R181. Roman Roi, *par Renaud Camus*
R182. Vingt Ans et des poussières, *par Didier van Cauwelaert*
R183. Le Château des destins croisés, *par Italo Calvino*
R184. Le Vent de la nuit, *par Michel del Castillo*
R185. Une curieuse solitude, *par Philippe Sollers*
R186. Les Trafiquants d'armes, *par Eric Ambler*
R187. Un printemps froid, *par Danièle Sallenave*
R188. Mickey l'Ange, *par Geneviève Dormann*
R189. Histoire de la mer, *par Jean Cayrol*
R190. Senso, *par Camillo Boito*
R191. Sous le soleil de Satan, *par Georges Bernanos*
R192. Niembsch ou l'immobilité, *par Peter Härtling*
R193. Prends garde à la douceur des choses, *par Raphaële Billetdoux*
R194. L'Agneau carnivore, *par Agustin Gomez-Arcos*
R195. L'Imposture, *par Georges Bernanos*
R196. Ararat, *par D. M. Thomas*
R197. La Croisière de l'angoisse, *par Eric Ambler*
R198. Léviathan, *par Julien Green*
R199. Sarnia, *par Gerald Basil Edwards*
R200. Le Colleur d'affiches, *par Michel del Castillo*
R201. Un mariage poids moyen, *par John Irving*
R202. John l'Enfer, *par Didier Decoin*
R203. Les Chambres de bois, *par Anne Hébert*
R204. Mémoires d'un jeune homme rangé, *par Tristan Bernard*
R205. Le Sourire du Chat, *par François Maspero*
R206. L'Inquisiteur, *par Henri Gougaud*
R207. La Nuit américaine, *par Christopher Frank*
R208. Jeunesse dans une ville normande, *par Jacques-Pierre Amette*
R209. Fantôme d'une puce, *par Michel Braudeau*
R210. L'Avenir radieux, *par Alexandre Zinoviev*
R211. Constance D., *par Christian Combaz*

R212. Épaves, *par Julien Green*
R213. La Leçon du maître, *par Henry James*
R214. Récit des temps perdus, *par Aris Fakinos*
R215. La Fosse aux chiens, *par John Cowper Powys*
R216. Les Portes de la forêt, *par Elie Wiesel*
R217. L'Affaire Deltchev, *par Eric Ambler*
R218. Les amandiers sont morts de leurs blessures, *par Tahar Ben Jelloun*
R219. L'Admiroir, *par Anny Duperey*
R220. Les Grands Cimetières sous la lune, *par Georges Bernanos*
R221. La Créature, *par Étienne Barilier*
R222. Un Anglais sous les tropiques, *par William Boyd*
R223. La Gloire de Dina, *par Michel del Castillo*
R224. Poisson d'amour, *par Didier van Cauwelaert*
R225. Les Yeux fermés, *par Marie Susini*
R226. Cobra, *par Severo Sarduy*
R227. Cavalerie rouge, *par Isaac Babel*
R228. Tous les soleils, *par Bertrand Visage*
R229. Pétersbourg, *par Andréi Biély*
R230. Récits d'un jeune médecin, *par Mikhaïl Boulgakov*
R231. La Maison des prophètes, *par Nicolas Saudray*
R232. Trois Heures du matin à New York, *par Herbert Lieberman*
R233. La Mère du printemps, *par Driss Chraïbi*
R234. Adrienne Mesurat, *par Julien Green*
R235. Jusqu'à la mort, *par Amos Oz*
R236. Les Envoûtés, *par Witold Gombrowicz*
R237. Frontière des ténèbres, *par Eric Ambler*
R238. Les Deux Sacrements, *par Heinrich Böll*
R239. Cherchant qui dévorer, *par Luc Estang*
R240. Le Tournant, *par Klaus Mann*
R241. Aurélia, *par France Huser*
R242. Le Sixième Hiver, *par Douglas Orgill et John Gribbin*
R243. Naissance d'un spectre, *par Frédérick Tristan*
R244. Lorelei, *par Maurice Genevoix*
R245. Le Bois de la nuit, *par Djuna Barnes*
R246. La Caverne céleste, *par Patrick Grainville*
R247. L'Alliance, tome 1, *par James A. Michener*
R248. L'Alliance, tome 2, *par James A. Michener*
R249. Juliette, chemin des Cerisiers, *par Marie Chaix*
R250. Le Baiser de la femme-araignée, *par Manuel Puig*
R251. Le Vésuve, *par Emmanuel Roblès*
R252. Comme neige au soleil, *par William Boyd*
R253. Palomar, *par Italo Calvino*
R254. Le Visionnaire, *par Julien Green*
R255. La Revanche, *par Henry James*
R256. Les Années-lumière, *par Rezvani*

R257. La Crypte des capucins, *par Joseph Roth*
R258. La Femme publique, *par Dominique Garnier*
R259. Maggie Cassidy, *par Jack Kerouac*
R260. Mélancolie Nord, *par Michel Rio*
R261. Énergie du désespoir, *par Eric Ambler*
R262. L'Aube, *par Elie Wiesel*
R263. Le Paradis des orages, *par Patrick Grainville*
R264. L'Ouverture des bras de l'homme, *par Raphaële Billetdoux*
R265. Méchant, *par Jean-Marc Roberts*
R266. Un policeman, *par Didier Decoin*
R267. Les Corps étrangers, *par Jean Cayrol*
R268. Naissance d'une passion, *par Michel Braudeau*
R269. Dara, *par Patrick Besson*
R270. Parias, *par Pascal Bruckner*
R271. Le Soleil et la Roue, *par Rose Vincent*
R272. Le Malfaiteur, *par Julien Green*
R273. Scarlett si possible, *par Katherine Pancol*
R274. Journal d'une fille de Harlem, *par Julius Horwitz*
R275. Le Nez de Mazarin, *par Anny Duperey*
R276. La Chasse à la licorne, *par Emmanuel Roblès*
R277. Red Fox, *par Anthony Hyde*
R278. Minuit, *par Julien Green*
R279. L'Enfer, *par René Belletto*
R280. Et si on parlait d'amour, *par Claire Gallois*
R281. Pologne, *par James A. Michener*
R282. Notre homme, *par Louis Gardel*
R283. La Nuit du solstice, *par Herbert Lieberman*
R284. Place de Sienne, côté ombre
par Carlo Fruttero et Franco Lucentini
R285. Meurtre au comité central, *par Manuel Vázquez Montalbán*
R286. L'Isolé soleil, *par Daniel Maximin*
R287. Samedi soir, dimanche matin, *par Alan Sillitoe*
R288. Petit Louis, dit XIV, *par Claude Duneton*
R289. Le Perchoir du perroquet, *par Michel Rio*
R290. L'Enfant pain, *par Agustin Gomez-Arcos*
R291. Les Années Lula, *par Rezvani*
R292. Michael K, sa vie, son temps, *par J. M. Coetzee*
R293. La Connaissance de la douleur, *par Carlo Emilio Gadda*
R294. Complot à Genève, *par Eric Ambler*
R295. Serena, *par Giovanni Arpino*
R296. L'Enfant de sable, *par Tahar Ben Jelloun*
R297. Le Premier Regard, *par Marie Susini*
R298. Regardez-moi, *par Anita Brookner*
R299. La Vie fantôme, *par Danièle Sallenave*
R300. L'Enchanteur, *par Vladimir Nabokov*

R301. L'Ile atlantique, *par Tony Duvert*
R302. Le Grand Cahier, *par Agota Kristof*
R303. Le Manège espagnol, *par Michel del Castillo*
R304. Le Berceau du chat, *par Kurt Vonnegut*
R305. Une histoire américaine, *par Jacques Godbout*
R306. Les Fontaines du grand abîme, *par Luc Estang*
R307. Le Mauvais Lieu, *par Julien Green*
R308. Aventures dans le commerce des peaux en Alaska *par John Hawkes*
R309. La Vie et demie, *par Sony Labou Tansi*
R310. Jeune Fille en silence, *par Raphaële Billetdoux*
R311. La Maison près du marais, *par Herbert Lieberman*
R312. Godelureaux, *par Eric Ollivier*
R313. La Chambre ouverte, *par France Huser*
R314. L'Œuvre de Dieu, la part du Diable, *par John Irving*
R315. Les Silences ou la vie d'une femme, *par Marie Chaix*
R316. Les Vacances du fantôme, *par Didier van Cauwelaert*
R317. Le Levantin, *par Eric Ambler*
R318. Beno s'en va-t-en guerre, *par Jean-Luc Benoziglio*
R319. Miss Lonelyhearts, *par Nathanaël West*
R320. Cosmicomics, *par Italo Calvino*
R321. Un été à Jérusalem, *par Chochana Boukhobza*
R322. Liaisons étrangères, *par Alison Lurie*
R323. L'Amazone, *par Michel Braudeau*
R324. Le Mystère de la crypte ensorcelée, *par Eduardo Mendoza*
R325. Le Cri, *par Chochana Boukhobza*
R326. Femmes devant un paysage fluvial, *par Heinrich Böll*
R327. La Grotte, *par Georges Buis*
R328. Bar des flots noirs, *par Olivier Rolin*
R329. Le Stade de Wimbledon, *par Daniele Del Giudice*
R330. Le Bruit du temps, *par Ossip E. Mandelstam*
R331. La Diane rousse, *par Patrick Grainville*
R332. Les Éblouissements, *par Pierre Mertens*
R333. Talgo, *par Vassilis Alexakis*
R334. La Vie trop brève d'Edwin Mullhouse, *par Steven Millhauser*
R335. Les Enfants pillards, *par Jean Cayrol*
R336. Les Mystères de Buenos Aires, *par Manuel Puig*
R337. Le Démon de l'oubli, *par Michel del Castillo*
R338. Christophe Colomb, *par Stephen Marlowe*
R339. Le Chevalier et la Reine, *par Christopher Frank*
R340. Autobiographie de tout le monde, *par Gertrude Stein*
R341. Archipel, *par Michel Rio*
R342. Texas, tome 1, *par James A. Michener*
R343. Texas, tome 2, *par James A. Michener*
R344. Loyola's blues, *par Erik Orsenna*

R345. L'Arbre aux trésors, légendes, *par Henri Gougaud*
R346. Les Enfants des morts, *par Henrich Böll*
R347. Les Cent Premières Années de Niño Cochise
par A. Kinney Griffith et Niño Cochise
R348. Vente à la criée du lot 49, par *Thomas Pynchon*
R349. Confessions d'un enfant gâté, *par Jacques-Pierre Amette*
R350. Boulevard des trahisons, *par Thomas Sanchez*
R351. L'Incendie, *par Mohammed Dib*
R352. Le Centaure, *par John Updike*
R353. Une fille cousue de fil blanc, *par Claire Gallois*
R354. L'Adieu aux champs, *par Rose Vincent*
R355. La Ratte, *par Günter Grass*
R356. Le Monde hallucinant, *par Reinaldo Arenas*
R357. L'Anniversaire, *par Mouloud Feraoun*
R358. Le Premier Jardin, *par Anne Hébert*
R359. L'Amant sans domicile fixe
par Carlo Fruttero et Franco Lucentini
R360. L'Atelier du peintre, *par Patrick Grainville*
R361. Le Train vert, *par Herbert Lieberman*
R362. Autopsie d'une étoile, *par Didier Decoin*
R363. Un joli coup de lune, *par Chester Himes*
R364. La Nuit sacrée, *par Tahar Ben Jelloun*
R365. Le Chasseur, *par Carlo Cassola*
R366. Mon père américain, *par Jean-Marc Roberts*
R367. Remise de peine, *par Patrick Modiano*
R368. Le Rêve du singe fou, *par Christopher Frank*
R369. Angelica, *par Bertrand Visage*
R370. Le Grand Homme, *par Claude Delarue*
R371. La Vie comme à Lausanne, *par Erik Orsenna*
R372. Une amie d'Angleterre, *par Anita Brookner*
R373. Norma ou l'exil infini, *par Emmanuel Roblès*
R374. Les Jungles pensives, *par Michel Rio*
R375. Les Plumes du pigeon, *par John Updike*
R376. L'Héritage Schirmer, *par Eric Ambler*
R377. Les Flamboyants, *par Patrick Grainville*
R378. L'Objet perdu de l'amour, *par Michel Braudeau*
R379. Le Boucher, *par Alina Reyes*
R380. Le Labyrinthe aux olives, *par Eduardo Mendoza*
R381. Les Pays lointains, *par Julien Green*
R382. L'Épopée du buveur d'eau, *par John Irving*
R383. L'Écrivain public, *par Tahar Ben Jelloun*
R384. Les Nouvelles Confessions, *par William Boyd*
R385. Les Lèvres nues, *par France Huser*
R386. La Famille de Pascal Duarte, *par Camilo José Cela*
R387. Une enfance à l'eau bénite, *par Denise Bombardier*

R388. La Preuve, *par Agota Kristof*
R389. Tarabas, *par Joseph Roth*
R390. Replay, *par Ken Grimwood*
R391. Rabbit Boss, *par Thomas Sanchez*
R392. Aden Arabie, *par Paul Nizan*
R393. La Ferme, *par John Updike*
R394. L'Obscène Oiseau de la nuit, *par José Donoso*
R395. Un printemps d'Italie, *par Emmanuel Roblès*
R396. L'Année des méduses, *par Christopher Frank*
R397. Miss Missouri, *par Michel Boujut*
R398. Le Figuier, *par François Maspero*
R399. La Solitude du coureur de fond, *par Alan Sillitoe*
R400. L'Exposition coloniale, *par Erik Orsenna*
R401. La Ville des prodiges, *par Eduardo Mendoza*
R402. La Croyance des voleurs, *par Michel Chaillou*
R403. Rock Springs, *par Richard Ford*
R404. L'Orange amère, *par Didier van Cauwelaert*
R405. Tara, *par Michel del Castillo*
R406. L'Homme à la vie inexplicable, *par Henri Gougaud*
R407. Le Beau Rôle, *par Louis Gardel*
R408. Le Messie de Stockholm, *par Cynthia Ozick*
R409. Les Exagérés, *par Jean- François Vilar*
R410. L'Objet du scandale, *par Robertson Davies*
R411. Berlin mercredi, *par François Weyergans*
R412. L'Inondation, *par Evguéni Zamiatine*
R413. Rentrez chez vous Bogner !, *par Heinrich Böll*
R414. Les Herbes amères, *par Chochana Boukhobza*
R415. Le Pianiste, *par Manuel Vázquez Montalbán*
R416. Une mort secrète, *par Richard Ford*
R417. La Journée d'un scrutateur, *par Italo Calvino*
R418. Collection de sable, *par Italo Calvino*
R419. Les Soleils des indépendances, *par Ahmadou Kourouma*
R420. Lacenaire (un film de Francis Girod), *par Georges Conchon*
R421. Œuvres pré-posthumes, *par Robert Musil*
R422. Merlin, *par Michel Rio*
R423. Charité, *par Éric Jourdan*
R424. Le Visiteur, *par György Konrad*
R425. Monsieur Adrien, *par Franz-Olivier Giesbert*
R426. Palinure de Mexico, *par Fernando Del Paso*
R427. L'Amour du prochain, *par Hugo Claus*
R428. L'Oublié, *par Elie Wiesel*
R429. Temps zéro, *par Italo Calvino*
R430. Les Comptoirs du Sud, *par Philippe Doumenc*
R431. Le Jeu des décapitations, *par Jose Lezama Lima*
R432. Tableaux d'une ex, *par Jean-Luc Benoziglio*

R433. Les Effrois de la glace et des ténèbres, *par Christoph Ransmayr*
R434. Paris-Athènes, *par Vassilis Alexakis*
R435. La Porte de Brandebourg, *par Anita Brookner*
R436. Le Jardin à la dérive, *par Ida Fink*
R437. Malina, *par Ingeborg Bachmann*
R438. Moi, laminaire, *par Aimé Césaire*
R439. Histoire d'un idiot racontée par lui-même, *par Félix de Azúa*
R440. La Résurrection des morts, *par Scott Spencer*
R441. La Caverne, *par Eugène Zamiatine*
R442. Le Manticore, *par Robertson Davies*
R443. Perdre, *par Pierre Mertens*
R444. La Rébellion, *par Joseph Roth*
R445. D'amour P. Q., *par Jacques Godbout*
R446. Un oiseau brûlé vif, *par Agustin Gomez-Arcos*
R447. Le Blues de Buddy Bolden, *par Michael Ondaatje*
R448. Étrange séduction (Un bonheur de rencontre) *par Ian McEwan*
R449. La Diable, *par Fay Weldon*
R450. L'Envie, *par Iouri Olecha*
R451. La Maison du Mesnil, *par Maurice Genevoix*
R452. La Joyeuse Bande d'Atzavara, *par Manuel Vázquez Montalbán*
R453. Le Photographe et ses Modèles, *par John Hawkes*
R454. Rendez-vous sur la terre, *par Bertrand Visage*
R455. Les Aventures singulières du soldat Ivan Tchonkine *par Vladimir Voïnovitch*
R456. Départements et Territoires d'outre-mort, *par Henri Gougaud*
R457. Vendredi des douleurs, *par Miguel Angel Asturias*
R458. L'Avortement, *par Richard Brautigan*
R459. Histoire du ciel, *par Jean Cayrol*
R460. Une prière pour Owen, *par John Irving*
R461. L'Orgie, la Neige, *par Patrick Grainville*
R462. Le Tueur et son ombre, *par Herbert Lieberman*
R463. Les Grosses Rêveuses, *par Paul Fournel*
R464. Un week-end dans le Michigan, *par Richard Ford*
R465. Les Marches du palais, *par David Shahar*
R466. Les hommes cruels ne courent pas les rues, *par Katherine Pancol*
R467. La Vie exagérée de Martín Romaña, *par Alfredo Bryce-Echenique*
R468. Les Étoiles du Sud, *par Julien Green*
R469. Aventures, *par Italo Calvino*
R470. Jour de silence à Tanger, *par Tahar Ben Jelloun*
R471. Sous le soleil jaguar, *par Italo Calvino*
R472. Les cyprès meurent en Italie, *par Michel del Castillo*
R473. Kilomètre zéro, *par Thomas Sanchez*
R474. Singulières Jeunes Filles, *par Henry James*
R475. Franny et Zooey, *par J. D. Salinger*

R476. Vaulascar, *par Michel Braudeau*
R477. La Vérité sur l'affaire Savolta, *par Eduardo Mendoza*
R478. Les Visiteurs du crépuscule, *par Eric Ambler*
R479. L'Ancienne Comédie, *par Jean-Claude Guillebaud*
R480. La Chasse au lézard, *par William Boyd*
R481. Les Yaquils, *suivi de* Ile déserte, *par Emmanuel Roblès*
R482. Proses éparses, *par Robert Musil*
R483. Le Loum, *par René-Victor Pilhes*
R484. La Fascination de l'étang, *par Virginia Woolf*
R485. Journaux de jeunesse, *par Rainer Maria Rilke*
R486. Tirano Banderas, *par Ramón del Valle-Inclán*
R487. Une trop bruyante solitude, *par Bohumil Hrabal*
R488. En attendant les barbares, *par J. M. Coetzee*
R489. Les Hauts-Quartiers, *par Paul Gadenne*
R490. Je lègue mon âme au diable, *par Germán Castro Caycedo*
R491. Le Monde des merveilles, *par Robertson Davies*
R492. Louve basse, *par Denis Roche*
R493. La Couleur du destin, *par Carlo Fruttero et Franco Lucentini*
R494. Poupée blonde, *par Patrick Modiano, dessins de Pierre Le-Tan*
R495. La Mort de Lohengrin, *par Heinrich Böll*
R496. L'Aïeul, *par Aris Fakinos*
R497. Le Héros des femmes, *par Adolfo Bioy Casares*
R498. 1492. Les Aventures de Juan Cabezón de Castille
par Homero Aridjis
R499. L'Angoisse du tigre, *par Jean-Marc Roberts*
R500. Les Yeux baissés, *par Tahar Ben Jelloun*
R501. L'Innocent, *par Ian McEwan*
R502. Les Passagers du Roissy-Express, *par François Maspero*
R503. Adieu à Berlin, *par Christopher Isherwood*
R504. Remèdes désespérés, *par Thomas Hardy*
R505. Le Larron qui ne croyait pas au ciel, *par Miguel Angel Asturias*
R506. Madame de Mauves, *par Henry James*
R507. L'Année de la mort de Ricardo Reis, *par José Saramago*
R508. Abattoir 5, *par Kurt Vonnegut*
R509. Comme je l'entends, *par John Cowper Powys*
R510. Madrapour, *par Robert Merle*
R511. Ménage à quatre, *par Manuel Vázquez Montalbán*
R512. Tremblement de cœur, *par Denise Bombardier*
R513. Monnè, Outrages et Défis, *par Ahmadou Kourouma*
R514. L'Ultime Alliance, *par Pierre Billon*
R515. Le Café des fous, *par Felipe Alfau*
R516. Morphine, *par Mikhaïl Boulgakov*
R517. Le Fou du tzar, *par Jaan Kross*
R518. Wolf et Doris, *par Martin Walser*
R519. La Course au mouton sauvage, *par Haruki Murakami*

R520. Adios Schéhérazade, *par Donald Westlake*
R521. Les Feux du Bengale, *par Amitav Ghosh*
R522. La Spéculation immobilière, *par Italo Calvino*
R523. L'homme qui parlait d'Octavia de Cadix *par Alfredo Bryce-Echenique*
R524. V., *par Thomas Pynchon*
R525. Les Anges rebelles, *par Robertson Davies*
R526. Nouveaux Contes de Bustos Domecq *par Jorge Luis Borges et Adolfo Bioy Casares*
R527. Josepha, *par Christopher Frank*
R528. L'Amour sorcier, *par Louise Erdrich*
R529. L'Europe mordue par un chien, *par Christophe Donner*
R530. Les hommes qui ont aimé Evelyn Cotton, *par Frank Ronan*
R531. Agadir, *par Mohammed Khaïr-Eddine*
R532. Brigitta, *par Adalbert Stifter*
R533. Lune de miel et d'or, *par David Shahar*
R534. Histoires de vertige, *par Julien Green*
R535. Voyage en France, *par Henry James*
R536. La Femme de chambre du Titanic, *par Didier Decoin*
R537. Le Grand Partir, *par Henri Gougaud*
R538. La Boîte noire, *par Jean-Luc Benoziglio*
R539. Le Prochain sur la liste, *par Dan Greenburg*
R540. Topkapi, *par Eric Ambler*
R541. Hôtel du lac, *par Anita Brookner*
R542. L'Aimé, *par Axel Gauvin*
R543. Vends maison, où je ne veux plus vivre, *par Bohumil Hrabal*
R544. Enquête sous la neige, *par Michael Malone*
R545. Sérénissime, *par Frédéric Vitoux*
R546. Fleurs de ruine, *par Patrick Modiano*
R547. Les Girls du City-Boum-Boum, *par Vassilis Alexakis*
R548. Les Rives du fleuve bleu, *par Emmanuel Roblès*
R549. Le Complexe polonais, *par Tadeusz Konwicki*
R550. La Patte du scarabée, *par John Hawkes*
R551. Sale Histoire, *par Eric Ambler*